O ÚLTIMO HOMEM EM BERLIM

O ÚLTIMO HOMEM EM BERLIM

GAYLORD DOLD

Tradução de

Alda Porto e Cristina Laguna

BestSeller

CIP-BRASIL. CATALOGAÇÃO-NA-FONTE
SINDICATO NACIONAL DOS EDITORES DE LIVROS, RJ.

D685u

Dold, Gaylord
O último homem em Berlim / Gaylord Dold; tradução de Alda Porto e Cristina Laguna. – Rio de Janeiro: Best Seller, 2006.

Tradução de: The last man in Berlin
ISBN 85-7684-028-6

1. Berlim (Alemanha) - Ficção. 2. Romance americano. I. Porto, Alda. II. Laguna, Cristina. III. Título.

06-0332. CDD 813
CDU 821.111(73)-3

Título original norte-americano
THE LAST MAN IN BERLIN

Este é um trabalho de ficção. Nomes, personagens e acontecimentos são produto da imaginação do autor. Qualquer semelhança com pessoas, vivas ou não, e eventos é mera coincidência.

Capa: Sergio Campante
Editoração eletrônica: I Graficci

Impresso no Brasil

ISBN 85-7684-028-6

AGRADECIMENTOS

Gostaria de agradecer a meu editor na Sourcebooks, Hillel Black. Seu apoio a este livro, assim como seu persistente entusiasmo, fizeram toda a diferença.

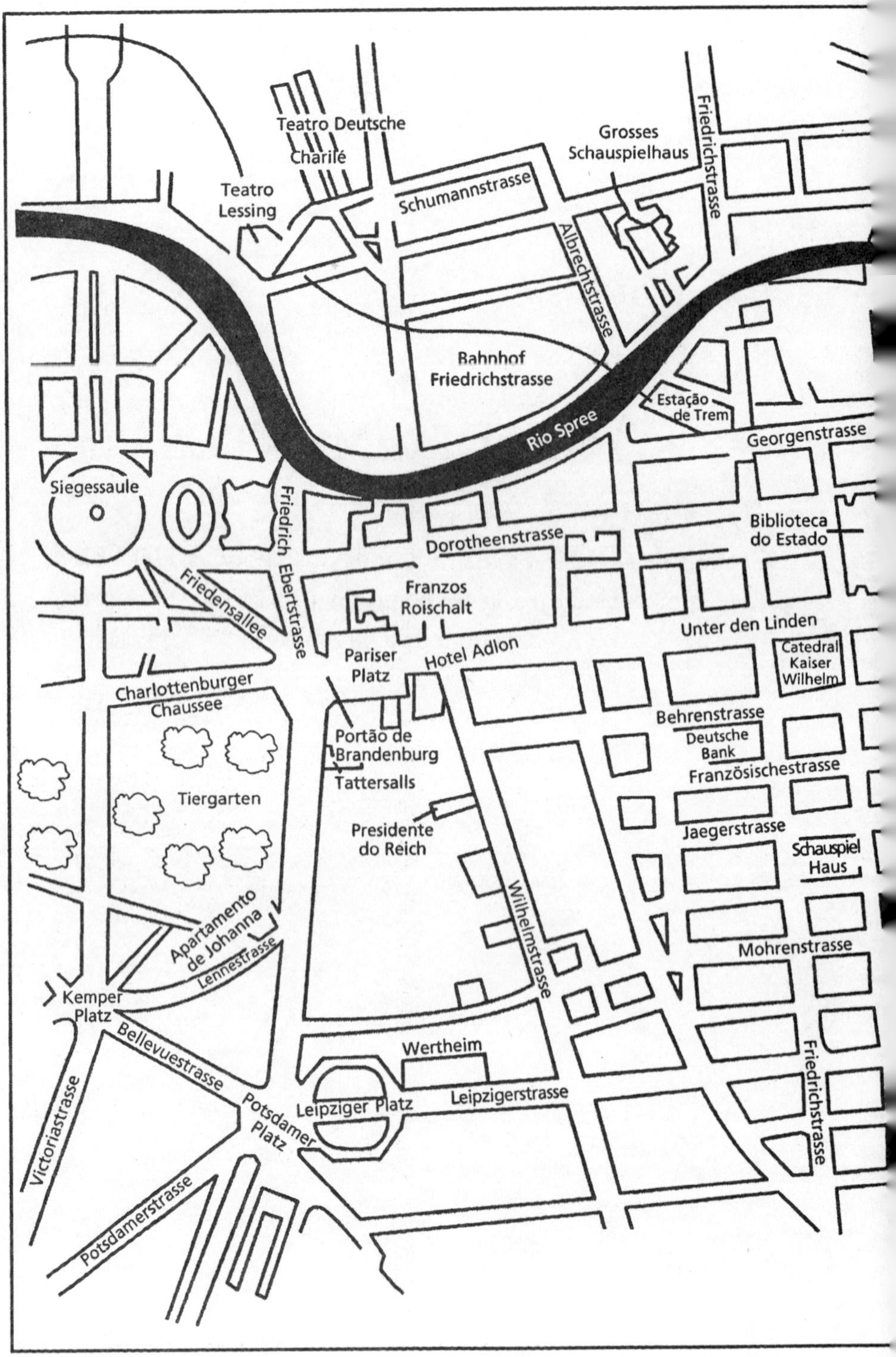
Teatro Deutsche
Charité
Teatro
Lessing
Grosses
Schauspielhaus
Friedrichstrasse
Schumannstrasse
Albrechtstrasse
Bahnhof
Friedrichstrasse
Estação
de Trem
Rio Spree
Georgenstrasse
Siegessaule
Friedrich Eberstrasse
Dorotheenstrasse
Biblioteca
do Estado
Friedensallee
Franzos
Roischalt
Unter den Linden
Pariser
Platz
Hotel Adlon
Catedral
Kaiser
Wilhelm
Charlottenburger
Chaussee
Behrenstrasse
Deutsche
Bank
Portão de
Brandenburg
Tattersalls
Französischestrasse
Tiergarten
Presidente
do Reich
Jaegerstrasse
Schauspiel
Haus
Wilhelmstrasse
Apartamento
de Johanna
Lennestrasse
Mohrenstrasse
Kemper
Platz
Bellevuestrasse
Wertheim
Leipziger Platz
Leipzigerstrasse
Potsdamer
Platz
Victoriastrasse
Friedrichstrasse
Potsdamerstrasse

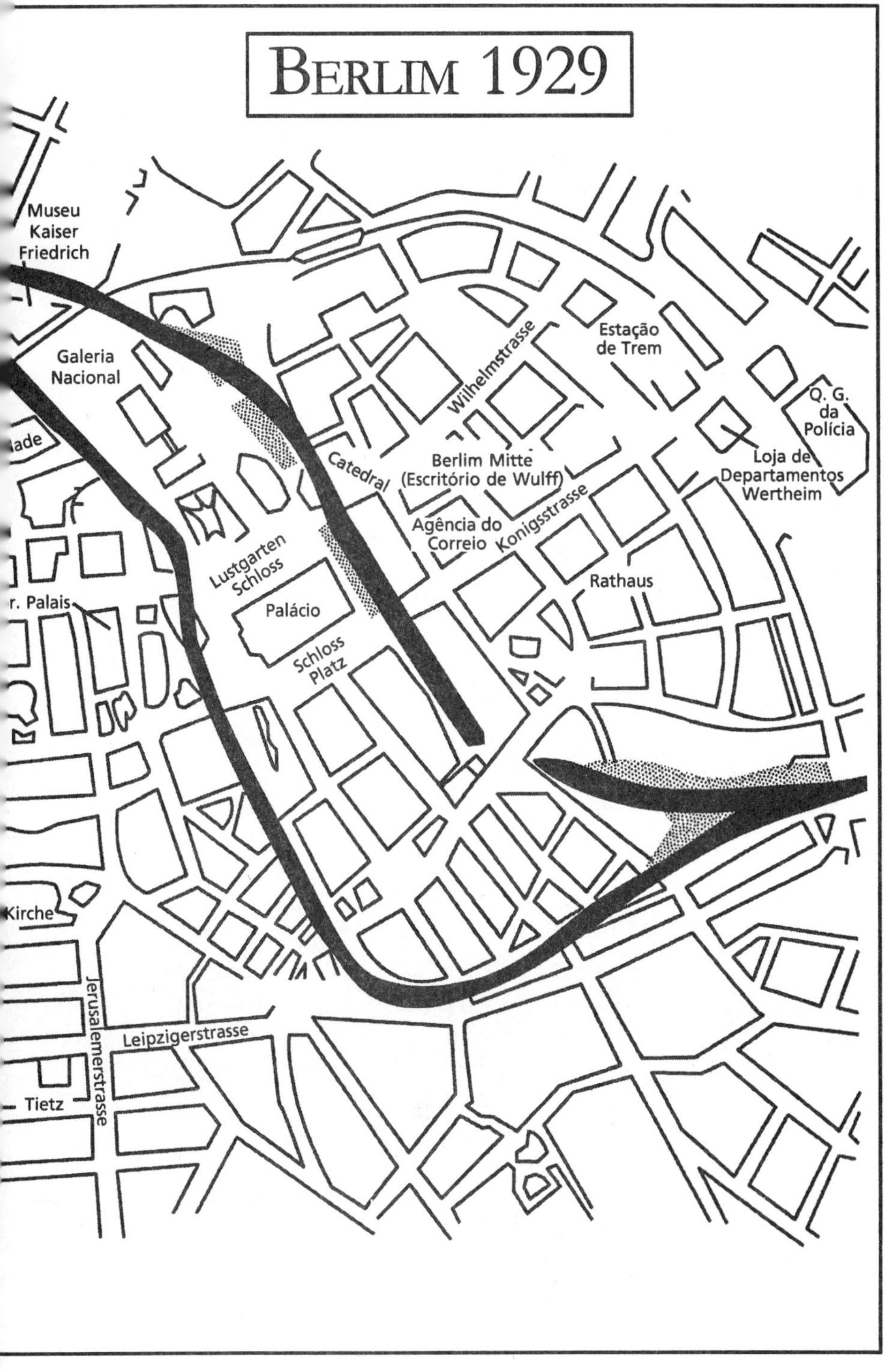
BERLIM 1929
Museu Kaiser Friedrich
Galeria Nacional
Catedral
Wilhelmstrasse
Estação de Trem
Q. G. da Polícia
Loja de Departamentos Wertheim
Berlim Mitte (Escritório de Wulff)
Agência do Correio
Konigsstrasse
Lustgarten Schloss
Palácio
Schloss Platz
Rathaus
Kirche
Jerusalemerstrasse
Leipzigerstrasse
Tietz

Nota Histórica

Ao longo dos anos 1930 a 1933, a Polícia Metropolitana de Berlim era considerada uma das mais progressistas e bem organizadas da Europa. Era formada por 21 mil funcionários, dos quais 14 mil eram policiais de ronda uniformizados, três mil detetives e cerca de quatrocentos espiões políticos. Com quartel-general situado na Alexanderplatz, na extremidade leste do centro de Berlim, a força policial era formada por quatro "divisões".

Schupo (*Schutzpolizei*), os policiais de uniformes azuis.

Orpo (*Ordnungspolizei*), unidades especiais de "ordem", que viviam em quartéis e eram usadas para controlar multidões e em outras emergências.

Stapo (*Staatspolizei*), polícia política que espionava e infiltrava-se em organizações e partidos antigovernistas.

Kripo (*Kriminalpolizei*), os detetives à paisana.

A Kripo era ainda organizada em quatro departamentos, sendo os mais importantes o Departamento IA (crimes políticos) e o Departamento IV, os detetives. O Departamento IV tinha nove inspetorias, sendo o Departamento IVA dos detetives de homicídios.

O sistema nervoso central da força policial, em oposição aos seus oficiais de cargos administrativos (na Alexanderplatz), chamava-se Schupo Kommando. Esta unidade situava-se no número 56 da Oberwallstrasse, e era conhecida como Berlim "Mitte", que se pode traduzir grosso modo como "escritório central".

Logo após 30 de janeiro de 1933, quando Hitler foi nomeado chanceler presidencial por Hindenburgo, a polícia de Berlim passou a ser chefiada por Göring. Ele se afastou para se tornar líder militar, mas, àquela altura, a polícia de Berlim havia perdido sua independência e se transformara num instrumento do Partido Nacional Socialista.

A Política em Berlim, 1930-1933

KPD — Partido Comunista Alemão, o movimento político dominante nas regiões norte e leste da cidade.

SPD — Partido Socialista Alemão, no controle democrático dos governos do Estado da Prússia e da cidade de Berlim.

NSDAP — Partido Nacional Socialista dos Trabalhadores Alemães, ou "Nazistas". Goebbels liderava o partido em Berlim.

Combatentes da Bandeira Vermelha (Röte Fahne) — Ala da milícia paramilitar do Partido Comunista, que conduzia batalhas com outras alas paramilitares, especialmente os "Camisas Pardas" do Partido Nazista. Também chamados "Frente Vermelha".

Reichsbanner — Milícia paramilitar do Partido Socialista.

Stürmabteilung (SA) — Ala paramilitar do Partido Nazista, conhecida como "Camisas Pardas", devido ao seu famoso uniforme.

Karl Liebknecht House — Grande construção de tijolos, não distante do quartel-general da polícia, na Alexanderplatz, centro do bem organizado Partido Comunista em Berlim.

Hedemanstrasse Q. G. — Quartel-general nazista, localizado no centro de Berlim, muito perto do Reichstag (Legislatura).

Reichswehr — Exército Alemão, restrito a cem mil homens pelo Tratado de Versalhes.

Freicorps — Milícias que vagavam pelo interior, no início da década de 1920. Opunham-se ao bolchevismo.

PARTE UM

OUTONO DE 1930

"Dentro de mim trava-se uma batalha entre o deleite proporcionado por uma macieira em flor e o horror de um discurso de Hitler. Mas somente o último me obriga a sentar-me à mesa de trabalho."

— Bertolt Brecht

1

O corpo estava deitado de costas em um beco escuro, a oito metros da Hirrenstrasse. A área, próxima ao quartel-general da polícia, na Alexanderplatz, era um bairro comunista, repleto de edifícios de tijolos e barracos de madeira. Barlach jamais veria o corpo se não tivesse entrado no beco para urinar.

O dia fora de tempestades, seguido por uma noite excessivamente fria. Uma frente báltica passara por Berlim, e as primeiras folhas caíam dos castanheiros que pontilhavam a Prenzlauerstrasse, onde o *Oberwachtmeister* Fritz Barlach fazia a patrulha. Barlach trabalhava como policial havia seis anos e, na maior parte desse tempo, patrulhando as ruas de Scheunenviertel, um distrito perigoso, habitado pela classe trabalhadora e dominado por marxistas e bandidos desempregados.

Esperara a chuva passar sob o toldo de uma tabacaria, na Prenzlauer. Vestindo o uniforme de lã azul de Schupo, capa de chuva de um azul desbotado e botas pretas com grossas solas de borracha, ele acendeu um cigarro e amaldiçoou-se por estarem acabando. Pela milésima vez em seis anos, observou a rua sombria. Um bonde passou, com as fileiras de bancos verdes iluminados por uma chuva de faíscas. No fim do quarteirão, um grupo de trabalhadores encontrava-se reunido diante de um bar. Barlach ouvia-os rir baixo, erguendo as canecas de cerveja em um brinde, enquanto a fumaça dos cigarros e charutos erguia-se no ar. Sob a chuva, a rua de paralelepípedos brilhava, e o ar trazia o leve odor de poeira de carvão.

Como todo Schupo, Barlach levava consigo a arma padrão da polícia, um revólver "08", calibre 9mm, além de um cassetete de quarenta centímetros, feito de madeira escura de nogueira, com cabo em couro. Na escuridão, contou rapidamente os comunistas reunidos diante do bar. Vinte, talvez. Desabotoou a capa de chuva, exibindo ostensivamente o coldre de couro preto e o cabo da pistola dentro dele. Alguns dos homens haviam depositado as canecas sobre as mesas na calçada e encaravam o policial com hostilidade. O som da polca atravessava a porta do bar e chegava à rua.

— Schupo porco! — gritou alguém.

— Venha beber conosco, Schupo!

— Marionete da República!

— Bajulador fascista!

Barlach continuou caminhando no mesmo ritmo. Estudou os homens, catalogando seus rostos no escuro: ajudantes de fábrica, soldadores, encanadores e carpinteiros, motoristas de caminhão, estivadores e metalúrgicos desempregados, todos de aparência grosseira.

— Comedor de merda! — gritou um deles. — Venha beber conosco, Schupo! Enquanto sua mãe se deita com algum ricaço!

Barlach seguiu para oeste, pela Hirrenstrasse, testando portas de lojas e espiando através das vitrines. Parou na entrada de um beco sem saída. Na escuridão, conseguiu divisar as três portas de aço de um armazém, uma pilha de caixotes vazios, latas de lixo e sujeira. Dando as costas para a rua, postou-se de frente para a parede e desabotoou a calça, para em seguida liberar um jato de urina, que escorreu para um bueiro. Percebeu a aproximação de um bonde, o tilintar do sino e o chiado das faíscas elétricas de encontro ao asfalto molhado. E foi nesse momento, em um reflexo de luz, que viu o corpo.

Depois de oito passos largos, ajoelhou-se ao lado dele e tocou o pescoço, tentando sentir a pulsação. Percebeu o coração disparar descompassado, e não soube o que pensar. Era uma garota bonita e delicada, cuidadosamente arrumada, com cabelos pretos e lisos, que formavam uma moldura perfeita para o rosto de traços marcantes. Usava um vestido de noite preto, em tecido reluzente, enfeitado de lantejoulas, meias de seda e sapatos, em preto-e-branco, de saltos altos. O rosto exibia maquilagem perfeita, a pele quase branca pelo pó-de-arroz, círculos avermelhados de ruge nas faces, batom carmim e sombra escura nos olhos. Barlach aproximou o ouvido dos lábios da mulher e constatou que ela não respirava.

Ele se levantou e voltou a examinar o corpo: unhas postiças pintadas de preto, tornozelos e punhos delgados, os músculos das pernas bem desenvolvidos, como os de uma dançarina ou ginasta. As sobrancelhas estavam feitas e pintadas de preto. Havia um anel em cada dedo. Barlach sentou-se em um caixote e, dirigindo a lanterna para as marcas no pescoço da mulher, notou que o batom estava borrado no canto esquerdo da boca.

— Que faz uma belezinha como você em Scheunenviertel? — murmurou para si mesmo.

Encontrou um telefone de emergência da polícia na Hirrenstrasse e ligou para o quartel-general, na Alexanderplatz. Quando retornou ao beco, voltou a sentar-se no caixote. Teve a impressão de que ela havia tomado a chuva que caíra duas horas antes. Consultou o relógio de bolso. Dez horas. Acendeu um cigarro e esperou pelo inspetor — algum figurão, com certeza — que Alexanderplatz enviaria.

▪ ▪ ▪

O *Kriminal Kommissar* Harry Wulff estava sentado no peitoril de mármore de uma janela do terceiro andar, de onde podia observar a Alexanderplatz. Os bondes iam e vinham, passageiros saíam de Bahnhof, onde se podia ouvir o barulho alto dos trens que chegavam. Jornaleiros anunciavam aos berros as últimas edições e, mesmo estando no terceiro andar, Wulff conseguia escutar um realejo.

Um ordenança chamado Krause acompanhara Wulff pelo longo corredor até a ante-sala do comissário-chefe, e o convidara a sentar-se em uma cadeira preta, de espaldar alto, oferecendo-lhe uma xícara de chá. Wulff recusou as duas ofertas, preferindo sentar-se no mármore frio para observar a Alexanderplatz com seu movimento interminável. Naquela noite, uma tempestade se abatera sobre a cidade de surpresa. Wulff fora de táxi desde seu apartamento na Zimmerstrasse até o quartel-general na Alexanderplatz. Vestia um terno de sarja cinza e usava pesados sapatos ingleses.

Um faxineiro que varria o corredor, aproximou-se de Wulff. Ele andava de modo estranhamente desajeitado e vestia um macacão cinza, com panos de limpeza vermelhos enfiados nos bolsos traseiros. Parou por um instante, como se estivesse surpreso com a presença de Wulff sentado no peitoril. Então, retirou um dos panos do bolso e pôs-se a limpar lentamente a superfície de uma mesinha de mogno.

— Deve estar esperando pelo judeuzinho — disse a Wulff.

— Estou esperando por Weiss — retrucou Wulff, perturbado.

No corredor, os lustres refletiam a luz avermelhada da praça.

— É tarde, não? — comentou o faxineiro em tom misterioso.

Harry Wulff consultou o relógio de bolso, um caro exemplar suíço que lhe fora dado pelo pai. Quase dez horas. O faxineiro voltou a guardar o pano vermelho no bolso.

— Você trabalha a noite toda? — perguntou Wulff.

— Comecei meu turno agora — respondeu o outro.

Wulff virou-se parcialmente e olhou para a praça lá embaixo, na esperança de encerrar o *tête-à-tête*. Pensou em fumar, mas não viu nenhum cinzeiro. O faxineiro apoiou-se na vassoura.

— Já o vi aqui antes, não?

— Sou detetive-inspetor — esclareceu Wulff.

— Inspetor — repetiu o homem.

O bonde Anhalter-Bahnhof parou na praça, derrapando um pouco e formando um espetáculo de faíscas. O faxineiro matou o tempo enrolando panos de limpeza na vassoura e prendendo-os a ela. À esquerda, Krause cruzou uma porta dourada.

— O comissário vai recebê-lo agora — anunciou em tom formal.

Wulff levantou-se e seguiu o ordenança pela porta. A sala do comissário-chefe era ampla, com prateleiras repletas de livros de um lado e duas mesas cobertas de papéis. Atrás das mesas, uma grande lareira cheirava a cinza molhada. Bernhard Weiss, que se sentava de frente para a porta, levantou-se e indicou uma cadeira, em um convite para que Wulff se sentasse.

— Peço desculpas por marcar uma reunião a esta hora.

Wulff era pelo menos um palmo mais alto do que ele.

— Sei que é muito tarde. Suponho que tenha sido informado do tumulto criado em Wedding. Mais uma manifestação comunista.

Wulff confirmou que ouvira falar do incidente. As eleições para o *Reichstag* haviam sido marcadas e as confusões nas ruas eram comuns. Naquela arruaça, em particular, não ocorrera nenhuma morte.

Weiss jogou com o tempo, espiando Wulff através das lentes grossas de seus óculos. O comissário-chefe tinha um nariz enorme, orelhas de abano e cabeça estreita e ovalada. Abriu uma pasta parda e examinou o conteúdo, enquanto Wulff esperava pacientemente no escritório semi-escuro. As janelas atrás dele dançavam com imagens avermelhadas e articuladas, o néon das lojas de departamentos, as lâmpadas alaranjadas das ruas.

— Você apóia a República, Wulff? — perguntou, de súbito, Weiss. As brasas chiaram e soltaram fagulhas. Apesar do fogo e do chão atapetado, Wulff sentia-se gelado até os ossos.

— Talvez você considere a pergunta provocativa e estranha — continuou.

— Sou a favor da República — afirmou Wulff.

— Tanto quanto qualquer outro, suponho.

— Tanto quanto qualquer outro — declarou calmamente Wulff.

— Foi o que pensei — retrucou Weiss. — Creio que já nos encontramos em outras ocasiões, não?

Wulff refletiu por um momento.

— Na inauguração da nova academia de polícia — disse. Como integrante da equipe de investigação criminal Kripo, Wulff tinha pouquíssimas razões para encontrar Bernhard Weiss, o chefe da unidade política metropolitana de Berlim, a Stapo, uma divisão da polícia encarregada de atividades subversivas. — E, se não me engano — continuou —, tivemos uma breve conversa no funeral do ministro do Exterior, Stresseman.

— De fato — lembrou Weiss. — Andei examinando seu dossiê.

— Tenho certeza de que é uma leitura tediosa.

— De maneira alguma. Você tem uma folha de serviço invejável, mas eu me pergunto se é filiado a algum partido político.

— Meu voto obedece à minha consciência — contemporizou Wulff.

— Vejo que se formou pela Universidade de Berlim, em filosofia e história. Tornou-se detetive aos 23 anos, e detetive-inspetor aos trinta. Um avanço impressionante no Departamento IV. Vai acabar recebendo seu próprio *Oberkommisarriat*, se não tiver cuidado!

— Tive muita sorte — murmurou Wulff.

— E seu pai foi do Estado-Maior de Ludendorff durante a Grande Guerra?

Wulff fez uma pausa, consciente de que estava sendo testado. Sabia que Weiss recebera a Cruz de Ferro de Primeira Classe, na Grande Guerra. O comissário-chefe havia retornado à Alemanha com um grave ferimento no ombro e vários estilhaços de bala na cabeça.

— O senhor conheceu meu pai? — perguntou, afinal.

— Só de *ouvir falar* — respondeu Weiss. — Sim, você reuniu um dossiê impressionante. — Retirou os óculos e limpou-os com um lenço branco. — Mas estou curioso sobre uma coisa — acrescentou. — Você não investiga crimes políticos. Parece preferir o cotidiano ao histórico. Eu me pergunto por que um homem com seu talento não é mais bem aproveitado pela República. Vejo-me obrigado a perguntar de onde vem essa predileção pelo comum.

— Se é mesmo uma predileção, ela surgiu sinceramente— declarou Wulff.

— Ora, mas é claro! — Weiss sorriu. Dois abajures de latão iluminavam a mesa. Os cabelos castanhos e lisos reluziam pelo uso da brilhantina. — Conhece o dr. Goebbels?

— Certamente, sei algumas coisas sobre ele.

— Sabe das calúnias que ele vem lançando sobre mim?

— Vagamente — admitiu Wulff.

— Há dois anos Goebbels vem travando sua batalha literária contra mim por meio do tablóide patrocinado por seu partido. É um homem que transformou o anti-semitismo e a morte da República em seu território especial. Sua missão divina.

Wulff já vira o jornal intitulado *Der Angriff* (A Ofensiva), publicado duas vezes por semana, com artigos carregados de ódio pelos judeus, caricaturas, insinuações sexuais, ataques políticos bombásticos e boatos. Também sabia que Weiss reagira com processos e prisões, fechamento da gráfica, e até mesmo com invasões da sede do Partido Nazista, tudo isso uma batalha perdida.

— Que tem isso a ver comigo? — indagou Wulff.

— Sim, essa é a questão — disse Weiss. — Preciso de um homem como você no Departamento I. Quero que venha trabalhar para a República, fazendo parte da polícia política. Deve acreditar em mim quando digo que a República está muito próxima de seus últimos suspiros.

— Não há dúvida quanto a isso — concordou Wulff.

Weiss enfiou a mão na gaveta e retirou um espesso maço de documentos datilografados.

— Preparei um relatório sobre os nazistas e sua tropa de assalto para o promotor do Reich — disse. — É este o relatório que tenho em mãos. Se você o ler, tomará conhecimento de uma realidade um tanto sombria. Talvez acabe concordando comigo sobre a atual luta política requerer um policial com seu talento.

Weiss estendeu o relatório para Wulff. Na parede atrás dele havia um retrato de Hindenberg, o velho presidente de bigode branco e colarinho com galões.

— Com certeza, existem outros mais indicados para esse trabalho — argumentou Wulff.

— Talvez, detetive-inspetor — murmurou Weiss —, mas os fatos apontam em outra direção. — Fixou um olhar penetrante em Wulff. — Existem, hoje, 21 mil agentes na Polícia Metropolitana de Berlim. Desses, talvez trezentos sejam da polícia política Stapo e, dos trezentos, talvez cinqüenta tenham a inteligência necessária para comunicar atividades subversivas com alguma acuidade e perspicácia. — Weiss caminhou até a lareira e pôs-se a aquecer as mãos. — Mas você, meu caro Wulff, é diferente. Quero que organize um núcleo de especialistas dedicados, que vão não somente observar e informar, mas também infiltrar-se nos grupos envolvidos, tornando-se membros dos partidos! Conversei com o *Oberkommissar* Bruckmann. Na qualidade de seu capitão na polícia criminal, ele prometeu liberá-lo para um serviço especial.

— Não quero ofendê-lo, mas sou Kripo até na alma.

— E que significa esta alma? — retrucou Weiss, acenando a mão em um gesto indiferente, como se espantasse uma mosca imaginária. — Não existe alma humana. Você é um aristocrata que perdeu dois irmãos na guerra e tem uma amante judia. Trata-se de uma médica, se não estou enganado. Centenas de milhares de judeus lutaram pela Alemanha na guerra e, ainda assim, têm medo de construir uma sinagoga com as portas voltadas para a rua. Se isso continuar, qual será o destino de nosso país?

— O senhor parece saber muito sobre mim.

— Desculpe-me, Wulff. Enquanto conversamos, espiões transitam pelos corredores deste edifício. Faço o possível para conhecer a natureza do meu pessoal.

— Inclusive suas vidas pessoais? — persistiu Wulff.

Weiss deu de ombros.

— Acha que o anonimato é direito nato de um Kripo? Como pensa que a democracia combate perversões dessa natureza?

Wulff não sentiu necessidade de responder.

— Deixe-me dizer-lhe uma coisa — prosseguiu Weiss. — Os dois homens mais perigosos de Berlim são o *Gauleiter* Goebbels e o líder da tropa de assalto 33, *Führer* Dieter Rom. Sem informações precisas sobre o comportamento e os programas deles, este governo fica impotente para combater a revolução planejada. Eu esperava que você fosse se unir a essa luta.

— E quanto à minha amante judia? — perguntou Wulff.

— Vejo que o ofendi — admitiu Weiss. — Por favor, perdoe-me, detetive-inspetor. Sou um homem embrutecido. Goebbels me difama todos os dias. Minha caricatura aparece nos tablóides. Ele desonra minha esposa e minha família. Agora que as eleições estão próximas, o ataque piorou. Antes eu também acreditava em intimidade absoluta. Atualmente, porém, a intimidade é um luxo a que a República não pode se dar.

— Quer me dizer mais alguma coisa, senhor? — perguntou Wulff.

— Por favor — insistiu Weiss —, pense no meu pedido. E pense em outra coisa também. Como já expliquei, um espião nazista trabalha em algum lugar deste edifício. Na semana passada, meus homens efetuaram uma invasão-surpresa no quartel-general da tropa de assalto 33. Descobrimos que todos os papéis e documentos haviam sido removidos, ou destruídos, antes da invasão. Como deve saber, a tropa 33 é responsável por inúmeros tumultos e assassinatos. Foram informados de nossos planos com antecedência, Wulff. E, quando conhecem nossos planos de antemão, como podem ser derrotados? E, quando digo que o futuro da Europa está ameaçado, acha que estou sendo melodramático?

O telefone tocou. Weiss pegou-o e falou em voz baixa por um minuto.

— Sim, sim, entendo — murmurou por fim, antes de desligar e dizer: — Houve um assassinato em Hirrenstrasse.

Wulff inclinou-se para a frente, com as mãos nos joelhos.

— Em que circunstâncias?

— Não políticas — informou Weiss.

— Hirrenstrasse não fica longe daqui.

— Quem ligou foi o oficial do plantão noturno. Ele o viu assinar o livro de registro de entrada, lá embaixo. O Schupo gostaria de saber se você concordaria em investigar. Conhecendo você, sei que provavelmente vai aceitar.

— Onde ocorreu o crime?

— Scheunenviertel, perto de Prenzlauerstrasse. Um primeiro-sargento está na cena do crime. Ele se chama Barlach. Você está de carro?

— Vim de táxi.

— Pegue um Opel na garagem.

— O sargento Barlach pertence ao sétimo distrito?

— Vejo que conhece muito bem nossas jurisdições — comentou Weiss com admiração.

— Trata-se de um bairro comunista.

Weiss levantou-se.

— Não vai me prometer que lerá uma cópia do meu relatório?

— É claro, senhor — concordou Wulff, apanhando o maço de papéis com relutância.

Em seguida, deixou a sala apressado e caminhou acompanhado por Krause pelo longo corredor. No final, desceu a escada de mármore para o primeiro andar, onde viu o faxineiro realizando sua tarefa. Passou por ele sem diminuir o ritmo.

— Dizem que houve um assassinato — comentou o faxineiro, a voz ecoando no vasto saguão.

— Está bem informado — respondeu Wulff.

Virou-se e seguiu para a garagem da polícia, um armazém próximo à Alexanderplatz Bahnhof.

2

O grande relógio da torre de Bahnhof bateu 11 badaladas. Àquela hora, as multidões que ocupavam a Alexanderplatz haviam desaparecido, abandonando a praça aos sem-teto e desempregados, que espreitavam nas entradas da estação e mendigavam moedas aos passantes. A placa de néon vermelho da Wertheim fora desligada, lançando a imensa loja de departamentos na escuridão de um mausoléu. Wulff dirigia um minúsculo Opel de dois lugares da polícia, com o grosso relatório de Weiss no banco do passageiro.

Seguiu para norte, serpenteando em torno da Alexanderplatz, e encontrou a Hirrenstrasse, onde avistou um pequeno grupo de fregueses reunido na calçada de um bar, no final do quarteirão. Na semi-escuridão, Wulff divisou uma caminhonete da polícia estacionada parcialmente em cima da calçada, a luz amarela na capota girando, enquanto dois ordenanças médicos em aventais brancos fumavam a poucos metros dali. Wulff saiu do carro e vestiu a capa de chuva. A temperatura caíra bastante.

Um Schupo alto e grande, de feições atarracadas e cabelos ruivos e revoltos, aproximou-se saindo de um beco.

— *Oberwachtmeister* Barlach — apresentou-se com uma saudação.

— Muito bem, Barlach — disse Wulff. — Sou o detetive-inspetor Wulff, do Berlim Mitte. — Notou a compleição avantajada do sargento, os ombros largos e o olhar resoluto.

— Ela está no beco — informou Barlach.

Os ordenanças médicos haviam erguido barricadas de madeira na entrada do beco, além de colocar outras no meio da Hirrenstrasse, para impedir a aproximação de curiosos. O grupo do bar permanecia atrás da barricada, espiando a cena do crime.

— Foi você que a encontrou, Barlach? — perguntou Wulff.

— Parei para urinar no bueiro e a vi, exatamente assim.

— Exatamente assim?

— Nada foi tocado. Absolutamente nada.

— Absolutamente nada?

— Pus um dedo no pescoço dela, à procura de pulsação, e aproximei a cabeça de seu peito. Além disso, nada foi tocado.

Wulff respirou fundo e estudou a Hirrenstrasse. Era um distrito típico da classe operária à noite: lojas, uma chapelaria, uma padaria, um bar no final do quarteirão, na entrada para a Prenzlauerstrasse. A noroeste ficava a Grenadierstrasse, onde havia uma igreja católica e, mais adiante, um ponto de bonde; depois, mais alguns metros de Hinterhof. Wulff virou-se, voltando a olhar na direção da Prenzlauerstrasse, uma avenida larga, a principal via pública de Scheunenviertel, que ligava a Alexanderplatz ao extremo oeste de Berlim. Duas horas antes, Prenzlauer teria estado congestionada com o trânsito pesado.

— Onde está a Stapo, agora? — perguntou Wulff ao sargento.

— Mandei que os policiais interrogassem zeladores e porteiros dos dois lados de Hirrenstrasse.

— E eles vão fornecer as informações a você?

— Faziam isso no passado — respondeu Barlach.

Seus hálitos combinados formavam um vapor que se erguia no ar.

— Conhece bem esta rua? — indagou Wulff, com Barlach postado junto a seu ombro direito.

— Sim, muito bem — afirmou o sargento. — Donos de lojas e desempregados. Alguns trabalhadores continuam empregados em indústrias químicas, uns poucos curtidores fazem trabalhos sazonais. Havia diversos metalúrgicos aqui, antes da Depressão. Agora, muitos estão desocupados.

— Aqueles, atrás da barricada?

— São do Galo Vermelho.

— Comunistas?

— A maioria. É possível conversar com eles, se souber como começar.

— Acha que seriam capazes de se apresentar espontaneamente?

— É improvável.

— Então, ninguém ofereceu nenhuma pista até agora? — perguntou Wulff.

Barlach sacudiu a cabeça.

— E não farão isso. Talvez falem se souberem o que está acontecendo.

Wulff amarrou o cinto da capa de chuva.

— Vamos dar uma olhada nela — disse.

Barlach seguiu Wulff beco adentro.

— Está a oito metros daqui — murmurou Barlach.

Wulff a viu com clareza. Dirigiu a luz da lanterna para o corpo, deitado de costas, os olhos abertos.

— Senhor — disse Barlach —, toquei o vestido para saber se estava molhado. Uma chuva pesada caiu por volta das oito horas, esta noite.

— E estava?

— Sim, encharcado.

Wulff fez um inventário: vestido preto de lantejoulas, com bainha quatro dedos abaixo dos joelhos; casaco preto, com gola em imitação de arminho, jogado sobre os ombros; cabelos pretos e curtos, com franja; sombra escura nos olhos e batom carmim. Examinou os elegantes sapatos preto-e-branco e notou a falta de uso nas solas e saltos. Barlach acendeu sua lanterna também, dirigindo um segundo facho de luz sobre o corpo. Em vida, Wulff concluiu, aquela mulher devia ter sido belamente cadavérica.

— Ela é miúda — Wulff comentou.

— Um metro e meio.

Wulff gritou para os ordenanças, mandando que acendessem os faróis da caminhonete.

— Por volta de cinqüenta quilos — concluiu Barlach.

— Não mais do que isso — Wulff concordou.

— E ela não é daqui.

— Foi o que também pensei — disse Barlach.

— Suponho que você nunca a tenha visto pelo bairro.

— Não. Nem aqui, nem em qualquer outro lugar.

Wulff ficou ali parado, refletindo.

— De onde acha que ela veio? Para onde acha que ia?

Barlach permaneceu em silêncio. A caminhonete fora ligada, e seus faróis explodiram subitamente no beco. Wulff avistou a bolsa preta.

— Ela carregava uma bolsa — apontou Wulff, pensativo —, mas não tinha capa de chuva; apenas um casaco leve em torno dos ombros. O vestido está molhado. Imagino que os cabelos também estejam.

Wulff ajoelhou-se e tocou o vestido e as meias de seda. A pele do rosto estava quente e, agora, ele percebia leves traços de lividez na parte posterior dos braços e das pernas.

— Não há rigidez — concluiu.

— Importa-se se eu fumar? — perguntou Barlach.

Wulff deu-lhe permissão.

— Ela tem uma marca no pescoço — disse. — Há vasos rompidos na região da tireóide.

— E veja os olhos — apontou Barlach.

Wulff iluminou os olhos: pupilas negras, íris violeta, minúsculos pontos vermelhos. Correu o facho de luz pelo corpo e voltou a examinar os sapatos.

— Estes sapatos mal foram usados — disse. Barlach ajoelhou-se e apontou a lanterna na mesma direção. — Existem marcas nos dois saltos, como se ela tivesse sido arrastada durante parte do trajeto, da Hirrenstrasse até aqui.

— É verdade — concordou Barlach.

— Ela foi estrangulada, ou atacada na rua, e depois arrastada para o beco. O assassino terminou seu trabalho aqui, onde estava escuro.

— É o que me parece, inspetor — concordou Barlach mais uma vez.

— A que horas choveu?

— Oito horas.

— Então, ela foi morta pouco antes disso. A pele ainda está quente. Não pode ter sido muito antes da chuva porque a pele já teria esfriado. E ela não usava capa de chuva, portanto não esperava que fosse chover.

— O batom está borrado, senhor — disse Barlach.

No lábio superior, havia um pequeno traço vermelho fora de lugar.

— Sim, eu notei — respondeu Wulff. — Com certeza, ela não saiu de casa assim. Talvez o batom tenha se borrado quando ela tentou oferecer algum tipo de resistência.

— Eu diria que foi beijada — discordou Barlach.

Wulff sentou-se nos calcanhares, ao lado do corpo.

— Vamos descobrir quem é — sugeriu, vestindo um par de luvas de couro.

Abriu a bolsa. Dentro, encontrou cinco cigarros pretos e finos, uma caixa de fósforos comuns, fabricados em Berlim, 16 marcos em notas e algumas moedas, juntamente com duas passagens de bonde. Um pequeno com-partimento interno da bolsa continha um vidro de perfume barato, delineador para os olhos, batom e lenços de papel.

— Nenhum documento de identidade? — perguntou Barlach.

Wulff examinou os bolsos do casaco barato, mas não encontrou nada.

— Um anel em cada dedo, Barlach, mas nenhum documento de identidade. Que acha disso?

Barlach exalou a fumaça do cigarro.

— Ainda não me decidi, senhor.

Wulff examinou os anéis.

— Vidro lapidado, imitação de diamante, zircônio. Existe prostituição neste distrito?

— Só perto de Bahnhof. Aqui não há dinheiro para mulheres — Barlach jogou fora o cigarro, certificando-se de que caíra no bueiro. — Esta mulher não estava trabalhando em Scheunenviertel. Conheço as prostitutas da Alexanderplatz, e ela não fazia parte do grupo.

— Veja se nossos amigos comunistas a reconhecem — instruiu Wulff. — Traga-os em fila, um de cada vez. Vou esperar no Opel, para não criar maiores constrangimentos.

Wulff sentou-se no Opel e fumou, enquanto Barlach conduzia alguns dos homens, um a um, até o beco. Voltou a examinar a rua, as lojas e bares, as muitas janelas de residências coletivas que davam vista para a cena do crime. Seriam, talvez, cem metros, de esquina a esquina, um ponto de bonde a noroeste e uma igreja. Dez minutos se passaram antes que Barlach se aproximasse do automóvel, onde Wulff acabara de apagar o segundo cigarro.

— Mal podiam esperar para vê-la — disse Barlach. — Em um momento, estavam gritando insultos políticos para mim. Um minuto depois, estavam se desmanchando em gentilezas, para conseguir espiá-la.

— Alguém a reconheceu?

— Ninguém. E acho que diriam se a tivessem reconhecido, pois estavam excitados demais para não dizer nada.

— Barlach... — começou Wulff.

— Sim, senhor?

— Escute — sussurrou Wulff. — A Hirrenstrasse liga duas paradas de bondes urbanos, certo? Há uma parada na Grenadierstrasse e outra em Prenzlauer. Vindo do leste, quem vai a Berlim faz a conexão e, partindo de Berlim, faz a mesma conexão, em sentido contrário. É possível que nossa vítima estivesse caminhando de um ponto a outro. Ela não mora por aqui. Você nunca a viu aqui antes, nem os homens que estavam no bar. Ela tem passagens de bonde na bolsa. Talvez estivesse partindo de Berlim para o subúrbio, ou vindo do subúrbio para Berlim.

— Mas por que não trazia nenhum documento de identidade, senhor?

— Não sei, Barlach.

— Talvez estivesse acompanhada de um homem.

— Ou se encontrou com alguém. Mas por que foi assassinada?

— O homem teria de ser forte — disse Barlach — para arrastá-la até o beco e estrangulá-la sem que ninguém ouvisse algo.

— Sim, teria de ser muito forte — concordou Wulff.

— Acha que ela foi... bem... — Barlach interrompeu a frase no meio.

— Violentada? — completou Wulff.

— Eu pensaria na possibilidade.

Wulff dirigiu-se à rua, com Barlach em seu encalço. Instruiu os ordenanças para que afastassem a caminhonete da entrada do beco e apagassem os faróis. Então, aproximou-se do corpo, ajoelhou-se e levantou o vestido preto até acima da cintura.

— Barlach... — murmurou baixinho Wulff.

— Sim, senhor?

— Ela não é mulher.

— Que disse, senhor?

— Não é mulher, Barlach.

— Não é mulher?

— Não. É um homem.

— É um homem, senhor? — repetiu Barlach, chocado.

▪ ▪ ▪

Wulff foi da Hirrenstrasse até o final do Tiergarten, estacionou diante de uma fileira de imponentes edifícios de apartamentos, cercados por uma bonita grade de ferro. Subiu a escada até o apartamento 15 e parou para procurar a chave diante de uma pesada porta de carvalho, na qual uma pequena placa de latão dizia: JOHANNA DAVIDOV, MÉDICA, PSICANALISTA. Dentro, esperou no corredor escuro, até os olhos se acostumarem à escuridão. À direita, havia uma planta empoeirada. À frente, uma sala ampla, repleta de jornais, revistas, livros e figuras de porcelana. As paredes internas eram decoradas com arte africana, máscaras, lanças e totens. Wulff avançou alguns passos e abriu a porta do banheiro à esquerda. Na banheira, Johanna dormia, uma garrafa vazia de *schnapps*, aguardente alemã, no chão de ladrilhos. Wulff tirou a capa de chuva e sentou-se em um banquinho ao lado da banheira. Apreciou o corpo nu de Johanna e beijou-a delicadamente na testa.

— Ah, Harry — ela murmurou.

— Vejo que andou bebendo *schnapps*, querida — repreendeu-a Wulff.

— Acho que sim. — Johanna ergueu os joelhos. — Não fique zangado comigo, Harry.

Ele enfiou a mão na água morna e acariciou-lhe a perna.

— Não estou zangado.

— Desculpe-me por ter chegado tão tarde. Tive de investigar um assassinato na Hirrenstrasse e, antes disso, tive uma reunião com o comissário-chefe Weiss, na Alexanderplatz.

Johanna passou um braço em torno dos ombros dele, quando Wulff a ergueu da banheira. Depois a conduziu até o quarto, embrulhou-a em um cobertor e acomodou-a debaixo dos lençóis. Depois de fechar as cortinas, voltou e sentou-se ao lado dela.

— Fique comigo, Harry — pediu ela baixinho. — Talvez, esta noite, consigamos ouvir os leões no zoológico. Eles são maravilhosos à noite.

— Imagino que sim — respondeu Wulff.

— Que queria Weiss?

— Não posso lhe contar, querida — declarou Wulff. — Trata-se de política. O dr. Goebbels.

— Ah, o dr. Goebbels, não! — lamentou Johanna.

— Já comeu? — perguntou Wulff, mudando de assunto.

— Não me lembro — respondeu ela, rindo —, mas não estou com fome agora.

Quando Johanna perguntou as horas, Wulff disse que era meia-noite. Mencionou que o tempo havia mudado e que os álamos estavam perdendo as folhas. Johanna segurou o rosto dele entre as mãos e beijou-o na boca com paixão.

— Goebbels não aprovaria o nosso romance — resmungou.

— Nesse caso, não pediremos a aprovação dele — sussurrou Wulff.

— Tire o coldre, Harry, e venha para a cama.

— Eu deveria ir para casa, querida — ele protestou. — Estou investigando um assassinato e tenho uma reunião na Alexanderplatz bem cedo.

— Pode fazer comigo o que quiser. Não vai ser divertido?

— Teremos o fim de semana inteiro, querida.

— Faça amor comigo esta noite, Harry. Você será meu súcubo e ouviremos os leões.

Wulff deixou que ela dormisse como estava, embrulhada em um lençol. Passava de uma hora quando finalmente foi embora.

▪ ▪ ▪

O faxineiro masturbou-se até atingir o orgasmo.

No cubículo do banheiro, ficou sentado, de olhos fechados. Subitamente relaxado, olhou para o pênis flácido, limpou-o com um jornal, e conteve o impulso de gritar. Vestiu o macacão, deu a descarga e foi até a pia, para olhar-se no espelho. Do bolso do macacão, retirou um batom e o passou levemente nos lábios. Inclinando-se para a frente, tocou os lábios na imagem de si mesmo refletida no espelho. Então, fechou os olhos e imaginou um mundo de faz-de-conta, onde não existiam preocupações, apenas parques de diversão, nuvens alaranjadas e um pôr-do-sol espetacular. Em seguida, afastou-se e apagou o batom do espelho com um pano de limpeza, para então limpar a boca.

Saiu do banheiro do porão da Alexanderplatz, momentaneamente livre da coisa que o obrigava a fazer o trabalho do diabo.

3

Naquele dia, *Der Angriff*, um inescrupuloso jornal político editado por Goebbels e publicado pelo Partido Nazista de Berlim, exibia uma caricatura de Bernhard Weiss como o eterno vilão judeu, um rato de orelhas retorcidas e nariz pontiagudo, de bigodes pingando o sangue da classe trabalhadora alemã. QUATRO MILHÕES DE DESEMPREGADOS, anunciava a manchete, responsabilizando os criminosos judeu-bolchevistas pela perda de todos os empregos e por toda a humilhação alemã.

Wulff largou o jornal numa cadeira e bebericou seu café matinal. Havia pedido um ovo cozido e um pão torrado na cantina do quartel-general da polícia. O pé-direito alto e as janelas de vidro reverberavam com o barulho do trânsito. Wulff comeu um pedaço do ovo e apanhou o *Frankfurter Zeitung*, lendo mais um decreto presidencial relativo a armas, passeatas de rua, proibição de desfiles das tropas de assalto e dos Combatentes da Bandeira Vermelha em um perímetro de quatrocentos metros do centro de Berlim.

Wulff terminou o café fraco e acendeu o primeiro cigarro da manhã. Avistou Barlach caminhando com dificuldade em meio a um mar de funcionários públicos de cargos menores, secretários e administradores Schupo. O sargento ergueu a mão em um cumprimento e sorriu com certo nervosismo.

— Esta área é reservada aos investigadores criminais — declarou Barlach com cautela.

— Não faça cerimônia — zombou Wulff.

Barlach sentou-se com relutância. Disse que havia tomado o café-da-manhã em casa e que não queria fumar ali.

— Como foram as investigações no bairro? — inquiriu Wulff.

— Já terminei os interrogatórios. Fiz muita pressão, mas ninguém viu nada na rua ontem, por volta da hora do crime. Estou convencido de que não houve nenhum tipo de grito. Até sete horas, a rua devia estar bastante movimentada. Das sete em diante, o movimento tende a diminuir. Quem quer que tenha assassinado a vítima, pode tê-la arrastado para dentro do beco com a rapidez de uma serpente.

— De fato — concordou Wulff. Baixou os olhos para o *Vorwärts*, o jornal diário socialista. FASCISTAS VOLTAM A SE LEVANTAR CONTRA A REPÚBLICA. Barlach ajeitou o colarinho do paletó do uniforme e também o chapéu de couro. Wulff desdobrou um exemplar do *Berliner Zeitung*, um tablóide popular cujo proprietário era Hugenberg, um magnata capitalista que dominava a imprensa, supostamente íntimo de Hitler. Na primeira capa, havia a foto de Max Schmeling, o alemão que se tornara campeão mundial de boxe. — Diga-me, Barlach, não parece estranho o fato de esse assassinato ter ocorrido de maneira tão rápida e eficiente?

— Pensei em tentativa de estupro, senhor — declarou. — Ou, talvez, algum rufião na rua tenha desejado um beijo, mas ficou enfurecido quando descobriu que a mulher era um homem.

— Sim, é possível.

Barlach deu de ombros, com expressão ambígua. No frontão triangular, acima da porta, um bando de pombos se reunira. O céu era de um azul brilhante.

— Que vamos fazer, senhor? — perguntou Barlach, afinal.

Seguiu-se um instante de silêncio.

Wulff juntou os jornais e atirou-os a um canto. Tendo-se levantado ao amanhecer, havia lido a maior parte do relatório de Weiss sobre a subversão nazista.

— Se *foi* mesmo um beijo — murmurou, fechando os olhos e imaginando a cena. — Se foi um beijo, Barlach, como você insiste em pensar, devemos supor que nosso assassino acreditava que a vítima fosse mulher.

— Acha que o assassino era um rufião das ruas, senhor?

Wulff conteve um sorriso. Deu-se conta de que se deixara levar por considerações metafísicas. Apanhou o casaco de couro preto e ajeitou-o no braço.

— Basta dizer que acho que uma mulher foi assassinada naquele beco, e não um homem vestido de mulher. Também não foi um travesti. Se o assassino se deu conta de que havia se enganado, só percebeu isso no momento do beijo. Talvez essa seja uma distinção mínima, mas pode ser muito importante para a nossa investigação. — Wulff levantou-se e vestiu o casaco de couro. — Se conseguirmos descobrir a identidade da vítima, talvez sejamos capazes de desvendar esse caso.

Barlach emitiu um som de concordância. Entregou suas anotações e diagramas em uma pequena pasta.

— Pensei uma outra coisa — anunciou. — Ontem à noite, achei que a vítima viajava de Prenzlauer para Grenadier. Pareceu-me lógico concluir que ela estava deixando Berlim e voltando para casa, no subúrbio. Agora, ocorre-me que ela poderia estar se dirigindo a Berlim.

Wulff deu uma leve pancada na mesa.

— Você é um detetive nato! — disse. — Ela era uma mulher saindo para se divertir na noite!

— Mas sem seus documentos de identidade — lembrou Barlach.

— Claro! Não percebe, Barlach? Ela não possuía nenhum documento que a identificasse como mulher.

— Sim, senhor.

— Não quer fumar um cigarro, Barlach? — ofereceu Wulff, retirando do bolso uma cigarreira de prata que Johanna lhe dera. Barlach hesitou, então sorriu e apanhou um cigarro.

— Sim, aceito — murmurou.

▪ ▪ ▪

Wulff jamais se esqueceria da mancha de orquídea rubra no avental do patologista.

Ele e Barlach haviam descido as escadas de mármore até o porão do quartel-general, na Alexanderplatz, e entrado por um corredor com janelas à altura dos ombros, as paredes de pedra chanfrada interrompidas a intervalos regulares por esculturas de águias imperiais. Quando Wulff abriu a porta do necrotério, Aaron Levitt cumprimentou-o em seu avental branco de trabalho, que exibia uma mancha de sangue na forma suave de uma orquídea.

— Está atrasado — resmungou Levitt, um judeu grisalho e calvo, com apenas um halo de cabelos cinzentos emoldurando a cabeça reluzente. — Estou esperando há dez minutos para começar a trabalhar em seu cadáver.

O patologista virou-se, foi até uma pia de zinco e começou a lavar as mãos com água e sabão, para então aplicar algumas gotas de álcool e solução anti-séptica. Vestiu um par de luvas de borracha amarelas, depois de colocar talco em seu interior. A sala em que estavam tinha 15 metros quadrados e continha quatro mesas cirúrgicas de metal, prateleiras com bandejas de exames e coletores, caixas de vidro com agulhas, instrumentos, vidros, tubos, provetas e objetos decorativos. Sobre uma das mesas de metal, jazia a vítima, completamente vestida.

Levitt esticou os dedos cobertos pelas luvas.

— Fiquei acordado até tarde ontem, fazendo algumas verificações — informou. — Medi a temperatura dele e pedi ao fotógrafo que descesse e o fotografasse com as roupas, conforme você pediu. — Conduziu os outros dois até a mesa de operação, onde passaram alguns minutos observando o cadáver. — Examinei cuidadosamente os ferimentos, e não houve violência sexual.

— Qual era a temperatura do corpo, ontem à noite? — perguntou Wulff.

— Apenas dois graus abaixo do normal — disse Levitt. — Minha opinião preliminar baseia-se na temperatura e no grau de rigor presentes quando o corpo foi trazido para cá, por volta de 11 horas da noite, e também na lividez dos braços e pernas. O estado dos olhos foi um fator. A atividade de insetos era insignificante. Eu diria que morreu apenas três horas antes de ser trazido para cá, talvez uma hora antes ou depois do que estou calculando. — Levitt fez uma pausa. — Sim, quatro horas no máximo, o que significa que a morte ocorreu por volta das sete horas.

— Quero todos os testes e exames que você puder fazer neste caso — disse Wulff.

— Não se esqueça de incluir toxicologia e conteúdo do estômago. E não conhecemos a identidade dele. Veja se consegue me dar alguma pista nesse sentido. E, por favor, faça um exame da arcada dentária.

Levitt apanhou uma toalha de papel e secou o rosto.

— Ora! — exclamou de repente, provocando um sobressalto em Barlach. — Wulff, Wulff! Quantas vezes já fizemos autópsias de cadáveres? Diga-me quantas vezes?

— Meu velho, tem de admitir que, geralmente, não temos problemas com a identidade das vítimas.

— Mesmo assim, alguma vez minhas autópsias deixaram de ser de primeira? — Levitt inclinou-se e cuspiu no balde próximo à mesa. — E, desta vez, você ainda me traz um homem vestido de mulher!

— Não escolho meus casos, Levitt.

— Ah, os problemas de identidade! — Levitt soltou uma gargalhada. — Não sou um judeu fingindo ser alemão?

— Diga-me tudo o que sabe, meu velho — insistiu Wulff.

— Está bem, está bem — resmungou Levitt. — Já tenho algumas coisas para dizer sobre essa estranha mulher híbrida.

Barlach deu a volta na mesa, parecendo um pouco distraído e olhando fixamente para o corpo, a um metro de distância.

— Prestem atenção nos olhos, cavalheiros — instruiu Levitt, erguendo uma pálpebra. — Há minúsculas *petechia* na mucosa.

Wulff inclinou-se e viu os pequenos e desorganizados borrões debaixo das pálpebras, vasos rompidos que se haviam derramado na córnea.

— E, claro — sussurrou Levitt em tom dramático —, temos hematomas significativos, tanto na parte dorsal quanto ventral do pescoço. — Tocou o pescoço com um dedo. — É possível que o osso hióide esteja fraturado. Com certeza, há ferimentos significativos na cartilagem da tireóide. E, se você olhar com atenção, verá a marca parcial de um polegar bem à direita da carótida.

Wulff reconheceu a marca imediatamente: um losango marrom escuro, na forma de um polegar humano. Na extremidade da marca, havia uma laceração minúscula, talvez causada por uma unha.

— Não sou nenhum gênio, é claro — murmurou Levitt, batendo de leve a palma da mão direita na própria cabeça. — Judeu, sim, mas gênio, não! Esta vítima foi estrangulada. Estamos de acordo nisso?

— Posso esperar lá fora, senhor? — perguntou Barlach.

Wulff assentiu e Barlach saiu apressado.

Quando a porta do necrotério voltou a se fechar, Levitt disse:

— Seu *Oberwachtmeister* está enfrentando problemas estomacais, Wulff.

Wulff sorriu.

— Você é uma ave rara, Levitt.

— Há uma outra coisa sobre essa vítima — continuou Levitt. — O batom borrado à direita do lábio.

— Que concluiu você sobre isso?

O patologista deu de ombros em um movimento exagerado, antes de apagar a luz sobre a mesa.

— Foi um último beijo — declarou.

Wulff deu a volta à mesa, permitindo-se um último exame do corpo, antes que suas roupas fossem tiradas, o peito aberto por uma incisão em Y, antes que o crânio fosse cerrado e o cérebro, extraído.

— Morreu por volta das sete horas? — indagou com seriedade.

— Mais ou menos isso — confirmou Levitt.

— Creio que estamos corretos nos cálculos. A autópsia será mais precisa, mas não espere grandes mudanças no que já sabemos. Você já tem a hora da morte e o modo como aconteceu.

Levitt usou uma toalha para limpar um traço de maquiagem do cadáver.

— Há marcas vermelhas na epiderme — disse. — Esse pobre camarada foi estrangulado, sem dúvida. Quem é ele?

— Eu, sinceramente, esperava que você me dissesse isso — admitiu Wulff. Abotoou o casaco de couro. — Envie as impressões digitais lá para cima. — Wulff dirigiu-se à porta e virou-se. — Quando o relatório preliminar estará pronto?

— No início da noite — respondeu Levitt.

— Deixarei uma cópia aqui para você, antes de ir embora. Não posso ficar aqui a noite toda, à sua espera, posso?

O detetive-inspetor encontrou Barlach debruçado sobre um chafariz de mármore, no saguão. Em torno dele, os raios de sol refletiam-se no piso de ladrilhos, depois de entrar pelas janelas altas. Barlach sobressaltou-se com a aproximação, e encarou Wulff envergonhado.

— Não se preocupe, Barlach — murmurou Wulff. — Agora, temos de subir até a seção de registros e apanhar as fotos desse homem-mulher morto. Quero que faça as fotos circularem em lojas e bares do bairro. E quero que as mostre aos condutores dos bondes das linhas de Prenzlauer e Grenadier. Se alguém a reconhecer, avise-me imediatamente. Esta noite, teremos fotos da "versão masculina" da vítima. Você poderá distribuí-las amanhã. Se o que pensamos está correto, essa mulher deve ter desembarcado do bonde vindo de Grenadier por volta das sete horas e começado a caminhar pela Hirrenstrasse, para apanhar o bonde de Prenzlauer para Berlim. Era muito bonita, em certos aspectos. Com certeza, um condutor se lembraria dela. Talvez tenhamos sorte, Barlach.

Barlach sorriu.

— Será uma honra ajudá-lo, detetive-inspetor.

— Voltaremos a conversar em breve, sargento, seja por telefone ou pessoalmente.

— Posso perguntar por que me escolheu para ajudá-lo nessa investigação?

Wulff acendia um cigarro. Ponderou a ausência de motivo para aquele assassinato.

— Talvez por sua devoção ao trabalho — disse a Barlach.

Barlach assentiu, sem jeito, e subiu a escada de mármore, um degrau à frente de Wulff. Wulff apagou a imagem da vítima de sua mente, embora soubesse que continuaria se lembrando da orquídea de sangue no avental de Levitt.

▪ ▪ ▪

Mais uma vez, Wulff foi conduzido à sala do comissário-chefe por Krause. Lá dentro, ficou surpreso por ver seu próprio capitão, *Oberkommissar* Bruckmann, parado junto às janelas que davam para a Alexanderplatz, empunhando um charuto negro em uma das mãos. Wulff piscou algumas vezes, surpreso, e então retomou sua postura atenta e assentiu rapidamente para Bruckmann, que retribuiu o gesto. Wulff cumprimentou Weiss, que estava sentado atrás de sua mesa monumental, diante da lareira. O comissário-chefe parecia estar se afogando em meio a pilhas de relatórios, documentos, fotografias e jornais.

— Não é preciso formalidade — anunciou Weiss. — Estamos apenas tendo uma conversinha. Por favor, entre e sente-se.

Wulff trocou um aperto de mão com Bruckmann, um homem rigidamente empertigado, que enfrentara a Grande Guerra na frente oeste. Ele perdera um olho para os estilhaços de bomba e caminhava com um leve manquejar. Dizia-se que uma bomba britânica destruíra a casamata na qual seis homens estavam sentados, fazendo um desjejum constituído de ratos. A bomba matara cinco deles, mandando Bruckmann para o hospital por seis dias. Como resultado, ele usava um tapa-olho e tinha uma feia cicatriz na face. Wulff sentou-se e conversou amenidades com o capitão, cujos cabelos grisalhos muito curtos e a cabeça em formato cônico lembravam uma bala. Wulff declinou a oferta de um charuto. Trouxera consigo o relatório de Weiss, e depositou-o cuidadosamente em meio à bagunça espalhada sobre a mesa.

— Hitler e seu séquito estão no Hotel Kaiserhof — disse Weiss.

— Ele subiu na vida — comentou Bruckmann em tom indiferente. — Até mesmo dirige um caríssimo Mercedes preto. Ou melhor, o motorista dirige para ele. — Bruckmann resmungou algo incompreensível. — E pensar que há apenas sete anos esse cabo liderou uma revolução frustrada em Munique!

Wulff empurrou o relatório para Weiss. Bruckmann deixou que uma ponta de cinza planasse indecorosamente até o tapete.

— Vejo que está devolvendo meu relatório sobre a ameaça nazista ao nosso governo — comentou Weiss. — Você o leu?

— Sim, ontem à noite — respondeu Wulff. — E terminei de ler esta manhã, na cantina, juntamente com o *Der Angriff*.

— Gostou de minha caricatura?

— É repulsiva.

Weiss exibiu um sorriso desanimado.

— Já me acostumei. Embora o mesmo não possa ser dito sobre minha esposa e filhos. — Levantou-se e caminhou até a janela, parando ao lado da pesada cortina de brocado púrpura.

— Você deveria descansar um pouco — Bruckmann dirigiu-se a Wulff, pousando a mão no ombro do detetive, em um gesto paternal.

— Descanso é para os cansados — replicou Wulff.

— E quanto aos perversos? — brincou Weiss. — Que descanso existe para eles?

— Se está se referindo ao relatório — disse Wulff —, com certeza o promotor do Reich tomará uma atitude.

— Ele já se recusou — informou Weiss em tom ácido. — No momento, o relatório encontra-se nas mãos do ministro do Interior da Prússia. Você leu a minha conclusão. A menos que ocorra uma proibição absoluta dos partidos, tanto Comunista quanto Nazista, a República está condenada. Não concorda comigo, Wulff?

Bruckmann virou-se subitamente para a janela.

— Ora, Wulff — disse —, você tem a minha permissão para discutir questões políticas.

— Sinto muito, comissário-chefe, mas esses casos não dizem respeito a investigadores criminais da Kripo.

— Mas se a Direita ganhar poder — Weiss falou devagar —, seu novo comissário de polícia será Hermann Göring.

— Pense, Wulff, pense! — Bruckmann riu. — O socialista Grzenski ou o nazista Göring! — e bateu com o pé no chão. — Qual vai ser?

— Göring é um imbecil — disse Wulff.

— Um imbecil! — Bruckmann grunhiu. — Está ouvindo suas próprias palavras, Wulff? Acaba de chamar Göring de imbecil!

Weiss retornou à mesa e voltou a sentar-se.

— Não, Wulff — murmurou. — Göring não é um imbecil. Nenhum desses nazistas é imbecil. E não estão para brincadeiras.

— Mas que posso fazer? — perguntou Wulff.

— Devemos levar esses nazistas a julgamento, como traidores e criminosos políticos.

— Mas eu sou um Kripo — protestou Wulff. — Esse é um trabalho para a polícia política da Stapo.

— Você se recusa... — começou Weiss. — É claro que tem o direito de recusar, mas eu trouxe seu capitão aqui, hoje, para lhe dizer que ele vai dispensá-lo do Departamento IV se você aceitar a minha oferta de transferência.

— Desculpe, comissário-chefe, mas esse não é um trabalho para mim. Não sou político.

— É verdade — concordou. — Muito bem, Wulff, mas eu lhe disse que temos um problema de segurança aqui, no quartel-general da Alexanderplatz. Não vai, ao menos, investigar isso para mim? Assim, você também prestaria um grande serviço à República. Depois das eleições, estamos planejando invasões nas sedes dos dois partidos: Comunista e Nazista. Se esses planos não forem seguros, serão inúteis.

Bruckmann deu um passo na direção de Wulff e encolheu os ombros, como se lhe oferecesse sua solidariedade: Que se pode fazer?

— Tenho casos a resolver — persistiu Wulff.

— Bruckmann concordou em diminuir sua carga de trabalho — garantiu Weiss. — Meu ordenança, Krause, poderá fornecer todas as informações necessárias para você procurar esse espião. Krause conhece a localização exata de cada documento relacionado ao planejamento da Stapo, a cadeia de custódia e os nomes dos homens envolvidos em desenvolvimento e execução. Em algum lugar dessa cadeia, há um elo partido.

— Creio que posso fazer alguns interrogatórios — Wulff concordou com relutância.

— Bom. E pode usar outro policial para ajudá-lo, se quiser. O chefe Grzenski e eu autorizamos um orçamento secreto para pagar seu assistente, digamos, 15 marcos por semana. Lamentavelmente para você, sua recompensa será saber que o governo aprecia seus esforços.

— Vou fazer meus relatórios ao senhor, diretamente? — indagou Wulff.

— Diretamente a mim, inspetor.

— Vou tentar, senhor.

Weiss levantou-se, contornou a mesa e estendeu a mão para Wulff e Bruckmann. Depois das despedidas, Wulff seguiu Bruckmann pelas imensas portas entalhadas até a ante-sala, onde Krause tinha sua mesa, junto da área de espera. Pararam ali, sob a luz do sol.

Bruckmann deu um tapinha nas costas de Wulff.

— Ora, ora — sussurrou com sua voz rangente. — O judeu safado prendeu você em sua teia? — Sorriu, exibindo os dentes pequenos e afiados.

— Talvez nós todos estejamos presos a teias — replicou Wulff.

— Você deveria ter recusado. Foi o que eu disse a ele que você faria. E me preparei para apoiar você. Ele quer mais, Wulff. Este é apenas o começo de seu envolvimento com Weiss, devo alertá-lo. E é com tristeza que também vou avisá-lo de que sua carreira estará em perigo se você se associar a esse judeu e sua equipe de socialistas da Stapo.

— Serei cuidadoso — prometeu Wulff.

— Uma segunda revolução alemã está no ar — anunciou Bruckmann. — Devemos ficar ao lado de quem vai vencer, se isso for possível. — A túnica que ele vestira para a reunião foi atirada sobre o ombro. — Espero que me mantenha inteiramente informado sobre suas atividades para Weiss. E, no seu lugar, eu não teria muita pressa de descobrir quem é esse espião. Weiss, o judeuzinho, o empalará e beberá seu sangue, se não tiver cuidado.

— Vou mantê-lo informado, capitão — mentiu Wulff.

— E quanto a seu assistente, tem alguém em mente?

— Ainda não — Wulff mentiu outra vez.

4

O quarto andar do quartel-general na Alexanderplatz abrigava o Departamento ED, a Seção de Registros da força de polícia metropolitana. Wulff reuniu-se com ordenanças e funcionários burocráticos, para que fizessem circular entre os detetives um relatório dos fatos relacionados ao assassinato da Hirrenstrasse. Falou com técnicos encarregados do departamento de impressões digitais, instruindo-os a distribuir as impressões da vítima para todos os distritos policiais dos estados federais da Alemanha. Redigiu um boletim sobre um homem desaparecido, para enviar juntamente com as impressões digitais. Finalmente, orientou o chefe dos fotógrafos da medicina legal a enviar um pacote de fotos da vítima, tanto na versão masculina quanto na feminina, aos mesmos distritos e estados.

Wulff subiu até o quinto andar, apresentou suas credenciais a um oficioso diretor prussiano da divisão de pessoal no departamento municipal e entregou um requerimento assinado por ele e duas testemunhas, solicitando acesso a todos os prontuários de funcionários do departamento, juntamente com a lista de todos aqueles que tinham permissão para entrar no edifício a qualquer hora. Pediu, também, todas as folhas de registros preenchidas pelos oficiais de plantão com os nomes de todos os visitantes, cidadãos, policiais e políticos. O oficial prussiano, estudando Wulff com ostensivo desdém, disse que levaria no mínimo uma semana, talvez mais, para compilar tantas listas, relatórios e informações. Wulff replicou que ele teria três dias para fornecer o que lhe fora pedido, conforme ordens do comissário-chefe Weiss. Antes de ir embora, Wulff telefonou para o oficial de plantão do Sétimo Distrito, e soube que o *Oberwachtmeister* Barlach estava escalado para se apresentar no distrito às quatro da tarde. Aquele era seu fim de semana de plantão, o que acontecia uma vez a cada quatro semanas.

Na Alexanderplatz, Wulff chamou um táxi. Sentou-se no banco traseiro e abriu a janela assim que o carro passou pelo Salão da Torre Vermelha. Wulff sentia certa inquietação diante daquela sua nova função, trabalhando para Weiss. Quando o táxi parou, ele atravessou a rua larga e usou sua chave para entrar no edifício de apartamentos onde Johanna morava. Então, subiu quatro lances de escada acarpetada. Johanna abriu a porta, vestindo um robe esvoaçante, de veludo vermelho. Tinha a expressão sonolenta de quem acabara de acordar, os cabelos negros embaraçados em uma fita e um pente. Wulff beijou-a, entrou na sala e deixou-se cair pesadamente no divã de estilo egípcio. Johanna foi até a janela e abriu as cortinas, enchendo o quarto com a luminosidade dos dias de outono. Ocupou-se na cozinha, para então servir café fresco a Wulff e sentar-se no sofá.

— Você esteve aqui ontem à noite, não foi, Harry? — perguntou. — Fizemos alguma coisa imoral?

— Você estava sonolenta demais — respondeu Wulff.

O apartamento de Johanna era repleto de objetos de arte. Nas estantes de livros, o que dominava eram gravuras orientais e publicações psicanalíticas. Os exemplares de arte africana foram colecionados pelo pai dela, que havia trabalhado na Costa do Marfim.

— Harry, falamos sobre Goebbels, ontem à noite? — ela indagou.

— Não pense em Goebbels, querida.

— Sei que conversamos sobre ele, Harry, e sei que você me disse que houve um assassinato na Hirrenstrasse. Isso é tão terrível!

— Meu Deus, Johanna, você é incrível.

— Deveria conversar mais comigo, querido.

— Lá vem você com sua psicanálise, outra vez — disse Wulff. — Você acha que conversar é a solução para todos os problemas do mundo.

A sala estava quente, e Wulff começava a ficar sonolento.

— Não para os problemas do mundo, meu querido — corrigiu Johanna. — Apenas para os problemas dos indivíduos.

— Seja como for, querida — ele concordou. — Sim, houve um assassinato na Hirrenstrasse.

— E quanto a Goebbels?

— Weiss pediu-me para assumir um serviço especial.

— Meu pobre Harry... Não pode me contar, certo? É um serviço secreto, não é?

— A parte que se refere a Goebbels é secreta — confirmou Wulff. — Você sabe que não posso lhe contar.

— Esse é o caminho para a neurose — declarou Johanna.

— Você é a minha única neurose.

— Isso o preocupa, Harry? Amar uma judia e trabalhar para um judeu, também?

— Não comece, Johanna, por favor — ele pediu, deixando de lado a xícara. — Não é assim.

— Coloquei minha marca em você?

— Não diga essas coisas — ordenou Wulff. — Weiss pediu que eu me infiltrasse no Partido Nazista e investigasse Goebbels, mas isso não faz parte de minhas atribuições como Kripo. Não é meu trabalho. Eu não deveria estar lhe contando tudo isso, mas quero que saiba como me sinto. Vou fazer o que Weiss pediu, mas receio que seja algo muito mais prosaico do que trabalhar disfarçado. O trabalho é muito mais burocrático do que qualquer outra coisa. E não é estritamente político.

— Ah, meu querido e doce Harry — suspirou Johanna. — Eu já lhe disse que você é muito, muito ingênuo?

Antes que pudesse responder, Wulff sentiu os lábios de Johanna em seu pescoço. Ela abriu sua calça e acariciou-o até que ele se dissolvesse em espasmos, derrubando a xícara vazia. Durante um longo período, permaneceu deitado no divã, tendo os cabelos negros dela sobre si, como um xale.

— Eu te amo — murmurou Wulff.

— Gostaria de se abrir comigo? — sussurrou Johanna.

— Sobre o quê? Weiss?

— Weiss, Goebbels, Hirrenstrasse?

— Não devo — ele respondeu, o coração ainda descompassado. — Weiss acredita que a República está chegando ao fim, politicamente falando. Ele fez uma pesquisa considerável sobre nazistas e comunistas. Acha que os dois partidos deveriam ser banidos. Quer tornar ilegais os bares, reuniões e grupos de luta deles. Acredita que os nazistas são criminosos políticos, e que aceitá-los em um sistema parlamentar democrático é contraditório. Ao mesmo tempo, sua própria organização está repleta de nazistas e espiões. E, ainda, enfrenta constantemente o anti-semitismo. Suponho que me considere uma pessoa em quem pode confiar.

Johanna ergueu os olhos para fitá-lo.

— Ele escolheu você por ter uma amante judia?

Harry Wulff ficou perplexo.

— Talvez ele confie em mim porque sabe que sou Kripo até na alma — sugeriu.

Ouviram um bonde passar quatro andares abaixo e, em seguida, o ruído da carroça de leite, puxada por cavalos.

Johanna disse:

— Você sabe que estou escrevendo uma monografia psicológica sobre Goebbels, não sabe, Harry?

— Sim, sei, querida. Eu só gostaria que não continuasse. Gostaria que desistisse e, mais ainda, que não publicasse seus escritos. Essa gente é perigosa.

— Claro! — gritou Johanna. — São perigosos, Harry! É essa a questão! — Estendeu os braços e tomou o rosto dele entre as mãos, beijando-o delicadamente nos lábios.

— Sabe o que Brecht disse? Sabe, Harry? Sabe o que Brecht disse sobre essa gente?

Colaram a testa de um à do outro.

— Conte-me o que Brecht disse — disse Wulff.

— Ele disse: "Dentro de mim trava-se uma batalha entre o deleite proporcionado por uma macieira em flor e o horror de um discurso de Hitler. Mas somente o último me obriga a sentar-me à mesa de trabalho." — Johanna voltou a beijá-lo de leve. — E Goebbels me obrigou a sentar-me à minha mesa de trabalho.

— Você é uma mulher admirável — disse Wulff. — Podemos fugir juntos e nos casar na Suíça.

— Mas somos alemães, Harry. E as eleições ocorrerão na semana que vem! Não deveríamos sair às ruas, carregando cartazes de apoio à República e aos socialistas, à democracia? Não deveríamos convencer os comunistas a participarem do governo em uma base construtiva? Não deveríamos substituir o velho Hindenburgo e alimentar os quatro milhões de desempregados? Por favor, diga-me, Harry, em que lugar da Europa podemos nos esconder do futuro?

Wulff suspirou.

— Não vamos falar de política outra vez — pediu.

— Está bem — concordou Johanna. — E amanhã iremos nadar no Luna Park. Quero ver os patinhos, andar na montanha-russa, na roda-gigante e ouvir o concerto da orquestra, ao lado daquela fabulosamente absurda montanha de papel machê.

— Johanna, querida — murmurou Wulff em tom nostálgico. — Preciso trabalhar hoje. Esta noite, pegarei o trem para Lubeck. Meu pai está doente e tenho de passar o domingo com ele. Tenho estado tão ocupado que acabei me esquecendo de lhe dizer. Espero que não esteja decepcionada comigo.

— Ah, não, meu amor — ela assegurou, pousando o dedo nos lábios dele.

— Um dia, quero que conheça meu pai.

— Já conversamos sobre isso — lembrou Johanna. — Seu pai não quer conhecer a sua prostituta judia.

— *Por favor*, não fale assim! — repreendeu-a Wulff.

— Querido, querido... — ela sussurrou ao seu ouvido, quando ele passou os braços em torno dela, em um gesto exasperado.

— Meu pai vai gostar de você — ele afirmou.

— Harry, seu pai carrega na face direita a cicatriz de um duelo travado nos tempos de escola, e costumava almoçar com o general Ludendorff nas tardes de domingo. Tenho certeza de que ele é um bom homem, mas fez parte da equipe do general.

— Está bem — desistiu Wulff. — Não tenho como vencer esse argumento. No momento, você está linda demais para brigarmos.

— Você sempre diz a coisa certa, meu querido. E está investigando um assassinato terrível na Hirrenstrasse.

— Foi um travesti.

— Muito interessante, Harry.

— Talvez você possa me ajudar nesse caso — ele disse. — O travesti assassinado era, provavelmente, uma prostituta homossexual, estou certo?

Johanna atirou a cabeça para trás e soltou uma risada. Abraçou Wulff e beijou-lhe as pálpebras.

— Ah, meu querido Harry! Um dia desses ainda vou instruí-lo sobre as complexidades da sexualidade humana!

— A vítima usava roupas femininas e estava impecavelmente maquilada, com cílios postiços e sobrancelhas feitas, além de usar um suéter com gola de pele falsa de arminho.

— Harry, querido, Berlim está cheia de homens que usam roupas de mulher.

— Fascinante!

— Se tivesse estudado psicologia com a mesma assiduidade com que estudou filosofia...

Wulff sorriu.

— Isso ajuda muito o meu raciocínio — comentou.

— As questões de sexo são extremamente complexas — ela continuou. — Não deixe os hábitos culturais o enganarem. Sua vítima pode ter sido qualquer coisa e qualquer pessoa. Estou pensando em uma lenda cultural em particular, originária dos índios Tarahumara, da Serra Madre mexicana. Nas histórias deles, existem três sexos! Os homens têm uma alma, as mulheres duas, mas os homossexuais têm sete, Harry. Imagine como é ter sete almas!

— Pode me servir mais um café? — perguntou Wulff, com uma risada.

▪ ▪ ▪

Wulff dormiu por três horas, coberto pelo robe de Johanna. Sonhou com um espaço de cor violeta, com árvores que balançavam ao vento e um corpo de rosto branco rolando loucamente pelo túnel de sua mente. Quando acordou, surpreendeu-se com o clima suave e as cores esplêndidas da sala. Lavou-se e almoçou pão, queijo e salada. Despediu-se de Johanna com um beijo, pegou um táxi e atravessou Berlim até o sétimo distrito, na Bülow Platz, dois quilômetros ao norte e oeste da estação ferroviária Alexanderplatz Bahnhof.

O edifício era uma estrutura estreita de granito, que antigamente abrigara o corpo de bombeiros. Wulff entrou e falou com o oficial de plantão, encontrando Barlach nos fundos do edifício, onde ficavam o banheiro e o vestiário. Barlach estava sentado em um banco de madeira, parcialmente despido de seu uniforme de Schupo, fumando um charuto e empunhando uma caneca de sidra. Quando viu Wulff, levantou-se de um pulo, tentando suspender a calça de lã, equilibrar a caneca e fazer uma saudação.

— Não se preocupe, sargento Barlach — apressou-se em dizer Wulff. — Eu queria conversar com você a sós, antes do início do turno.

— Sim, senhor, certo, senhor — balbuciou Barlach, voltando a sentar-se, embora visivelmente embaraçado pela presença de Wulff no vestiário da Schupo.

— O senhor me pegou de surpresa, só isso, senhor — declarou, levantando a calça.

— Quero que trabalhe comigo no assassinato da Hirrenstrasse — anunciou Wulff, indo direto ao ponto. — Concorda com isso?

— Sim, eu adoraria trabalhar em uma investigação, senhor.

— Já conversei com o seu capitão. Nesse exato momento, fotos da vítima estão sendo produzidas, nas versões masculina e feminina. Quando mostrar as fotos, determine se algum dos condutores reconhece o homem ou a mulher. É possível que nossa vítima utilizasse o trem regularmente. Talvez você consiga descobrir até mesmo onde ela pegou o trem, naquela noite. Também é possível que a versão masculina de nossa vítima fosse um passageiro habitual. Creio que compreende aonde quero chegar.

— Vou até a Alexanderplatz pegar as fotos — decidiu Barlach.

— Hoje é sábado, Barlach — lembrou Wulff. — Não é necessário iniciar o trabalho antes de segunda-feira de manhã. Desconfio que nossa vítima vai aparecer nos boletins de pessoas desaparecidas durante o fim de semana.

— Farei o melhor que posso, senhor. Sinto-me honrado pela chance de trabalhar com o senhor, inspetor Wulff.

— Não há nenhum extra para você nesse trabalho, Barlach.

— Não me importo. É melhor do que patrulhar ruas.

Barlach amarrou as botas pretas e abotoou a camisa do uniforme de Schupo até o pescoço.

— Talvez tenhamos sorte — disse Wulff. — Talvez nosso assassino estivesse no mesmo trem, na noite de sexta-feira. É possível que o assassino também seja um passageiro habitual. Essa idéia ocorreu-me esta manhã. Se for assim, quem sabe um dos condutores que trabalham nos dias úteis consiga ligar o assassino à vítima? Senão, teremos de supor que nosso assassino conheceu a vítima na Hirrenstrasse, por acaso.

— Trabalharei o dia todo.

Wulff sentou-se em um banco de madeira e acendeu um cigarro. Ofereceu fósforos para o charuto de Barlach, que se havia apagado.

— Barlach, quero lhe perguntar uma coisa.

— Claro, senhor.

— Você apóia a República?

Barlach fumou por um momento. Atravessou o vestiário e apagou o charuto na porcelana suja de uma pia. Estudou o próprio reflexo no espelho.

— Não sei o que dizer, senhor — declarou por fim.

— Não se trata de uma pergunta traiçoeira.

— Tanto quanto qualquer homem — respondeu Barlach.

Wulff riu consigo mesmo.

— Assim como eu — revelou. — Barlach, não vou fazer rodeios. Há um espião nazista em operação na Alexanderplatz. O comissário-chefe Weiss pediu-me que localizasse o vazamento, se fosse possível. Ele me autorizou a designar um assistente. Gostaria que fosse você.

— Eu não poderia contar à minha esposa?

— Não, Barlach, sua esposa não deve saber de nada. — Wulff apagou o cigarro. — Faz alguma objeção a trabalhar para um judeu?

— Não é isso, senhor.

— O que é, então?

— São os tempos, senhor.

— Sei do que está falando.

— Acha que sou capaz de fazer esse trabalho?

— Não lhe ofereceria o cargo se não achasse.

— Bem, se pensa assim...

Wulff levantou-se, consciente de que a hesitação de Barlach não tinha qualquer relação com coragem ou medo. Ele e Barlach vinham de mundos diferentes — Wulff, do aristocrático Báltico; Barlach, das favelas da classe trabalhadora de Berlim. Ainda assim, os dois sofriam da mesma incerteza.

Eram os tempos.

▪ ▪ ▪

O quartel-general da Alexanderplatz estava deserto quando Wulff passou pelo posto de controle preliminar do Reichswehr, na entrada do edifício. O céu de final de tarde adquirira um tom alaranjado, e o ar carregava o cheiro do óleo diesel. Dois cabos fortemente armados examinaram os documentos de Wulff, no portão de entrada, e outros dois fizeram o mesmo no topo da escada de mármore, antes que ele entrasse. Wulff apresentou-se ao oficial de plantão, que estava sentado em postura rígida a uma mesa no saguão. O oficial anotou seu nome na folha de registros de visitantes e fez sinal para que ele entrasse. Wulff desceu a escada até o subsolo e entrou na sala do patologista. Sentado à sua escrivaninha, Levitt estava curvado sobre uma pilha de relatórios. Fumava, distraído, enquanto escrevia.

— Ah, Wulff — resmungou Levitt, fingindo contrariedade. — Eu disse *esta noite*, inspetor! E ainda não anoiteceu, mas você vem assim mesmo. Por favor, dê uma olhada lá fora — disse, gesticulando para as janelas da sala, pintadas de preto.

— Ora, vamos, meu velho, tenho de pegar um trem na Lehrter Bahnhof dentro de duas horas.

Levitt voltou a resmungar, antes de exibir um sorriso largo que revelou os dentes irregulares. Girou a cadeira para encarar Wulff, e fez um gesto convidando-o a sentar-se em um banquinho à sua frente.

— Bem, creio que posso resumir minhas descobertas — disse. — Essa sua vítima é muito interessante. Vamos aos detalhes! Um metro e vinte e seis centímetros de altura, 55 quilos e, confirmadamente, sem doenças. Não era muito bem alimentado, mas ninguém em Berlim está muito bem alimentado atualmente. Trata-se de um belo espécime, inspetor Wulff. Uns 26 anos de idade. Isso não será surpresa, mas a causa oficial da morte foi asfixia por estrangulamento manual. O caso deve ser classificado como homicídio. Além dos indícios que observamos juntos esta manhã, há edema nas mucosas bucais. E a marca nítida de um polegar no lado direito do pescoço. Seu assassino é muito forte e, provavelmente, destro.

— Agora, tenho apenas três milhões de suspeitos — disse Wulff.

— Mais ou menos — concordou Levitt. — O cérebro e os órgãos internos são normais.

— Alguma coisa incomum?

— Sim, *ele* tem algumas características incomuns. Fiz um exame manual da epiderme, como sempre faço. As pontas dos dedos da mão esquerda apresentam calosidades. Os calos são grossos e específicos demais para um datilógrafo ou estenógrafo. Além disso, é raro vermos homens nessas funções. — Levitt inclinou-se para Wulff. — Eu diria que ganhava a vida tocando violino, ou violão.

— Muito bom — declarou Wulff.

— Tem mais. Os dois dentes de siso da vítima foram extraídos recentemente. Foi um trabalho feito às pressas e sem maiores cuidados. Os pontos foram retirados há poucos dias. Sua vítima visitou o dentista há pouco tempo.

— Isso pode nos levar a alguma descoberta — concluiu Wulff.

— Receio que o resto seja inútil. O exame toxicológico foi negativo para drogas e álcool. O exame de sangue ainda não foi concluído, mas não espero que nada extraordinário apareça. Prometo telefonar, se estiver enganado. Caso isso ajude, há uma leve abrasão na parte posterior da cabeça, onde o assassino a pressionou contra uma parede de pedras. Talvez você decida usar uma luz negra ou laminar na cena do crime, a fim de recolher amostras de sangue.

— Foi uma noite chuvosa, e as paredes são todas de pedras.

— O que é um azar para você, Wulff — lamentou Levitt. — Há uma coisa que, talvez, tenha importância remota. A vítima usava unhas postiças. Examinamos tecidos retirados de debaixo delas e, claro, encontramos pele. Mas tem mais.

— O quê?

— Indício de um tipo de cola. Estranho, não?

— Cola... Que está querendo dizer?

— Trata-se de uma substância resinosa suave, extraída de petróleo. Os cientistas legistas estão com ela agora. Farão uma análise detalhada.

— Mas cola, que significa isso?

— Você é o investigador — devolveu Levitt. — Eu me limito a observar e catalogar.

— E quanto ao seu relatório por escrito?

— Estará pronto amanhã ou, no máximo, segunda-feira.

— Estou ansioso para lê-lo — disse Wulff.

Levitt levantou-se, e os dois trocaram um aperto de mão.

— Parece cansado, Wulff. Deveria tirar uma folga, mas, em vez disso, vai fazer uma viagem.

— Meu pai está doente.

— Estimo as melhoras dele.

▪ ▪ ▪

Sob a luz fria, o faxineiro acordou e descobriu-se encolhido na cama dura e estreita de seu quarto alugado. Por uma fração de segundo, foi incapaz de determinar se era manhã, tarde, ou se a noite se aproximava, se o dia estava começando ou terminando. A seu redor, a velha e decadente mansão suburbana de Lichtenberg parecia tremer e chacoalhar.

O carpete estava empoeirado. As bonecas de papel que ele fazia enfileiravam-se nas prateleiras acima de sua cabeça, fitando-o com olhar perplexo. Havia centenas delas no quarto, obras lustrosas que ele produzira a partir de fotos de revistas de cinema. As bonecas tomavam conta das duas prateleiras e dos parapeitos das janelas. Pendiam do teto, presas a fios, e enfeitavam as paredes, presas por tachinhas.

O faxineiro levantou-se de repente, calçou um par de meias sujas e examinou seu território. Por um momento, abriu a memória para um espaço líquido, no qual sua mãe pairava. Lembrou-se dela na varanda de sua cabana, perto de Juprelle, na Bélgica. Em sua lembrança, ela usava um vestido de crinolina e rendas, os longos cabelos encaracolados caíam sobre os ombros. A mãe os afagava.

Esquentou o chá. À sua volta, o silêncio suburbano era vasto. Naquela parte de Lichtenberg, havia várias fileiras de casas individuais, feitas de pedras, seguidas por mais fileiras de casas geminadas de madeira e, mais adiante, os inevitáveis bares e lojas, antigas casas de fazenda perdidas no aperto da urbanidade, quilômetros de arbustos, pomares de maçãs abandonados, campos abertos que se mesclavam e se estendiam até o horizonte. Apurou os ouvidos enquanto seu chá fervia, mas não ouviu nenhum ruído produzido pela viúva vítima da guerra que morava no andar inferior. Quando o chá ficou pronto, levou uma xícara até a cômoda, sobre a qual erguera uma espécie de santuário, feito de velas e bonecas, e sentou-se diante do espelho. Havia seis pequenas lâmpadas de cada lado do espelho, uma extravagância que ele mal podia sustentar. Acendeu as luzes e sentiu-se imediatamente radiografado pelas lâmpadas. Começou a espalhar base cremosa nos dedos e, então, massageou a maquilagem no rosto. Espalhou o creme pelos ombros, pescoço, dando atenção especial às olheiras escuras. Apanhou um dos muitos pincéis que repousavam sobre a cômoda, esfregou-o levemente no estojo de maquilagem, para então aplicá-lo sobre a base. Repetiu a operação diversas vezes, até a maquiagem ficar espessa e uniforme. Quando terminasse, haveria um novo "eu", coberto de pó e ruge, com novos lábios pintados de uma tonalidade de batom chamada Maçã. Contraiu os lábios, arqueou o corpo na direção do espelho e beijou a imagem refletida nele. Um arrepio o percorreu. Finalmente, levantou-se, apanhou uma peruca loira e curta e colocou-a na cabeça, aplicando cola usada em teatro nas têmporas. Depois de vestir uma calcinha de algodão, afastou-se do espelho.

Foi até o armário, abriu a porta e examinou os poucos vestidos e saias pendurados. Fechou a porta em pânico, procurando nas revistas uma cabeça que se parecesse com a da mulher que acabara de seduzi-lo. Lembrou-se de tê-la observado, quando ela pegava um bonde na parada de Kohlberg, de como ela havia estruturado cada movimento feminino em uma espiral de flerte. Em meio aos muitos jornais e revistas ilustradas, encontrou uma cabeça, uma semelhança quase perfeita. Mais tarde, encontrou um vestido preto lustroso e um par de pernas cobertas por meias de seda.

Recortou um pedaço de papelão em uma forma perfeita, para então começar a colar sobre ele cabeça, corpo, vestido, pernas. Só faltavam os sapatos, mas ele jurou que encontraria o par perfeito, em preto-e-branco, de saltos altos.

À sua frente, havia uma tarde vazia, uma progressão de horas, mais um sábado ocioso. Com todo cuidado, colou a cabeça da boneca no papelão.

— Você está prestes a ter uma grande decepção — havia dito a ele a mulher morta.

5

A prostituta de Schwabing riu alto quando o capitão de polícia Bruckmann bateu com força em suas nádegas. Ele usava um chicote de couro de rinoceronte, fazendo erguerem-se pequenas meias-luas de pele inchada e vermelha nas pernas e na parte interior das coxas. Bruckmann já fizera sexo com ela uma vez e, agora, lavava-se na pia do quarto alugado de um hotel em Alt Köln. Bruckmann virou-se, transpirando, e atingiu a prostituta nas nádegas outra vez. Ergueu-se subitamente, secou-se com uma toalha do hotel, parou para admirar a própria imagem no espelho do quarto e vestiu a calça. Inclinando-se, mordeu a prostituta no pescoço.

— Uuuuuh, *liebchin*! — a prostituta gemeu em fingido prazer. — Você é um parceiro e tanto! — Jogou os cabelos sobre um dos ombros.

— Vista alguma coisa — ordenou Bruckmann.

Uma combinação azul mal cobria as costas dela. Bruckmann fora informado de que ela era uma boêmia de Munique.

A prostituta levantou-se e ajeitou a combinação, a fim de se cobrir. Foi até a pia e lavou o rosto. Então, saiu do quarto e foi para o dela, no final do corredor. Bruckmann terminou de se secar, barbeou-se e vestiu uma camisa branca limpa e o suéter cinza da polícia. Uma vez pronto, desceu até o bar do hotel, onde Dieter Rom estava sentado a uma mesa de canto, bebendo uma pequena dose de conhaque. Bruckmann sentou-se diante de Rom, líder da tropa de assalto 33, um dos mais ativos e notórios centros de treinamento dos Camisas Pardas em Berlim. A mesa, posta na extremidade do bar, ficava no meio de uma dúzia de outras. Àquela hora da noite, o bar estava deserto, exceto por Bruckmann e Rom, que eram servidos por um pomerânio musculoso vestindo um avental branco.

— Onde descobriu essa cadela repulsiva? — perguntou Bruckmann a Rom, servindo-se de uma dose de conhaque. — Concordo que seja uma diversão e tanto, mas parece que foi atacada por ratos.

— E foi — confirmou Rom. — É uma porca de Schwabing. Na certa, comunista de coração. Mas ouvi dizer que está sempre disposta a fazer qualquer coisa.

— Ela tem talento, concordo — declarou Bruckmann.

Levou o copo aos lábios e inspirou os vapores do álcool. Do outro lado da mesa, Rom permaneceu sentado, imóvel, um homem de feições quadradas, cabelos louros e curtos, e olhos de um azul desbotado. Vestia um terno preto de risca-de-giz e gravata vermelha.

— O maior talento dela é o silêncio — sugeriu Rom.

— Seu maior talento é a disponibilidade — retrucou Bruckmann.

— Bem — Rom deu de ombros —, creio que não estamos aqui para falar da prostituta, estamos? — Ergueu o copo em um falso brinde. — Aceite-a como um presente da tropa 33. Só isso.

— Do próprio Hitler? — Bruckmann inquiriu, cínico.

— Nem tanto. Achei que uma prostituta de Munique o agradaria, Bruckmann.

— Talvez se eu fosse o primeiro. Sou?

Rom emitiu um som divertido.

— Perdoe-me a alusão, mas Hitler teria relevado isso.

— Talvez Hitler já tenha estado com ela também — sugeriu Bruckmann.

— Ah, mas *Herr* Hitler está no Kaiserhof, certo? Não em uma hospedaria suja de Alt Köln.

— Está ocupado demais com a doutrina do partido para se sujar com uma vagabunda?

Rom bebericou seu conhaque.

— Não deveria brincar com essas coisas, Bruckmann. Falo sério.

Bruckmann bebeu sua dose em um só gole.

— Trouxe o meu dinheiro? — perguntou.

Rom retirou do bolso do paletó um envelope e o colocou sobre a mesa. Bruckmann rasgou o envelope com a unha do dedo mínimo e contou as notas de marcos, uma por vez.

— Cem marcos — disse Rom, quando ele terminou.

Bruckmann guardou o dinheiro no bolso do suéter. Balançou a cabeça em forma de bala para um lado e para o outro, bocejou profundamente e ajeitou o tapa-olho.

— Não é mais suficiente — declarou.

Rom ponderou a situação.

— Trata-se de uma decisão que você tomou por si mesmo, ou seu espião tem algo a ver com essa exigência?

— Deixe-me explicar — respondeu Bruckmann. — Há mais de um ano você vem recebendo relatórios sobre os planos diários da Stapo. A informação vem diretamente da sala do comissário-chefe. Meu espião fez esforços imensos para avisá-lo com antecedência sobre várias invasões nos quartéis-generais nazistas e no bar de sua tropa 33. Ele corre riscos graves. E eu, também, corro um grande risco ao passar as informações para você, sendo um capitão da Kripo. E estou certo de que você passou as informações para o seu superior, chefe da tropa, *Führer* Maikowski, e ao grupo de Charlottenburg. Aos olhos deles, tenho certeza de que você se tornou um herói. — Bruckmann fez uma pausa de efeito. Havia planejado meticulosamente aquele discurso, embora a prostituta houvesse adiado o momento. — E, agora, vem o famoso relatório Weiss, solicitando a criminalização do partido e da tropa de assalto. Isso transformaria em criminosos Goebbels e Hitler. Fui informado de que o ministro do Interior da Prússia está inclinado a levar essa sugestão a sério.

— Um belo discurso — retrucou Rom. — Os rumores são de que o relatório Weiss foi rejeitado pelo promotor do Reich.

— Mesmo assim... — continuou Bruckmann, movendo as mãos na mesa como se fossem aranhas. — Tem de admitir que o clima está se tornando cada vez mais perigoso. A cada dia, a pressão aumenta.

— Nas ruas, talvez, mas sabemos do relatório. Não vamos pagar mais para lê-lo.

— Não estou me referindo ao relatório. Escute-me: o judeu Weiss designou um inspetor criminal da Kripo para investigar o vazamento de informações em sua divisão. Isso aumenta o valor das apostas, por assim dizer.

Rom ergueu uma sobrancelha, tamborilando os dedos na mesa. Bruckmann havia terminado o conhaque, e Rom fez sinal para que o *barman* trouxesse outra garrafa.

— Como sabe disso? — perguntou.

— As coisas tomaram um rumo perigoso, não acha? Meu espião correrá riscos constantes agora.

— Como sabe disso? — insistiu Rom.

— Eu estava lá! — declarou Bruckmann, divertido. Ponderou sua sorte. Weiss possuía uma agenda diária, mais um lembrete para seus próprios arquivos do que alguma coisa destinada ao conhecimento da cadeia oficial de comando. Seu espião entrava secretamente na sala e lia as anotações, assim como alguns dos relatórios e planos da polícia. — Sou o *Kriminal Oberkommissar*, não sou?

O *barman* trouxe uma garrafa de conhaque barato. Bruckmann serviu-se de mais uma dose.

— E quem é esse investigador Kripo? — quis saber Rom.

— Só posso lhe dizer que ele é muito competente.

Bruckmann sofrera de asma quando criança, e o lugar empoeirado estava lhe dando dor de cabeça.

— O dinheiro extra que está pedindo será usado na tentativa de corromper esse investigador?

— Ele é incorruptível. É um Kripo. Mas ouvi dizer que tem uma amante judia.

Harry Wulff, pensou Rom, que fizera um estudo da infra-estrutura da Kripo.

— O que não é um grande crime — disse. — Os romanos se deitavam com *suas* escravas. Os americanos, com as escravas *deles*. Até você, Bruckmann, faz isso com uma comunista de Schwabing!

— Mais uma coisa — acrescentou Bruckmann. — Meu espião já sabe de sua nêmese Kripo. Sabe que, agora, o jogo é muito mais perigoso. E o Kripo está autorizado a contratar um assistente. Um risco maior exige um pagamento mais alto, como compensação.

— A compensação é determinada pelos resultados.

— E pela dificuldade — opôs-se Bruckmann.

— Nesse caso, sejam cuidadosos.

— Danem-se os cuidados! — gritou Bruckmann. — E quanto ao dinheiro? — Um casal de idosos entrou no bar e sentou-se a uma mesa no canto oposto. — Precisamos do dinheiro — ele repetiu, furioso.

— E eu imaginava que seus motivos fossem nacionalistas — zombou Rom.

— E são, mas às vezes lembro-me de Goebbels em seu apartamento luxuoso na Reichkanzlerplatz, com a mobília de mogno e os belos quadros, os ternos elegantes e as festas caras. Às vezes, lembro-me do próprio Hitler e de seu novo e caríssimo Mercedes. Sim, lembro-me deles! E quanto ao nacionalismo? E quanto ao auto-sacrifício pela Alemanha? Mas acabo sempre me lembrando do reluzente Mercedes preto, e penso: e quanto ao dinheiro?

— Por favor, tenha cuidado — advertiu-o Rom. — Seu humor ainda vai levá-lo à forca. — Baixou os olhos para as mãos imaculadamente tratadas. — Levarei a questão ao meu colega Maikowski, na SA — disse.

— Faça isso logo — frisou Bruckmann. — Antes do próximo fim de semana.

— É muito em cima. Não há tempo suficiente — replicou Rom.

— Vai-lhe custar mais. O triplo.

— Trezentos? Não seja idiota.

— Trezentos — confirmou Bruckmann, levantando-se e ajeitando o suéter cinza. — Por favor, transmita minhas saudações a Maikowski e aos conspiradores arianos.

Rom desviou o olhar, contendo um impulso de raiva. Observou o casal bebendo cerveja em silêncio, com as faces coradas.

Bruckmann deixou a mesa, subiu a escada e encontrou a prostituta no quarto do final do corredor. Estava deitada na cama, ainda vestindo apenas a combinação azul. Havia lavado os cabelos.

— Pensei que não voltaria a vê-lo — disse ela.

O quarto do hotel era um quadrado marrom, decorado com cenas alpinas, uma cômoda, um armário sem porta, uma única cadeira de madeira a um canto. Cheirava a formicida e lingüiça. Bruckmann tirou seu cinto de Kripo e enrolou-o na mão direita.

— Importa-se? — perguntou, com extrema cortesia. Já contava com uma meia ereção, e seu coração batia descompassado.

— Seja bonzinho comigo, querido — disse a prostituta.

▪ ▪ ▪

Durante horas, o faxineiro Theodor Loos caminhou pela Jaegerstrasse, perdido no burburinho. A música o atacava, vinda de diversos bares, cassinos, cabarés e clubes noturnos. Ele vestia um terno marrom largo, sobretudo preto e gorro de malha azul usado por marinheiros.

Parou na entrada da boate El Dorado, fascinado pelas luzes de néon. Reunindo coragem, atravessou a cortina de contas e foi envolvido por barulho, fumaça, música e aplausos. Sobre um palco, quase impossível de se ver de onde ele estava, próxima à entrada e cercada de outros fregueses, uma fileira de atores vestidos de mulher dançava uma coreografia lasciva, com balões pendendo do teto, os corpos serpeando. Loos pagou o ingresso de cinco marcos a uma chapeleira postada atrás de um balcão movimentado. Recebeu uma máscara preta, que colocou de pronto, cobrindo os olhos e o nariz, antes de encaminhar-se para a apinhada pista de dança. Em poucos minutos, encontrou uma mesa de canto, próxima aos fundos do clube. À direita, ficava o palco, ainda um pouco longe. Pediu um conhaque de maçã.

As paredes eram espelhadas e o teto, coberto por falso veludo vermelho drapeado. Sobre a mesa à sua frente, encontrava-se um telefone preto. Quando o garçom lhe serviu o conhaque de maçã, Loos ergueu o copo e espiou os dançarinos através do líquido. Viu uma multidão de mascarados de ternos pretos e vestidos de baile. Bebericou o conhaque, sentindo o álcool explodir em sua cabeça como fogos de artifícios. Através da fumaça densa, tentou assistir aos dançarinos no palco, vinte exibicionistas em trajes minúsculos.

Quando o telefone tocou, ele o pegou e levou ao ouvido.

— Ah, como é terrível ser tão solitário — disse a voz do outro lado.

— Quem é você? — perguntou Loos. — Onde está?

— Devagar, devagar — advertiu a voz. — Você faz duas perguntas de uma só vez. É demais.

Loos esquadrinhou a boate, desesperado para fazer contato com seu interrogador. Trocou olhares com várias pessoas, que desviaram os olhos. Sentiu calor debaixo do sobretudo, a testa cobrindo-se de suor.

— Quem é você? — voltou a perguntar.

Tirou o casaco e atirou-o sobre a cadeira. A multidão que o cercava abriu-se de repente.

— Pode me chamar de Uli — disse a voz. No palco, os dançarinos encenavam um ridículo jogo de amarelinha sadomasoquista. — Como você se chama?

— Pode me chamar de Siegfried — respondeu Loos, ofegante.

— Ah, meu poderoso Siegfried — disse Uli.

— Nunca veio ao El Dorado, não é mesmo, Siegfried?

— Quer beber comigo, Uli? — convidou Loos, ganhando mais coragem a cada segundo. — Deixe-me pagar-lhe uma bebida.

— Sim, claro — concordou Uli com alegria. — Por que não?

Loos depositou o fone na mesa e olhou em volta, esquadrinhando a pista de dança, a galeria um pouco acima, lotada de pessoas bebendo, casais se beijando, homens e mulheres fumando, distraídos. Em todo canto, homens falavam em tom febril aos telefones. Loos chamou um garçom, um sujeito miúdo, vestido como uma personagem de Grimm.

— Uma bebida para Uli, por favor — balbuciou. — Conhece Uli?

— Todos conhecem Uli — respondeu o garçom.

Um único dançarino travestido dominava o palco, agora. Parado no centro de um halo de luz, usava vestido preto, uma longa pele rosa em torno do pescoço e peruca loura. A platéia ficou silenciosa, quando a criatura começou a cantar uma balada obscena.

— Uma bebida para Uli, então — confirmou Loos.

— Uli só bebe Sekt com creme de menta — disse o garçom. — Dois marcos, por favor.

Loos enfiou a mão no bolso, retirou um marco de ouro e depositou-o na mesa. O garçom tossiu, surpreso, e apanhou a moeda rapidamente. Poucos minutos depois, voltou trazendo uma bandeja na qual se equilibrava uma taça de champanhe, tingida de verde pelo licor. Depois de colocar três notas de um marco na mesa, atravessou com eficiência a pista de dança e desapareceu entre os casais que dançavam. Quando tornou a surgir, Loos o viu na galeria mal iluminada, servindo a bebida pedida por ele a uma criatura vestida de preto. A criatura apanhou a taça com a mão envolta por uma luva preta e entreabriu os lábios pintados de rosa. Dirigiu um sorriso radiante a Loos. Uli usava uma peruca branca que emoldurava o rosto de expressão atrevida, sobre o qual aplicara maquilagem branca, sobrancelhas arqueadas e três finos bigodes em cada face. Loos apanhou o telefone e esperou.

— Adorável, meu Siegfried — disse Uli.

— Então, você é uma gata?

A multidão ouvia fascinada, enquanto o cantor no palco prosseguia com a balada obscena, uma sátira ao sexo nazista, envolvendo Hitler, Goebbels e Göring. Uma onda de gargalhadas infectou a platéia.

— Sou a sua gatinha — corrigiu Uli. — Gosta de gatinhas, não gosta, Siegfried?

De repente, sem qualquer aviso, o chão do cabaré explodiu em um caleidoscópio de luz, brilho, pétalas e cores que giraram pelas paredes espelhadas. Loos abaixou-se e, quando se virou, viu o próprio reflexo no espelho.

— Onde você mora? — perguntou impulsivamente, dando-se conta da estupidez da pergunta assim que as palavras deixaram seus lábios.

— Devagar, meu querido Siegfried — sussurrou Uli. — Acabamos de nos conhecer. Há tanto sobre o que conversar, tanto para experimentarmos juntos. Não concorda?

— Tenho dinheiro — anunciou Loos.

— Um marco de ouro! — Uli soltou uma risada. — Deve ser muito próspero, Siegfried. Berlim transformou-se em um lugar tão maçante e moralista! Mas você acaba de pagar a minha bebida com um marco de ouro! É maravilhoso e decadente.

Loos via a sua mulher-gato com clareza, agora. Ela se levantara, revelando o vestido branco, as luvas pretas e a peruca branca. Começava a se sentir fisicamente desorientado. Meio nauseado, vestiu o sobretudo e saiu apressado, deixando a máscara para trás.

Uma vez na Jaegerstrasse, retomou o fôlego. Piscou repetidas vezes, na tentativa de desmaterializar os monstros em sua cabeça. Fora idiota a ponto de gastar um marco de ouro? Afinal, Bruckmann não o advertira sobre o perigo da ostentação? Seguiu para o norte, em meio à multidão que se dirigia à Unter der Linden. Na parada de bonde do Hotel Adlon, revisitou a imagem de Uli, o rosto de gato, a peruca branca. Ali, no mais famoso bulevar de toda a Europa, Theodor Loos sentiu que havia descoberto o potencial dramático da existência.

▪ ▪ ▪

O *Führer* da tropa de assalto 33, Dieter Rom, abriu a porta do quarto de hotel, entrou e fechou-a novamente. A prostituta de Schwabing examinava o próprio corpo e a camisa manchada de sangue diante do espelho. Rom observou-a, e os dois trocaram sorrisos através da superfície refletora.

— Ele é político, suponho — disse a prostituta, franzindo o cenho em uma expressão manhosa.

Rom emitiu um som abafado, divertindo-se com o fato de ela não ter reconhecido o uniforme da polícia de Bruckmann. Mesmo para uma prostituta, aquela parecia subnutrida. Rom sabia que era viciada em morfina. Agora passava batom e delineador, revelando os ferimentos no pescoço.

— Acho que ele é um maldito político — ela persistiu. — Exatamente o que eu esperava.

— Ele não é político — falou por fim Rom. — Mas poderia ser, eu acho. Todos eles poderiam ser políticos. Ele ficou violento?

— Isso o surpreende? — indagou a prostituta, antes de juntar as mãos em concha e beber água da torneira.

— Estou satisfeito. E a respeito dele, ficou satisfeito?

— É muito fácil satisfazê-lo — ela declarou. — Ele gosta de machucar e ser machucado.

— Quero que o veja de novo, Eva — informou-a Rom, cruzando os braços. Retirou um pequeno maço de notas do bolso do paletó e atirou-o sobre a cama. De outro bolso, tirou quatro moedas de ouro e agitou-as na mão, fazendo-as tilintar.

Eva ergueu uma sobrancelha.

— Da próxima vez, Eva, deixe-o machucá-la.

— Está bem.

— E vamos querer fotografias.

— Eu já estava me perguntando por que moedas de ouro.

— Você ficará em Berlim por alguns dias. Reservei este quarto para você. Tem dinheiro suficiente para as refeições.

— Vai mandar as tropas de assalto para cá?

— Nada tão espalhafatoso, Eva — respondeu Rom.

— Ora, então talvez eu tenha uma chance com Hitler em pessoa — ela sugeriu, prendendo uma liga. — Ele parece ser do tipo que adoraria me machucar, mas não acho que me mostraria seu pau. Poderia ser embaraçoso.

— Você é muito divertida, Eva, mas, no seu lugar, eu não falaria assim, nem mesmo comigo. Vamos nos concentrar apenas em Bruckmann, por enquanto.

Rom foi até a porta e abriu-a.

— Peça suas refeições ao *barman* lá de baixo. Não estou aprisionando você em seu quarto, Eva, mas não procure diversão demais. Preciso que fique por perto, para o caso de uma emergência. Veremos Bruckmann muito em breve.

— Que fez ele a você? — perguntou Eva.

Rom fechou a porta suavemente.

▪ ▪ ▪

Ao amanhecer, Wulff estava na coberta de proa de uma pequena balsa, sentado atrás da área destinada a passageiros, que se encontrava deserta, em meio a fileiras de bancos de madeira. Acima de seu ombro direito ficava a cozinha, onde ele e os irmãos costumavam comer lingüiça com ovo em suas freqüentes viagens para a ilha. Seu irmão Peter lutara em Tannenberg, com o general Ludendorff. Depois de um ataque particularmente brutal, fora morto em meio ao massacre, e seu corpo nunca fora recuperado do amontoado de cadáveres perdidos na lama e na fumaça, em uma confusão de braços e pernas amputados. Seu outro irmão, Rolf, morrera na França, durante a primeira batalha de Marne. Agora, o pai de Wulff vivia sozinho em uma velha casa, que parecia uma cabana de caça gótica.

Wulff desembarcou da balsa no píer Kirchdorf e caminhou pela cidade cinzenta, tomada pela chuva. Ouviu os acordes de um órgão, vindos da igreja luterana, e as vozes abafadas de um coral que ensaiava hinos. Percorreu mais de três quilômetros na neblina, carregando apenas uma maleta. O chalé situava-se a cinqüenta metros de um penhasco com vista para o mar.

Subiu os degraus da varanda e cumprimentou o pai, que descansava em uma espreguiçadeira de lona. Envolto num cobertor de lã verde e fumando um cigarro, o coronel do exército alemão parecia a sombra do homem que fora um dia aos olhos de Wulff, que se sentou na cadeira ao lado do pai.

— Parece cansado, Harry — disse o mais velho.

Wulff acendeu um cigarro. Um criado serviu-lhes café em canecas enormes.

— Como está o senhor, pai? — perguntou Wulff. — Por favor, diga-me exatamente como está se sentindo.

— Não se preocupe comigo, Harry — retrucou o pai, estudando o filho e sorrindo. Vestia um casaco Loden verde, e tinha os cabelos grisalhos penteados para trás. — A velhice é inevitável. Não há com o que se preocupar.

— Gostaria que não fosse tão fatalista em suas observações.

— Não sou totalmente desprovido de senso de humor, Harry — explicou Gunter Wulff. — Todos nós precisamos, mais cedo ou mais tarde, enxergar a ironia.

— Não é a ironia que me preocupa — protestou Wulff.

Gunter Wulff abanou a mão em um gesto impaciente.

— Quero saber de *você*. Faz tempo que não escreve.

— Berlim está muito tumultuada. Foram seiscentos assassinatos políticos na Alemanha, no ano passado. Muitos aconteceram em Berlim. Este ano promete ser pior.

O pai apagou seu cigarro em um recipiente de estanho.

— A vida em Berlim torna as pessoas ariscas — observou. — Detesto ver um homem se tornar arisco, especialmente um homem jovem como você. É melhor enfrentar a vida sobre um cavalo.

Wulff riu e bebeu café. Observou o Báltico distante.

— Não sou arisco — murmurou. — Trata-se apenas de um honesto realismo alemão.

— Ah, sim! Colocamos a culpa de todos os nossos problemas na Alemanha, na história. Fizemos isso a vida inteira, não?

O pai sorriu e ajeitou o cobertor. Wulff fechou os olhos e passeou pelo lugar em sua imaginação: os dois andares que cheiravam a mofo e couro, uma cabeça de javali acima da lareira de pedra, um retrato do *Kaiser*, armas e espadas em estojos e prateleiras.

— Existem outras coisas — disse ao pai.

— Está se referindo à sua amiga?

Wulff virou-se, surpreso.

— Sim, estou falando de minha amiga. Continua muito bom na arte de prever os movimentos das tropas.

O pai assentiu.

— Ela é judia — Wulff declarou à queima-roupa.

Gunter Wulff passou a língua pelos lábios enquanto fitava os quilômetros de deserto arenoso, grama rasteira e seixos cobertos de líquen. Wulff terminou seu cigarro e apagou-o no recipiente de estanho. O silêncio estendeu-se por dois minutos.

— Estou fazendo um trabalho político para Weiss — acrescentou Wulff.

— É necessário? — o pai perguntou.

— Não é necessário, mas concordei em fazê-lo assim mesmo.

— Você está do lado perdedor.

— E qual é o lado vencedor? — indagou Wulff.

Gunter teve um acesso de tosse.

— Não há lado vencedor — acabou respondendo.

Wulff bebeu o que restava de seu café, sentindo os efeitos de duas noites maldormidas e uma longa viagem de trem pelo norte da Alemanha. Agora, queria tomar um bom café-da-manhã e caminhar pelo penhasco junto ao pai.

— Conhece Erik Bruckmann, pai? — perguntou.

— Erik Bruckmann...

— Foi capitão da inteligência na Bélgica durante a guerra.

— Ah, sim, Erik Bruckmann.

— Trabalho sob a chefia dele, na Kripo. Ele é o *Kriminal Oberkommissar*.

— É prussiano — disse Gunter. — Não é ele? Aquele que usa um tapa-olho e tem uma cicatriz horrível?

— Esse mesmo — Wulff riu.

— Sim, Harry, eu o conheço.

— Bruckmann aconselhou-me a não trabalhar para Weiss.

— Provavelmente foi um bom conselho. Por favor, Harry, não pense que estou aflito por você, ou que não confio em seu julgamento. Acontece que os judeus estão, definitivamente, do lado perdedor. Se não é possível vencer, Harry, tente ao menos evitar a derrota. Se você escolher Weiss, estará escolhendo um aliado fraco.

— E qual é a sua opinião sobre Bruckmann?

— Não tenho opinião. Trata-se de um grande oportunista. Quc mais posso dizer?

— Um grande oportunista! — zombou Wulff.

Gunter Wulff levantou-se e atirou na cadeira o cobertor verde.

— E o que me diz de sua judia? — perguntou.

— Johanna — murmurou Wulff. — É maravilhosa. E não é oportunista.

— É bonita?

— Muito bonita.

— Está apaixonado, Harry.

— Amo Johanna, pai — Wulff corrigiu.

O pai pegou-o pelo braço.

— Temos ovos e pão na cozinha. Andrew preparou geléia de amoras. Conseguimos até mesmo encontrar *bacon*, na vila.

Entraram para tomar o desjejum. Talvez mais tarde pudessem caminhar na praia, com a maré baixa. Wulff fizera isso com os irmãos, nos tempos em que o futuro não guardava nada além de promessas.

▪ ▪ ▪

Wulff foi acordado pelos sinos da igreja. Estava deitado na cama baixa do quarto que fora de seu irmão mais velho, no sótão — um cômodo de teto baixo no qual não tinha permissão para entrar quando criança. Amontoavam-se ali uma cama de solteiro, várias cadeiras e uma escrivaninha. Na parede, fotografias da família, recortes de jornal, medalhas de atletismo e equitação. Wulff dormira com a janela aberta, e sentia o cheiro do mar e de café fresco. Vestindo-se apressado, encontrou o pai na varanda, limpando um binóculo do exército, um Danish 8x, fabricado antes da guerra.

— Tirou um bom cochilo — disse Gunter. — Andrew já vai preparar o almoço.

— Que tal uma caminhada? — sugeriu Wulff.

Seguiram pela trilha do penhasco, que ia da casa à praia. Acima deles, um bando de gansos alçou vôo e os acompanhou com suas cabeças e ventres negros.

— Eu me tornei um observador de pássaros — anunciou Gunter. — Não devíamos ter combatido os ingleses, na última guerra. Somos muito parecidos. Eles também se tornam observadores de pássaros na velhice.

Wulff soltou uma risada:

— Nudistas na juventude, observadores de pássaros na velhice.

Os gansos se dispersaram, seguindo suas próprias leis. A superfície do Báltico era de um azul gelado.

— Eu disse a Johanna que você estava doente — confessou Wulff. — Queria vir sozinho.

— Alguma coisa está *mesmo* preocupando você — concluiu o pai. Guardou o binóculo em um estojo de couro e prosseguiu. Caminhava com o auxílio de uma bengala. — Trata-se de Weiss?

— Há um espião na Alexanderplatz.

— Há espiões em todos os lugares, Harry. Não fosse por eles, tudo desmoronaria.

— Quem está sendo cínico, agora?

O velho arremedou um sorriso.

— Tem razão. Bem, como ia dizendo, vocês têm um forasteiro no quartel-general que revela planos importantes?

— Exatamente.

— Qual é a facção beneficiada?

— Os nazistas, com certeza — disse Wulff.

— Mais alguém?

— Não sei.

Wulff ajudou o pai a passar por cima de um seixo. Aproximaram-se de uma pequena caverna, onde Wulff brincara e acampara quando menino.

— Então, é esse o seu trabalho "não tão político" para Weiss? É por isso que está preocupado?

— Estou feliz por *vê-lo*, pai.

O pai parou e pousou a mão no ombro do filho.

— Esse tipo de trabalho coloca em risco a sua carreira — advertiu. — Você mesmo disse que o resultado das eleições ainda é duvidoso. Quem sabe que partido terá as rédeas do governo? Leio os jornais, Harry. Sei que o Reich desaprova esse governo prussiano de socialistas e judeus. Se você se aliar a eles, ficará exposto. Deve sempre defender os flancos, Harry.

A alguns metros dali, ouviram Andrew chamá-los para o almoço.

— Vim lhe perguntar se o senhor acredita que o exército possa ter um espião lá também.

Gunter Wulff servira sob o comando de Ludendorff, no Estado-Maior, sendo responsável pela comunicação da inteligência com a frente leste. Depois, atuara como mensageiro especial entre o exército e o governo prussiano. Tinha muitos contatos e amigos. Contava com a excelente reputação de um patriota alemão. Era credor de dívidas cujos juros nunca lhe foram pagos.

— Está pensando em Bruckmann, não está? — perguntou.

— Bruckmann... Não sei. Perguntei sobre ele apenas para saber quais são suas simpatias políticas.

— Ele não tem simpatia por lado algum. Já lhe disse, Harry. Mas, se tivesse, certamente não seria pela República.

Wulff ajudou o pai a subir pelo caminho de volta.

— Bruckmann está de olho em mim, quer dizer, o olho bom — Wulff brincou.

— Esse Bruckmann... Bem, ele pode ter sido um soldado corajoso para o Império, não sei. Mas, depois da guerra, sei que se vendeu à oferta mais alta, que foi dos Freikorps. Existem rumores de que comandava um campo de tortura na Bélgica. E de que organizou uma quinta coluna.

— Ajude-me, pai — pediu Wulff. — Se o exército tem um espião na Alexanderplatz, eu gostaria de saber. Talvez algum membro das organizações de veteranos esteja disposto a falar.

Wulff soltou a mão do pai:

— O Reichswehr não venderia informação ao Partido Nazista — afirmou Gunter.

— Eu sei, mas um espião do exército poderia me ajudar a descobrir quem é esse bandido nazista.

Sentaram-se juntos na varanda! Wulff fumando um cigarro e o pai observando os penhascos.

6

Sentados em um banco de madeira sem encosto, no alto da terceira galeria do monumental Sportpalast, Wulff e Johanna ouviam o discurso da campanha eleitoral de Hitler. O ginásio de esportes estava cercado de integrantes da SA. A Orpo havia colocado cordões de isolamento em longos trechos da rua, ainda cumprindo a proibição presidencial de manifestações no centro de Berlim. Pelotões de reforço da Schupo montavam guarda em becos ou nos ônibus estacionados à sombra de monumentos e edifícios diplomáticos, onde se encontravam veículos blindados. Wulff assistira a lutas de boxe e provas de ciclismo no Sportpalast diversas vezes, mas nunca ouvira Hitler, nunca se sentira tentado a partilhar aquele clima de bajulação. Na arena, o chão estava coberto por cadeiras de madeira colocadas ali às pressas, em uma área especialmente reservada a jornalistas e câmeras, oficiais do partido e trabalhadores do centro de Berlim e dos subúrbios ao norte. Um contingente de SA armado fazia a segurança do palco.

Wulff calculou que a multidão era de 12 mil pessoas. Quando os discursos de boas-vindas se iniciaram, mais umas mil haviam chegado. A fumaça erguia-se na direção do teto alto, e o ar estava carregado com uma expectativa nervosa. Quase trinta minutos atrasado, Göring começou um discurso bombástico contra os inimigos alemães do rearmamento, contra as negociações de paz e contra Versalhes. Durante uma hora, agitou os braços, pavoneou o corpo avantajado e levou a multidão a gargalhadas de humor e escárnio. Após uma tremenda onda de aplausos, Goebbels assumiu o pódio, vestindo um terno preto justo, os cabelos impecáveis sob a brilhantina revelando o formato ovalado da cabeça. Suas críticas violentas concentraram-se nos judeus.

À esquerda, lacônico e sereno, sentava-se Hitler, examinando suas anotações e lançando olhares ocasionais para a platéia. Quando finalmente subiu no pódio, a multidão explodiu em aplausos, enquanto ele iniciava seu discurso em voz baixa, crescendo em intensidade a cada minuto, até que, uma hora depois, praticamente espumava. Em meio ao tumulto, Wulff e Johanna conseguiram se retirar por uma saída lateral.

Caminharam, apressados, pela Avenue of the Puppets, sob estátuas de reis. Ainda naquele momento, homens da SA pontilhavam a rua, vendendo cigarros, lâminas de barbear e margarina, a fim de levantar fundos para a causa. Wulff abotoou o casaco e passou o braço em torno de Johanna.

— Estou com sede, Harry — disse ela.

Atravessaram uma ponte de pedras, e então andaram mais rápido pela Friedrich Ebertstrasse, na direção do Reichstag.

— Deveríamos ter ido assistir a um filme de Dietrich — declarou Wulff. — Teria sido melhor. Lamento por tudo isso, querida.

— Está tudo bem — garantiu Johanna. — Já ouvi tudo aquilo antes. Lembra-se? — Enroscou o braço no dele, e continuaram seguindo pela Friedrich Ebertstrasse, em meio a edifícios do governo, lojas de departamentos, passando pelo escritório da Lufthansa e pelo estúdio de filmagens, até um largo bulevar de galerias e lojas elegantes. — É incrível como essa imundície está se espalhando — acrescentou ela.

Foram ao Hotel Adlon, próximo ao Portal de Brandemburgo, um longo caminho na névoa e no frio. O Adlon era um dos mais luxuosos hotéis de Berlim, uma instituição de alta cultura. Com seu piso de mármore, lustres de cristal e vasos de flores em todas as mesas, era um dos pontos de encontro da elite berlinense. Wulff entregou os casacos e chapéus no balcão da chapelaria do saguão, e o casal seguiu para o bar apinhado, junto à pista de dança. Ele avistou Erwin Kisch, um jornalista que ganhara reputação nas frentes de batalha na Áustria, envolvido em uma discussão acalorada com um homem de aparência aristocrática, vestindo *smoking*. Kisch, vestido com toda a realeza boêmia, uma camisa de seda florida, suéter de casimira laranja, calça de esqui e boina, já estava ligeiramente embriagado, embora fosse pouco mais de dez horas. Johanna tirou o chapéu e soltou os cabelos.

— Johanna, Johanna — chamou Kisch, levantando-se do lugar que ocupava no bar, com um largo sorriso. — Não me diga que esteve ouvindo o discurso de Hitler! Pode imaginar? Se eu tivesse ido, teriam me linchado! Deve estar exausta de tanto ouvir barbaridades!

Kisch deu a volta na mesa, abraçou Johanna e estendeu a mão para Wulff.

— Alguma coisa diferente, desta vez? — perguntou. Todos se sentaram.

— De Goebbels? — devolveu Johanna, antes de pedir uma dose de conhaque. — Deixe-me pensar — continuou. — Goebbels comparou os judeus à tuberculose. Os judeus são um novo flagelo nos pulmões da Alemanha. Sim! Como se aquele anãozinho de pés tortos gozasse de saúde perfeita!

— Aleijado de merda — sibilou Kisch. — Desculpe, Johanna.

— Ele afirma que os judeus alemães são uma doença nacional — acrescentou Johanna. Seu conhaque foi servido, e ela bebeu alguns goles. O bar estava completamente lotado de homens e mulheres bem-vestidos, bebericando. Wulff também pediu um conhaque. — Segundo Goebbels, deve-se realizar uma cirurgia no corpo político alemão para remover os judeus. O aleijado está interessado na saúde da Alemanha.

— Disparates, disparates! — gritou Kisch. Ergueu o copo em um brinde zombeteiro e bebeu o resto de seu *schnapps* de um só gole. — Como vienense marxista e ateu, reservo-me o direito de falar, e de exigir um pedido de desculpas desse covarde chamado Goebbels! Onde está aquele idiota demente? Vou lhe dar uma bofetada e exigir satisfações! — Kisch bateu com o copo na mesa. — O tampinha diz ter sido ferido na guerra, mas nunca sequer pôs os olhos em um campo de batalha, nunca vestiu um uniforme!

Um grupo de homens vestindo *smokings* havia chegado no bar e parado na entrada, avaliando o ambiente. Wulff notou que Louis Adlon estava entre eles. O proprietário do hotel acompanhava um grupo que vinha da ópera. Ao perceber que Wulff o fitava, Adlon fez um aceno de cabeça e sorriu.

— Uma observação interessante — disse Johanna. — Talvez devêssemos psicanalisar esses bárbaros. Não seriam casos de desenvolvimento retardado? Não adoram marchar, cantar, caminhar nas montanhas e acender fogueiras? Não adoram viver em barracas, como adolescentes em uma grande aventura? Não adoram uniformes e música marcial? Não são sentimentais como as velhas?

Kisch pareceu pensar por um momento, o rosto vermelho e suado.

— Esses nazistas são criminosos políticos. Nada mais, nada menos.

— E, ainda por cima, têm seus belos símbolos — continuou Johanna, calmamente. — Devem-se examinar a suástica e a camisa parda. Eles se apropriaram da cor marrom. Imaginem, devoção ao marrom!

— Pois eu não estou nem aí para esses símbolos — retrucou Kisch. — Sabe de onde vem o marrom místico desses imbecis? Sabe? — Kisch tinha os olhos arregalados. — Quando a SA se estabeleceu em Munique, eles não tinham dinheiro algum. Procuraram entre os excedentes do exército e, finalmente, encontraram uma provisão de camisas pardas, que pertenciam ao Serviço Colonial do Kaiser. Compraram milhares dessas camisas excedentes e passaram a usá-las porque eram baratas. Grande coisa, a devoção ao marrom! — Ele deu de ombros e passou a língua pelos lábios. Seus olhos brilhavam, sob o efeito de *schnapps*. — Não me diga que acredita no apego místico ao branco, vermelho, preto, à revolução, ao antigo *volk* alemão?

— Existe certa dose de apelo místico em ação aí — murmurou Johanna. — Você não deveria subestimar isso.

— E a suástica? Que me diz da suástica? Trata-se de um símbolo muito antigo, que não pertence exclusivamente aos alemães. O que tem a me dizer sobre esse símbolo?

— É sexual, não é? — indagou Johanna. — Você deixou de fora os componentes sexuais desse movimento, não foi?

— Eu deveria ter imaginado, Johanna! — exclamou Kisch, deliciado. — O sexo tem de estar envolvido, de uma maneira ou de outra!

Wulff bebericou seu conhaque e disse:

— Há um tipo de satisfação primitiva aí. O fato é simples: a multidão não conseguia desviar os olhos dos palestrantes esta noite. Estavam encantados, quase hipnotizados. Aposto que um médico faria descobertas interessantes, caso tivesse a oportunidade de medir a pressão arterial e o pulso de cada pessoa presente no Sportpalast. Não era o álcool que os estimulava, que os fazia ofegar, revirar os olhos e suar. Estavam sob uma influência poderosa, mas não sei do quê.

Wulff lançou um olhar para Johanna, que o fitava com ternura. Em seguida, bebeu alguns goles de conhaque.

— E qual é a sua conclusão, Harry? — perguntou ela.

— Só sei que Göring é exatamente idêntico às litografias que vi do imperador Nero. Ele tinha um pega-rapaz na testa. O rosto gordo e vermelho. As mãos pequenas e femininas... — Wulff parou de falar, de repente embaraçado.

— Nero! Que maravilha! — Kisch riu alto.

— Sempre retornamos ao sexo — sugeriu Johanna. — Harry tem razão. Göring é muito feminino na aparência. E acredita-se que a suástica representa o caos sexual primitivo, yin e yang, dois corpos em uma eternidade orgástica de cópulas.

— Vão transformar vocês, mulheres, em éguas reprodutoras — previu Kisch em tom sombrio. — Vão prendê-las em jaulas e forçá-las a se reproduzir como coelhas.

Johanna ergueu os olhos para Wulff, que estava de pé ao lado da mesa, segurando o copo.

— Harry, quantas pessoas você acha que assistiram ao discurso de Hitler esta noite, no Sportpalast?

— Doze mil, mais ou menos.

Kisch passou a língua pelos lábios, mas permaneceu em silêncio. De um canto do salão de baile, ouviam um violino.

— Mais de metade da platéia era feminina — declarou Johanna, categórica. — Eu as observei. Ouviam os discursos masculinos com arrebatada atenção. Estavam, como diz Harry, hipnotizadas. Era como se houvessem sido sexualmente transportadas.

— Hipnotizadas... Francamente, Johanna — protestou Kisch.

Johanna começou a se levantar, mas voltou a sentar-se.

— Ora, meu caro Kisch, você tem de levar em conta o número de mulheres nas platéias de Hitler. Deve considerar o fato de que celebridades femininas, atrizes de cinema e teatro, cantoras de ópera, todas aparecem no séquito em companhia de Goebbels, ou freqüentam suas festas. Hitler é assediado por ricaças de todos os tipos. Simplesmente temos de levar em consideração a atração sexual exercida por esses homens!

— Certamente... — começou Kisch, mas parou de falar, parecendo aturdido com a idéia.

— Sim, Erwin — continuou Johanna em tom conciliador. — Os nazistas constituem um partido essencialmente masculino, um tipo de bando ou tribo. Os líderes são nômades no estilo de vida, com exceção de Goebbels e Göring, que fingem ser homens de família. Os outros são errantes sem raízes, sem laços familiares nem sociais. Há alguma coisa profundamente atraente para as mulheres nesse tipo de homem.

Louis Adlon, um homem alto, vestindo um *smoking* impecável, postou-se ao lado de Wulff. Tinha uma farta cabeleira branca e um fino bigode.

— Vejo que estão exaltados outra vez — sussurrou ao ouvido de Wulff, arrastando-o discretamente para o lado. — Mas esta é a minha mesa preferida, apesar das perigosas conversas políticas.

Johanna ergueu o copo em um brinde silencioso a Adlon, e ofereceu-lhe um largo sorriso. Ele pediu uma taça de champanhe a um garçom que passava. O pai de Wulff fora amigo dele nos velhos tempos, e o próprio Wulff havia se sentado no colo de Adlon, durante jantares elegantes no apartamento do último. Adlon recebeu o champanhe em uma longa taça de cristal.

— E então, senhoras e senhores — disse, erguendo um brinde ao grupo reunido em torno da mesa —, estão consultando suas bolas de cristal para decidir qual será o futuro da Alemanha?

— Nosso assunto é sexo — declarou Kisch.

— Sexo! — Adlon riu. — Que maravilha!

— Talvez você possa nos ajudar, Louis — pediu Kisch. — Existe algum componente sexual no Partido Nazista que possa definir o que o torna tão atraente?

Adlon coçou o queixo, fingindo concentrar-se. Ergueu o copo, contemplou a bebida, depois levou-o aos lábios e bebeu.

— Hitler conta com muitas admiradoras do sexo feminino — disse, categórico. — Em Munique, é adorado por Helene Bechstein, esposa do famoso fabricante de pianos. Não devemos subestimar jamais o poder de sedução de uma figura política renegada sobre certas mulheres.

— Hitler levou a sobrinha para a cama e assassinou-a — disse Kisch à queima-roupa.

Adlon tocou de leve o cotovelo de Wulff, afastando-o alguns passos da mesa.

— Como está seu pai? — perguntou em voz baixa.

— Bem, obrigado — respondeu Wulff.

— Por favor, transmita minhas saudações a ele — acrescentou Adlon, antes de inclinar-se para Wulff e falar em tom confidencial:

— Alemães como seu pai estão desaparecendo depressa. Sem dar maior importância à questão, o mesmo está acontecendo comigo.

— Bobagem — protestou Wulff. — Você está com uma aparência formidável.

Adlon sacudiu a cabeça e sorriu.

— Temos novos alemães, agora, Harry. — Wulff observava Johanna pelo espelho do bar. — Esses novos alemães já freqüentam o meu hotel. Precisa conversar com Johanna sobre o futuro, Harry. Faça isso logo.

— Ela não vai partir — afirmou Wulff.

— Pode viver na Suíça. Foi educada lá. Tem amigos.

— Certamente, em sua opinião, a situação não pode ser tão ruim.

— Não se engane — advertiu Adlon.

Uma explosão de gargalhadas varreu o bar. Alguém contara uma piada sobre um macaco e um padre católico. Adlon continuou:

— Todas as noites, Göring janta no restaurante de Hocher e vem para cá tomar um drinque. Assim como ouvi as suas conversas e as dos seus amigos, Harry, também ouvi as dele e as dos amigos dele. Esses nazistas são monstros, Harry, esperando que suas jaulas sejam abertas.

Johanna levantou-se, parou atrás de Adlon e abraçou-o com carinhosa amizade.

— Quero ir para casa — sussurrou ao ouvido de Wulff.

Wulff terminou seu conhaque e ajudou Johanna a vestir o suéter. Juntos, atravessaram o saguão e saíram para a Unter den Linden. Ela apoiou a cabeça no ombro dele, no ar frio da noite.

— Fique comigo esta noite, Harry!

Pegaram um táxi. Àquela hora, havia muita gente nas paradas de bonde, e multidões nas calçadas dos cafés.

— Preciso ir para a Alexanderplatz — explicou Wulff.

— Vai trabalhar? — perguntou Johanna, desapontada.

— Sinto muito, mas é importante.

Chegaram a Tiergarten. O táxi parou na virada para a Lennestrasse.

— Como isso tudo vai terminar, Harry? Que foi que Louis lhe disse?

— Adlon quer que você saia da Alemanha agora.

— E você, Harry? Que quer você?

— Estou com medo — admitiu Wulff. — Adlon diz que tem medo desses novos alemães. Sinto o mesmo.

— Novos alemães! — Johanna riu. — Como os que vimos esta noite, Harry? Sabe o que eles dizem. Tão louros como Hitler, tão altos como Goebbels, tão magros como Göring!

▪ ▪ ▪

Wulff acenou para Barlach, que se encontrava junto ao posto de controle cercado de arame farpado, operado por dois cabos do Reichswehr, na entrada do quartel-general, na Alexanderplatz. Wulff apanhou sua identidade e exibiu-a para o cabo armado, que ergueu a carabina para dar passagem ao inspetor.

— Vamos nos sentar um pouco — sugeriu Wulff, dando-se conta de que Barlach passaria o dia todo em pé, diante dele, a menos que recebesse ordens em contrário. Uma vez sentados em um banco de mármore para visitantes, Wulff acendeu um cigarro e ofereceu outro a Barlach, que recusou.

— Como foi nas linhas de bonde? — indagou.

— Interroguei o condutor. Ele reconheceu a foto da vítima em roupas masculinas e fez uma identificação segura. A vítima pegava o bonde todas as manhãs, por volta das dez horas, na 69, perto de Marzahn, carregando um estojo de violino. O condutor nunca o viu usando roupas de mulher.

— Então, nossa vítima morava em Prenzlauer, Friedrichshain ou Lichtenberg? — concluiu Wulff.

— Se quisesse ir a pé até a parada do bonde.

— Investigaremos os dentistas de Lichtenberg amanhã. Talvez tenhamos sorte.

— Quer que eu faça isso?

— Sim, quero. Como estava a Hirrenstrasse, em noite eleitoral? — perguntou Wulff.

— Tochas, bandeiras e fogueiras. Os Combatentes da Bandeira Vermelha fizeram pilhagens, para deixar claras suas opiniões.

— Assisti ao discurso de Hitler esta noite — contou Wulff.

— Sim, senhor — murmurou Barlach.

— Você já viu Hitler?

— Não, senhor.

— Não está perdendo nada.

Wulff conduziu Barlach até o necrotério. Dentro do laboratório, um cadáver sem pernas jazia sobre uma das mesas de metal. Apenas mais um de muitos bêbados atropelados pelos bondes. Levitt estava sentado, curvado sobre uma pilha de papéis.

— Já tem o seu relatório? — perguntou Wulff.

Levitt tocou os dedos em uma pasta.

— Aqui dentro — disse. — Mas não há muitas novidades. Talvez uma coisa.

— Uma coisa? — repetiu Wulff, curioso.

— Eu lhe disse que havia fragmentos de cola sob as unhas postiças da vítima? Bem, era cola teatral. E encontramos traços de outras substâncias também.

— Provavelmente sangue e pele, certo? — perguntou Wulff.

— Não era sangue, Wulff — respondeu Levitt. — Mas sua vítima realmente tocou o rosto do assassino. Talvez o tenha arranhado de leve, embora não o bastante para ferir a pele. O que encontramos sob as unhas da vítima foi uma grande quantidade de base e pó-de-arroz.

Wulff franziu o cenho.

— Base e pó-de-arroz? Está falando de maquilagem?

— Você é um gênio da Kripo! — aplaudiu Levitt, balançando a cabeça em um gesto afirmativo vigoroso.

— Um químico conseguiria fazer uma identificação mais específica dessas substâncias?

Levitt sacudiu a cabeça.

— Wulff, Wulff, você espera demais da ciência. Existem milhares desses compostos no mercado. Eu ficaria surpreso se alguém conseguisse especificar uma marca exata. São muitas, e todas têm a mesma composição química. Ah, se as mulheres soubessem! — Levitt estendeu a autópsia formal a Wulff. — Pode examiná-la à vontade. Entregarei a certidão de óbito amanhã de manhã. — Deu de ombros. — Mas você sabe tanto quanto eu sobre o pobre coitado.

Wulff agradeceu ao patologista e levou Barlach para o corredor. Estavam sozinhos, exceto por um faxineiro, que varria o local, vindo da escuridão e seguindo na direção deles.

— Que conclusão podemos tirar da base e do pó-de-arroz? — indagou Barlach.

— Quando fui informado da presença de cola, pensei em uma peruca, ou topete postiço. Agora, já não tenho tanta certeza.

— Há alguma coisa estranha no beijo que os dois trocaram — murmurou Barlach, pensativo.

Subiram a escada e pararam no saguão deserto.

— Encontrarei o dentista amanhã — afirmou, confiante, Barlach.

— Acabo de pensar em uma coisa.

— O que, senhor?

— O *homem* que utilizava a linha de Grenadier pegava o bonde na parada do distrito 69 todas as manhãs. Mas não foi reconhecido na linha de Prenzlauer. Isso significa que, todas as manhãs, a vítima ia do subúrbio até a parada Grenadier, para então saltar e caminhar até algum lugar próximo, levando seu estojo de violino.

— Sim, claro — concordou Barlach.

— Para onde ele ia? Carregando um estojo de violino?

— Não estou acompanhando o seu raciocínio.

— Ele era pobre — explicou Wulff. — Levitt diz que era subnutrido. Podia ser um imigrante, não percebe? Ganhava pouco dinheiro, mas ganhava. O bastante para ter os dentes de siso extraídos.

— Senhor?

— Acho que era um músico de rua — concluiu Wulff. — Há dezenas deles na Alexanderplatz, perto da estação: realejos, violas... e violinistas!

— Claro! — Barlach riu. — Mostrarei as fotografias na praça amanhã de manhã.

Wulff inclinou-se e sussurrou:

— Mantenha em segredo o fato de trabalhar para mim. O sigilo é muito importante.

Despediram-se em frente à escada. Passava de meia-noite quando Wulff chegou a seu pequeno apartamento.

▪ ▪ ▪

O faxineiro estava parado junto à porta de um pequeno depósito de materiais, observando os dois policiais. Antes de ir para o trabalho, havia contado seu dinheiro duas vezes: vinte marcos e uma única moeda de ouro, dada a ele por Bruckmann, depois do último relatório. Um único marco de ouro pelo relatório diário de um comissário-chefe!

Sentiu uma pontada de medo. O detetive-inspetor Harry Wulff estava investigando o assassinato da Hirrenstrasse. Por um momento, saboreou a sensação de medo, antes que o temor explodisse em seu peito. Pensou que, naquela noite, poderia abrir a porta do necrotério e ler o relatório oficial da autópsia. Seria como reviver o crime.

Tocou o batom que carregava no bolso. Excitou-se ao contato, tomado pelo mesmo ímpeto sexual que sentia quando olhava para Harry Wulff.

7

Wulff limpou a pistola Walther, que, em geral, levava consigo. Ao terminar, guardou o equipamento de limpeza, carregou a arma e colocou-a no coldre de couro sobre sua mesa. Olhou a rua de seu posto, no terceiro andar, perto do Ministério do Interior. Era um dia de semana comum, com trânsito, bondes, ônibus e alguns Charabancs — veículos com bancos transversais, para transporte de turistas. Wulff deu as costas para a janela, e seu olhar pousou na manchete do *Berlin Tagebuch*: NAZISTAS ABOCANHAM IMENSA SORTE NAS ELEIÇÕES. Wulff prendeu a arma sob o braço esquerdo, caminhou por um corredor e bateu à porta do *Kriminal Oberkommissar* do Berlim Mitte, Erik Bruckmann.

Bruckmann abriu a porta, explicando que o assistente fora cuidar de assuntos seus. Wulff seguiu o capitão pela recepção até a sala, que dava para o neoclássico Ginásio Francês de Berlim. Bruckmann sentou-se a uma escrivaninha de madeira simples, enquanto Wulff permaneceu junto à janela.

— Nossos amigos nazistas se saíram muito bem — declarou Bruckmann.

— É o que parece — concordou Wulff.

— Seu comissário judeu está tremendo nas bases, sem dúvida.

— Creio que não estamos aqui para falar de política — retrucou Wulff.

Bruckmann sorriu. A luz do dia de outono iluminava a sala. A cicatriz em seu pescoço parecia mais branca do que nunca.

— Quero saber como está a sua investigação para Weiss — falou. — Eu disse que queria um relatório completo de suas atividades. Afinal, você ainda trabalha para mim.

— Estou examinando arquivos pessoais e listas de plantões — informou Wulff. Os arquivos haviam-lhe sido entregues naquela manhã, formando uma pilha de papéis de mais de um metro de altura. Havia 315 policiais ativos, burocratas e escriturários no quartel-general da Alexanderplatz, juntamente com dezenas de guardas civis e do Reichswehr, funcionários da manutenção e visitantes. Wulff encomendara registros de impressões digitais para comparar a fichas e dossiês, assim como fotografias e memorandos de investigações. — É, predominantemente, um trabalho burocrático — acrescentou.

— E como pretende proceder? — perguntou Bruckmann.

— Pretendo diminuir a lista por eliminação.

O capitão emitiu um som de desdém.

— E tem um assistente para isso?

— Ainda não — mentiu Wulff. — Não sei que bem faria eu trabalhar com alguém que não conheço e em quem não confio.

— E Weiss? Esteve com ele recentemente? — Bruckmann correu a cicatriz com a ponta do dedo. — Weiss sugeriu algum protocolo?

— Estou trabalhando por conta própria. O comissário-chefe já tem as mãos ocupadas, com seus outros problemas.

— Quer ser dispensado de suas outras atribuições?

— Tenho apenas um caso no momento — lembrou Wulff.

— Ah, aquele assassinato estúpido, na Hirrenstrasse.

— A vítima ainda não foi identificada.

— Talvez você prefira transferir a investigação para outro inspetor. Parece uma pena desperdiçar seu talento com um travesti.

— Vou continuar no caso — insistiu Wulff. — Tenho interesse no assunto.

— Ponha isso em seu relatório semanal — ordenou Bruckmann e, quando Wulff assentiu, acrescentou: — É muito inteligente, não é, Wulff? Com esses resultados nas eleições, você se superou com esse relacionamento com Weiss. Está apostando suas fichas na cor errada.

Wulff disse que estava consciente das tendências políticas, pediu licença e deixou o Berlim Mitte em seu Opel da polícia.

Seguiu pela Unter den Linden, em meio ao trânsito denso, atravessou o Lustgarten e deu a volta no Palácio Imperial. Ao norte da Konigstrasse, virou na esquina do Salão da Torre Vermelha, em meio a camelôs, mascates e tocadores de realejo. Em cada esquina, homens e mulheres maltrapilhos haviam armado barracas temporárias, feitas de folha-de-flandres ou madeira compensada, vendendo imitação de café e margarina, jóias empenhadas, livros, ferramentas, sucata e sabão, canos, roupas usadas e tabaco obtido no mercado negro. Wulff contou quarenta mendigos, enquanto permanecia sentado calmamente em meio ao trânsito intenso.

Estacionou em uma área de ônibus, na Alexanderstrasse, onde dois malabaristas jogavam bolas coloridas para o alto, a fim de ganhar trocados. Barlach atravessava a praça em um redemoinho de bainhas de casacos e folhas secas. Wulff saiu do Opel e postou-se ao lado do automóvel.

— Ele trabalhava aqui! — gritou Barlach, a 15 metros de Wulff, ofegante. — Estava certo, senhor! Ele trabalhava aqui.

— Bom, Barlach.

— Sim, na Alexanderplatz, bem debaixo do nosso nariz. E não é só isso. Os outros músicos lembram-se dele com nitidez. Na verdade, é muito conhecido aqui por seu talento. Aparentemente, tocava muito bem.

— E quem é esse violinista misterioso?

Barlach usava o mesmo terno azul vincado e sapatos marrons que usara na véspera.

— Chamam-no Timkin — disse. — É só o que sabem. Chegava por volta das dez horas da manhã, apanhava o violino, abria o estojo no chão, e tocava por qualquer trocado que lhe atirassem. Havia se tornado bastante conhecido dos passageiros de trens e bondes.

— Então, quando voltava para casa, caminhava pela Prenzlauer e pegava o trem de Grenadier para chegar a Lichtenberg.

— Isso não é tudo — acrescentou Barlach. — Existem somente dois dentistas nas vizinhanças do distrito 69, em Lichtenberg. Telefonei para eles pela manhã, e o segundo cuidou dos dentes de Timkin. A vítima era conhecida pelo nome de Timkin Mueller, e o dentista extraiu seus dois dentes de siso na semana passada. Retirou dois pontos na quarta-feira. Tenho até mesmo o endereço de Mueller!

— Um excelente trabalho, Barlach — elogiou Wulff.

Barlach entregou-lhe um pedaço de papel, no qual havia anotado um endereço obscuro, próximo à linha de bondes suburbanos, a meio caminho da estação de trem de Marzahn. Wulff lembrou-se de que aqueles subúrbios eram compostos de casas geminadas e individuais, e apartamentos, estabelecimentos comerciais quase falidos e fábricas abandonadas.

— Timkin não é um nome alemão — comentou Barlach.

Wulff entrou no Opel e abriu a porta do passageiro. Barlach deu a volta no carro e acomodou o corpanzil no assento minúsculo.

— Polonês? — Wulff tentou adivinhar. — Galego?

— Um imigrante, com certeza — concordou Barlach. Então, olhou para os malabaristas e perguntou: — Leu sobre o resultado das eleições?

— Sim, li. Os nazistas prometem aliviar o problema dos imigrantes. Acredita neles, Barlach? Goebbels pretende transferir os judeus. É essa a solução para todos os nossos problemas, sargento?

— Não sei, senhor.

Wulff acendeu um cigarro, refletindo que não deveria envolver-se em discussões políticas com subordinados.

— Vamos até Lichtenberg ver o quarto de Mueller, que pode nos revelar tudo o que precisamos saber.

▪ ▪ ▪

Bruckmann encontrou uma cadeira isolada no segundo balcão do cinema Capitol, na Auguste-Viktoria Platz. Em uma gigantesca tela prateada, bem abaixo dali, Greta Garbo era engolfada pela fumaça de um trem. Às duas horas, levantou-se e foi até o banheiro do segundo mezanino. Lavou as mãos, passou água no rosto e estudou o próprio reflexo no espelho. Um instante depois, Theodor Loos abriu a porta do banheiro e ficou ali parado, silencioso, fitando Bruckmann com olhos sem brilho.

— Theodor, meu amigo — cumprimentou-o Bruckmann, enquanto secava as mãos.

— Quanto dinheiro tem para mim? — perguntou Loos, entrando no banheiro e postando-se perto dos mictórios.

— Está gostando do filme? — indagou Bruckmann.

Descobrira o adolescente Loos em um campo de refugiados em Luxemburgo, junto à fronteira belga, onde fora designado para arrebanhar colaboradores e traidores e criar uma quinta coluna. Naquele tempo, Loos tinha apenas 18 ou 19 anos, mas já se mostrava disposto a trair seus companheiros de prisão. No início, Bruckmann oferecera ao garoto restos de pão e queijo para espionar os prisioneiros franceses. Logo descobrira que ele cultivava um gosto absurdo por tortura e estrangulamento. Mais tarde, o talento do garoto para abrir qualquer fechadura ou cadeado também se tornaria muito útil.

Bruckmann alisou entre os dedos um maço de notas de marcos. Deu um passo na direção de Loos e estendeu-lhe o dinheiro. Loos apanhou o maço rapidamente e contou as notas duas vezes.

— Vinte e cinco marcos — disse. — Deveríamos receber mais dinheiro, Bruckmann.

— Theodor, Theodor — disse o capitão em tom gentil —, quer mais dinheiro dos nossos amigos nazistas? Estou fazendo o possível.

Loos foi até a porta e parou de costas para ela, bloqueando a passagem.

— Nós impedimos a invasão no quartel-general nazista de Hedemannstrasse, não foi? Com certeza, isso vale mais do que cinqüenta marcos por semana.

— Verei o que posso fazer — prometeu Bruckmann. — Não é uma tarefa fácil. Mas, no momento, temos outros negócios a tratar.

— Que outros negócios? — perguntou Loos.

— Weiss designou um *Kriminal Kommissar* para investigar vazamentos de informações na Alexanderplatz.

— Quem é o homem?

— Harry Wulff.

— Já o vi várias vezes — disse Loos. — Lembrou-se do homem esguio, de expressão melancólica, traços aquilinos e olhos azuis e frios.

— Você o viu?

— Até falei com ele.

— Não seja idiota — advertiu Bruckmann. — Harry Wulff é muito inteligente e esperto. Não podemos correr nenhum risco com ele. Está sendo pago para implantar um plano de segurança no quartel-general da Alexanderplatz. Isso significa que vai examinar fichas pessoais e dossiês políticos. Provavelmente, alguma armadilha será preparada.

— Que tipo de armadilha?

— Isso interessa a você, não?

— Continue falando — ordenou Loos, com frieza.

— Estou apenas fazendo adivinhações — garantiu Bruckmann. — Mesmo assim, trate de ser muito discreto. Nada de conversas com o *Kriminal Kommissar* Wulff, por favor.

— Ele trabalha para o judeu?

Bruckmann assentiu.

— E o meu dinheiro?

— Os nazistas vão pagar. Estou trabalhando nisso.

— Preciso de moedas de ouro — declarou Loos.

— Está pensando em acumular ouro, Theodor?

— Cale a boca, Bruckmann — retrucou Loos, irritado.

— Relaxe, meu amigo.

Bruckmann estendeu a ele dois marcos de ouro. Loos apanhou-os com avidez.

— Um presente meu — acrescentou Bruckmann.

Loos examinou as moedas.

— Wulff está investigando um assassinato na Hirrenstrasse? — perguntou.

— O assassinato de um travesti. Como você sabe?

— Simples. Sou especialista em fechaduras.

— É o único caso dele, no momento — informou Bruckmann.

— Ele tem algum suspeito?

— Isso não é importante — respondeu Bruckmann com impaciência, já cansado da conversa. — Limite-se a tentar ler os relatórios diários e passá-los para mim. Mas não se arrisque, e mantenha-me informado sobre os planos de Weiss de criminalizar os nazistas. Não faça nenhuma tolice quando Wulff estiver por perto. Ele é como um cão perdigueiro.

— Vai providenciar o meu dinheiro?

— Sim, Theodor, sim.

— Quero moedas de ouro.

Bruckmann aproximou-se da porta com cautela e deu um vigoroso tapa nas costas de Loos. Passando pelo homem enorme, saiu para o saguão deserto. Por um momento, ficou ali parado, ouvindo as vozes de Greta Garbo e John Gilbert, lembrando-se do prazer que o garrote proporcionava a Loos.

▪ ▪ ▪

Sentados no apertado Opel, Wulff e Barlach fumavam. Na noite escura, nuvens pesadas acumulavam-se no horizonte ao norte. Haviam revistado a casa por uma hora, sem encontrar nada além de umas poucas peças de roupa de Mueller, e algumas partituras para violino, estampadas com o logotipo de uma loja em Dantzig. A viúva de guerra proprietária da casa já vendera o violino de Mueller e colocara uma placa de "aluga-se" na janela.

— Devemos contatar as autoridades de Dantzig? — perguntou Barlach.

— Enviarei um telegrama — disse Wulff. — Tentaremos encontrar alguém da família de Mueller, mas não vamos descobrir nada útil em seu passado. E é possível que fosse sozinho no mundo.

— Que realmente aconteceu a ele?

— Meu palpite é que viajou no bonde, juntamente com o assassino, algum desconhecido de Lichtenberg. O assassino está aqui, em algum lugar destes subúrbios — acrescentou Wulff, apontando as fileiras de casas, mansões e árvores.

— O que não nos ajuda muito, certo? — arriscou Barlach.

— Não muito. Acho que o assassino não era conhecido de Mueller. Isso torna o nosso trabalho muito difícil.

Wulff ficou calado, enquanto um bando de corvos lutava contra o vento. Espirais de fumaça e fios elétricos esticados entre postes e casas cortavam o céu. Barlach terminou seu cigarro quando Wulff dava a partida no motor e acelerava, seguindo pela ruela entre casas de tijolos. Na escuridão, um homem curvado aplicava machadadas em um olmo, quebrando-o para usar a lenha.

8

Wulff observava uma tempestade de outubro de sua sala no terceiro andar do Berlim Mitte. Durante uma hora, ficara separando fotografias de funcionários do quartel-general, contando narizes e organizando rostos. Enquanto isso, chegara a um beco sem saída na investigação do assassinato da Hirrenstrasse.

Nos dois últimos dias, os nazistas haviam promovido desordens nas ruas do centro de Berlim, desafiando explicitamente o decreto presidencial que proibia suas manifestações na área. Gangues da SA, vestindo as camisas pardas, perambulavam entre o Reichstag e a Potsdamerplatz à caça de judeus, agitando bandeiras e flâmulas, quebrando vitrines de lojas, amaldiçoando a República com *slogans* e canções, e pintando suásticas em lojas judias. Unidades Schupo haviam tentado fechar a movimentada Friedrich Ebertstrasse, a fim de forçar os nazistas para leste e oeste, longe do centro da cidade. Haviam-se erguido barricadas e obstáculos, mas os nazistas, espertos, escaparam pelas ruas secundárias, reorganizaram-se e ressurgiram com mais energia em pontos diferentes, flanqueando os desajeitados grupos da Orpo. Nas dependências do Parlamento, nazistas usavam as camisas pardas, mais uma vez desafiando um decreto de Hindenberg que proibia trajes paramilitares. Göring foi empossado como presidente do Reichstag.

Wulff deixou de lado uma pasta de arquivo e voltou a olhar para a rua, com sua luminosidade cinzenta, fachadas de granito e árvores sem folhas próximas ao ministério. Um mensageiro do Mitte abriu a porta depois de uma leve batida e deixou um pacote pardo sobre a mesa. Wulff apagou o cigarro, cortou o barbante com um canivete e abriu o pacote. Envolta pelo papel, havia uma caixa branca, pequena e retangular. Ao abri-la, deparou-se com uma figura de papelão, sobre a qual estavam colados recortes de revistas de um rosto, um vestido preto, sapatos em preto e branco, de saltos altos, e uma peruca. Sobre o rosto, um X fora rabiscado.

Wulff largou a boneca e examinou a caixa e o papel que a envolvia. O pacote fora postado na agência do correio situada na Konigstrasse, no centro de Berlim, a pouco mais de setecentos metros de onde ele se encontrava agora, sentado em sua própria sala. Wulff olhou para a boneca sobre a mesa, para o rosto que escarnecia dele, com a maquilagem excessivamente branca, os lábios vermelhos, os traços marcantes. Seria impossível negar a semelhança com Timkin Mueller. Dez minutos depois, voltou a embrulhar a boneca e, com todo cuidado, colocou-a de volta na caixa branca. Trancou a sala e partiu para o quartel-general na Alexanderplatz.

▪ ▪ ▪

Weiss desligou o telefone e lançou um olhar severo para o inspetor Harry Wulff. O *Kriminal Kommissar* havia entregue seu relatório semanal. Um relatório a respeito de nada, contendo nada. Weiss permaneceu sentado à sua mesa, rabiscando anotações em um bloco, folheando o magro relatório de Wulff. O vento forte que soprava do norte batia na janela de vidro e agitava os castanheiros lá fora. Weiss deu um profundo suspiro.

— Pelo menos temporariamente, não estou sujeito às caricaturas de Goebbels — disse. — Agora que está no Reichstag, ele tem ampla oportunidade de atacar outras pessoas diretamente.

— Mas ainda tem um espião aqui — lembrou Wulff.

— Desculpe, *Kriminal Kommissar*. Às vezes, chego a pensar que isso quase não importa. — Fez uma pausa e corou. — Não me orgulho de estar desanimado. A verdade é que este quartel-general deve estar repleto de espiões, contra-espiões e contra-contra-espiões. É da natureza do jogo.

— Vou continuar fazendo o meu trabalho — informou Wulff.

— Por favor — apressou-se a responder Weiss.

Wulff pensou na boneca.

Weiss tirou os óculos e limpou as lentes grossas, distraído. As agitações provocadas pelos nazistas em Alt Köln haviam resultado em dezenas de espancamentos de judeus idosos, socialistas de esquerda e comunistas, além do vandalismo em estabelecimentos comerciais de proprietários judeus. Muita pressão se fizera sobre a Stapo e a Orpo para pôr fim à depredação, e Weiss parecia não dormir havia um mês.

— Estamos supondo que o espião esteja na Alexanderplatz — disse Wulff.

— Poderia estar no Schupo-Kommando?

— Só se o próprio *Polizei-Oberst* for desleal, o que eu duvido. Alguns capitães de distritos e parte de seus homens são nazistas, mas, com toda certeza, isso não acontece no Schupo-Kommando.

— No momento, tenho 315 prontuários, políticos e pessoais, de todos os funcionários administrativos deste edifício. Há mais trinta dossiês sobre o pessoal do Reichswehr e da manutenção. Se incluirmos os chefes da Schupo, Stapo e todos os secretários e escriturários, serão quatrocentos suspeitos.

— O que é ridículo, suponho.

— Por que não damos uma ordem falsa? Talvez pudéssemos forjar uma ordem de invasão da residência de Goebbels, coisa totalmente absurda. Depois esperaríamos um possível vazamento da informação e, conforme o tempo e o caminho que esse vazamento seguisse, teríamos boas chances de localizar a fonte.

— Não posso fazer isso agora — disse Weiss. — Goebbels é membro do Parlamento. Dar uma ordem como essa, mesmo que falsa, seria suicídio político. E não tenho a menor intenção de me suicidar. Pelo menos não neste momento!

— E se for uma ordem verbal?

— Estou proibido pelo chefe de dirigir policiais por meio de ordens verbais. Não quero deixar você sem opções, mas estou com as mãos atadas pelos regulamentos. Tem de haver um registro escrito de cada ação planejada. E é fácil perceber por quê. O resultado de ordens verbais superiores seria a constante interpretação, muitas vezes errada, de tais ordens.

— Duas ordens conflitantes, talvez? — sugeriu Wulff.

Weiss virou uma ampulheta sobre a mesa. Os dois permaneceram em silêncio por alguns minutos, vendo suas expectativas se dissiparem.

— Sinto muito, Wulff — acabou murmurando Weiss. — Estou bastante arrasado com tamanha violência. Acha que nosso espião trabalha para os superiores da Stapo?

— Faria sentido. Alguém que ocupe um cargo dos mais altos. Estou investigando a história dos coronéis e capitães prestes a assumirem o controle da Schupo. Farei o mesmo com a sua equipe na Stapo. Imagino que qualquer um deles possa ser o tal espião.

Weiss levantou-se e colocou-se de costas para a lareira.

— Goebbels está a um passo de controlar a polícia de Berlim. Deve ser impedido a qualquer custo.

— Emita uma ordem escrita para a prisão dele — arriscou Wulff. — Faça apenas as cópias necessárias. Emita uma contra-ordem imediatamente. Veremos se a notícia chega a Goebbels pelos canais do Partido Nazista. Trata-se de uma experiência.

— Não quero fazer isso. Se a notícia vazasse, eu pareceria tolo, ou coisa pior.

— Que alternativas nos restam?

Weiss esfregou as mãos, aquecendo-as.

— Amanhã — disse —, no Shabbat, ditarei uma ordem escrita para Krause. Não sairá daqui. Na segunda-feira, farei a ordem circular entre meus chefes da Stapo. Então, darei um comando em contrário, trinta minutos depois. É o melhor que posso fazer.

Wulff trocou um aperto de mão com Weiss, que havia atravessado a sala e se juntara a ele diante da janela. Wulff saiu da sala, desceu a escada e atravessou os postos de controle do Reichswehr. Assim que Wulff deixou o edifício, anotou os pontos importantes da conversa entre os dois em sua agenda pessoal.

▪ ▪ ▪

Em uma mercearia judia de Fischerstrasse, Wulff comprou um pacote de tâmaras e figos secos, três bananas maduras e uma lata de chá de ervas. As desordens nazistas não haviam alcançado aquela parte de Alt Köln, com suas ruas estreitas e sinuosas e construções medievais. Mesmo assim, algumas vitrines de lojas estavam protegidas por tábuas.

Foi de táxi até a Lennestrasse e entrou no apartamento de Johanna. Ela veio recebê-lo na entrada, vestindo um cafetã florido em verde e dourado. Wulff tirou os sapatos e sentou-se, cansado, no divã. Estendeu-lhe o pacote de comida. Enquanto ele relaxava, Johanna preparou chá. Wulff pôs-se a recordar a primeira vez que a vira, no Hotel Adlon, uma noite depois de ter ido com o pai assistir a uma apresentação de *Parsifal*, no Kroll Opera House. Lembrou-se que vestia um *smoking*, com uma ridícula faixa de cetim vermelha em torno da cintura, que estava parado sob o brilho de um dos magníficos lustres que iluminavam o bar do hotel, empunhando uma taça de Sekt, quando viu, por trás da mistura de fumaça, bolhas de champanha e luz, uma mulher maravilhosa do outro lado do salão. Naquele momento, a orquestra tocava Strauss.

Johanna trouxe o chá em uma bandeja de prata e serviu duas xícaras. Acendera duas velas de Shabbat.

— Não saio deste apartamento há dois dias — disse.

Seus clientes haviam cancelado as sessões. Ela ouvira tiros vindos do Reichstag, e bombas de gás lacrimogênio haviam explodido em ruas perto dali. No jornal, lera que um judeu idoso perdera um olho, depois de ser espancado.

Wulff bebericou o chá. Johanna havia fatiado as bananas, pondo-as em um prato.

— Gostaria de sair de Berlim por algum tempo? — perguntou Wulff. — Poderíamos providenciar isso. Meu pai a receberia de bom grado.

Johanna sentou-se de pernas cruzadas na outra extremidade do divã.

— Sou berlinense — declarou. — Por que deveria me deixar afastar de minha cidade, meu lar?

— Não está sendo afastada. Faça uma viagem de férias para Viena, Basiléia ou Zurique.

Ela comeu um figo.

— Os austríacos são anti-semitas piores do que os alemães — disse. — Atormentam Freud e queimam seus livros. Os jornais populares o atacam sem trégua. — Ergueu a xícara e olhou para Wulff com tristeza. O apartamento estava escuro, com as grossas cortinas fechadas. — Precisamos falar sobre isso esta noite, Harry? Sinto que deveria ir à sinagoga, mas tenho medo. Não é horrível, Harry? É simplesmente terrível!

— Posso levá-la — ofereceu-se Wulff.

— Obrigada, querido, mas... não.

— Não estou preocupado com a minha carreira, sabia?

— Sua reputação já está denegrida — afirmou Johanna. — Anda com judeus, psicanalistas e um jornalista comunista! Está sendo muito irresponsável, Harry.

Ele pegou a pasta de couro que trouxera do trabalho. Continha centenas de fotografias de policiais e funcionários da Alexanderplatz. E também a boneca. Abriu a caixa branca e retirou-a do papel de seda que a envolvia.

— Que é isso? — perguntou Johanna.

— Quero a sua ajuda profissional — explicou Wulff.

— Está brincando de boneca agora, querido? — ela riu.

— Ainda não.

Wulff mordeu uma tâmara murcha.

— Lembra-se do assassinato na Hirrenstrasse?

— Sim, eu me lembro. Muito triste. Um homem vestido de mulher. Uma mulher que havia sido beijada.

Wulff ergueu a boneca.

— Recebi isso hoje, no trabalho. Foi postado na agência central do correio e entregue apenas seis horas depois. Não tem endereço de remetente, claro. É absolutamente anônimo.

Johanna examinou a boneca, um pedaço de papelão recortado, com fotografias de revista cuidadosamente coladas na superfície. Uma representação clara da mulher de vestido preto, o rosto branco rabiscado por um X.

— É o homem assassinado — disse Wulff. — Exatamente igual em cada detalhe. A perspectiva é falha, claro, mas é a vítima.

— Harry... — murmurou Johanna. — O assassino enviou isso para você? É o que você acha?

— Que mais poderia ser?

— É... fascinante — ela disse, comendo outro figo e tocando a boneca com a ponta do dedo, enquanto a examinava. — Assustador.

— Tem uma semelhança exata com o homem assassinado — insistiu Wulff. — E não foi feita de maneira desleixada. Cada fotografia foi cuidadosamente escolhida para representar com precisão cada parte do homem vestido de mulher. Deve ter levado dias para essa boneca ser confeccionada. Encontrar as fotos certas, nas revistas, deve ter sido uma grande empreitada. Quem quer que tenha feito isso é uma pessoa meticulosa.

— Você não me disse como a vítima se chamava.

— Era um homem de Dantzig chamado Timkin Mueller. Morava sozinho em Lichtenberg e trabalhava como músico de rua na Alexanderplatz. Tinha apenas um traje feminino, e era o que estava vestindo na sexta-feira em que foi morto. Não faço a menor idéia de por que foi morto, ou o que estava fazendo, ao se dirigir para o centro de Berlim naquela noite.

— Ah, Harry! — exclamou Johanna, surpresa. — Acaba de me ocorrer uma idéia! Aquela foi a noite do grande Baile dos Travestis. Trata-se de um evento anual, que reúne milhares de pessoas. Acontece no bairro da Jaegerstrasse. Estou surpresa por não termos pensado nisso antes.

— Faz sentido agora — concordou Wulff. — Mueller pegou um bonde noturno para ir de seu quarto alugado, em Lichtenberg, ao centro de Berlim. Sua única grande noite em trajes femininos.

— Pobre rapaz — lamentou Johanna. — Um maluco!

— Maluco?

— Temos um maníaco nessa história, Harry.

— Eu sabia que isso despertaria o seu interesse — confessou Wulff. — Cheguei à conclusão de que Mueller não conhecia o seu assassino. Talvez tenham trocado um beijo. Encontramos traços de base de maquilagem, pó-de-arroz e cola usada em teatro sob as unhas da vítima.

Johanna bebericou o chá, pensativa. As velas oscilavam, tornando a sala sombria. Johanna prendera os cabelos e tomara banho pouco antes.

— Acha que o assassino também usava maquilagem?

— É possível.

— Quer a minha opinião profissional, Harry? Foi o que disse, não foi?

— Não há nada que eu queira mais.

— Como posso ajudá-lo, Harry?

— Ainda estou analisando a vítima. Ele tinha apenas um vestido feminino, bastante caro para o seu padrão de vida. Provavelmente custou a maior parte do que ganhou em seis meses, tocando violino na Alexanderplatz. Ainda assim, não parecia levar uma vida dupla. Duvido que descubramos uma existência secreta desse homem. Ao que parece, ia e vinha com a pontualidade de um relógio, durante a semana. Tem alguma idéia?

— Tenho quase certeza de que a sua vítima não era um travesti profissional. Nem se prostituía. Podia ser um pouco efeminado, ou simplesmente achava divertido vestir-se de mulher por uma noite. Talvez fizesse isso quando estava sozinho, para seu próprio prazer e diversão. Provavelmente nunca saberemos. Mas posso afirmar que o Baile dos Travestis é freqüentado, todos os anos, por pessoas que, se passassem na rua, usando terno ou calças de couro, jamais levantariam qualquer suspeita. O assassino é perigoso.

— Tenho certeza disso.

— Mais do que perigoso — prosseguiu Johanna. — Olhando para a boneca, fico imaginando as horas dedicadas à procura dessas imagens nas revistas e tablóides. Imagino quanto tempo ele as estudou, revivendo o assassinato inúmeras vezes, desafiando o próprio comportamento a se repetir. Isso demonstra uma óbvia qualidade obsessivo-compulsiva, Harry, com uma atenção absurda aos detalhes, que chega às raias da alucinação. Neste caso, a obsessão parece ser uma fascinação às avessas pela mãe.

— E quanto ao beijo?

— Uma ocorrência-chave ambivalente. O assassino "externo" aproximou-se de uma mulher bonita e tentou beijá-la. O assassino "interno" sabia, secretamente, que aquela pessoa era um homem vestido de mulher. Sabia que uma transformação sexual ocorrera, e sentia fascinação e repulsa por ela. Em sua fantasia, estava apenas sendo um macho agressivo na rua. Por outro lado, o beijo fez seu eu interior explodir em um milhão de fragmentos.

— Por favor — pediu Wulff.

— Harry, o assassino transferiu toda a sua raiva para o homem sob as roupas femininas.

— Pelo amor de Deus — Wulff riu. — Ele estava beijando a mãe, mas matando o pai? — Terminou sua xícara de chá. — Quem estou procurando, afinal? — indagou.

— Não se trata de uma figura extraída de uma tragédia grega — continuou Johanna. — É provável que ele esteja próximo da meia-idade. Seu conflito psicológico levou muito tempo para amadurecer. Quando jovem, devia apresentar traços de sadismo e crueldade, além de se isolar e ser socialmente inferior. Se quer saber o meu palpite, acho que é um andarilho, ou alguém que ocupa uma posição insignificante na sociedade. Não tem boa educação. A maioria das pessoas que recebem educação torna-se socializada. Seus piores instintos passam por uma espécie de filtro. Na juventude, esse homem deve ter sido manipulado com facilidade, e aprendeu que as relações sociais não têm qualquer valor, a não ser como meio para alcançar um fim. É vítima de grande autodesprezo, mas convenceu-se de que é um ser superior. Na realidade, provavelmente é irritadiço, desconfiado e confuso. Mas também é dissimulado e inteligente. Como você mesmo viu, tem grande habilidade manual. É possível que tenha estudado algum ofício artesanal, mas sua inteligência é cada vez mais controlada pela mania.

— E essa mania?

— É uma ilusão — explicou Johanna. — E essa ilusão é produto de sua confusão sexual.

— Ele também se veste de mulher?

— Ah, com toda certeza, Harry. Você tem indício de que ele usa base de maquilagem, pó-de-arroz e, em algum momento daquela noite, usou também uma peruca. Acho que ele acalentou a idéia de se travestir durante muito tempo. Talvez desde a juventude. Só agora, à medida que amadurece, vê a possibilidade de se apresentar à sociedade como mulher. Ele pensa na mãe e vê a si mesmo. Algumas dessas neuroses podem ter profundas raízes religiosas. — Johanna tocou o braço de Wulff. — Lembre-se de que tudo o que estou dizendo não se baseia inteiramente na ciência. Isso representa apenas uma hipótese.

— E o que faz nosso assassino agora? Como ganha a vida em Berlim?

— É só especulação, Harry.

— Por favor, diga o que pensa.

— Está bem. Talvez a boneca seja uma pista. Esse homem é habilidoso com as mãos. É meticuloso a ponto de ser obsessivo. E a maioria dos obsessivos é meticulosa. São encontrados em trabalhos nos quais ficam sozinhos a maior parte do tempo, em que o contato com pessoas e a interação com a sociedade é mínima. E provavelmente essa não é a única boneca que ele fez. Fazer a boneca é mais um ritual de assassinato. O *X* sobre o rosto transfere o assassinato para a boneca.

— Ele quer matar de novo?

— Sim, acho que sim, Harry. — Johanna deu um suspiro.

— Deve estar em um lento processo de ebulição, agora.

— Mas é capaz de se manter em um emprego?

— Se não for agitado demais.

— É homossexual? — perguntou Wulff. — Põe essa vida em prática?

— Não, acho que não. A maioria dos travestis não é homossexual, estritamente falando. Na verdade, a maioria só se envolve em jogos sexuais inofensivos. Estão brincando com seus impulsos internos. Nada de mal resulta disso. Muitos se casam, constituem família e têm uma bela carreira profissional. Simplesmente gostam de usar uma calcinha de vez em quando. Suas esposas, às vezes, conhecem seus prazeres, e algumas até mesmo partilham essas fantasias, que são muito próximas de qualquer outro tipo de satisfação sexual. Mas, no caso do seu assassino, indica problemas profundos. Infelizmente, não sabemos nada sobre a infância dele.

— Um solitário que trabalha com as mãos — declarou Wulff, pensativo. — Uma pessoa cheia de raiva e culpa, de personalidade complexa. — A uma distância incomensurável, o assassino falava com ele, enviando-lhe mensagens por intermédio da boneca. Os dois haviam feito *contato*. — Por que ele me mandou a boneca? — acabou perguntando Wulff.

Johanna aproximou-se dele e abraçou-o. A chuva produzia um ruído abafado contra a janela.

— Estou com medo, Harry.

— São os tempos — replicou Wulff, sem acreditar nas próprias palavras.

— Não estou falando dos meus medos de maneira geral — ela retrucou. — Quem quer que tenha matado Timkin Mueller escolheu você como figura especial. Você é a autoridade distante para ele, seu totem. Vê você como sexualmente competente, enquanto se envergonha na sua presença. Teme a sua autoridade e deseja desafiá-la.

— Você leva essa análise edipiana a sério?

— É claro que sim, Harry!

— Mas como isso se traduz em realidade?

— Você representa o pai dele. Você é o pai que ele deseja matar.

▪ ▪ ▪

Loos perambulou pela pista de dança. Mudou de mesa três vezes, até finalmente conseguir a vista que queria: Uli na galeria, usando um vestido branco justo, drapeado em curvas concêntricas na cintura, joelhos e tornozelos, uma echarpe de penas de avestruz no pescoço. Havia estilizado o rosto de gato com bigodes finos e pretos nas duas faces, os grandes olhos contornados por delineador. Fazendo beicinho com os lábios pintados de rosa, dirigiu um sorriso insinuante para Loos. No cabaré quente, usando o sobretudo e o chapéu, ele suava e bebia conhaque de maçã. Havia centenas de pessoas no salão. Loos tentou ignorar o *show* no palco, realizado por um homem lascivo, vestindo o uniforme cinza do Reichswehr, cortado nas nádegas para deixá-las à mostra.

O telefone de sua mesa tocou.

— Vejo que voltou a Matzstrasse — disse Uli.

Loos fixou o olhar no dela. Uli estava sentada a uma mesa da galeria, fumando cigarro com a piteira, que prendia entre dentes. Loos bebeu um grande gole de conhaque.

— Posso lhe pagar uma bebida? — ele perguntou.

O barulho no cabaré era intenso, com homens e mulheres tagarelando aos telefones, risos, canções maliciosas cantadas no palco.

— Sekt com creme de menta — respondeu Uli. — Você sabe que é a minha bebida favorita. Adoro verde, e você?

Loos inclinou-se para a frente, tomado de uma estranha lucidez. Era como se pudesse ouvir cada conversa na pista de dança, cada elogio sussurrado, cada piada ocasional. Lembrou-se da cabana apertada em Juprelle, onde sua fervorosa mãe acendia dezenas de velas diante da imagem da Virgem, para então forçá-lo a vestir um dos vestidos de menina que fizera para ele e, juntos, se ajoelhassem e rezassem.

Pediu Sekt com creme de menta para Uli. O garçom levou a bebida sobre uma bandeja, erguendo-a acima da própria cabeça. Quando recebeu a taça, Uli ergueu-a em um brinde a Loos.

— Sabe quem você é, Siegfried?

— Estou começando a... — começou Loos, hesitante.

Chamou o garçom e pediu-lhe que entregasse as duas moedas de ouro a ela. Quando Uli abriu o envelope, Loos observou seu sorriso largo, a língua passando lentamente pelos lábios. Ela voltou a fazer beicinho e ronronou como um gato.

— Você é mesmo um homem do mundo, meu Siegfried — declarou ela com alegria. — E tão rico! Tão importante!

— Tenho mais dinheiro — acrescentou ele.

— Quando chegar a hora.

— Sim, claro — forçou-se a dizer Loos , ofegante.

Depositou o fone no gancho. A mulher-gato manteve o fone junto ao ouvido, escutou por um instante, assentiu de maneira quase imperceptível e desligou. Loos abotoou o sobretudo e saiu do cabaré, grato pelo ar fresco da noite. Andou por um quarteirão, desde o El Dorado até a Jaegerstrasse, parou na esquina em frente ao Deutsche Bank e comprou uma dúzia de tablóides em uma banca. Na Unter den Linden, pegou um bonde. Em Grenadier, pegou outro para Lichtenberg.

Meia hora depois, estava em seu quarto alugado. No andar inferior, a senhoria viúva ouvia uma comédia no rádio. Loos sentou-se na penumbra das velas, folheando cada tablóide, à procura do vestido certo, da peruca certa, da echarpe adequada, alguma coisa branca com traços de azul.

Acendeu uma dúzia de velas. Enquanto conseguiu, resistiu ao impulso de pintar o rosto, para passar o tempo olhando-se no espelho. Quando já não podia mais conter o desejo, entregou-se ao seu lado criativo, maquilando-se com sobrancelhas arqueadas, finos bigodes de gato, lábios cor-de-rosa e olhos delineados de preto. Ronronou para o espelho, o rosto tocando o vidro. Lá embaixo, a viúva ouvia o rádio. Loos inclinou-se e beijou a mulher-gato.

▪ ▪ ▪

Johanna deixou-o dormindo sob o acolchoado, com as janelas abertas para a chuva e o farfalhar das árvores.

Sentou-se na cozinha e tomou um copo de leite, pensando em Harry, na primeira vez em que o vira, de *smoking* e faixa de cetim vermelha na cintura, um jovem alto e elegante que conversava com Louis Adlon no bar do hotel, onde ela bebia com amigos. De início, ele lhe parecera louro demais, nórdico demais, para ser descrito com palavras. Harry Wulff, segurando uma taça de Sekt em uma das mãos, um cigarro na outra. Então, ela notou que ele a fitava, quase rude naquele olhar fixo e tão azul. E então achou divertido, quase excitante.

Que vestia ela naquela noite? Teria de perguntar a Harry se ele se lembrava. Recordava estar ligeiramente embriagada, sob o brilho das luzes, enquanto a pequena orquestra tocava valsas. Então, como em um sonho, ele surgira junto à mesa, com um sorriso jovial que a encantara.

— Permite que eu me apresente? — perguntou. — Meu nome é Harry Wulff.

Johanna riu, erguendo sua taça de champanhe, na tentativa de mascarar o embaraço que se apoderava dela, fitando-o através do líquido borbulhante.

Levou um copo de leite até o quarto e o pôs na mesa-de-cabeceira. Para agradar Harry, o quarto estava frio. Quando menino, ele costumava dormir ao relento, sob o clima gelado. Caminhava nos Alpes e velejava no Báltico. Ela voltou a lembrar-se dele, glamouroso, no bar do Hotel Adlon. Dissera-lhe que havia assistido a *Parsifal*, no Kroll. Tímido, quase inseguro, procurara algo mais para dizer.

— Você é diplomata? — perguntara Johanna, resgatando-o de seu tormento.

— Policial.

A resposta chegara como uma surpresa inesperada, porém agradável. Naquele momento, ela se apaixonou.

PARTE DOIS

1931

"Goebbels é o mestre das cobras-de-vidro e dos ratos."
— *Vossische Zeitung* (um jornal diário de Berlim)

9

O líder da tropa, *Führer* Dieter Rom, já ouvira todas as histórias sobre Maikowski: Maikowski de uniforme, liderando a invasão violenta das tropas de assaltos em um bar comunista situado em Wedding, enterrando a faca no olho de um matador da KPD, e na coxa de outro, depois de uma luta corporal intensa, disparando a pistola sem parar, em meio a uma confusão sangrenta, na direção de um grupo de oficiais da Stapo, aniquilando-os como se fossem folhas de outono em uma tempestade. Rom também ouvira três versões diferentes sobre como Maikowski convencera o governo prussiano a permitir a presença de homens da SA uniformizados em um comício político, em Schloss Kaserne, e depois organizara um tumulto monstruoso que matara três e ferira 41, exatamente o tipo de esporte que a SA adorava, e que o governo desprezava, pois lhe causava horror e vergonha. Por meio de fofocas e insinuações, Rom ouvira falar até mesmo sobre algumas das inclinações e dos pecadilhos sexuais preferidos de Maikowski, comentários sussurrados que passavam de boca em boca entre secretários, caluniadores e líderes do partido, chegando a seus ouvidos através da luz opaca dos rumores.

Estavam em uma cabine particular no Kaiserhof, Maikowski recém-chegado de Munique no trem daquela manhã, onde participara de uma reunião de planejamento da estratégia da SA. Rom o apanhara em Bahnhof, em um carro da SA, um Opel Landauer. Rom, depois de uma noite bem-dormida, vestia terno azul-escuro limpo, enquanto Maikowski envergava o uniforme pardo de capitão da SA. Era muito magro, do tipo miúdo, com sinistros olhos azulados, rosto longo como o de um cavalo e postura agitada. O canto da boca o traía com um tique nervoso, especialmente em momentos de tensão, e às vezes apresentava um toque de gagueira que resultava em um tom sarcástico, mas sobretudo bombástico. De certa forma, Rom admirava o comportamento curioso daquele homem, sua honestidade brutal nas questões políticas da SA, seu humor e sua intuição em questões de crueldade, sua sagacidade ideológica. Maikowski copiava as explosões furiosas de Hitler, sua indisposição para ouvir, sua maneira de andar arrastando os pés em meio a multidões, sem qualquer constrangimento. Sempre que conversavam, Rom ficava com a impressão de que Maikowski tinha resposta para qualquer situação ou problema. Geralmente, ele arqueava a sobrancelha para responder a uma pergunta complicada.

Maikowski ergueu a xícara de chá *oolong* genuíno, agora só encontrado em hotéis caros como o Kaiserhof e o Adlon.

— Você está de parabéns — disse a Rom, saboreando o rico aroma do chá. Por um breve instante, abandonou a expressão sarcástica para encará-lo com profundidade. — As lideranças da SA estão satisfeitas com sua campanha contra os derrotistas filmes judeus e aqueles que os exibem.

Durante duas semanas, Rom havia liderado a tropa 33 em uma série de manifestações contra a exibição comercial de *Sem novidade no front.* Dia após dia, reuniam-se diante do cinema Capitol e de outros, intimidando os fregueses em potencial. Mais tarde, explodiram bombas malcheirosas no edifício, onde soltaram centenas de camundongos, assustando as mulheres e provocando pânico, o que resultou em uma debandada em que dezenas de pessoas sofreram ferimentos leves. Culminando a campanha, Rom liderara uma marcha pelas ruas de Alt Köln, o bairro medieval judeu, quebrando vitrines, perseguindo judeus e espancando aqueles que eram apanhados. Declarara vitória sobre os judeus e a degenerada arte moderna.

Pelo canto do olho, viu várias mulheres bonitas reunindo-se no bar e pedindo champanhe e caviar.

— A campanha contra o filme foi brincadeira de criança — disse. — Uma bagatela. A luta continua.

Voltou a olhar para as mulheres, admirando suas roupas elegantes.

— Concordo plenamente — disse Maikowski. — Mesmo assim, conseguir banir o filme judeu de Berlim merece crédito.

O bar do Kaiserhof era de cerejeira e lambris de mogno. Entre os quartos nos andares superiores, estava a residência de Hitler, seu lar longe do verdadeiro lar em Munique, onde ele e seu séquito se hospedavam quando o *Führer* participava de conferências do partido e sessões de planejamento, ou fazia seus discursos. Agora, em uma noite carregada da ameaça de chuva de primavera, a neve em Tiergarten quase inteiramente derretida, os berlinenses contemplavam o clima mais ameno. Rom, porém, tomava chá, contemplando não o clima, mas sua série de sucessos na luta, o ataque à bomba a um clube social da KPD, no Eden Palast, em que dois comunistas haviam sido espancados até quase a morte e o edifício onde funcionava o clube fora destruído por bombas incendiárias. Na noite de Ano-Novo, a tropa 33 assassinara dois homens do Reichsbanner na Hafenlandstrasse. Circulavam notícias de que Rom e seus homens eram valentes e incorruptíveis; o mesmo fora dito quando Maikowski os liderara. Quem sabe um dia ele viajasse até Munique para beber na companhia de Röhm, Hitler e Heydrich, brincar com os pastores alemães de Hitler na Casa Parda, ou almoçar com o líder em Berchtesgaden.

— Ainda assim... — dizia Maikowski. — Toda luta tem suas pequenas batalhas, que também têm de ser vencidas. São importantes. O medo e a confusão emanam da classe média. Podemos transformar a burguesia em uma massa a ser manipulada. Podemos conduzi-la a qualquer lugar. Lembre-se, o primeiro princípio é baixar o padrão da burguesia. Tire de um homem seu padrão de vida e seu trabalho e ele passa a não ser nada além de barro. — Maikowski baixou os olhos para o chá escuro na xícara de porcelana decorada por delicados filigranas.

Rom assentiu. Ouvira aquelas reflexões ideológicas mais vezes do que era capaz de lembrar-se. Não disse nada a respeito. Bebeu água mineral em deferência ao ascetismo de Hitler.

— Estou aqui para falar de Bruckmann — anunciou Maikowski. — Você me informou sobre a nova exigência de dinheiro. Seu espião é um caso interessante.

Havia dois anos, Rom pagava cem marcos por semana a Bruckmann. Em várias ocasiões, suas informações haviam sido muito valiosas, tanto para a SA quanto para o partido.

— Ele tem sido constante, senão espetacular — declarou Rom.

— Mas é uma despesa — retrucou Maikowski.

Como Stalin, Maikowski era capaz de dirigir um assunto para onde desejasse. Rom sentiu um certo desequilíbrio, uma dissonância que atravessou o ar como um raio.

— Cem marcos — falou em tom neutro, examinando Maikowski, enquanto o outro levava a xícara aos lábios. — Não é muito. É fato conhecido que a liderança do partido vive muito bem, com seus Mercedes caros, mansões monumentais e quartos luxuosos em hotéis. — Ninguém poderia errar ao louvar as virtudes da frugalidade da SA, enfatizando ao mesmo tempo a prodigalidade do partido. Rom fez uma pausa, para tomar um gole de água mineral. — Tenho certeza de que você se lembra de nossos homens alojados em bares, dormindo em catres de madeira, vendendo cigarros nas ruas.

— Ora, Rom, como eu poderia esquecer? — Maikowski riu. — Mas não me diga que você inveja Goebbels por seu apartamento em Stieglitz e seu grupo de atrizes! Está com ciúme, não está, Rom? Tem inveja do sucesso do aleijado com mulheres bonitas!

Rom sentiu o rosto arder, mais pela humilhação do que pela raiva.

— Meu ressentimento é contra os judeus e bolchevistas — retrucou, retornando às trivialidades.

— Claro, sim, muito bom. Mas preciso lhe dizer uma coisa sobre Bruckmann. Ele vende as informações ao Reichswehr também. Está sendo pago pela SA e pelo exército pelas mesmas informações. Belo golpe, não?

Rom ficou genuinamente chocado. Ergueu os olhos do copo de água e perguntou:

— Tem certeza disso?

— Absoluta — respondeu Maikowski em tom seco. Um tique apareceu no canto de sua boca. — E, como todos nós sabemos, o espião não é o próprio Bruckmann. Ele é um mero canal de contato. Colocou alguém na Alexanderplatz. Agora, a liderança da SA quer saber quem é esse alguém, quer conhecer a identidade desse espião. Ficou decidido que essa missão deve ser sua, Rom.

Mais uma vez, Rom ficou satisfeito. Esqueceu-se da humilhação temporária.

— Posso fazer isso, claro — disse. — Estou esperando por essa chance. Para ser franco, estou cansado de Bruckmann e de sua exigência de mais dinheiro. Sendo ex-capitão do exército, sua lealdade, se é que ele tem alguma, é para com o exército. Além disso, seria melhor cuidarmos nós mesmos desse espião.

— Si-si-sim — gaguejou Maikowski. — Rom foi subitamente tomado pela impressão de que estava sendo observado pelas lindas mulheres no bar. Seria ele objeto de pena, escárnio ou admiração? — Bruckmann tem apenas ganância, e nenhuma lealdade a ninguém. Mas realmente acredito que ele considera suas chances melhores com o exército do que com a SA. Você tem de encontrar uma maneira de lidar diretamente com o espião da Alexanderplatz. Se não conseguir, vou recomendar o fim desse relacionamento. E prefiro não fazer isso. Simplesmente, tenho um pressentimento de que, enquanto não eliminarmos Bruckmann, a operação não é mais segura. No mínimo, vamos enfrentar pressão constante para dar mais dinheiro a Bruckmann e seu espião. E ainda existe a possibilidade de chantagem.

— Tenho um meio de fazer isso — informou Rom. — Estava apenas esperando por uma ordem superior para pô-lo em prática — acrescentou com um sorriso largo.

— Importa-se de me contar seu plano?

— Tem a ver com uma prostituta de Schwabing.

— Você é um homem prático — elogiou Maikowski, terminando o chá e cruzando os braços sobre a mesa. — Deve entender que a luta contra a influência do Reichswehr na Prússia é crítica para a nossa conquista do governo. O chefe do Estado-Maior do exército, von Bloomberg, encara a SA com desdém. Ele nos vê como o principal adversário do exército na luta política. Schleider, do Ministério da Guerra do Reich, deprecia a nossa organização. — Maikowski começou a sussurrar, lembrando o sibilar de uma serpente. — Precisamos *ter* a polícia prussiana. Eles devem lamber nossas botas! Por favor, entenda que Bruckmann também é perfeitamente capaz de nos vender informações falsas. Trata-se de uma missão muito importante.

— Pode confiar em mim — garantiu Rom. — Eliminarei Bruckmann. Será um prazer.

— Mantenha a cabeça fria — advertiu Maikowski em tom ríspido. Cruzou as mãos, como faria um padre. — Este é o caminho claro e verdadeiro: criamos a questão dos judeus. Criamos a questão da revolução bolchevista para influenciar a política de massa da Alemanha. Criamos uma massa de burgueses falidos, uma massa que podemos controlar. Então, damos fim ao Parlamento burguês, com seus regulamentos e votos. Mantenha esses objetivos em mente.

— Minha cabeça está fria — afirmou Rom, secretamente entediado. Pensava na amante, Bibi, com seus seios fartos e pernas fortes. Também em Eva, a prostituta de Schwabing, com a virilha depilada e as pernas cobertas de varizes. Poderia pô-la no trem que partiria de Munique naquela mesma noite, com a promessa de morfina e um lugar quente onde ficar. Agradava-lhe a simplicidade das negociações com ela.

— Esmague Bruckmann como um inseto — ordenou Maikowski.

— Dê-me duas semanas.

Maikowski levantou-se e alisou a calça do uniforme, alinhando os vincos entre os dedos. Moveu o canto da boca uma vez e saiu do bar sem pronunciar nem mais uma palavra.

▪ ▪ ▪

Gunter Wulff insistiu em caminhar de sua casa até a vila, para a missa de Páscoa. Uma chuva noturna deixara a estrada enlameada. Os dois sentiram-se desalentados pela planície sombria, com o vento de mau agouro e as nuvens que ameaçavam trazer mais tempestades. Wulff seguia o pai pela lama e pelo mato, parando para acender um cigarro, enquanto o mais velho recuperava o fôlego. Na igreja da vila, assistiram à missa luterana, e então alugaram uma carruagem para a volta.

Depois da missa, sentaram-se na varanda fumando, conversando sobre os velhos tempos, mas Wulff era lembrado constantemente por uma voz interior de que havia chegado a um beco sem saída em sua investigação sobre o espião da Alexanderplatz. Naqueles dias, Barlach rondava os corredores do quartel-general, enquanto Wulff passava o tempo investigando o pessoal da segurança, guardas do Reichswehr, e antecipando rumores com a ajuda de seus contatos nos jornais. Wulff encarregara-se de fazer circular entre os jornalistas algumas histórias falsas, na esperança de que uma súbita mudança de plano fosse realizada nas listas de visitantes, de que alguma reação sutil de um policial ou capitão da Stapo pudesse ser registrada. Em suas reuniões com o comissário-chefe, Weiss descobriu que as informações continuavam vazando. Além da decepção na Alexanderplatz, Wulff não conseguira dar nem mais um passo na investigação do assassinato da Hirrenstrasse. Fizera contato com todos os departamentos de polícia da Alemanha, distribuindo relatórios sobre o crime e um perfil psicológico do assassino, mas não recebera nada em troca que indicasse a ocorrência de crimes semelhantes em outros lugares do Reich. Passara horas pesquisando crimes sexuais, mas não encontrara nada de seu interesse. Especialistas da Alexanderplatz submeteram a boneca a dezenas de testes químicos, procuraram impressões digitais, sem descobrir nada. Wulff foi informado de que o vestido da boneca havia sido recortado do *Berlin Lokalanzeiger*, uma das muitas revistas de moda de Ullstein publicadas em Berlim e vendidas aos milhões por toda a Alemanha, em lojas, lojas de departamentos, bancas e livrarias.

Gunter Wulff terminou seu cochilo pós-almoço e desceu a escada com passos lentos, apoiado em uma bengala escura de nogueira. Os dois sentaram-se na cozinha bem iluminada, nos fundos da casa. O criado, Andrew, pusera a mesa com grandes pratos de ensopado de coelho, copos de leite fresco, pão preto caseiro e beterrabas em conserva colhidas no quintal.

— Como está Berlim agora? — perguntou Gunter. — Quase não leio jornais atualmente.

— Vai de mal a pior.

— São os desempregados — suspirou o pai. — São os desempregados e seu ócio.

— Isso e a violência — concordou Wulff.

— Continua trabalhando para Weiss, não?

— Sim. Estou estudando aquele problema.

— Não fez nenhum progresso, certo? Vejo na expressão em seu rosto.

— De fato — respondeu Wulff, hesitante. — É assim tão fácil de perceber?

— Mas você não vai desistir.

— Nunca desisto.

— E Johanna?

Ouvir o nome dela dos lábios do pai apanhou Wulff de surpresa. Tentou imaginar um outro mundo, onde poderia viver, mesmo que apenas por um breve período.

— Estou apaixonado por ela.

— *Aprovo* o seu romance, sabia? — declarou Gunter Wulff. — À medida que vou envelhecendo, certos preconceitos vão perdendo o significado. Um velho pode ignorar a opinião alheia. Hoje, assisti à missa com a calça suja de lama. — Fez uma pausa, apurando os ouvidos para os primeiros pingos de chuva no telhado. — Mas estou velho, agora. Para um jovem, o que os outros pensam é crítico, em geral.

— Tenho plena consciência do que pensam — disse Wulff.

— Você é um garoto obstinado.

— De onde será que herdei esse traço? — Gunter sorriu.

— De sua mãe, sem dúvida! — Riu alto. — Harry, posso ter sido coronel do exército alemão, mas era ela quem mandava na casa. Não se engane.

Wulff mergulhou um pedaço de pão no ensopado e deleitou-se com o aroma. Mastigou, engoliu e tomou um gole de leite. Lá fora, o dia era escuro como chumbo.

— Vou embora cedo — anunciou.

O pai fechou os olhos, pensando.

— Então, preciso lhe contar algo importante. Fiz uma discreta investigação junto ao pessoal da inteligência do Reichswehr.

Wulff ergueu a sobrancelha.

— Fez?

— Ainda tenho muitos amigos por lá — continuou Gunter. — Ex-colegas. Prestei e recebi muitos favores nos velhos tempos, mas prestei muito mais do que recebi.

— Deve ser um tanto difícil para você pedir favores — murmurou Wulff. — Lamento tê-lo feito passar por isso.

— Não, não... você precisa compreender — protestou o pai. — Talvez eu possa ajudá-lo, afinal. Descobri que o Reichswehr realmente tem uma fonte dentro da Alexanderplatz. Só não estou certo de que minhas descobertas vão ajudar você a encontrar o espião. Parece que a fonte das informações recebidas pelo exército está fora do seu quartel-general e só as recebe de um contato. O exército paga um pequeno valor a esse contato, toda semana. Nem mesmo os mais altos escalões da inteligência conhecem a identidade do verdadeiro espião. Só sabem quem é o contato.

— Mas *existe* um contato.

— Sim, Harry. Consegui localizar o contato.

— Pode me dizer o nome dele?

— Sim, Harry, mas acho que vai ficar desapontado. O contato que está vendendo informação sobre atividades confidenciais da polícia da Alexanderplatz é o *Kriminal Oberkommissar* Erik Bruckmann, de sua divisão, no Berlim Mitte. Fiquei sabendo que os dados são esparsos, mas alguns bastante úteis. Bruckmann jura ser leal ao exército, mas o exército tem certeza de que ele não é. Acham que ele vende as informações para outros interessados. O que sabem, com certeza, é que ele as recebe de uma fonte interna. Pelo menos por enquanto, o Reichswehr não conhece a identidade do espião.

Wulff sentiu-se traído, parte de um complexo enigma. De repente, pensou em Johanna, nos dois caminhando pacificamente pelos jardins repletos de pássaros em Tiergarten, alheios à metrópole ao redor. A boneca cruzou sua mente, com seu terrível significado.

— Examinei o dossiê de Bruckmann — prosseguiu Gunter. — Ele começou sua carreira no exército, na unidade de cavalaria. Serviu na Bélgica e foi gravemente ferido. — Tomou uma colherada de ensopado. — Formou uma quinta coluna de traidores flamengos, prisioneiros de guerra belgas, que foram torturados para fornecer informações sobre seus camaradas. Em troca, receberam cargos importantes na administração do campo de refugiados. Ouvi dizer que Bruckmann foi útil na guerra. Eu tinha uma vaga idéia de suas missões.

Gunter limpou o canto da boca com um guardanapo de linho e afastou-se da mesa. Apanhou a bengala e, seguido pelo filho, foi até a varanda, onde os dois se sentaram em espreguiçadeiras idênticas. O pântano marrom estendia-se para todos os lados. Um carro passou na estrada distante.

— Bruckmann usava tortura — recomeçou o pai. — Antigamente, eu não acreditava nos rumores sobre a cumplicidade do exército nas atividades dele. Achava que não passava de propaganda negativa, feita pelos ingleses.

Meus homens sempre foram honrados, mas acho que Bruckmann não era. Você deve persistir em sua investigação. Fiz a minha parte. Com toda certeza, a conversa vai circular. Parte dela pode chegar aos ouvidos do comando, e seu espião pode desaparecer. Ou então, os rumores podem chegar a Bruckmann.

— Bruckmann já sabe. Estava lá, quando discuti essa missão com Weiss.

— Ah, então trata-se de um jogo, Harry. O Reichswehr vigia a SA, e a SA vigia o Reichswehr. A polícia vigia a SA, e a SA vigia a polícia, e o Reichswehr também vigia a polícia. Os três espionam-se, um ao outro, regularmente. Talvez seja essa a definição da democracia moderna!

— O Parlamento não tem culpa — disse Wulff. — Que lhe custou essa investigação, papai?

— Está dizendo... — Gunter começou a perguntar, hesitante. — Ora, quer saber se alguém baterá à minha porta para me dar um tiro na testa, com uma Mauser? — Riu. — Não, filho, ninguém baterá à minha porta e me dará um tiro na testa. Mas o Reichswehr sabe que meu filho é policial. Ninguém da inteligência me falaria de Bruckmann se não quisessem que você também soubesse. Suponho que Bruckmann vende as informações para a SA também, e que elas são mais importantes para a SA do que para o exército. Se não fosse assim, não teriam me contado. Sou um canal de contato com você, assim como Bruckmann é um canal com a SA. Não é divertido, Harry, como são poucos os segredos em um país tão secreto quanto o nosso?

Wulff foi obrigado a sorrir.

— Vigiarei Bruckmann com todo cuidado — disse. — Ele vai me levar ao espião.

— Em breve, espero.

Wulff fumou mais um cigarro. O tempo ficava pior a cada instante. Tinha de pegar a balsa antes que a tempestade começasse.

— Por que não vai para Berlim? Poderíamos ir à ópera. Talvez você preferisse alugar um apartamento. Eu cuidaria de sua saúde. O inverno daqui é terrível.

— Cuidar de mim! — Gunter riu. — Para isso, tenho Andrew.

— E a ópera? Seus velhos amigos da cidade? Louis Adlon sempre pergunta por você.

— Aqueles tempos se foram, Harry.

— Não precisa ser assim.

— Ah, sim, Harry, tem de ser assim.

Wulff queria argumentar, mas sabia que seria inútil.

— A velhice me agrada, Harry — acrescentou o pai. — A atual instabilidade do mundo pouco importa. Seu fluxo não é nada. — Deu de ombros e levantou-se com esforço, de bengala na mão. — Mas, para um jovem, deve ser um grande tormento.

▪ ▪ ▪

Às sete horas, Barlach assinou o registro de saída controlado pelo oficial de plantão, no quartel-general da Alexanderplatz. Sentia-se atordoado, depois de tantas horas debruçado sobre fichas pessoais, pondo as diretivas de Weiss em ordem cronológica, procurando juntamente com Wulff qualquer anomalia, correspondência, particularidades. Parou na saída do quartel-general e abotoou o casaco, para então descer a escada de mármore. Barlach atravessou a praça e circundou a construção do metrô. O sol havia se posto no horizonte, e a noite trouxera ventos fortes e um céu azul muito escuro. Àquela hora, a maior parte dos trabalhadores embarcara em seus trens e bondes, e as ruas tornavam-se sossegadas. Diante dos bares locais, grupos de desempregados reuniam-se para beber e discutir política.

No final da Hirrenstrasse, Barlach viu um bonde desembarcar os poucos passageiros que chegavam do subúrbio. Um deles, um homem alto, de ombros curvados, vestindo sobretudo e chapéu, caminhou na direção dele com passos lentos, como se percorresse a Hirrenstrasse havia séculos, as mãos nos bolsos, mal erguendo os olhos enquanto andava. Barlach parou junto a uma mercearia e observou o homem com crescente sensação de *déjà-vu*. Quando o sujeito se aproximou, ele o fitou nos olhos, trocando um olhar que pareceu ser de reconhecimento, um breve instante de conexão psicológica. Barlach esperou que o homem passasse, atravessou a rua e passou a segui-lo, aproximando-se da Alexanderplatz e caminhando mais depressa agora. Barlach parou na esquina da praça, observando-o subir os degraus de mármore do quartel-general, passar pelo primeiro posto de controle do Reichswehr e assinar a lista de entrada controlada pelo oficial de plantão.

Barlach franziu o cenho, concentrando-se no que quer que houvesse atraído sua atenção. O homem? Alguma coisa em sua própria lembrança? Fez uma anotação mental para verificar os arquivos à procura de uma fotografia e um prontuário. Era segunda-feira, e Wulff estaria retornando de sua visita de Páscoa ao Báltico. Barlach decidiu que aquele encontro fortuito na Hirrenstrasse era uma coisa que deveria ser mencionada ao *Kriminal Kommissar*.

Ergueu os olhos para o relógio da torre de Bahnhof. Era tarde. Sua mulher devia estar preocupada. Que vida! Procurando espiões!

▪ ▪ ▪

O anúncio luminoso da loja de departamentos Wertheim apagou-se de repente. A praça mergulhou na escuridão, enquanto a luz do luar emoldurava cada edifício, a sombra dos castanheiros, os mendigos agasalhados em seus casacos finos. Loos permaneceu nas sombras, explorando os sentimentos assombrados que o atormentavam, com a sensação de que era observado de longe. Um medo persistente tomou conta de si quando se lembrou da mãe colocando-o sobre um banco de madeira, na cabana em que viviam, para examiná-lo como a um micróbio, antes de vesti-lo com o traje da Virgem: um manto azul feito à mão e um turbante branco. Tirou o sobretudo, atirou-o sobre o ombro e colocou o chapéu debaixo do braço. Dois guardas do Reichswehr fitavam-no com curiosidade. Havia por volta de uma dúzia de pessoas na praça quando Loos a atravessara. Qual delas o estivera observando?

Durante a Grande Guerra, ele fora mandado para um campo de refugiados, sofrendo de um grave problema de piolhos e desnutrição. Um dia, Bruckmann visitara as barracas improvisadas onde os prisioneiros viviam e lhe oferecera uma caneca de mingau de milho com lingüiça, e até mesmo um pedaço de carne queimada. Alguma coisa no olhar que trocaram revelou-se instantaneamente, uma intimidade partilhada sem palavras. Acima do catre onde ele dormia, havia uma placa escrita à mão: EDGAR BRAUN, refugiado. Cidadão belga.

Bruckmann designara uma enfermeira para cuidar de Braun, selecionando-o para tratamento especial, cuidados médicos, rações de comida regulares, além de uma limpeza completa dos piolhos, a ser feita pela unidade médica da cavalaria alemã. Duas semanas depois, ele providenciou a transferência de Braun para outro acampamento na Alemanha, dessa vez um campo de prisioneiros de guerra belgas, quase todos oficiais. Foi então que a carreira de Braun teve início, em um breve período de experiência, espionando oficiais, relatando suas conversas, passando informações para autoridades superiores. Ele os induzia a falar, com sua tendência para a auto-reprovação. Então, reportava-se a Bruckmann. Quase imediatamente, gostou de sua nova posição, seu papel especializado de traidor e espião, um ex-vagabundo e chaveiro, agora encarregado de transmitir informações por meios ilícitos, mentir e enganar. Mais tarde, em um campo de Ypres, Bruckmann ensinara ao seu protegido a arte do garrote, como envolver o pescoço de um homem com o instrumento, apertando lentamente e soltando apenas para impedir que o sujeito perdesse a consciência, para então repetir o processo diversas vezes, até conseguir uma confissão do prisioneiro exausto. Que era Edgar Braun além da soma total de toda a dor que havia sofrido?

O final dos velhos tempos, recordou, em um dia cinzento em fins de 1923. Chovia, e folhas eram sopradas pelo vento contra o pára-brisa de um veículo blindado. No banco do passageiro, ia Edgar Braun, com Bruckmann dirigindo, ambos em uniformes enlameados. Braun estava doente, vítima da *influenza*, a pele coberta de suor. Bruckmann havia lhe dado um antibiótico obtido no mercado negro. Pararam diante de uma clínica, olhos fixos na lama que respingara o pára-brisa.

— O jogo acabou — anunciou Bruckmann. — Vou para Berlim.

— E eu? — perguntou Braun. — Trabalhei para a Alemanha.

— Vão matá-lo na Bélgica — replicou Bruckmann.

— Ora, seu maldito idiota! — gritou Braun. — É claro que vão me matar na Bélgica. É disso que estou falando.

— Fiz um acordo — revelou Bruckmann com um sorriso lento, divertindo-se com o suspense.

Um grupo de freiras passou pelo carro, lançando olhares furtivos para os dois.

— Esse acordo — disse Braun — vai me beneficiar?

— Venha para Berlim. Há um acordo lá que pode ser interessante para você.

— Qual é o acordo?

— Está vendo, ali em cima? — indagou Bruckmann, apontando para uma janela no segundo andar. — Isso é uma clínica. Um dia, foi uma escola jesuíta para meninos. Atrás daquela janela, há um menino chamado Theodor Loos. Ele tem exatamente a sua idade, Edgar. Exatamente. — Bruckmann ergueu o olhar, revelando a cicatriz no pescoço. — Ele está morrendo de *influenza*, mas existe uma chance de que se recupere. Esse garoto não só tem a mesma idade que você, mas também é muito parecido, fisicamente. Fico me perguntando quais são as chances de ele se recuperar. Seriam melhores do que cinqüenta por cento?

— Diga logo — queixou-se Braun.

— Eu diria que são muito menores que cinqüenta por cento.

As freiras haviam se afastado. Agora, a rua lamacenta encontrava-se deserta, varrida pela chuva incansável. Sentia-se o cheiro amargo do inverno.

— Há mais alguma coisa que eu precise saber? — perguntou Braun.

— Ah, sim, muito mais. Esse rapaz, Loos, é cidadão alemão. O pai foi um bom alemão, e a mãe, belga, de classe média alta. Pense, Edgar! Lá em cima, um rapaz que se parece com você e tem a sua idade está morrendo. Ele fala flamengo e alemão, assim como você.

— E quanto às freiras?

— Elas têm medo dos Freikorps. Acreditam quando lhes digo que Theodor Loos é um dos nossos.

— Elas têm medo de nós — repetiu Braun.

— Tenho os documentos dele — informou Bruckmann. — O irmão mais velho está nos acampamentos. Os dois têm uma diferença de idade de vinte anos. E os pais estão mortos. Não acha as circunstâncias maravilhosas, Edgar?

Saíram do veículo e subiram até o segundo andar por frios corredores de pedra. Em um quarto de teto alto, havia trinta leitos, 15 de cada lado. Os moribundos encontravam-se atrás de divisórias temporárias.

O rosto do rapaz doente estava vermelho e coberto de suor. Tinha um bigode fino e cabelos pretos e fartos. As freiras o haviam agasalhado com um cobertor do exército até o pescoço. Bruckmann estendeu um envelope para Braun.

— Aqui estão o passaporte, certidão de nascimento e dispensa militar — disse.

Braun examinou a fotografia do passaporte, reconhecendo a grande semelhança consigo mesmo. Uma impressão digital.

— Que faremos com a impressão digital? — perguntou.

— Nada é perfeito — respondeu Bruckmann em voz baixa.

— Quem é ele?

— Em uma outra vida, trabalhou com caldeiras. Estudou engenharia civil em Lille, durante dois anos. Você seria capaz de aprender a lidar com caldeiras, não, Edgar?

— Um faxineiro de luxo — resmungou Braun.

— Dizem que a vida cotidiana é pior do que a guerra.

— E que vida cotidiana é essa, que estou assumindo?

— Vou me tornar policial — anunciou Bruckmann. — Meu caminho foi traçado por políticos de Berlim. Se me acompanhar, poderei colocá-lo como homem de manutenção em um dos ministérios.

Braun apanhou um travesseiro. Loos abrira os olhos e fitava os visitantes com olhar perdido. Braun pôs o travesseiro sobre o rosto do rapaz doente.

— Você é uma criatura rara — murmurou Bruckmann.

Braun ergueu os olhos.

— Ele não luta — disse.

— Desejo-lhe toda a sorte com sua nova identidade, Theodor — acrescentou Bruckmann.

Braun aumentou a pressão. Sentiu-se transformar em Theodor Loos, subitamente lançado em uma nova vida pela força de vontade. O verdadeiro Loos ergueu a mão trêmula, mas logo deixou-a cair.

E foi assim que Edgar Braun tornou-se Theodor Loos.

10

O brilho súbito da primavera agradou Wulff. Depois de quatro dias de implacáveis tons cinzentos do Báltico, o céu azul brilhante e o sol radiante representaram um outro mundo para ele, um planeta diferente em um novo sistema solar. Em certos aspectos, poderia ser uma Alemanha de tempos passados, mais colorida, onde a qualquer momento o *Kaiser* e seu séquito poderiam dobrar a esquina; o rei montado em seu garanhão belga liderando a guarda imperial, com legiões de habitantes da cidade admirando em adoração o avanço da marcha, agitando lenços, pequenas bandeiras do Reich e flâmulas com dizeres patrióticos.

Wulff ergueu os olhos, abandonando a ilusão distante, quando Barlach atirou farelos de pão para um bando de pombos. Estavam sentados em um banco do Tiergarten, não muito longe de uma movimentada banca de jornais sob o Portal de Brandemburgo. Wulff havia comprado um exemplar do *Frankfurter Zeitung*, que considerava o melhor jornal da Alemanha. Havia notícias da crise financeira e de uma depressão americana que estava levando investidores estrangeiros para longe da Alemanha, forçando bancos a pedir empréstimos internacionais.

— Importa-se se eu perguntar sobre a saúde de seu pai? — indagou Barlach, hesitante.

— Meu pai está bem, obrigado — respondeu Wulff.

Na esquina da Chausée, havia uma jovem com uma placa de confecção caseira pendurada no pescoço por um cordão. Na placa, ela escrevera em alemão caprichado: PRECISO DE TRABALHO. ESTENOGRAFIA, DATILOGRAFIA. EXCELENTE CARÁTER. POR FAVOR, AJUDE-ME. Wulff examinou o rosto triste da moça, o pronunciado desânimo. Dobrou o jornal e guardou-o no bolso do casaco.

— Segundo o jornal, seremos todos atingidos pela pobreza em breve — disse, para então acrescentar: — Tenho uma nova pista para a nossa investigação.

Barlach ergueu a cabeça, surpreso. O bonde de Charlottenburg passou, todos os assentos vazios. O governo municipal havia aumentado as tarifas para os passageiros e, ao mesmo tempo, baixado os salários de funcionários, condutores e motorneiros. Os sindicatos haviam protestado, mas foram totalmente ignorados. Entre os trabalhadores, dizia-se, em tom proverbial, que somente os pombos poderiam pagar as novas tarifas dos bondes. Goebbels percorrera a cidade, acusando financistas judeus de causar a crise dos bancos e do desemprego. Cartazes exibiam ataques anti-semitas.

— Tem uma nova pista? — repetiu Barlach. — Deixamos de notar algum detalhe, em nosso trabalho?

— Não. Recebi informações de uma fonte de dentro do exército. Isso deve ser mantido em absoluto sigilo. Não há motivos para contar a ninguém, nem sua esposa, nem seu capitão.

— Pode confiar em mim, *Kriminal Kommissar*.

— Nosso espião na Alexanderplatz tem um contato externo.

— Um contato, senhor?

— Um manipulador, pode-se dizer.

— E o senhor sabe quem é esse contato?

— O *Kriminal Oberkommissar* Bruckmann — revelou Wulff.

Barlach arregalou os olhos.

— Um membro do Departamento IV?

— Minha fonte é segura.

— Como uma coisa assim pode acontecer?

Wulff sacudiu a cabeça.

— Bruckmann é veterano do Reichswehr. Conheço o passado dele.

— Leu o dossiê dele?

— Não li, mas sei o que contém.

— Entendo.

— De qualquer maneira, Bruckmann tem velhas lealdades com o exército. Talvez nem seja lealdade, mas ao menos tem contatos. Há vários anos ele vende informações internas da polícia para a inteligência. Tais informações incluem os planos de preparação e organização de tropas da Stapo e da Orpo, assim como objetivos da estratégia política em longo prazo.

— Mas como descobriu isso, senhor?

Wulff esfregou as mãos.

— Isso não vem ao caso — disse. — Mas Bruckmann vende as mesmas informações aos nazistas e à SA. O Reichswehr não tolera mais essa situação.

Wulff observou alguns gaios que brincavam nos pinheiros e abetos do Tiergarten. Eram pássaros corpulentos, de peito azul e bico cinza afiado. Um após o outro, emitiam guinchos agudos.

— Por que ele venderia informação à SA? — indagou Barlach.

— Por dinheiro. Nada mais.

— Que vamos fazer? Segui-lo e descobrir quem é o seu contato?

— Sim, *você vai* segui-lo — confirmou Wulff. — É claro que ele me reconheceria de pronto, mas ele não conhece você. E eu não disse nada a ele sobre meu assistente. Portanto, a menos que o seu próprio capitão da Schupo tenha contado a ele, sua identidade ainda é secreta.

— Existem apenas rumores em minha unidade — esclareceu Barlach. — Há meses não faço as rondas, mas meu capitão está me dando total apoio nisso.

— Tudo bem, então. Nesse caso, não temos alternativa. Quero que comece a vigiar Bruckmann.

— Imediatamente, senhor?

Wulff redigira anotações condensadas sobre Bruckmann, seus hábitos, endereço e funções no Mitte. Entregou-as a Barlach, que guardou a folha de papel no bolso, depois de estudá-la. Na verdade, Wulff sabia pouco sobre a vida pessoal de Bruckmann, além de seu endereço, número de licença e horário de trabalho. Deixaria para Barlach o prazer de descobrir a natureza interior de Bruckmann.

— Eis o que faremos — disse Wulff. — Ficarei de olho em Bruckmann durante o dia, nas horas que ele passa no Mitte. Você deve se preparar para segui-lo depois que ele sai do trabalho, todas as tardes e durante o horário de almoço. Providenciarei um aumento no seu orçamento de despesas, para que possa pegar táxis quando ele sair de carro. Se ele fizer uma refeição, você também fará, a uma distância discreta. Não creio que Bruckmann se encontre com o espião durante o horário de trabalho, mas é possível. Tudo é possível. Quando ele se recolher, à noite, assumirei a vigilância. Assim, você poderá ir para casa dormir um pouco. Vamos cobrir todos os movimentos dele, 24 horas por dia.

Wulff levantou-se e fechou o casaco. Os gaios haviam se tornado mais ruidosos. Wulff lera que eles se alimentavam de ovos de pombos e filhotes de outras espécies.

Barlach postou-se diante de Wulff.

— Quanto ao assassinato da Hirrenstrasse — disse, quando começaram a caminhar devagar na direção da Charlottenburger Chaussee. — Gostaria de saber se fez algum progresso, senhor.

— Todos os distritos policiais da Alemanha têm o meu boletim — informou Wulff. — Não há crimes semelhantes.

Wulff não mencionara a boneca a Barlach.

— Vi um homem... — Barlach falou em voz baixa.

Passaram pela estenógrafa, com a placa caseira. Podiam ver a pele dela, agora, com sua palidez doentia, os olhos vermelhos. Ela dirigiu um sorriso esperançoso para Wulff. Sentindo-se muito mal, ele foi tomado pela raiva do destino das jovens alemãs.

— Que estava dizendo? — perguntou a Barlach, ainda perturbado.

— Eu estava na Hirrenstrasse, e vi um homem saltar do bonde de Grenadier, às sete horas da noite, em um dia de semana. Na verdade, isso foi na última sexta-feira. Acho que, por ser sexta-feira, fiquei pensando, lembrando que o crime aconteceu em uma noite assim e tudo mais.

— Apenas um homem?

— Ele me pareceu familiar. Pensei tê-lo reconhecido. Talvez tenha sido apenas um pressentimento, mas tive a impressão de que ele apressou o passo.

— Você disse "pressentimento"? — Wulff tentava se concentrar, mas sua atenção continuava voltada para a secretária desempregada.

— Eu estava saindo da Alexanderplatz — explicou Barlach. — Era fim de tarde, e a maioria das pessoas partia da cidade para os subúrbios. Em Grenadier, devia haver umas vinte pessoas esperando o bonde, mas só meia dúzia saltou ali. Elas se espalharam em todas as direções, e somente um deles seguiu pela Hirrenstrasse, na minha direção. Provavelmente foi por isso que chamou minha atenção. Era sexta-feira, e o crime ocorreu mais ou menos na mesma hora. Achei estranho. A singularidade da situação fixou-se em minha mente. Acho que estou sendo ridículo.

— De maneira alguma — retrucou Wulff, encorajando-o. — Você tem alguma hipótese sobre essa observação?

— O homem olhou para mim por um instante. Eu estava parado diante de uma banca de cigarros, e ele olhou para mim. Eu o segui pela rua, na direção da praça. Ele atravessou a praça.

— E quem é esse homem?

— Não sei, senhor. É um sujeito grande, de ombros vergados, vestindo sobretudo e chapéu. Roupas de trabalhador. Ele subiu os degraus do quartel-general.

— Um funcionário da Polícia Metropolitana?

— É o que parece. Pensei em rever algumas fotos.

— Faça isso e me informe sobre o que descobrir — ordenou Wulff.

Chegaram a Sieges Alee, onde a Charlottenburger Chaussee fazia divisa com o Tiergarten. Carruagens vazias esperavam por turistas inexistentes. Os cavalos resfolegavam, inquietos e com aparência malnutrida, mantendo os focinhos baixos. Wulff deu um tapa no ombro de Barlach.

— Foi você mesmo quem escolheu esse terno novo? — sorriu.

— Foi minha esposa, senhor — disse Barlach. — Não sou capaz de distinguir *tweed* de veludo.

— Agora, você parece um detetive de verdade — elogiou Wulff.

Barlach baixou os olhos para a calça do terno, deslizando a mão pelo tecido. Sorriu, tímido, recompôs-se e voltou a erguer os olhos. Um veículo aberto passou por eles, levando dois passageiros, quando havia assentos para trinta ou mais turistas. Ali, Wulff pensou, estava Berlim como deveria ser, com o vento frio e salgado agitando as árvores, o céu azul, os castanheiros viçosos e o aroma de abeto no ar. Perguntou-se se aqueles dois turistas veriam a estenógrafa, a placa que pendia de seu pescoço como uma acusação. Perguntou-se se teriam pena dos cavalos famintos, ou medo dos Camisas Pardas que vendiam cigarros na base do Portal de Brandemburgo.

▪ ▪ ▪

Johanna vestia uma saia de cor creme, blusa de seda branca abotoada até o pescoço, e suéter de um lilás pálido sobre os ombros. Estavam sentados a uma mesa ao ar livre, no Café Schön, na Unter den Linden. Fazia frio, e havia poucos fregueses. Ela pediu espinafre e rabanetes, e um prato de cogumelos silvestres que nenhum dos dois deveria dar-se ao luxo de pagar. Wulff tomava uma cerveja alsaciana.

— Ah, querido, os bancos estão fechando — disse Johanna. Tinha os olhos brilhantes. Antes do almoço, haviam feito amor, apressado e febril, de pé no vestíbulo do apartamento dela na Lennestrasse. — Acha que todos os bancos vão fechar?

— Você não deve se preocupar com isso, querida — ele falou em tom reconfortante. — Não há nada a fazer.

— Fecharam os bancos na América — ela disse. O garçom serviu o espinafre e os rabanetes, e um pequeno prato amarelo coberto de cogumelos. — Se os bancos fecham na América, vão fechar na Alemanha.

Wulff acordara cedo e mergulhara no dossiê da carreira de Bruckmann no Reichswehr. Buscava pistas, escavando o entulho moral de uma vida de Freikorps, tentando colocar o seu capitão em foco. Estava prestes a pedir ao pai que descobrisse o material genuíno dos Freikorps, algo que o exército considerasse o segredo mais sombrio. Parecia-lhe temerário pedir mais um favor ao pai, mas ponderou as alternativas.

— Acha que devemos sacar nossas economias depois do almoço? — ele provocou, tomando sua sopa de milho. Dois Schupos passaram, girando os cassetetes nas mãos e olhando inocentemente para dentro do café deserto. Wulff lembrou-se de que se encontrara com Johanna no Schön, no início do romance. Era quase impossível conseguir uma mesa. Agora, o lugar estava vazio, os garçons espiavam de cantos escuros. O café baixara os preços e demitira funcionários. — Quero lhe perguntar uma coisa — continuou. — Lembra-se do assassinato da Hirrenstrasse?

— Como eu poderia esquecer?

— Não fiz nenhum progresso desde que conversamos. Enviei relatórios para toda a Alemanha. Não tive nenhum retorno. Isso me faz pensar que nosso assassino é único.

— Acho que eu lhe disse isso — repreendeu-o Johanna.

— Ainda estou muito surpreso.

— Gostaria de poder ajudar mais — disse ela —, mas, sem saber os detalhes da infância dele e aplicar alguns testes escritos, não posso dizer muita coisa. É possível que esse crime tenha sido o primeiro dele, ou que tenha sido um acontecimento fortuito. Talvez tenha cometido crimes antes, mas esse parece expressar uma dor especial. É claro que estou apenas fazendo suposições.

— Estou inclinado a concordar, mas não compreendo.

— Foi planejado, Harry, mas em certos aspectos esse crime borbulhou de algum ponto das profundezas do subconsciente desse homem. De certa forma, foi formulado há muito tempo.

— Foi um crime planejado, mas só em nível inconsciente.

— É o que eu acho. Afinal, não existe acidente para a mente inconsciente.

— E ele vai matar de novo.

— Ah, acho que sim, Harry, se tiver a oportunidade. A boneca é prova de que ele se orgulha do que fez. Vai tentar preparar outro assassinato semelhante. É possível que demore anos para encontrar um alvo apropriado, que se encaixe nos padrões das lembranças de sua infância. Você mesmo sabe que é provável que ele seja preso por algum outro crime e passe algum tempo na prisão, sem oportunidade de matar de novo. Mas, se tiver a chance, vai matar.

— Acha que ele pode ser atraído para isso?

— Atraído? Do que está falando, querido?

— Você disse que, só agora, ele atingiu o seu potencial como assassino. Quando beijou aquele travesti, alguma coisa na mente dele foi libertada para o mundo real. Agora, essa força está de volta a seu esconderijo, temporariamente. Quero fazer alguma coisa para provocá-lo, forçá-lo a agir antes que esteja pronto. Talvez ele cometa um erro. Acha que é possível atraí-lo dessa maneira?

— Como pensa em provocá-lo? — perguntou Johanna. — Isso pode ser muito perigoso. O estrangulamento é um tipo de metáfora, não? Alguma coisa que está tentando chegar ao mundo e é sufocada.

— Ele sufoca mensagens negativas — concluiu Wulff.

— Algo assim.

— Então, é possível que toda essa raiva possa ser canalizada para *mim*.

Johanna ficou tensa.

— *Por favor*, não continue, querido.

— Ouça, Johanna, por favor — pediu Wulff, tocando a mão dela sobre a toalha de linho da mesa. Ela desviou o olhar, fingindo observar a avenida, os bondes, as carruagens estacionadas. — A boneca foi enviada para mim — continuou Wulff. — Se você estiver certa quanto ao motivo, então a raiva do assassino pode ser de um pai ausente, que não o protegeu contra o perigo, de quem ele se ressente. O pai que o abandonou aos cuidados de uma mãe com algum tipo de doença. Esse pai precisa ser exorcizado.

— Tudo isso não passa de suposições, Harry. Não são observações clínicas. Não são afirmações científicas. Eu gostaria que você não levasse minhas divagações tão a sério.

— Mas é possível fazê-lo morder a isca? Fazer com que focalize a minha pessoa?

— É perigoso demais. Para os dois.

— Quero impedi-lo antes que mate outra pessoa inocente. Se, ao lançar a isca, a raiva dele se transferir para mim, por que não daria certo?

Johanna encarou-o com um sorriso forçado.

— Não sou uma pessoa frívola, Harry. Mas sou obrigada a dizer que você está estragando um almoço adorável. Eu pretendia lhe contar sobre as duas donas-de-casa judias neuróticas que são minhas pacientes. Elas voltaram ao tratamento, Harry, pois já não têm medo de andar nas ruas. Além disso, seus maridos são proprietários de bancos que estão prestes a fechar por uma semana. Fico me perguntando o que acontecerá a essas mulheres quando os bancos fecharem.

— Mudamos de assunto? — perguntou Wulff.

Johanna espetou um rabanete e mastigou-o com irritação.

— A raiva desse homem poderia ser difícil de conduzir — explicou, afinal. — Esse assassino já deve estar fixado em outra pessoa. Talvez um outro travesti. Trata-se de alguém que representa um trauma profundo em seu passado. — Largou o garfo na mesa e contemplou o lindo dia de primavera. — O que, precisamente, você está pensando em fazer, querido?

— Criar um artigo de jornal. Nosso amigo Kisch faria isso, se eu pedisse.

— Seria capaz de desafiar um assassino? De forçá-lo a entrar em uma disputa pública?

— É uma idéia — Wulff sorriu.

— Pretende usar o medo que ele tem da homossexualidade?

— Foi uma tática que me ocorreu.

— E focalizar a raiva dele em você? O investigador?

Wulff fez uma careta zombeteira.

— Acho que você entendeu a idéia.

Era evidente que o humor de Johanna mudara, coisa que ia muito além da discussão sobre o assassino. Ao contrário de afastá-lo, as alterações de humor dela fascinavam Wulff, proporcionando-lhe a oportunidade de um contato mais profundo com as forças que a moviam. Ele deu de ombros e acariciou a mão dela.

— Pode não significar nada.

— Isso é perigoso, Harry.

— Mas poderia ser feito?

— Não quero teorizar sobre essa questão.

— Está dizendo que não é uma boa idéia? — Wulff largou seus talheres no prato. — O que quero saber é o seguinte: se eu provocar o nosso assassino por meio da imprensa, estarei aumentando o perigo para outras pessoas?

Johanna sorriu.

— Sou uma grande covarde no que diz respeito a você, Harry querido.

Nesse momento, uma mulher e a filha se aproximaram de Wulff, pedindo-lhe dinheiro. A garotinha era pálida, com braços e pernas muito magros, o rosto sujo, os cabelos embaraçados e imundos. Aquele tipo de situação jamais acontecera na Unter den Linden antes, na lembrança de Wulff. Deu um marco para cada uma e observou, impotente, as duas caminharem com passos pesados na direção do Portal de Brandemburgo.

▪ ▪ ▪

Barlach sentava-se desconfortavelmente em um banco de mármore, perto da entrada do Berlim Mitte, junto ao jardim do Ministério do Interior, de onde tinha uma visão clara dos lados norte e sul do Departamento IV. Se esticasse o pescoço, veria o Opel azul da polícia que Bruckmann usava, estacionado em uma vaga perto da Wilhelmstrasse. A maior parte da manhã, Barlach passara nos porões do quartel-general da Alexanderplatz, examinando fotografias de funcionários, tentando encontrar o rosto que havia reconhecido na Hirrenstrasse. Procurava um homem grande, de orelhas salientes, olhos bastante próximos um do outro, e cabelos pretos e ondulados, que precisavam de um corte. Barlach sabia, claro, que poderia ter sido um visitante, um dos tantos que iam e vinham durante qualquer dia da semana. Também sabia que podia verificar o registro de entradas e saídas, mas não queria falar com os guardas sobre isso, a menos que não lhe restasse outra alternativa.

Às três horas, quando já se preparava para abandonar seu posto de observação, Bruckmann saiu pela porta da frente e caminhou pela Wilhelmstrasse, quase cruzando olhares com Barlach ao passar por ele. Barlach deixou que ele fosse adiante, para então segui-lo a uma distância de meio quarteirão. Os dois passaram pela Embaixada Francesa, o Ginásio, as fachadas dos escritórios consulares, edifícios com paredes de granito cinza e venezianas amarelas nas grandes portas de vidro francesas, reluzentes automóveis pretos estacionados nas vagas logo à frente. Não havia nuvens no céu daquele dia ensolarado porém frio, e Barlach já começava a suar de expectativa.

Surpreendeu-se ao ver Bruckmann deixar a passarela da ponte Spree para descer os degraus de madeira que levavam até a margem do rio embaixo. Esperou no topo, apoiando um cotovelo na mureta de granito e observando Bruckmann descer na direção da água. Cinqüenta metros adiante, Bruckmann comprou um ingresso no quiosque e entrou em um dos barcos de turismo com cabine de vidro que percorriam o rio na primavera e no verão. Barlach viu-o sentar-se na parte traseira, longe da cabine e dos outros passageiros. Esperou cinco minutos até o barco se afastar do ancoradouro e subir o rio na direção da catedral.

Barlach observou o barco afastar-se, deixando atrás de si um rastro de espuma, e oscilando nas águas cor-de-tijolo. Por que Bruckmann pegaria um barco de turismo no meio do dia? E chegara ao ancoradouro, onde o barco fazia uma de suas inúmeras paradas, no momento exato de embarcar e partir, o que indicava que ele já conhecia horários. Barlach sabia que o barco fazia dezenas de paradas em sua viagem pelo rio, atravessando Berlim e seguindo para leste, e depois sudeste, na direção do Palácio Monbijou, a Opera Cômica, Palácio Imperial e, finalmente, a Catedral Kaiser Wilhelm. Os passageiros podiam embarcar e desembarcar em qualquer daqueles pontos de parada. Ainda assim, os barcos de turismo não eram utilizados como meios de transporte. Os preços eram muito altos, a viagem, muito lenta e acompanhada pelos comentários constantes do guia sobre os pontos turísticos de Berlim.

O barco desapareceu em uma curva do rio. Barlach amaldiçoou seu azar de não ter os quatro marcos necessários para comprar uma passagem. O aumento que Weiss prometera ainda não lhe fora repassado.

▪ ▪ ▪

Loos comprou um bilhete na parada de Lustgarten. Atravessou o passadiço temporário, embarcou e foi até a parte traseira do veículo, sentando-se a duas cadeiras de Bruckmann. Bruckmann levantou-se e foi se apoiar na amurada, estudando as torres da catedral. Havia pouco mais de uma dúzia de turistas ingleses no barco, a maioria nos bancos abrigados pelo vidro, próximos à proa.

— Boa tarde, Theodor — cumprimentou-o Bruckmann, de costas. O guia turístico discorria sobre a história da catedral. Gansos ciscavam na margem do rio. — Tem algo para mim?

— O judeu Weiss está se preparando para apresentar um plano ao Reichstag, por intermédio do Ministério do Interior prussiano. Esse plano propõe o fim da lei de imunidade para membros do Reichstag. Ele acalenta sonhos de prender os nazistas que provocam tumultos no Parlamento.

Bruckmann virou-se e apoiou as costas na amurada, enquanto seus olhos seguiam um bando de pombos.

— Isso é muito bom, Theodor — disse. — Essa notícia vai agradar imensamente aos nossos amigos nazistas.

— E quanto ao dinheiro? — inquiriu Loos. — Estou cansado de correr todos esses riscos por 25 marcos semanais.

Bruckmann afastou-se da amurada e sentou-se na fileira à frente de Loos. Estendeu para ele um folheto turístico, no qual escondera 25 marcos. Loos pegou o folheto e enfiou-o no bolso do sobretudo.

— Sempre quis saber como você consegue obter essas informações — disse Bruckmann.

— Isso é problema meu — rosnou Loos, fixando o olhar irado em Bruckmann. — E eu quero cem marcos.

— Vinte e cinco é o que eles pagam — retrucou Bruckmann. Claro, ele vinha recebendo duzentos marcos por semana, somando o dinheiro do Reichswehr e da SA, um lucro considerável comparando-se ao risco de Loos. — Posso pedir mais, e foi o que fiz. Eles estão analisando o pedido. Mas não devemos matar nossa galinha dos ovos de ouro, Theodor.

— Não seriam tão dourados, se você tivesse de correr o risco.

— Vinte e cinco marcos são uma fortuna nos dias de hoje, Theodor. Vai me dizer que não se diverte com o seu dinheiro?

O barco parou diante do palácio. Os turistas correram para a amurada, tirando fotografias. Uma criança correu até a popa e ficou olhando para os dois homens sentados. O garotinho ofereceu um sorriso maroto, mostrou a língua e voltou a sorrir. Era uma criança inglesa, que tinha os dentes estragados por comer muito chocolate.

— Danem-se os seus 25 marcos — praguejou Loos, irritado.

— Você precisa ter paciência — insistiu Bruckmann. — Há uma nova revolução pairando no ar, Theodor. O vitorioso será o Reichswehr ou a SA. Quando isso acontecer, estaremos do lado vitorioso. — Bruckmann virou-se, oferecendo sua marionete um sorriso encorajador. — Pedirei novamente, quando entregar esta informação aos homens da SA. Afinal, estamos poupando seus representantes no Parlamento de grandes problemas.

— Faça isso.

Bruckmann desembarcou na parada do palácio. Subiu os degraus de madeira até a Schlossplatz e misturou-se ao grande movimento de pedestres. Como de costume, Loos continuaria no barco até a ponte Reichstag, para então pegar o bonde de volta para casa, em Lichtenberg.

11

Bruckmann caminhou até o Fisherhof, em Alt Köln, um hotel decadente de madeira e tijolos situado no quarteirão medieval, sentindo-se extremamente alerta, enquanto seguia pelas ruas estreitas. Encontrou o saguão do hotel deserto e empoeirado, um recepcionista cochilando no silêncio e, no bar, somente Rom e um *barman* corpulento, que polia um copo com entediada distração. Rom virou-se em sua mesa de canto. O líder da SA estava sentado sozinho, com uma floreira de gerânios malcuidados acima de seu ombro. Como de costume, não usava seu uniforme de SA, preferindo um terno azul-marinho impecável, com colete e um cravo cor-de-rosa na lapela. Como ponto de encontro, aquele velho hotel no bairro judeu era a piada particular de Rom.

— Chegou cedo — disse Bruckmann. — Imagino que tenha tentado me seguir ou mandado alguém fazer isso.

— Bobagem — disse Rom, bebericando uma xícara de chá preto russo.

Bruckmann sentou-se diante dele, que dava as costas para a janela suja.

— Nunca tente fazer isso — advertiu.

— Você é um paranóico nato — disse Rom, sorrindo. — Trouxe um presente para você. Ela está lá em cima, agora, se lavando.

Bruckmann riu baixo e lançou um olhar para o *barman*, que continuava polindo copos.

— Você parece ler meus pensamentos, meu amigo.

— Não são os seus pensamentos o que leio. E eu jamais mandaria alguém seguir você. Não valeria a pena. Quero que tenhamos confiança um no outro.

— Nosso espião é muito rígido na proteção de sua identidade. — A prevaricação havia se incorporado à natureza de Bruckmann. — Bastaria uma palavra minha para ele parar de trabalhar para você.

— Você já deixou isso claro — murmurou Rom. — Não sei se compreendo essa sua hostilidade, velho amigo. Não somos sócios nos negócios há anos? Não confiamos um no outro, depois de todo esse tempo? — Rom tocou um dedo na xícara, admirando-lhe o desenho. — Lembre-se de que, quando o movimento conquistar o poder, pessoas como você e eu serão beneficiadas.

O *barman* aproximou-se, trazendo um pano sujo no braço.

— Cavalheiros? — disse.

— Você tem *schnapps*, não? — perguntou Rom. — Traga um para o cavalheiro. E não sirva aquela coisa imunda que você serve aos judeus e comunistas.

Bruckmann assentiu para Rom, divertido. Quando o *barman* se afastou, ele disse:

— Tenho algo especial para você.

— Um bom começo — comentou Rom.

— Ah, mas precisamos fazer um novo acordo.

— Imagino que esse novo acordo é sobre o que conversamos da última vez — concluiu Rom com frieza. — Baseado na seriedade do risco.

Rom estava quase certo de que Bruckmann vendia suas informações ao exército, além da SA, coisa que ele próprio também faria se estivessem em posições invertidas.

— E? — perguntou Bruckmann apenas.

— Cem marcos por semana é uma quantia substancial — declarou Rom, divertindo-se com o jogo de gato e rato.

— Já não poupamos o próprio Goebbels de embaraços consideráveis?

— Em certas ocasiões, sim — admitiu Rom.

— Agora, preciso receber mais dinheiro.

— Os tempos estão difíceis — protestou Rom. Na verdade, a SA estava muito bem financeiramente, graças a seus esquemas de seguros e proteção, venda de cigarros, sabão, margarina, café, além das propinas de comerciantes, políticos e sindicatos. Algumas unidades da SA administravam até mesmo prostitutas, em bares locais. — Os bancos estão fechando enquanto estamos aqui, conversando.

— Correm boatos de que Goebbels anda trepando com Magda Quandt — contra-atacou Bruckmann. — É uma mulher muito rica.

— Mas Goebbels não é a SA. E estamos falando da SA, agora, pobre como camundongos de igreja.

— Dane-se Goebbels, então — praguejou Bruckmann, gesticulando. — E dane-se seu precioso partido e sua preciosa SA. Quero o dobro, toda semana. O risco é imenso. E a informação desta semana é importante. Você não vai se arrepender.

— Chantagem, Bruckmann? Ora, por favor!

Bruckmann havia se empolgado. Quando o *barman* serviu o *schnapps* em um pequeno copo de borda dourada, ele examinou o líquido, distraído, inclinou a cabeça para trás e bebeu tudo de um só gole.

— Falarei com Maikowski novamente, mas acho que você pode contar com os duzentos marcos — disse Rom.

— Fale com ele, então. Pensei que você já tivesse resolvido esse assunto.

— Maikowski está viajando a trabalho. Talvez você possa fornecer a nova informação agora, como uma questão de confiança entre antigos parceiros. Prometo que receberá seus duzentos marcos.

Bruckmann virou-se e fez sinal ao *barman*. O homem corpulento serviu mais uma dose de *schnapps* e a trouxe para ele, que segurou o copo com dedos ávidos.

— O judeu escreveu um memorando — contou. — Weiss vai propor a prisão das lideranças nazistas no Parlamento, por vestirem suas camisas pardas no recinto, o que é uma contravenção do decreto prussiano. Vai apresentar a proposta a Hindenburgo por intermédio do Ministério do Interior.

— Nossa nêmese judia — Rom deu um suspiro.

Bruckmann bebeu metade de seu *schnapps*. Rom já se dera conta de que aquele policial havia focalizado sua atenção na prostituta que o aguardava no andar superior, de púbis depilado e cabelos loiros sujos.

— Vale duzentos marcos e mais, não acha? — provocou Bruckmann.

— O governo prussiano não vai levar essa idéia adiante — retrucou Rom.

— Mesmo assim... — Bruckmann deu de ombros. — É uma idéia interessante prender os nazistas nos domínios do Reichstag.

— E como fica a lei de imunidade?

Bruckmann abanou a mão, em um gesto de impaciência.

— Eu lhe disse que queria duzentos marcos. É melhor falar logo com Maikowski.

— Você disse que Weiss está *considerando* fazer prisões?

— Já me fiz muito claro.

— Por que só considerando? — perguntou Rom, arrastando a conversa por razões estratégicas, brincando com Bruckmann, enchendo o abismo que os separava de implicações. — Não está se referindo a ordens já emitidas, está? E como você consegue esse tipo de informação?

— Estou sendo preciso — insistiu Bruckmann, irritado. — Não importa como o espião descobre isso.

— Uma verdade precisa! — riu Rom.

— E mais — acrescentou Bruckmann, sentindo-se não só irritado, mas diminuído —, Weiss propõe colocar unidades armadas da Orpo em torno do Reichstag durante as prisões, que seriam efetuadas pelos policiais criminais da Kripo. O que criaria um interessante drama político.

— Está dizendo que as prisões seriam um mero espetáculo?

— Não sei. A imunidade só pode ser desconsiderada por ordem do presidente.

— Hindenburgo jamais acatará esse governo socialista prussiano e o seu comissário-chefe judeu.

Bruckmann e Rom riram, partilhando a piada. Bruckmann examinou a janela próxima, com sua estampa complexa de impressões digitais e moscas esmagadas. Sentiu uma nuvem formar-se em sua mente, coisa que parecia impedir que a luz do sol chegasse ao seu cérebro.

— Está se sentindo bem, Bruckmann? — perguntou Rom.

— Sim, muito bem — mentiu Bruckmann. Passou a língua pelos lábios, que haviam se tornado excessivamente secos. — Senti uma leve tontura, só isso. Presumo que Goebbels vá se casar com sua rica prostituta da alta sociedade. — Tossiu e levou a mão à testa. — Na verdade, ela é muito bonita, um verdadeiro espécime ariano. Gostaria de saber o que ela vê naquele anão aleijado.

— Você não deve dizer essas coisas, Bruckmann — Rom riu outra vez. — Um dia, aquele anão pode governar esta cidade.

— Governar esta cidade! — Bruckmann soltou uma gargalhada. — Durante a guerra, servi ao meu país, enquanto o anão se escondia na universidade, compondo seu romance fracassado.

— Não é um mau romance — comentou Rom.

— Hitler, pintor. Goebbels, romancista!

— É melhor falar baixo — advertiu Rom.

— Fale com Maikowski — exigiu Bruckmann outra vez, inclinando-se para Rom em um sussurro.

Rom viu as gotas de suor na testa dele. Fez um sinal discreto ao *barman*, que saiu do bar.

— Ela está à sua espera, Bruckmann — anunciou Rom em tom teatral. — Tenho certeza de que posso conseguir seus duzentos marcos. Portanto, deixe de se preocupar com isso. Agora, é melhor você subir. Lembra-se do quarto, não? Ela está no mesmo, como da última vez.

Bruckmann respirou fundo. Sentiu como se uma pedra esmagasse seu peito com seu peso invisível. Os dedos formigavam. Ao se levantar, cambaleou e, então, recuperou o equilíbrio, ajeitou a gravata, engoliu seco e olhou pela janela, a rua estreita, onde alguns judeus passavam, homens vestidos de preto, com longas barbas brancas e mechas de cabelos encaracolados saindo de debaixo dos chapéus de feltro preto. Porcos imundos! Bruckmann piscou e subiu a escada, indo ao encontro da prostituta.

▪ ▪ ▪

Sentado atrás de sua mesa, o comissário-chefe Weiss cumprimentou Wulff com um entusiasmado aceno de cabeça e um sorriso. Tinha a aparência de quem não dormia há dias, com profundas olheiras. E, embora o dia estivesse agradável lá fora, Weiss preferira manter as janelas fechadas e a lareira de carvão acesa no canto da sala.

— Por favor, fique à vontade, *Kommissar*. Estou terminando algumas requisições da Orpo — explicou, voltando a rabiscar papéis. — Só preciso de um minuto.

Wulff refletiu sobre o seu dia. Tentou consolidar as muitas horas que passara na tentativa de isolar o espião dentro do quartel-general da Alexanderplatz. Agora, estava um passo mais próximo de seu objetivo.

— Muito bem — falou Weiss, rabiscando sua assinatura no último documento. — Espero que possamos conversar sem interrupções, hoje.

— Fiz alguns progressos — informou Wulff.

— É muito bom ouvir isso.

— Tenho o nome de alguém que vende informações à SA.

— Um nome? — repetiu Weiss, surpreso.

Pôs-se de pé e começou a andar de um lado para outro, deixando evidente o nervosismo que o assaltara. Foram cinco passos até a lareira, um olhar para o retrato do presidente Hindenburgo e cinco passos de volta à janela perto de Wulff, onde parou, esfregando as mãos em expectativa.

— Você tem um nome? — perguntou.

— Erik Bruckmann — respondeu Wulff.

Weiss franziu o cenho e desviou o olhar, chocado.

— Um *Kriminal Oberkommissar* está vendendo informações confidenciais à SA?

— Ele é o contato.

— Um manipulador?

— Exatamente. Ele tem um espião dentro do quartel-general.

— Tem certeza disso?

— Quase absoluta.

— E quem é o espião?

— Ainda não sei — admitiu Wulff.

Weiss retornou à sua cadeira e sentou-se com gestos cansados. Cobriu o rosto com uma das mãos, enquanto tamborilava os dedos da outra na mesa.

— Estamos em um momento crítico — murmurou. — Como eles obtêm as informações? — perguntou a Wulff.

— Também não sei, ainda. Providenciei para que Bruckmann seja seguido. Apanharemos o espião em questão de dias.

— Pode isolá-lo?

— É o que está sendo feito.

— Designou um homem para isso?

— Sim, ele está vigiando Bruckmann neste exato momento. Mas vou precisar de algum dinheiro extra para táxis.

— Além dos vinte e cinco marcos que dá ao seu assistente?

— Sim, muito além.

Weiss emitiu um suspiro desapontado.

— Francamente — sussurrou, desanimado. Voltou à janela, abriu a cortina e ficou admirando o lindo dia de primavera. Perto da loja de departamentos Wertheim, um vendedor de balões caminhava lentamente. — Que acha de duzentos marcos por duas semanas de vigilância em período integral? É satisfatório?

— Sim, claro.

— Quanto ao dossiê de Bruckmann no Reichswehr, posso entrar em contato com a inteligência do exército. Talvez eu consiga convencê-los a me fornecer os relatórios.

— Quais são suas chances? — perguntou Wulff, sabendo que Weiss não tinha chance alguma.

— Receio que a inteligência do Reichswehr e o governo socialista da Prússia não estejam em bons termos. Nem têm uma opinião muito positiva sobre este policial judeu em particular — declarou Weiss com uma risada. — E, claro, o chefe de polícia é um socialista e ex-integrante do sindicato dos comerciantes!

— Mesmo se falarmos em termos do interesse da segurança do Estado?

— Temos de oferecer algo em troca — declarou Weiss. — É sempre assim; toma lá, dá cá. — Weiss abriu o trinco e empurrou a janela. Da praça, ergueram-se a música de um órgão e o agradável perfume de limoeiros e lilases. — Nunca percebo o frio nesta sala. Estamos em abril, e você está usando um casaco de couro.

— Está um lindo dia — comentou Wulff.

— Pensarei em algo para oferecer a eles — prometeu Weiss. — Talvez um acordo de troca de informações sobre comunistas. Veremos.

— Examinei os registros de entrada e saída — acrescentou Wulff. — Bruckmann não visita Alexanderplatz com freqüência. Mesmo assim, eu gostaria de ler o dossiê sobre ele. Se ele for julgado por traição, vamos precisar de provas.

— Siga-o. Mantenha-me bem informado.

— Pegaremos nosso espião — garantiu Wulff. — Estamos muito perto agora. Se seguirmos Bruckmann durante uma semana, provavelmente o apanharemos.

Weiss pousou a mão no vidro da janela.

— Com essa lei de imunidade, Goebbels pode atacar a mim e à minha família sem medo de ser processado e julgado. Não posso sequer entrar com um processo de calúnia. Tenho esposa e filhos que assistem a toda essa nojeira.

— Isso vai acabar logo, senhor, espero — solidarizou-se Wulff. Havia um ditado alemão para homens como Weiss: *Um homem na rua, um judeu em casa.* — Desejo sorte a nós dois — acrescentou. Naquele momento, teve a certeza de que precisaria pedir ajuda ao pai para ter acesso ao dossiê sobre Bruckmann. Que alternativa lhe restava?

Trocaram um aperto de mãos, e Wulff deixou Alexanderplatz, e foi à procura de Barlach.

▪ ▪ ▪

O odor de repolho cozido tomava conta do corredor. O cheiro provocou náuseas em Bruckmann, que já sentia uma forte dor de cabeça, talvez resultado do *schnapps* de má qualidade ou do excesso de poeira no ar. No meio do corredor, parou, apoiando uma das mãos na parede, para então continuar a caminho do quarto, em passos lentos e incertos. Quando alcançou a porta, parou novamente, respirou fundo e abriu-a devagar. A prostituta estava se lavando em um bidê, ensaboando o púbis recém-depilado, e olhando para Bruckmann com um sorriso malicioso. Apanhou uma toalha amarela e começou a secar-se. Ele ficou em silêncio, observando-a, tentando manter o foco na luz fraca do quarto de hotel.

— Entre, querido — convidou em tom alegre a prostituta. — Não fique aí parado, para que todos possam ver!

Bruckmann notou os cabelos tingidos da mulher, o brilho metálico, cabelos que ela penteara para trás e prendera com uma fita cor-de-rosa.

— Entre, querido, não fique aí parado! — ela repetiu.

Bruckmann fechou a porta e jogou o paletó na cama. Lembrou-se do quarto, com a predominância dos tons de marrom, o papel de parede descascado e o carpete manchado. Enquanto ficava ali, sentindo o corpo oscilar, a prostituta fechou a cortina empoeirada, mergulhando o quarto na penumbra sombria. Usava meias baratas, que deixavam à mostra suas varizes e joelhos nodosos. Bruckmann desabou na cama, sentindo-se como se houvesse acabado de escalar uma montanha.

— Está um pouco pálido, querido — disse a prostituta. — Mas tenho uma coisa que vai animá-lo.

Ergueu a combinação e agachou-se em uma postura grosseira diante dele, mostrando-lhe os dentes irregulares e o pescoço ferido, assim como o órgão genital.

Bruckmann sorriu, apanhou o chicote de couro de rinoceronte que levava consigo e golpeou a cama. O som pareceu animar-lhe o espírito. Já antecipava uma sessão de prazer com sua porca de Schwabing. Por iniciativa própria, a prostituta estava desabotoando a calça dele, desamarrando seus sapatos, tirando-lhe as meias pretas. Bruckmann segurou a cabeça dela entre as mãos e, ainda oscilando, livrou-se da calça. Uma dor aguda varou-lhe a cabeça, e ele se sentou pesadamente, com a cueca na altura dos tornozelos. A prostituta subiu na cama e sentou-se ao lado dele por um momento, acariciou-lhe a sobrancelha e colocou-se de quatro, erguendo as nádegas de maneira que quase tocassem o rosto dele. Bruckmann apanhou o chicote e golpeou uma vez a pele branca. Ela emitiu um miado de prazer e começou a girar os quadris, enquanto ele voltava a atingi-la com o chicote, nas pernas, desta vez.

— Ainda tenho marcas do nosso último encontro — disse a prostituta. — Você mordeu meu pescoço. Lembra-se disso, querido?

Bruckmann golpeou de leve, atingindo o ombro, a coxa, a panturrilha. Sentado na beirada da cama, as pernas enroscadas na cueca, ele se sentiu tomado por uma sensação sobrenatural, como se estivesse se distanciando da própria existência.

— Quer ficar por cima de mim e me machucar, querido? — perguntou-lhe ela.

Bruckmann lutou para controlar a náusea. Com esforço, conseguiu virar-se de lado e colocar os joelhos na cama. A prostituta balançou as nádegas diante de seu rosto, enquanto ele tentava montá-la por trás. Ele apoiou a cabeça nas costas dela e tentou mordê-la. De joelhos, buscou equilíbrio no corpo da prostituta, sentindo como se caminhasse sobre uma corda, no circo. Sentiu a pele coberta de suor, enquanto uma medonha seqüência rápida de imagens distorcia sua visão. Também sentiu o chicote pousar nas costas da prostituta e abrir um corte.

Bruckmann virou-se quando ouviu a porta se abrir. Rom estava parado na entrada, em seu impecável terno azul, o cravo cor-de-rosa parecendo uma mancha de sangue aguado no peito. Piscou os frios olhos azuis e suspirou. Atrás dele, estava um homem corpulento, que lembrava o *barman* do Fisherhof, empunhando uma grande máquina fotográfica. Bruckmann tentou afastar-se da prostituta e acabou tombando na cama, com a cueca enroscada nas pernas. A prostituta pôs a mão no rosto dele e empurrou-o, derrubando-o da cama para o chão, onde ele caiu de costas. Bruckmann sentiu o gosto de vômito no exato momento em que o quarto explodia em uma fantasia de luz. A prostituta puxou a cueca, e ele olhou para o próprio pênis quando o quarto voltou a se iluminar.

Bruckmann foi erguido por dois pares de braços e atirado violentamente sobre uma cadeira próxima à cama, com o chicote na mão, a cueca no chão, junto aos pés. Um peso fantástico pressionava seu crânio. A prostituta estava sentada em seu colo, lambendo sua orelha, deixando uma gota de saliva cair na testa dele, enquanto o quarto explodia sem parar. Bruckmann tentou se levantar, balbuciando um som de protesto, e sentiu o chicote atingir o ombro. Caiu da cadeira, ficando de quatro no chão. Uma golfada de vômito atingiu o chão à sua frente.

A prostituta riu e pôs o pé no pescoço de Bruckmann, forçando-o a abaixar a cabeça até o chão. Ele sentiu um golpe nas costas, a dor do couro de rinoceronte abrindo a pele, ao mesmo tempo em que o rosto atingia a poça imunda no carpete. Sentiu o corpo tornar-se mais e mais pesado, e os sons ao seu redor se distanciarem. A gargalhada de uma prostituta, o eco do chicote, o gosto de sangue. A prostituta ergueu o chicote e bateu três vezes nas nádegas nuas de Bruckmann, arrancando-lhe sangue. Então, montou-o e sorriu para a câmera, o púbis depilado apoiado nas costas de Bruckmann, enquanto a luz do *flash* piscava sem parar.

Bruckmann viu os sapatos engraxados de Rom bem diante de seu rosto.

— Vá se limpar, Eva — ordenou Rom.

Uma porta se abriu. Voltou a fechar-se. Bruckmann sentiu a cabeça ser empurrada por um objeto.

— Seu estado é lastimável, *Kriminal Oberkommissar* — murmurou Rom, erguendo a cabeça de Bruckmann do chão com o bico do sapato.

— Estou passando mal, Rom — balbuciou Bruckmann.

— Você merece passar mal, sua porra de bastardo pervertido.

Rom abaixou-se e apanhou o chicote. Ergueu-o, estalou-o no ar, e então baixou-o uma vez, atingindo a face direita de Bruckmann, ferindo-lhe a pele.

— Ah, não — implorou Bruckmann, tocando de leve o ferimento.

— Seus apetites são profundamente repulsivos — Rom riu. — Felizmente, nós os documentamos. Quando seus superiores na Alexanderplatz virem isso, sua carreira estará encerrada. Bons ventos o levem!

— Rom... — murmurou Bruckmann. Sua visão havia dobrado, e ele enxergava quatro sapatos pretos, uma infinidade de manchas no carpete. O quarto havia mergulhado em piscinas coloridas, uma avalanche de confusão. — Rom, pelo amor de Deus.

— Rom, pelo amor de Deus! — gritou Rom, baixando o chicote para o carpete, bem diante dos olhos de Bruckmann.

— Não pode fazer isso — insistiu Bruckmann.

— Mas já fiz. A charada terminou, meu caro Bruckmann. Quero o nome do seu espião na Alexanderplatz. E quero agora. Dê-nos o nome dele, e poderá manter o seu cargo na polícia. Do contrário, estas fotografias seguirão direto para o chefe dos detetives do Departamento IV, além de outro grupo de socialistas no controle de Alexanderplatz. Pense bem, Bruckmann! Sem trabalho, sem pensão, sem salário! Só a fama de masoquista, que permite que prostitutas de Schwabing surrem seu traseiro com um chicote de couro de rinoceronte. Imagina o que é perder o emprego em tempos como estes? Tornar-se um pária?

Bruckmann conseguiu vestir a cueca, escondendo o pênis flácido. Sentia-se mal demais para se preocupar com a calça.

— Que foi que você me deu? — perguntou.

— Hidrato de cloral, seu babaca.

— Nunca vai conseguir usar o meu espião — declarou Bruckmann. — Vou arruiná-lo antes.

— Faça como quiser — disse Rom.

Bruckmann tentou engolir, mas a garganta parecia inchada.

— Está bem — resmungou, esforçando-se para respirar fundo. — Darei o nome dele.

— Bom, Bruckmann! Muito bom! — Rom bateu de leve na cabeça de Bruckmann com o chicote. — Garanto que essas fotos terríveis nunca verão a luz do dia.

— E os negativos?

— Serão a nossa garantia — Rom riu.

— Ele é faxineiro.

— Não faça brincadeiras.

— Um faxineiro é o meu espião — insistiu Bruckmann. — Seu nome é Theodor Loos. Ele trabalha à noite no porão, cuidando das caldeiras e varrendo o chão.

— Muito bom, *Herr Kriminal Oberkommissar*!

A prostituta abriu a porta do banheiro. Vestira uma saia barata e sapatos baixos. Passou por Bruckmann, que encontrara a calça e tentava vesti-la.

— Desça e espere por mim — ordenou Rom à prostituta.

— Cadela maldita — resmungou Bruckmann.

Ela atravessou o quarto, abriu a porta e parou para oferecer um sorriso cruel a Bruckmann.

— Fique deitado por trinta minutos, idiota — disse Rom a Bruckmann. — Vai se sentir melhor. Então, limpe-se e vá cuidar da sua vida. Não diga nada a ninguém sobre o que aconteceu aqui, ou as fotografias serão entregues à polícia. Eu teria imenso prazer em denunciar você. No entanto, acredito que vai me privar desse prazer, cooperando com seu silêncio. Senão, o Partido vai publicar isso. O grande Bruckmann sendo surrado por uma prostituta comum. Montada em suas costas. O grande Bruckmann afogando-se no próprio vômito, com um púbis depilado sobre as costas. Você será o assunto de toda Berlim!

— Suma daqui — queixou-se Bruckmann.

Rom saiu do quarto e desceu até o bar, onde entregou duzentos marcos ao *barman*. Foi até o saguão e espiou a rua estreita do bairro de Alt Köln, onde um Landauer aberto de sete lugares estava estacionado, um carro que pertencia ao Partido Nazista local. No banco traseiro sentava-se Maikowski, vestindo o uniforme formal da SA e fumando um charuto.

Rom entrou no carro e sentou-se ao lado dele.

— Está feito — informou. — O espião é um faxineiro de Alexanderplatz, chamado Theodor Loos.

— Que maravilha! — comentou Maikowski. — Um faxineiro!

Deu um tapinha no ombro do motorista e o grande carro entrou em movimento. Maikowski tirou algumas baforadas do charuto e pôs-se a cantarolar a "Canção das Colunas de Assalto". Sussurrou as primeiras palavras da música, um pouco fora de tom: *Somente quando os judeus sangrarem, só então seremos livres.*

De onde estavam, tinham uma vista perfeita da Catedral Kaiser Wilhelm. Rom comentou a beleza do dia.

▪ ▪ ▪

Wulff abriu a porta de seu apartamento vestindo suéter e calça de veludo. Barlach estava no corredor, segurando o paletó e o chapéu. Wulff chegara em casa havia apenas uma hora. Tirara o terno, lavara o rosto, vestira roupas confortáveis e lera duas páginas do jornal, enquanto bebia um copo de água mineral. Barlach olhou para Wulff com um sorriso tímido, e desculpou-se pela visita tão tardia.

— Entre, Barlach — convidou Wulff.

Conduziu o visitante até a sala pequena, onde havia duas cadeiras, um sofá e muitos livros espalhados. Wulff, havia esparramado caixas de documentos por todo o lugar, uma confusão de dossiês, pastas e arquivos.

— Desculpe incomodá-lo, senhor — disse Barlach —, mas achei que deveria relatar imediatamente o que descobri de Bruckmann.

— Deve estar cansado — comentou Wulff.

— Estou bem, senhor.

— Viu alguma coisa? Alguém?

— Não exatamente, senhor.

Wulff ofereceu ao sargento um copo de leite ou chá, mas ele recusou.

— Viu o espião? — perguntou Wulff, entusiasmado.

— Poderia ter visto — relatou Barlach.

— Vi o *Oberkommissar* sair do Mitte, esta tarde. Eu estava sentado em um banco, com total vista dele. Ele caminhou até o rio e comprou um bilhete para o barco turístico. Não pude segui-lo porque não tinha os quatro marcos da passagem. Mas achei que o senhor deveria saber.

— O barco turístico? Isso é estranho.

— Foi o que pensei — concordou Barlach.

— Estive com Weiss, hoje. Sua verba será de duzentos marcos por duas semanas. Vinte e quatro horas de vigilância. Isso significa que você vai fazer apenas o trabalho de quatro homens!

— Estamos perto, não estamos?

— Creio que sim — respondeu Wulff. — Não imaginei que Bruckmann encontraria seu contato no meio do dia. É uma pena. Eu deveria ter lhe dado algum dinheiro. A partir de amanhã, você começa a trabalhar cedo. Descanse um pouco esta noite e vigie o apartamento de Bruckmann ao amanhecer. Vigiarei a sala dele durante o dia, e você ficará do lado de fora do Mitte, para o caso de ele sair outra vez. Assumirei a vigilância à noite. Vigiarei a casa e os movimentos dele depois do anoitecer, digamos das dez horas em diante. Todos os dias, telefone-me no início da tarde e diga-me onde você está.

— Muito bem, senhor. Mas há uma coisa que eu queria lhe dizer.

— O que é, Barlach?

— Lembra-se de que eu lhe contei que vi um homem saltar do bonde de Grenadier, na Hirrenstrasse? Foi na última sexta-feira, por volta da hora em que aconteceu o assassinato.

— Sim, eu me lembro.

— Descobri a identidade dele. Seu nome é Theodor Loos. Vi a foto nos registros de pessoal, na Alexanderplatz. É faxineiro. Providenciei para que a ficha dele chegue ao senhor.

— É ele o seu suspeito?

Barlach deu de ombros.

— Pode ser.

— Sim, pode ser.

Trocaram um aperto de mão, e Wulff observou Barlach percorrer o corredor com passos cansados. Wulff voltou à sala e ouviu discos de Louis

Armstrong, bebendo cerveja alsaciana, durante uma hora. Telefonou para Johanna para lhe desejar boa noite e passou quase quarenta minutos com ela ao telefone.

Passava da meia-noite quando Wulff deitou-se. Depois de muito revirar na cama, finalmente conseguiu dormir um sono repleto de sonhos.

12

Havia vinte minutos que o motorista de Rom estava perdido no labirinto suburbano de Lichtenberg. Serpeavam por ruazinhas sem saída, onde havia fileiras e mais fileiras de mansões decadentes idênticas, casas de pedra com escuros telhados de ardósia. Havia também casas em ruínas da classe alta e alguns parques desertos, exceto pelos olmos e álamos. Na Ulm Alee, estacionaram diante do endereço que Rom obtivera de Bruckmann, uma velha mansão feita de pedras, as paredes recortadas por janelas a espaços regulares, um caminho de cimento que levava à porta de entrada cercado por um jardim de rosas e hortênsias que parecia não receber cuidados havia muito tempo.

Esperaram trinta minutos ao anoitecer, Rom fumando no banco traseiro, distraído. Quando o céu já escurecia, Loos apareceu na porta e seguiu pelo caminho de cimento. Usava macacão, calça *jeans* puída e sobretudo. Os cabelos pretos e ralos pendiam em cachos desgrenhados, e ele coxeava levemente. Rom observou-o passar pelo que restava de um degrau de ferro.

Rom endireitou-se no banco do carro aberto. Loos pisou na calçada, ajeitou o chapéu, olhando para o céu quase sem nuvens, como se procurasse por um planeta, em outro sistema solar. Começou a caminhar pela Ulm Alee, na direção de uma parada de bonde, que Rom sabia situar-se a meio quilômetro dali. Rom tocou de leve o ombro do motorista, que pôs o carro em movimento.

— Theodor Loos — chamou Rom, quando o automóvel alcançou o pedestre. Não havia vivalma na rua. Um vento frio soprava do oeste, e podia-se sentir o cheiro de pó de carvão no ar. Folhas de jornais eram levadas pelo vento. — Theodor Loos — repetiu Rom.

Loos parou e encolheu os ombros.

— Quem é você? — inquiriu, desconfiado. Sua voz tinha uma tensão elétrica que logo se conectou a Rom. — O que você quer? Está me seguindo?

Rom admirou aquele rosto cruel, a expressão impenetrável e a raiva paciente, a testa protuberante, as orelhas de abano, os olhos muito juntos, marcantes tanto por sua profundidade quanto por sua ausência.

— Por favor, relaxe — disse Rom. — Só quero ter a oportunidade de conversar com você por um minuto. — Rom inclinou-se por cima do compartimento do passageiro, com uma das mãos na porta. — Quero só um momento. Por favor.

— Quem diabos é você? — perguntou Loos em voz baixa. Cuspiu na calçada com ar de desdém e encarou o motorista. — Diga-me agora mesmo.

— Meu nome é Dieter Rom. Sou um *Storm Führer*. Talvez já tenha ouvido falar da tropa 33.

— Dieter Rom? — repetiu Loos em um alemão carregado de sotaque. Havia interrompido sua caminhada e estava parado na crescente escuridão, as mãos caídas ao lado do corpo.

— Já ouviu falar a nosso respeito? — perguntou Rom. — Já ouviu, não?

Loos olhou para trás, para a casa da viúva a trinta metros de distância, do outro lado do jardim tomado pelo mato.

— Você é Dieter Rom? — murmurou, afinal.

— Importa-se de vir até aqui? — pediu Rom. O motorista avançou um pouco mais. Mais adiante, uma dona de casa chamava pelos filhos invisíveis. No horizonte, erguiam-se as silhuetas fantasmagóricas de chaminés. — Eu gostaria de conversar com você. É só isso. Apenas uma conversa.

— Quer conversar sobre o quê?

Rom usava seu uniforme da SA, a camisa marrom lavada e impecavelmente passada, a calça de lã também marrom, botas pretas bem engraxadas, que brilhavam como espelho, cintos de couro cruzados no peito e na cintura, outro no ombro, uma braçadeira vermelha com a suástica e o quepe. Rom levantou-se e, então, curvou-se levemente em um cumprimento, permitindo a Loos a visão total do uniforme em toda a sua glória.

— Por favor, *Herr* Loos — pediu Rom, curvando-se um pouco mais, em falsa deferência. — Estamos sozinhos aqui, não? Gostaria de conversar sobre um assunto de importância para nós dois.

Loos olhou em volta, em uma vigilância de 360 graus.

É como atrair um cão medroso, pensou Rom.

— Aceita um cigarro? — ofereceu.

De mãos na cinutra, Loos perguntou:

— Você é o líder da tropa 33?

Estrelas salpicavam o céu a leste, como uma fina chuva de prata entre as chaminés. A sudoeste, Berlim lançava no céu seu brilho alaranjado. Agora que o sol desaparecera por completo, o ar tornara-se muito frio. Rom assentiu, tirou do bolso uma cigarreira dourada e estendeu-a para Loos, que pegou um cigarro e permitiu que Rom o acendesse com um isqueiro também dourado. Loos tragou a fumaça para os pulmões e a manteve ali por um tempo excepcionalmente longo, para então inspirá-la novamente pelas narinas.

— Cigarros ingleses — concluiu.

— Bons, não?

— Razoáveis.

Rom esperou que algo acontecesse.

— Sou conhecido de Bruckmann — anunciou, afinal.

Loos deixou o cigarro queimar, observando a brasa vermelha, que parecia uma minúscula âncora no mar de escuridão da noite. Usando roupas azuis e calça *jeans* escura, Loos também começava a sumir de vista, como se não passasse de uma aparição. Agora, somente um sorriso maligno e a brasa do cigarro eram visíveis para Rom.

— O que quer de mim? — perguntou Loos à queima-roupa. — Por que me parou na rua, desse jeito?

— Porque somos iguais, meu amigo — declarou Rom.

— Somos iguais... — Loos sibilou. — Tenho de trabalhar, agora, por favor. — Avançou um ou dois passos.

— Mas estamos do mesmo lado — protestou Rom, sentindo o momento passar, sua chance diminuir.

— Que lado seria esse? — perguntou Loos, andando devagar, acompanhado pelo automóvel.

— O lado vencedor — respondeu Rom. — O lado pelo qual você vem lutando, desde que se juntou ao movimento. O lado ao qual você serviu na Bélgica e nos Freikorps, e quando trabalhava com Bruckmann e o Negro Reichswehr. Lembra-se de Munique? Lembra-se do prazer que sentiu por servir ao movimento, esmagando a ameaça comunista na Bavária?

— Você dá muitas voltas.

— Vou direto ao ponto, então. Seu amigo Bruckmann vem ferrando você.

Loos parou de súbito.

— Onde está Bruckmann? — perguntou. — O que está dizendo sobre ele?

Rom sorriu, tentando transformar o confronto em conspiração.

— *Herr* Bruckmann está indisposto. Digamos que foi atingido por uma doença súbita.

— Que tipo de doença?

— Por favor, entre no carro. Deixe-me levá-lo até Grenadier. Sei que está a caminho do seu trabalho, em Alexanderplatz. Se permitir, eu o levarei até lá. Tenho certeza de que seria melhor do que pegar aquele bonde imundo.

— Por que deveria aceitar sua oferta?

Rom amaldiçoou em silêncio tamanha estupidez e rabugice.

— Porque você pode tirar grande proveito dessa carona — respondeu, paciente.

Loos voltou a cuspir. Ervas daninhas espinhosas cresciam nas rachaduras da calçada. Trechos de asfalto haviam se quebrado junto à sarjeta. Tanques haviam passado por ali durante a revolução.

— Que tipo de proveito eu tiraria? — persistiu Loos.

— Financeiro — respondeu Rom, objetivo. — Financeiro, no mínimo. Mas, talvez, você queira um uniforme, para partilhar a glória que o movimento alcançará dentro em breve. — Fez uma pausa. — Mas, antes de mais nada, proveito financeiro.

Loos voltou a olhar para a casa da viúva. Sua cabeça começou a doer de repente.

— Bruckmann está me ferrando?

— Por favor, por favor — insistiu Rom, abrindo a porta do carro. — Deixe-me levá-lo, ao menos, até Grenadier.

O motorista pressionou um botão, e o interior do carro iluminou-se, permitindo que Loos visse os bancos de couro e os instrumentos do painel. Rom deslizou para o lado. Loos sentou-se ao lado dele, com movimentos desajeitados. O automóvel partiu em seguida.

— É melhor assim, não acha? — disse Rom. Sentia-se como se estivesse consolando uma criança assustada. Abriu a cigarreira e colocou-a no banco, entre os dois. — Levaremos você até Grenadier, de onde você poderá seguir a pé. Ninguém vai nos ver, eu garanto.

— O que você quer?

Rom riu, bem-humorado. Considerava a manipulação um jogo gratificante, que ele praticava com a maestria de um toureiro. Adulava o touro, distraía-o e enterrava a lança.

— Bruckmann está ferrando você há muito tempo — acusou.

Loos estava silencioso, observando a passagem das casas anônimas, lojas, fios elétricos.

— Ferrando, como? — indagou. O rosto largo parecia desprovido de sangue, à luz do Landauer. — Como Bruckmann está me ferrando?

— Fique calmo. Ele está ferrando a SA também. Você não é o único.

— Quero saber *como* ele está me ferrando — rosnou Loos.

Seguiam para sudoeste, pelos subúrbios de Berlim, passando por fileiras de casas geminadas, terrenos baldios, paradas de trem desertas, quarteirões de lojas e bares.

— Sabe quanto a SA paga a Bruckmann pelas informações que ele fornece toda semana?

— Bruckmann falou de mim para você?

— Cinqüenta marcos, é o que você acha?

— Sim, cinqüenta marcos.

— A SA paga o dobro disso, Theodor.

— Ele disse cinqüenta marcos.

— O dobro. Há dois anos.

— O dobro?

Agora, pensou Rom, ele se torna um robô.

— Cem marcos semanais — disse. — É o que a SA vem pagando a Bruckmann toda semana. Sabia disso, *Herr* Loos? E sabia que Bruckmann vende as mesmas informações ao exército toda semana? Não sei quanto o exército paga a Bruckmann, mas você sabia que isso vinha acontecendo?

Loos cerrou os punhos. Foi tomado por um impulso de incendiar aquele mundo abafado, estrangular seus habitantes quando tentassem fugir dos prédios em chamas. Era o mundo que ele odiava, aquele conjunto de Virgens Marias, banqueiros e lojistas judeus.

— Bruckmann me dava 25 marcos — admitiu.

— Está vendo? Imagine se eliminarmos Bruckmann dessa transação, juntamente com o exército. E imagine-se ingressando no movimento, servindo ao movimento.

— Onde está Bruckmann, agora?

— Ele...

— Esqueça — interrompeu Loos. — Que quer você de mim?

— Nada, meu amigo. Não quero nada de você. Só quero lhe dar o que é seu por direito, além da chance de servir à Alemanha. Quero que partilhe os espólios da vitória. Ao vencedor cabem os espólios, não?

— Que espólios são esses?

— Só o que já nos pertence — afirmou Rom. — Digamos que daqui por diante você só trabalha para a SA. Não vai dividir seu justo pagamento com ninguém. Afinal, o risco é seu. E sua informação não vai mais para o Reichswehr, que se opõe ao movimento.

— Vai me dar cem marcos?

— Ah... então temos um acordo... — disse Rom calmamente.

— Que acontece com Bruckmann?

— Esqueça Bruckmann. Ele é insignificante. Continua no emprego de policial. — Bruckmann seria chantageado pelo resto da vida. — O que importa é o movimento e que você receba a parcela justa da vitória dele.

— Vai me pagar cem marcos por semana?

— Cem marcos — repetiu Rom.

O Landauer parara no sinal. Loos cuspiu na calçada. Estavam em Scheunenviertel, a umas seis quadras da Casa Liebknecht, sede do Partido Comunista no centro de Berlim. Os prédios desse distrito eram todos de tijolos com cômodos de aluguel, Hinterhofs, blocos de pedra enegrecidos por décadas de pó de carvão.

— Vamos continuar como de hábito — disse Rom. — Só que você vai se encontrar comigo e não com Bruckmann.

— Nos lugares de sempre — disse Loos.

— E que lugares seriam estes?

— No barco turístico da ponte do Spree ou no banheiro do segundo balcão do Cinema Capitol durante o dia. — Loos retirou um cigarro da cigarreira de ouro e o pôs no bolso da jaqueta de brim. — Nas tardes de sexta-feira, às duas horas. Semana que vem encontre-me no barco de turismo do Spree. Leve o meu dinheiro.

— Com imenso prazer — disse Rom. — Permite que eu pergunte como obteve a informação em Alexanderplatz?

— Não, não permito — respondeu Loos. Se eles soubessem, pensou consigo mesmo. A entrada permitida para o escritório do comissário. Leu o diário de Weiss. Nada tinha a ver com arrombamento de cofre, ordens oficiais, nem listas de obrigações. Se Weiss fosse idiota o bastante para manter um diário, Loos continuaria lendo-o. — Isso só a mim compete saber — disse Loos.

— Como quiser — concordou Rom.

— Outra coisa — disse Loos. — Quero falar com Bruckmann uma última vez.

— Claro que não é necessário — retrucou Rom. — Cuidamos bem de Bruckmann, garanto.

— Por favor. Do contrário, nada de acordo. Somos velhos camaradas. Quero vê-lo amanhã às duas da tarde no Cinema Capitol. Mande-o lá. Diga-lhe para estar no mesmo lugar, na mesma hora. No segundo balcão. No banheiro. Ele conhece o lugar. Arranje isso para mim.

— Estou certo de que o *Oberkommissar Kriminal* vai fazer o que você pedir. Mas tem certeza de que quer fazer isso? Não vejo de que adiantaria. Estou lhe dizendo a absoluta verdade, você sabe. Bruckmann foi neutralizado. Não vai mais trapacear ninguém agora.

— Transmita o recado — grunhiu Loos, furioso. — E eu e você nos encontraremos na sexta que vem no barco turístico do Spree. Pegue-o perto da Embaixada Francesa. Encontro você rio acima. Leve meu dinheiro.

— Como quiser, Theodor — disse Rom. Retirou um broche com a suástica do bolso da camisa e entregou-o a Loos, que o segurou na palma da mão direita. — Bem-vindo à Coluna Storm, Theodor — continuou Rom. — Precisamos de homens como você. Bons homens, bons arianos. Homens que vivem para a história. Homens que vivem para limpar a Alemanha de sujeira, doença e derrotismo. Não vai se lamentar por ter dado este passo.

Eles pararam na esquina da Grenadier. Loos pegou um segundo cigarro, fez uma pausa, apanhou um terceiro. Abriu a porta do passageiro.

— Daqui a dois mil anos, vão estar falando do nosso movimento — disse Rom.

— Bruckmann, amanhã — cortou Loos. Saltou do veículo e parou na calçada, mãos no quadril.

Rom deu um tapinha no ombro do motorista, que avançou o Landauer bem devagar. Quando olhou para trás, viu Loos em pé na rua escura, fitando o broche com a suástica que Rom lhe dera.

▪ ▪ ▪

Wulff olhava a chuva do divã de Johanna. Chuva de primavera, sem trovões, a tingir as janelas altas envidraçadas até o chão. Consciente de estar sendo fitado por dezenas de máscaras africanas, talhas de Iorubá e Ibo, um rosto senegalês gravado em ângulos e prismas de madeira escura. Trabalhando no Berlim Mitte o dia todo, ele seguira Bruckmann até seu apartamento no subúrbio sombrio de Wilmersdorf. Esperara ali fora no Opel da polícia enquanto começava a chover, desabado em seu casaco de couro preto, fumando um cigarro atrás do outro até que se passaram quatro horas e as janelas do apartamento de Bruckmann se escureceram. De volta à Lennestrasse, Johanna o recebera na porta, levara-o até o divã e tirara-lhe os sapatos. Servira-lhe um copo de cerveja e se sentara ao seu ombro, enquanto ele observava a chuva.

Ela beijou-lhe a orelha, brincalhona, com a língua esticada umedecendo seu pescoço. Wulff cerrou os olhos e permitiu-se ser joguete do desejo sexual. Tomou na mão os cabelos pretos de Johanna e cheirou-os como se fossem terra perfumada.

— Minha viúva judia teve um sonho ontem à noite — disse Johanna. — Se não fosse uma profissional tão ética, eu o contaria a você. Terá de usar sua imaginação, querido. Envolve um balde de água com sabão.

— Fiquei curioso — disse Wulff, enlanguescendo. Enterrou o rosto ainda mais nos cabelos dela. Ao longe, a condensação de uma cidade tranqüila.

Johanna afofou os cabelos, cobrindo-o.

— O sonho envolve fuga e fogo.

Wulff riu, abafado nos cabelos.

— Tenho uma pergunta profissional para você.

Johanna levou o copo de cerveja aos lábios dele.

— Não quer sua cerveja?

— Um primeiro-sargento da Kripo está me ajudando com a investigação agora — ele disse. — Avistou de relance um sujeito seguindo a pé pela Hirrenstrasse na noite da última sexta-feira. Só uma coincidência, imagino. Esse cara tinha acabado de saltar do bonde na parada de Grenadier, vindo da suburbana Lichtenberg. O mesmo bonde e a mesma hora que os da vítima da Hirrenstrasse. Meu ajudante achou a fotografia desse homem nos arquivos pessoais dos empregados na Alexanderplatz.

— É alguma coisa, não? — perguntou Johanna.

— É alguma coisa, sim — concordou Wulff. — Mas não sei o quê. Desde a autópsia não tivemos nenhuma prova verdadeira que pudesse levar ao assassino. Minhas pesquisas nos outros departamentos não acrescentaram absolutamente nada.

— Informações sobre assassinos sexuais não vão exatamente ajudar — comentou Johanna.

— Eu sei, querida, mas mesmo assim...

— Seu criminoso não é um assassino sexual.

— Por isso eu preciso da sua opinião.

— Sim, querido — disse Johanna, mordendo o lábio em falsa súplica. Deitou a cabeça no peito dele. — Quando chove, só consigo pensar em fazer amor com você. Não é uma tolice? Uma mulher adulta com associações infantis?

— Por favor, querida. — Ele pegou o copo de cerveja e bebeu um pouco. — Esse sujeito que toma o bonde até Grenadier e segue a pé pela Hirrenstrasse se chama Theodor Loos. Eu queria lhe perguntar sobre as origens dele, saber o que você acha. Ver se alguma coisa dá um clique nessa sua linda mente psicanalítica.

— Pegue as minhas opiniões, querido — riu Johanna, baixinho. — Tudo o que tenho é seu.

— Estudei o dossiê desse tal de Loos — disse Wulff. — Ele tem trinta anos. Segundo o arquivo, não é casado. Desconfio que jamais tenha sido casado, mas não sei ao certo. O pai era alemão e a mãe, belga, de origem francesa. Loos tem cidadania francesa, e morou durante anos em Lille, quando o pai era inspetor itinerante da alfândega no sistema ferroviário alemão antes da guerra. Depois, quando eclodiu a guerra, o pai mudou-se com toda a família de volta para Freiburg, onde haviam vivido algum tempo antes. Segundo os registros, Loos teve boa formação num seminário católico e, mais tarde, em um ginásio particular. Passou a juventude em Freiburg e em seus arredores. Quando estourou a guerra, tentou se alistar, mas veio o armistício e ele deu baixa logo que ingressou. Com o tempo, passou dois anos numa escola técnica estudando engenharia civil, mas adoeceu com um grave caso de gripe em fins de 1923. Não se esperava que sobrevivesse, mas sobreviveu, e veio para Berlim por algum motivo. Sua experiência profissional é com caldeiras e manutenção geral. Durante a inflação, encontrou emprego como porteiro no Ministério do Interior do Reich. Mais tarde, uma oportunidade melhor na Alexanderplatz.

— Os pais dele estão vivos? — perguntou Johanna.

— Os dois estão mortos. Já tinham idade avançada quando Loos nasceu. Parece que ele tem um irmão mais velho, de paradeiro desconhecido. Uns vinte anos mais velho que Loos. O pai era um respeitado funcionário público. Após a guerra, a mãe passou um tempo difícil por causa de sua nacionalidade estrangeira, e ficou muito pobre. Eles tiveram um casamento feliz. É só o que se sabe.

— E você quer minha opinião sobre o quê?

— Poderia ser este o nosso assassino? Parece o homem que você me descreveu? O que odeia o pai e deseja matá-lo por vingança? Parecem os antecedentes de uma alma atormentada?

Johanna afastou para trás uma mecha de cabelo.

— Esses registros dificilmente são a história de uma vida — disse. — Mas, pelo que relatam, tenho de dizer que acho que não, querido. Nosso assassino não deve ter tido uma vida estável, nem de longe. Descasado e morando sozinho, isto o descreveria. Mas a família estável e a educação, não.

— Foi o que também pensei.

— Você deve estar decepcionado.

— Estou, muito. Achei que Barlach tinha alguma coisa.

— Você poderia seguir Loos por algum tempo?

— Talvez um dia. Agora não há tempo efetivo, nem dinheiro para isso.

— Lamento, querido — sussurrou Johanna em seu ouvido.

Ela começou a massagear-lhe a têmpora. Wulff puxou-a para o divã e pôs as mãos dentro do cafetã. A chuva enfurecia-se nas árvores.

▪ ▪ ▪

Barlach lembrou-se vagamente, como quem se lembra de um pesadelo. Lembrou-se de que largara o *Berliner Zeitung* à uma e meia. Passara uma hora sentado em um banco de mármore diante do Berlim Mitte por uma hora, e sofrendo pontadas de fome. Ali, na esquina da Dorotheenstrasse, a visão do quartel-general era excelente, direta e desobstruída — duas saídas laterais, uma entrada principal, uma vista da Embaixada Francesa e o Ministério do Interior do Reich; a primeira, uma monstruosidade de granito rosa; o segundo, um desastrado edifício de arenito.

Àquela hora, via-se encalhado ali, sem nada a fazer além de esperar. Perguntava-se se seria seu destino esperar as duas semanas, talvez até mais. Meses? Anos? Décadas? Levantando-se, esticou o corpo volumoso e caminhou vinte passos até um vendedor de *pretzel* na esquina, comprou uma rosca fresca, besuntou-a de mostarda e comeu a coisa toda em três grandes mordidas. Quando voltou ao banco de mármore, avistou Bruckmann descendo os degraus do Mitte, fazendo sinal para um dos táxis pretos de Berlim.

Ainda mastigando os restos de *pretzel*, Barlach chamou seu próprio táxi. Capitalizado por Alexanderplatz, ele podia pagar a corrida. Wulff dissera-lhe para não poupar gastos. Rodaram para o sul pelo centro de Berlim, contornaram o dique do Spree, presos de vez em quando no pesado tráfego do meio-dia. Seguiram devagar para a catedral. Barlach sabia que Bruckmann morava num espaçoso apartamento em Wilmersdorf, ao sul e oeste do centro de Berlim, no lado oposto do local para onde se dirigiam.

Bruckmann saltou do táxi a uma quadra da imensa igreja. Na Auguste-Viktoria Platz, viam-se menos pedestres e veículos do que na Dorotheenstrasse. Mesmo assim, havia vendedores de rua, ambulantes, comerciantes e ônibus em números modestos. Pagou a corrida e foi atrás de Bruckmann, que caminhava a passos largos e rápidos para o norte. Barlach lembrou de ter ficado surpreso ao vê-lo cruzar as portas cromadas e douradas *art déco* do Cinema Capitol e comprar um ingresso na bilheteria.

Barlach esperou do lado de fora, examinando a marquise. Um filme de Greta Garbo: *Susan Lennox*. Quando teve certeza de que Buckmann deixara o saguão, comprou um ingresso de camarote, sabendo que conseguiria ter uma visão tanto da platéia principal quanto dos outros balcões. Após alguns minutos, subiu uns poucos degraus laterais e ocupou a poltrona, consciente de que Bruckmann estaria ali em algum lugar no escuro.

Barlach olhou fixo para a imensa tela prateada. Greta Garbo, esguia, com oito metros de altura, fumando um de seus muitos cigarros cinematográficos, envolvia-se em conversa sedutora com vários cavalheiros vestidos de *smoking*. Quando seus olhos se ajustaram à escuridão, ele localizou Bruckmann em cima, no segundo balcão, a umas vinte fileiras do fundo do teatro. Àquela hora da tarde, apenas poucas pessoas assistiam ao filme, a maioria dispersa na platéia principal. Barlach voltou mais uma vez a olhar para Greta e, quando alguns minutos depois, deu uma olhada para trás, Bruckmann desaparecera.

Eram duas horas da tarde. Disso ele tinha certeza, porém não de muito mais. Lembrou-se de um mostruário de relógio iluminado. Talvez houvesse visto um fraque desaparecendo pelas cortinas de veludo vermelho.

Barlach subiu correndo um lance de degraus atapetados. Atrás dele, Greta começara a cantar sua música tórrida, um canto de pesar. Quando Barlach chegou ao piso do mezanino, viu Bruckmann desaparecer pelas portas do banheiro.

— Droga — disse a si mesmo.

Não podia segui-lo até o banheiro, teve certeza disso. E, depois, ocorreu-lhe que Bruckmann talvez estivesse apenas escapulindo das exigências do trabalho policial. Esperou em surdina. Passou-se um certo tempo, alguns minutos, depois cinco. Conferiu as horas no relógio de pulso. Duas e seis. Depois duas e sete.

Decidiu entrar no banheiro, lavar as mãos e partir. Parecia seguro de que Bruckmann não iria reconhecê-lo, na certa nem prestar atenção nele. Barlach seria apenas mais um dos vários fanáticos por Greta Garbo fugindo dos horrores da vida cotidiana. Dirigiu-se à porta do banheiro, preparado para qualquer coisa. Depois disso, não se lembrou de mais nada.

13

O homem que se tornou Theodor Loos fora apresentado aos prazeres do garrote por Erik Bruckmann. Logo transformou-se em um símbolo de suas próprias forças íntimas, aquelas que ele lutara para alcançar apesar de um pai ausente e uma mãe estranhamente psicopata, apesar de seu próprio desarraigamento e ardor degenerado. Por motivos que desconhecia inteiramente, o garrote o fez lembrar-se da mãe. Ela se aproximava dele na cama, colava-se em seu corpo, envolvia-o e sufocava-o ao mesmo tempo. Cobria de beijos o corpo pequeno e febril. Que coisas ela lhe fazia no escuro!

Agora, essa mistura Loos-Braun curvava-se e esparramava água no rosto. Em pé diante do espelho, em um banheiro de mezanino usado pelos fregueses do segundo balcão no Cinema Capitol, localizado na Auguste-Viktoria Platz, entregava-se às próprias compulsões obsessivas. Segundo seu relógio, eram duas horas. Enxugou o rosto com um fino papel-toalha e examinou as feições no espelho. De volta a um dos reservados do banheiro, fechou a porta e tirou o garrote do bolso do sobretudo. Enrolou o cânhamo em círculos apertados, depois puxou um nó em volta da barra de metal numa das pontas. Fechou o vaso e sentou-se na tampa de madeira.

A porta do banheiro abriu-se com um estalo. Loos relaxou, sentindo o garrote animar-se. Houve um momento de silêncio até ele se levantar, abrir a porta do cubículo e ver Bruckmann em pé diante de uma fileira de espelhos e pias, o *Kriminal Oberkommissar* a examinar-se, nervoso, correndo um dedo pelos ralos cabelos brancos. Bruckmann sorriu para Loos e os dois trocaram um olhar nos espelhos.

— Ah, meu velho amigo — cumprimentou-o Bruckmann. Loos estava um passo atrás agora. Com a rapidez de um *flash* fotográfico, garroteou o outro, apertou bem o nó em volta do pescoço e torceu a barra de metal uma vez. Bruckmann tombou instantaneamente, emitindo um grunhido curto, espetacular. Loos pôs o pé em sua nuca, arqueando-o como um ponto de interrogação.

Puxou o curvado *Oberkommissar* para trás de volta ao reservado do banheiro e fechou a porta com um chute. Subiu no tampo da privada e ergueu-se o máximo possível, fazendo Bruckmann perder o chão. Bruckmann agarrava-se furiosamente ao garrote, tentando atingir Loos, mas sem conseguir. Loos torceu mais uma vez a barra de metal.

— Quero fazer-lhe uma pergunta — sussurrou.

Bruckmann balbuciou uma coisa que pareceu "por favor".

Loos girou a barra de metal, afrouxando um pouco o garrote.

— Por favor, tem de me deixar falar — implorou Bruckmann, em tom torturado.

— Espero que você fale.

Ele abaixou Bruckmann de volta a seus pés.

— Rom está mentindo. Não fui eu quem transformou você do humilde Edgar Braun em Theodor Loos? Já estamos juntos há muito tempo para isso acontecer. — A voz grave de Bruckmann reduzira-se a um gorjeio de canário. Loos notou que sua cicatriz ficara branca. Um círculo de sangue começara a escorrer sob o cânhamo.

— Você me trapaceou — queixou-se Loos, baixinho.

— Posso corrigir tudo — Bruckmann conseguiu dizer.

O *Oberkommissar* quebrara uma unha no garrote, o que encantou Loos. Haviam conversado várias vezes sobre como era inútil agarrar-se ao instrumento. Era o mais ínfimo reflexo. Loos apertou mais uma vez o garrote e Bruckmann ficou bambo. Os ombros afrouxaram-se e ouviu-se um fraco jato de respiração deixando o corpo. Loos ergueu-o do chão novamente e detectou cheiro de fezes. Segurou-o assim por vários minutos. Pouco depois, soltou o garrote, passou os braços por baixo dos ombros de Bruckmann e levantou-o em direção ao pregador de casaco atrás da porta do reservado. Virou o colarinho do sujeito e pendurou-o como um troféu.

Bruckmann encarava-o com um olho brilhante, levemente arroxeado. Defecara nas calças, e exalava do cubículo o inconfundível cheiro de excreção humana. Um sombrio e ensangüentado sorriso estampado sobre o pescoço.

— Você não devia me subestimar — disse Loos a Bruckmann. — Você sempre me subestimou.

A porta do banheiro abriu-se mais uma vez. Loos abotoou o sobretudo e pôs a mão no cassetete de nogueira que sempre levava em um bolso.

Puxou o gorro de malha azul usado por marinheiros sobre a testa e saiu do reservado, preocupado em fechar logo a porta. Prendeu-a junto ao joelho por um momento, enquanto olhava no espelho para ver quem entrava. O homem que viu pareceu-lhe conhecido, um sujeito corpulento mais ou menos da altura e do peso dele próprio, usando um terno novo de *tweed* belamente talhado e uma capa de chuva em um dos braços. Por um momento, o estranho e Loos foram pegos em um emaranhado de confusão até Loos atingi-lo com força no meio da testa com um golpe de nauseante precisão. O estranho desabou em cheio no piso azulejado, batendo a cabeça com um segundo baque nauseante. Loos passou por cima do corpo e atingiu-o mais uma vez.

Foi até a pia e borrifou água fria no rosto. Sozinho com o espelho, lembrava-se de novo do rosto da mãe, sua horrenda caricatura da Virgem Maria como prostituta de cervejaria; o rosto que tantas vezes o levara às preces dera-lhe beijos molhados no umbigo; o rosto que se introduzira em sua mente, a espetá-la, sugá-la e lambê-la.

▪ ▪ ▪

Wulff parara o Opel da polícia perto do cinema, na esquina do outro lado da Auguste-Viktoria Platz, depois caminhou cinqüenta passos até a resplandecente marquise que anunciava a última obra-prima de Greta Garbo, uma produção comercial de romantismo expressionista alemão. Naquela tarde, caíra uma breve chuvarada. Poças se acumulavam nas pedras redondas e nos tijolos do calçamento, receptáculos de luz das placas de néon. Táxis pretos e ônibus vermelhos passavam pela praça, passageiros noturnos de volta do trabalho enchiam as ruas. Weiss estava parado de pé em seu terno cinza bem embaixo da marquise.

— Eles estão lá em cima com a Schupo — disse.

— E Barlach? — perguntou Wulff.

Os dois entraram no saguão onde um pequeno ajuntamento de paspalhões se reunia numa extremidade do vestíbulo atapetado, com dois Schupos e um detetive do Departamento IV. Weiss disse a Wulff que os Schupos haviam recebido ordens de vigiar as saídas do teatro. Outros se encontravam em carros, bloqueando as vielas lá fora. Wulff levara consigo um fotógrafo do Departamento IV e dois especialistas em medicina legal. Todos estavam no saguão fumando cigarros.

— Barlach está na enfermaria da polícia no momento — acrescentou Weiss, em voz baixa. — Foi levado de ambulância para lá. Vai para o hospital assim que receber tratamento de emergência do médico da polícia.

— Qual é o estado dele?

— Francamente, não sei — respondeu Weiss. — Mas vai receber o melhor dos cuidados médicos. Dei instruções explícitas para que recebesse o melhor.

— Quero Levitt aqui — disse Wulff.

Weiss dirigiu-se a um Schupo e deu-lhe as instruções. Voltou para Wulff e informou:

— Levitt está sendo notificado. Dei uma ordem explícita para que venha o mais rápido possível. Ele está na Alexanderplatz. Desconfio que já esteja vindo.

— Quero ver Barlach mais tarde.

— Preciso de você aqui por algum tempo. — Ele está mal, não?

— Acho que talvez esteja — admitiu Weiss. — Mas não sou médico e não o vi. Dizem que o estado é crítico.

— O que aconteceu? — perguntou Wulff.

— Só sei o que esses Schupos me contaram pouco antes de você chegar. Eram umas três horas quando um lanterninha de serviço nos camarotes e balcões superiores entrou num banheiro do segundo balcão e descobriu Barlach caído em uma poça de sangue no chão. Segundo a bilheteira, ele comprou um ingresso individual de camarote e entrou por volta das duas horas. Às três, terminou o filme e, como sempre, o lanterninha foi limpar o banheiro. Pelo que consta, quase não há público durante o dia. O lanterninha disse que Barlach parecia estar sangrando pelos ouvidos e nariz. Não levou muito tempo para encontrar Bruckmann pendendo de um gancho no primeiro cubículo. Ele desceu correndo para o escritório do gerente, que chamou a Schupo. A unidade local mandou dois homens, eles deram uma olhada na cena do crime e telefonaram para o Departamento IV. Na hora em que terminou o filme, havia umas trinta pessoas na platéia, mas a maioria já saiu. Só umas 15 continuam na sala. A Schupo as interrogou, e elas estão ali esperando para ir embora. A Schupo anotou seus nomes e endereços, mas as outras se foram para sempre. Não há como trazê-las de volta.

— Não importa — disse Wulff. — O assassino já tinha ido embora antes de o filme terminar, antes das três. É provável que nem tenha se sentado na sala.

— De pleno acordo — disse Weiss.

Wulff foi até seus especialistas e deu-lhes instruções. Voltou caminhando até Weiss.

— Onde está a bilheteira? — perguntou.

Weiss apontou uma sexagenária magricela de uniforme azul-claro. Mascava chiclete.

Wulff foi até ela.

— Sabe quem estava sentado no segundo balcão em cima?

Ela o olhou sem interesse.

— Vendo muitos ingressos. É difícil lembrar.

— Tente se esforçar — disse Wulff, ponderando com a mulher. Olhou para os 15 espectadores reunidos no saguão. Pediu à bilheteira que identificasse alguém entre eles que talvez tivesse subido para os lugares no balcão. Alguém estranho, que parecesse um assassino.

— Ali não — ela disse. — Mas houve, talvez, um sujeito grande. Parecia um trabalhador. Sobretudo e chapéu. Só estou imaginando, por favor.

— Ele era grande?

— A mim pareceu grande.

— E como era ele?

— Grande.

— Pense, droga.

— Tinha orelhas enormes — disse ela. — Escapavam do gorro.

Wulff voltou para Weiss, parado no pé de um lance de escada que levava às áreas do balcão.

— Quero tratar este como um caso político no lado da Stapo — disse Weiss. — Mas quero que você seja o investigador-chefe. Chefie minha equipe. Use a Stapo para o trabalho braçal. Pode sobreviver se contornarmos a Kripo?

Wulff hesitou. Relutava em ver esse caso politizado.

— Se assim ordena — concordou, carrancudo. Já estava mais do que farto de casos políticos. Se houvesse decidido deliberadamente destruir sua carreira na Kripo, não poderia ter realizado melhor seu objetivo. — Neste caso — disse —, quero ter acesso a seus melhores homens. Quero que interroguem cada freguês aqui.

— Vou colocá-lo em contato com os nossos melhores.

Wulff seguiu-o por um estreito lance de escada atapetada que levava a um vestíbulo com entradas para o segundo balcão. À direita, na extremidade do vestíbulo, ficava uma pesada porta de carvalho para o banheiro. Dentro, encontraram vários mictórios ao longo de uma parede, uma fileira de pias e espelhos, três reservados com portas de vaivém. No chão, uma mancha de sangue. Parado em pé em um canto, um atarracado Schupo segurava uma barretina do uniforme numa das mãos.

— Sabe de alguma coisa? — perguntou Wulff ao Schupo.

— Nada de especial. Falei com o lanterninha que encontrou os corpos. Não tinha muito a dizer. Àquela altura, a ambulância já estava a caminho.

— *Corpos.* Wulff retraíra-se com a palavra. — A bilheteira lá embaixo diz que não sabe de nada. Imagino que o assassino tenha descido pela escada dos fundos e tomado uma das saídas escuras na sala principal. Elas se abrem por dentro e são trancadas por fora. Eu diria que é só isso o que temos.

— E o lanterninha? Submeteu-o a interrogatório?

— Ele não sabe de nada. Só estava de serviço no andar do mezanino.

— Você pode ir — disse-lhe Wulff. — Quero seu relatório escrito em minha mesa amanhã, junto com o de seu colega. Wulff deu-lhe o nome e o endereço do departamento. Viu o policial sair, depois ficou ali em silêncio, olhando a fileira de espelhos, a brancura azulejada, a brilhante mancha de sangue secando no chão.

— Vamos dar uma olhada — disse a Weiss.

Os dois contornaram a mancha de sangue e abriram a porta do reservado. Bruckmann pendia de um gancho, rosto arroxeado e calmo.

— Definitivamente morto — disse Weiss.

— Ele lutou um bocado — comentou Wulff.

Examinava o corpo, a cabeça de Bruckmann num ângulo torto, o colar de sangue na garganta. O tapa-olho caíra, revelando um olho marmóreo, sem visão. Parecia quase desculpar-se na morte.

— Ele partiu as unhas — observou Wulff.

— Tentou lutar com o garrote — concordou Weiss.

— Entrou em pânico e esqueceu o que devia ter feito — concluiu Wulff.

— Por quanto tempo ele lutou?

— Alguns minutos, na melhor das hipóteses. Provavelmente menos.

Wulff inspecionou o cubículo. Algumas gotas de sangue no chão perto da privada, uma mancha na parede divisória.

— O assassino era forte o bastante para subir na privada e depois levantar este homem. Ele brincou com a vítima por algum tempo.

Weiss curvou-se para olhar dentro, depois logo se retirou.

— Há alguma coisa ritualística nisso, não acha?

Wulff saiu do cubículo, e ele e Weiss encaminharam-se juntos para o vestíbulo atapetado. Haviam começado outra exibição do filme. Greta Garbo falava em tom discreto mas rouco.

— Vou instruir a equipe da Stapo — disse Wulff. — Mas volto em seguida para revistar Bruckmann e fazer algumas anotações antes que o levem. Talvez haja alguma coisa nos bolsos dele. Mas duvido.

— Ele veio encontrar-se com seu contato, não? Seu espião?

— É provável. Duvido que a SA mandasse matar um capitão da polícia a sangue-frio, sobretudo alguém que era simpático à sua causa.

— Mas por que seu espião o mataria?

Wulff não tinha resposta.

▪ ▪ ▪

Na extremidade do vestíbulo, Wulff viu o patologista da autópsia subindo, zangado, os últimos degraus. Fumava um charuto e fizera uma pausa para recuperar o fôlego. Curvou-se e cuspiu numa escarradeira de mármore. Wulff apertou a mão de Weiss, que atravessou o saguão, falou brevemente com Levitt e depois desapareceu escada abaixo. Wulff sentia o cheiro de pipoca, do charuto de Levitt, do fresco aroma de tapete lavado. Ouvia a despreocupada voz de Greta Garbo. Levitt alcançou-o e balançou a cabeça, pesaroso. Os dois cumprimentaram-se com um aperto de mão.

— Lamento encontrá-lo assim — disse Levitt a Wulff.

— Lamento por tê-lo feito vir até aqui.

— Seu amigo, o sargento?

Wulff deu de ombros.

— Não dos bons.

Ele conduziu Levitt ao banheiro. Por baixo da porta do reservado, viam um sapato com uma mancha de sangue. Levitt transpôs com uma passada larga a poça de sangue no chão, abriu a porta do cubículo e olhou Bruckmann. Examinou o corpo no gancho, o rosto azul, olho saliente, a garganta marcada com um corte de onde escorria sangue seco.

— Quem é ele? — perguntou Levitt.

— *Oberkommissar* Bruckmann — disse Wulff. — É meu capitão.

— Eu sabia que era policial. Mas capitão! — Entrou com cuidado no reservado. — Ficou sem dúvida um traste. — Examinou o rosto e as mãos, depois colocou um dedo no pescoço de Bruckmann, examinando-o. — Garrote — concluiu, em voz baixa.

— É o que parece — concordou Wulff.

— Silencioso, eficiente, pessoal.

— Assassino destro? — perguntou Wulff.

— Penso que sim. Todos os clássicos indícios de lento estrangulamento. Danos no tecido do pescoço e nos músculos. Trabalho vagaroso, também, talvez uns cinco minutos. Se você sabe o que está fazendo, pode matar quase instantaneamente com o garrote. Ou devagar. Farei um trabalho completo na Alexanderplatz.

— Quero a análise química de Bruckmann.

— Vai tê-la — confirmou Levitt. — Mas quem usa um garrote?

— Alguém treinado.

— Isso o leva de volta aos seus arquivos, não? Pobre Bruckmann — disse Levitt, baixinho. — Ele tentou lutar, mas foi inútil. Agarrou a corda no pescoço como um amador. Eu gostaria de saber por que eles sempre se agarram à corda.

— Reflexo, imagino.

— Que manda seu treinamento?

— Há reações melhores do que agarrar-se à corda — respondeu Wulff. — É preciso reagir instantaneamente e sem medo. Relaxar e pôr as duas mãos na cabeça do atacante. Encontrar as cavidades oculares e enfiar os polegares nas duas. Arrancar-lhe os olhos se conseguir. Você tem uns trinta segundos para fazer isso.

Levitt sorriu.

— Você é um sujeito admirável, Wulff. Recebeu de fato treinamento nessas questões.

— Aprendi com os livros — corrigiu Wulff.

Levitt mascou o cigarro, examinando Bruckmann, fascinado com os estertores da morte e suas cores pútridas.

— Então, o que estou fazendo aqui? — perguntou afinal. — Você tem plena capacidade de fazer a análise médico-legal desta cena. Sabia que Bruckmann foi arrastado para cá, morto com um garrote, e devagar. Na certa, sabe até por quê. E tem os médicos-legistas da Stapo lá embaixo. Eu os vi quando entrei. Então, o que estou fazendo aqui?

— Este caso talvez seja político — disse Wulff. — Eu só queria ter alguém do meu lado.

— Terá sua meticulosa autópsia — tranqüilizou-o Levitt e saiu do reservado. — Primeiro, você trabalha com Weiss num projeto secreto. Agora, neste assassinato num cinema com os legistas da Stapo. Não vai arruinar sua carreira, Wulff? Ser visto com tanta freqüência ao lado de judeus e socialistas?

— Não se preocupe com isso — riu Wulff.

— *Ach,* que *Mensch!* — exclamou Levitt. Passou apressado por Wulff: — Quem imaginaria! Um tal *Mensch*!

▪ ▪ ▪

Maikowski viu Rom entrar no enfumaçado território da tropa de assalto, uma das dezenas de bares em Charlottenburg que serviam comida e bebida aos homens da SA e a algumas autoridades da linha dura do partido. Rom vestia um elegante terno azul com um cravo cor-de-rosa em uma das lapelas. Parou aqui e ali a caminho de Maikowski para conversar com membros enérgicos do quadro de oficiais, manda-chuvas do partido, alguns desempregados que dormiam em bancos de madeira no fundo. O bar cheirava a repolho e fumaça de cigarro. Maikowski chutou uma cadeira de madeira, e Rom sentou-se, respirou fundo e, em seguida, suspirou.

— Que porra foi essa que você fez? — perguntou-lhe Maikowski, furioso.

— Nada — disse Rom.

Maikowski segurava uma xícara de chá.

— Bruckmann está morto, seu imbecil — ele bufou, maldosamente.

— Eu não o matei, porra — grunhiu Rom. — Deve ter sido Loos.

— O dedo vai apontar para nós.

— Desviamos o dedo para o exército.

— Talvez tenha sido mesmo o exército que tenha feito isso — concordou Maikowski.

— Duvido — disse Rom. — Que sabemos de Loos?

— Sim... o quê?

— Este Loos, ele é um louco. Não sabemos quase nada sobre ele. Trabalhava para Bruckmann como espião. É um maldito faxineiro. Ele matou Bruckmann.

— O que você disse a Loos?

— Que esquecesse Bruckmann. Que cuidaríamos de Bruckmann, que o manteríamos em seu cargo na polícia, que ele seria útil nessa função e poderia ser chantageado durante anos a fio. Loos me pediu para ver o homem uma última vez.

— E você concordou?

— Ele não me deu opção.

Maikowski bebeu o chá. Era russo, um gosto que ele apreciava, uma reserva dos velhos tempos. Bateu com o nó dos dedos na mesa.

— Espero que Loos tenha informações úteis para nós. Se ele matou um detetive da polícia, vai nos custar o diabo. Vão fazer uma investigação exaustiva. Não restará pedra sobre pedra, e toda aquela baboseira.

— Vou falar com Loos na semana que vem — disse Rom. — Ele quer me encontrar no barco do Spree.

— Nós *precisamos* da informação dele — insistiu Maikowski. — O judeu Weiss está tentando apertar os parafusos. Deus sabe o que tem na manga imunda. Esse assassinato chegou na pior hora possível. Hitler declarou uma política de legalidade.

— Concordo plenamente — disse Rom, tranqüilo.

— Aquele puto daquele faxineiro louco.

Mais uma vez, Rom concordou.

14

A enfermaria da polícia consistia em uma insípida pilha de dois andares de tijolos cobertos de fuligem, localizada a duas quadras do Q. G. da polícia, na Alexanderplatz, em uma das movimentadas esquinas do Magazine Voltaire. Wulff rodou até lá em seu Opel e ficou esperando num corredor mal iluminado, enquanto Levitt analisava os raios X, consultava os médicos do pronto-socorro e examinava ele próprio o paciente. Wulff fumou quatro cigarros, um atrás do outro, antes de Levitt surgir do meio de portas duplas de vaivém com uma bandeja de metal cheia de negativos. Usava um jaleco branco emprestado, luvas azuis de borracha, e mastigava um charuto apagado. Olhou para Wulff e abanou a cabeça, desviando o olhar para a bandeja de raios X embaixo.

— Crânio fraturado — disse.

— É grave?

— Não posso mentir para você. É muito grave.

Levitt repassou os negativos, ausente, como se achasse que poderia encontrar alguma coisa nova, erguendo um ou dois contra a luz fraca, confirmando para si mesmo aquilo que já compreendera.

— Ele pode falar?

— Está em coma profundo — respondeu o médico-legista. — De certa maneira, é algo a se agradecer. Há uma hemorragia cerebral e o córtex inchou. É reação natural contra novas lesões. Neste momento, não há nada a fazer até o inchaço ceder.

— Qual é o prognóstico? — Wulff andava em pequenos círculos de um lado para outro, percorrendo uma circunferência de dois metros. — Ele vai viver? E, se viver, terá uma vida normal?

— Viver — repetiu Levitt. — Venha sentar-se comigo por um momento — acrescentou delicadamente, tomando Wulff pelo ombro e conduzindo-o pelo corredor até uma minúscula área de espera.

— Que foi? — perguntou Wulff quando chegaram lá.

— Eu disse que ele estava mal, caro Wulff — Levitt suspirou. Pôs uma das mãos no ombro de Wulff, oferecendo-lhe um pálido mas generoso sorriso. — Mas há uma coisa estranha nisso tudo. Preciso lhe dizer.

— Estranha? — perguntou Wulff. — Estranha em que sentido?

— Acabei de ajudar a fazer os curativos nas feridas. Foram duas contusões feias, uma de considerável gravidade na testa e outra na têmpora direita. Também havia ferimentos de compressão. Exatamente o que se espera de um instrumento rombudo. Vêem-se as depressões claramente, em formas cônicas. Examinei uma das mechas absorventes com toda a atenção, e algumas foram entregues à equipe de médicos-legistas na Alexanderplatz. Mas eu mesmo vi minúsculas partículas no microscópio.

— Que tipo de partículas?

— Parecem ser de madeira. Pretas e de veio muito granuloso.

— Que tipo de madeira?

— Meu palpite é nogueira.

Wulff pensou.

— A polícia usa cassetetes de nogueira.

— Sim, claro — disse Levitt. — Foi isso o que achei estranho.

— Mas qualquer um pode ter um cassetete. São vendidos abertamente como excedente.

— A SA também usa cassetetes de nogueira preta — disse Levitt. — Cortados ao meio, podem ser escondidos sob um casaco ou paletó.

— A SA faz isso. Evita a proibição formal de armas dissimulando as suas próprias.

— Foi o que me disseram — concordou Levitt.

Wulff voltara a andar em círculos, bastante preocupado.

— Quem matou Bruckmann golpeou Barlach quando ele entrou no banheiro. Levava o cassetete sob um sobretudo ou uma capa de chuva. Talvez seja um policial. — Fazia sentido para Wulff ter sido um espião quem matara Bruckmann. — Ou talvez seja um membro da SA, filiado ou simpático a eles.

— Por favor, não se aflija — pediu Levitt. — Sei que você gostava muito de Barlach. Faremos o melhor por ele, garanto.

— Podemos nos encontrar mais tarde?

— Vou tratar de Barlach e depois descer para trabalhar em Bruckmann. Vá ao necrotério no fim desta noite. — Levitt encaminhou-se pelo corredor, depois parou. — Você tem alguma idéia de quem fez essas coisas terríveis? — perguntou antes de continuar seguindo pelo corredor.

— Um espião — respondeu Wulff.

— Um espião! Quem é esse espião?

— Não é importante agora — disse Wulff.

Depois que Levitt se foi, Wulff telefonou para Erwin Kisch e combinou um encontro à meia-noite no apartamento de Johanna, na Lennestrasse. Por alguns *schnapps*, Kisch encontraria qualquer um, em qualquer lugar, a qualquer hora.

▪ ▪ ▪

Wulff presidiu uma reunião de três horas com os melhores analistas de impressões digitais, reconstrutores da cena do crime e químicos judiciais da Stapo, todos juntos em um escritório do terceiro andar na Alexanderplatz. Havia uma impressão parcial de uma palma de mão numa mancha de sangue na parede do fundo do reservado da privada onde Bruckmann fora garroteado, como se o assassino houvesse perdido momentaneamente o equilíbrio e posto uma das mãos na parede para apoiar-se. A mão era grande, mas a impressão em si, inútil. Cada espectador — dos remanescentes às três horas no dia do assassinato — havia sido entrevistado exaustivamente, e fora feito um diagrama dos locais que cada um ocupara no cinema. O consenso geral era de que havia poucas pessoas nos balcões àquela hora e, apesar se perscrutar minuciosamente a lembrança individual de cada espectador, nada significativo veio à tona.

Após a reunião, Wulff comeu um pão com salsicha, bebeu uma xícara de chá morno, depois seguiu a pé até o necrotério na metade do porão da Alexanderplatz. Mal passara das dez da noite, e os corredores estavam vazios, a não ser por um faxineiro que observou Wulff descendo a escada e depois sumiu na sala de caldeiras. Wulff encontrou Levitt à escrivaninha. Numa mesa de metal do outro lado da sala, jazia o cadáver nu do *Oberkommissar* Bruckmann, secionado ao meio como uma galinha abatida, mãos e pés azul-cobalto sob a luz crua, gritante, de lâmpadas fluorescentes.

— Ah, Wulff — disse Levitt —, entre, entre.

Wulff notou dois corpos em bandejas de metal, cobertos por lençóis, além do de Bruckmann.

— Alguma novidade? — perguntou.

— Nada relevante — respondeu Levitt. — Hora da morte: duas da tarde. — Os dois trocaram um sorriso contrafeito. — Mas também sabíamos disso antes, não?

— E o cassetete de nogueira?

— Enviei amostras também para a sua equipe de legistas. Acho que vão concordar com a minha análise. Comparei algumas amostras dos cassetetes da Kripo que peguei emprestados aqui, e parecem quase idênticos em um microscópio. Não posso ter certeza, claro. Nesse ponto, sua equipe da Stapo virá bem a calhar. Posso saber como está passando Barlach agora?

— Na mesma — disse Wulff, pesaroso. — Falara duas vezes ao telefone com o Hospital Wilmersdorf durante a reunião.

— E a pobre mulher do sujeito?

— Falei com ela ao telefone — disse Wulff. — Não está em boas condições. Está grávida.

— Oh, meu Deus.

— Mas você disse que tinha uma surpresa — lembrou-lhe Wulff.

— Sim, uma surpresa menor — disse Levitt. — Fiz um teste toxicológico padrão em Bruckmann. Foram encontradas pequenas quantidades de hidrato de cloral em seu sangue.

— Hidrato de cloral? — disse Wulff, surpreso.

— Sim, estranho, não?

— Isto quer dizer o quê?

— Gotas narcóticas, em minha opinião — explicou Levitt.

— Gostaria de saber o que isto quer dizer. Ele obviamente não estava drogado quando entrou no cinema.

— Poderia ter sido alguns dias antes. Não me lembro de nenhum remédio moderno que utilize esse componente. Talvez você possa revistar o apartamento dele e descobrir se tomava algum medicamento.

Wulff deu um suspiro alto, revelando o cansaço de um longo e difícil dia. Decidira ver a mulher de Barlach nessa noite e passar pelo hospital antes de ir para o apartamento de Johanna. Era bem fora do caminho, mas tinha de ser feito. O Hospital Wilmersdorf ficava no limite sudoeste extremo de Berlim, uma viagem de ida e volta de uma hora de carro, muito mais de bonde. Seria pouco tempo para estar de volta a Lennestrasse à meia-noite.

— Mande a autópsia formal para o meu escritório amanhã, por favor — disse Wulff. — E obrigado pela visita a Barlach.

Levitt assentiu, pesaroso. Ali parado na gritante luz do laboratório, Wulff desejava algo que simplesmente estava fora de seu alcance. Começara a odiar Berlim, a miséria fervilhante, os distritos de Bahnhof, dominados pelo crime, os lastimáveis Hinterhofs. Odiava e, ao mesmo tempo, lamentava sua afeição pela cidade.

— Está tudo bem com você, Wulff? — perguntou-lhe Levitt.

— Sim. Estou muito bem, obrigado.

▪ ▪ ▪

Johanna beijou-o na porta. De roupão de banho e chinelos, prendera o cabelo num coque. Levou-o até o banheiro, onde enchera a banheira de água, despiu-o casualmente e, quando ele entrou na água, sentou-se a seu lado na borda da banheira.

— Kisch vem aqui à meia-noite — ele disse. — Sinto muito.

Wulff descansou, a primeira vez no que pareciam 24 horas completas. Ele passara quarenta minutos no hospital conferenciando com o pessoal e as enfermeiras da noite, conversando com a linda mulher, pequena e compacta, de Barlach, que parecia ter chorado durante quase toda a tarde e a noite.

— Como vai seu amigo? — perguntou Johanna, borrifando-lhe o peito com água de sabão. Correu a esponja por seus braços e a parte superior do pescoço, esfregando-lhe a pele até ficar avermelhada. Wulff cerrou os olhos, imaginando uma cachoeira em encostas pontiagudas. Johanna também se encontrava ali, com uma imensa orquídea nos cabelos.

— Inalterado — respondeu Wulff, voltando do devaneio. — O médico disse que ninguém pode prever o resultado desses ferimentos na cabeça. Talvez tenham de operar.

— Lamento, querido. É tarde demais para fugirmos para a Suíça esta noite?

Wulff sorriu, olhos fechados. Ela molhou-lhe o rosto com leves aplicações da esponja, ele tocou-lhe o pulso beijando-lhe a mão, compondo uma melodia de amor em sua cabeça.

— Fugir não vai funcionar agora — ele disse.

— E a pobre mulher dele?

— Ela é forte.

— E que diabos Kisch vem fazer aqui? — Ela ensaboou-lhe o peito. — Aliás, preparei uma bandeja de queijos e picles para você, se quiser. Deve ter também uma garrafa de *schnapps* de má qualidade.

— Vou precisar de algum tempo a sós com Kisch — disse Wulff.

Johanna fingiu um beicinho, amuada, o rosto brilhando no banheiro úmido. As paredes azulejadas pingavam umidade, minúsculos riachos escorrendo pelas divisórias de cimento. Wulff passou mais dez minutos deliciando-se no banho, a água ficando tépida. Enxugou-se, pôs umas roupas velhas que guardava no apartamento — uma calça folgada de lã, uma camisa branca sem goma, o suéter cinza que usava quando os dois ficavam em casa, ouviam *jazz* e bebiam vodca nas noites de inverno. Na sala de visitas, Johanna pusera um disco de Anita Berber, o ambiente enchendo-se de música onírica, baladas que lembravam uma cena com lareiras ardendo devagar. Wulff foi até a sala e comeu apenas um picles da travessa. Sua mente agora movia-se tortuosamente em direção a Bruckmann. Quando ouviu uma batida na porta, beijou Johanna. Ela foi para o quarto.

Quando Wulff abriu a porta, encontrou Kisch parado de braços abertos num gesto de falsa súplica, o rosto rubicundo de bebida e os cabelos furiosamente crespos. O bafo de *schnapps* em seu hálito e o olhar injetado de cavalo selvagem revelavam histórias de uma noite na Unter den Linden. Ele levou o jornalista até a sala, onde Kisch andou de um lado para o outro, examinou a coleção de máscaras de Johanna e depois olhou pela janela o Tiergarten, mergulhado em trevas.

— Onde é a festa? — perguntou. — Você me decepcionou. Eu esperava dervixes dançantes, uma orgia louca! — riu e imitou uma dançarina do ventre. — E achei que ia ter cocaína!

— Um *schnapps*, talvez — disse Wulff.

Kisch sentou-se no divã enquanto Wulff pegava a garrafa. Serviu um copo a Kisch, que o entornou de uma só vez.

— Muito bem... assim é melhor. — Kisch deu um suspiro. Estalou os lábios sugestivamente. — Muito melhor.

Arrumou-se teatralmente no divã, um homem atarracado com cabelo grisalho e um brilhante par de olhos endiabrados.

— Então, onde está a linda Johanna esta noite? — perguntou a Wulff. — Não me diga que a expulsou deste antro de sibaritismo psicanalítico.

Ergueu o copo vazio. Wulff serviu-lhe mais um *schnapps*.

— Você é um cachorro de sorte — riu Kisch.

— Ela está dormindo.

— Wulff, você está escorregando. Que significa tudo isso?

— Eu queria falar com você a sós.

— A sós? Wulff, você está perdendo a mão!

Wulff puxou uma cadeira.

— Você soube do assassinato do capitão de polícia chamado Bruckmann?

— Corre um rumor. Vai ser a notícia de primeira página amanhã de manhã.

— Está interessado?

Evin Kisch escrevia como *freelancer* para todos os jornais socialistas na Alemanha e na Áustria. Embora não fosse formalmente empregado por nenhum deles, era reconhecido como o mais sério e responsável redator de seu tipo de cruzada. Era odiado pela direita, objeto de desconfiança da extrema-esquerda, em razão da inflexibilidade de seus princípios, e respeitado por todos os demais.

Kisch bateu palmas.

— É político? Está me dizendo que isso é político?

— Poderia ser — respondeu Wulff, em voz baixa.

— Ah, então me interessa. Passei a noite toda no Café Megalomania. Você não imagina as histórias loucas que andam circulando sobre o assassinato de Bruckmann. Temos aí um *Oberkommissar* do Departamento IV encontrado assassinado num banheiro no Cinema Capitol, na Auguste-Viktoria Platz... e no meio de um dia de trabalho! Só podemos especular sobre as tramas homossexuais, as violentas festas de cocaína, as sutilezas da pederastia! Será que estava chupando um faxineiro, Wulff? Não é o que afinal a gente tem a dizer de um capitão encontrado estrangulado num banheiro?

— Não *apenas* estrangulado — disse Wulff.

— Não apenas estrangulado, foi o que disse?

— Garroteado.

— Que maravilha! — guinchou Kisch. — Que porra de maravilha!

— E tem mais — continuou Wulff, enchendo o copo de *schnapps*. — Ele foi encontrado pendurado pelo gancho de casaco no reservado.

Kisch bateu no joelho, maravilhado. Esvaziou o *schnapps* e serviu-se de outro. O disco terminara. Fez-se silêncio na rua, a não ser por uma ocasional cigarra de bonde.

— É por isso que estou aqui? — perguntou Kisch. — Para discutir a morte de Bruckmann? Dar umas boas risadas?

— Quero que este encontro permaneça em segredo entre nós dois. — disse Wulff.

— Não estou sendo seguido — disse Kisch. — Pelo menos ainda não. Quando os nazistas assumirem o controle, aí serei seguido.

— Eles não vão assumir o poder.

Kisch riu, cinicamente.

— Espero que tenha razão! — exclamou. — Mas é melhor ser realista, não?

Kisch tomou outro copo de *schnapps*. Wulff estivera com ele em muitas festas e vira sua prodigiosa capacidade. O sujeito consumia uma garrafa e continuava de pé. O rosto avermelhava-se e os gestos tornavam-se frenéticos e exuberantes, mas parecia que nunca perdia o controle. Isso impressionava e espantava Wulff.

— Mas, caro Wulff, que realmente estou fazendo aqui? — acabou perguntando Kisch.

— Erwin, preste bastante atenção: quero colocar uma matéria na imprensa. Em algum jornal popular, daquele tipo que todo mundo lê e depois usa para embrulhar peixe. Pode arranjar isso?

— Acho que sim — disse Kisch, enrugando a testa. — Não é uma coisa estritamente ética, você sabe.

— Uma matéria sobre Bruckmann. E talvez mais uma também sobre outro assassinato.

Kisch largou o copo. Coçou o queixo, pensativo, e franziu o cenho.

— E qual é a natureza dessa primeira matéria? — perguntou.

— Que ou a SA ou o exército é responsável pela morte de Bruckmann — disse Wulff. — É uma mentira inofensiva, errando talvez só por alguns milímetros.

Kisch bateu palmas de novo.

— Mas Wulff, isso é incrível! Por que a SA mataria Bruckmann? Ele é quase um deles!

— Não importa — disse Wulff.

— E devo fazer circular essa matéria? E minha reputação? E minha longa história de veracidade sóbria e comportamento ético? — Kisch sorriu, experiente, piscando o olho para Wulff.

— Tenho meus motivos. E nem mencionaria o fato se não fosse importante. Plantar as sementes dos descontentes, esse tipo de coisa. Posso mantê-lo informado sobre todos os detalhes pertinentes ao caso quando se tornarem conhecidos. E prometo-lhe a absoluta verdade após este pequeno vazamento. Terá uma vantagem exclusiva sobre a reportagem. Pode cobri-la pelo viés político, que será, em essência, correto.

— Sem mera especulação? Não serei enrolado?

— Assine a matéria.

— Isto tem de ser razoavelmente verdadeiro — disse Kisch.

— Sempre — prometeu Wulff.

Kisch pensou por um momento, depois serviu-se de um *schnapps*.

— Por que está fazendo isso? — perguntou.

— Você quer a verdade? — retrucou Wulff. — Ou prefere ficar oficialmente no escuro?

Kisch encolheu os ombros e cheirou o *schnapps*. Era aguardente barata, e Johanna a gelara. Os bons *schnapps* eram raros em Berlim e muito caros.

— Por que não a verdade? Estou agoniado. Vou segurar a situação até ter notícias suas.

— Então, está bem. Não sei se a SA ou o exército estão por trás desse assassinato. Acho que talvez tenham algum envolvimento, por menor que seja. Mas aquele que for absolutamente inocente talvez tenha motivo para cooperar comigo e fornecer dados razoáveis.

Kisch deu um largo sorriso.

— Que grande engenhosidade, Wulff.

— Lance a matéria sem fazer atribuições a princípio, se preferir — disse Wulff. — Se não levar a nada, você se livrará da arapuca. Se surtir efeito, pode ter seu grande furo.

— Muito engraçado, muito engraçado — disse Kisch. — Todo mundo sabe que você é o principal investigador desse caso. As pessoas vão saber de onde vem a informação. Será logo tido como o informante.

— Escreva uma matéria para o *Berliner Zeitung* ou para o *Weltbühne*. Enterre no meio de algum lugar. Torne a coisa hipotética, como quiser. Será noticiado. Eu lhe forneço detalhes suculentos. Quero que saibam que há um vazamento.

— Você é um sujeito bastante notável — disse Kisch. — E, em troca, me dá uma exclusiva sobre o resto do caso? De ponta a ponta, Wulff, sem sigilos. Nada omitido nem censurado. Sem acovardar-se. Estou farto de escrever merda política pela metade. Quero escrever do jeito que acontece.

— Sem sigilos, Kisch — disse Wulff.

— E isso é tudo o que quer de mim? É tão importante assim?

— Leva a um outro lugar também.

— E eu não preciso saber aonde?

— Isso mesmo. E há um toma-lá-dá-cá.

— Ah, muito me alegra — riu Kisch. — Do contrário, eu teria de reconsiderar sua reputação. Talvez reclassificá-lo como um dos tolos.

— Houve um assassinato na Hirrenstrasse no último outono — disse Wulff. — Quero que você crie um longo perfil do suspeito pelo assassinato.

— Mas Wulff — protestou Kisch. — Você sabe que não faço matérias criminais burguesas! São muito enfadonhas e repetitivas. São tão... como posso dizer... patéticas!

— Então, peça a um de seus colegas burgueses para criar a matéria. Eu até a escrevo para você! — Wulff sentou-se curvado para a frente, mãos nos joelhos. — Sim, isso mesmo! Escrevo a matéria em jargão de jornal, e você encontra um lugar para ela na imprensa burguesa. Vou fazer algo sensacionalista. Quero vê-la nos tablóides, onde será lida. Uma coisa com grande circulação entre a classe trabalhadora e pequeno-burguesa. Quero auxiliares de escritório lendo-a a caminho do trabalho.

Kisch brandiu uma das mãos.

— Nunca ouvi falar desse assassinato — declamou.

— Eu escrevo a porra da matéria! — riu Wulff. — Com certeza, pode chamar isso de um favor.

— E quem é o assassino?

— Não tenho a menor idéia.

— Então, como pode haver um perfil?

— Um perfil é uma sombra. Não é esta a definição de perfil?

Kisch estalou a língua.

— Já entendi! — gritou. — Trata-se de mais um dos seus pretextos, não é? Você tem um motivo posterior!

— Fizemos um acordo? — perguntou Wulff.

Wulff observou Kisch pensativo. Sabia que ele era um homem que corria riscos, alguém que apostava na sorte.

— Ora, por que não? — disse Kisch. — Dê-me a informação sobre Bruckmann e escreverei a matéria. Vou cuidar dos dois projetos. Pode contar comigo. Aqueles lambedores de bota na imprensa burguesa publicam qualquer coisa que feda a morte e escândalo.

Wulff pôs para tocar mais Anita Berber e serviu dois copos da garrafa semivazia de *schnapps*. Os dois beberam aguardente e ouviram música até quase uma da manhã.

▪ ▪ ▪

Wulff deitou-se de lado, ouvindo a batida do coração dela, que estava apenas semi-adormecida.

— Ouvi vocês conversando lá fora — sussurrou Johanna.

— Era Anita Berber. Durma.

— Vamos fugir.

— Achei que fosse impossível.

— Quero dizer no fim de semana, bobo.

— E nos casarmos?

— Agora está sendo tolo pela segunda vez.

— Não estou sendo tolo — disse Wulff. Ergueu a cabeça e olhou-a.

— *Rassenschande* — disse Johanna. — Casar-se comigo seria um crime racial. Tornaria você culpado.

— Não quero ouvir isso nem de brincadeira — reagiu Wulff, pondo a mão na barriga dela.

— É a verdade, mesmo que não seja dita. — Ela correu os dedos pelo cabelo dele e deu um suspiro. — Que fazia lá fora com Kisch? Ele é muito louco, você sabe.

— Não importa. Volte a dormir.

— Quer fazer amor?

— É tarde. Vá dormir.

— De manhã, querido — disse ela. — Mas, se quiser agora, tudo bem para mim.

— Eu sei.

Ele deitou-se então, investigando o silêncio. Pensou na ilha Poel, como sempre fazia, nos verões passados lá, na infância, nas várias noites em que ficava acordado com os irmãos observando a violência e o encanto da noite báltica. Agora, em Berlim, havia apenas a respiração de sua amada e os golpes de relance da brisa nas cortinas de renda.

15

Wulff levava suas armas preferidas — uma pistola Walther não-registrada, junto com uma parabélum 7.65 padrão da polícia, as duas em coldres de couro envernizado. Num dos ombros, prendera com correias o fuzil Mauser e o telescópio do pai, da época de guerra. Caminhavam em fila indiana por um atalho arenoso rumo aos penhascos e à praia embaixo, Gunter Wulff abrindo cautelosamente caminho através das samambaias e avencas úmidas. No meio do caminho, sentou-se, pesado, num pedregulho que haviam escavado da encosta do penhasco anos antes. Cedo nessa manhã, Wulff descera sozinho e instalara alvos de papel numa colina em forma de xícara apenas a sessenta metros do pedregulho. Wulff checou o Mauser, carregou-o e entregou a arma ao pai, que a envolveu com o braço, tocou o visor com a ponta do polegar direito e depois sorriu para si mesmo, como se houvesse um modo instintivo de comunicação, entre o homem e a arma.

Gunter Wulff disparou, produzindo um estalo agudo. Atingira o primeiro alvo, ligeiramente fora do centro e à esquerda, mas, para um homem de quadril dolorido, visão deficiente e um grave caso de artrite no ombro, foi um excelente tiro.

— São meus olhos — lamentou Gunter Wulff. — Quanto tempo faz desde que fizemos isso?

Wulff não respondeu. Era uma pergunta apenas retórica, um pensamento em voz alta na explosão nebulosa de lembranças que pairavam entre eles. Wulff checou sua Walter, carregou-a, depois contemplou a madeira e o ferro na mão. Esticou o braço e disparou. Parte do alvo de papel rasgou-se e esvoaçou até cair no chão. Acertara a dois centímetros do centro.

— Peter o ensinou bem — disse-lhe o pai, seco.

— Vocês dois.

Gunter Wulff ergueu o fuzil, mirou e disparou outro tiro. O gemido da bala espantou Wulff como sempre fazia. Ele e o pai estavam num abrigo da enseada protegido contra o vento, embora no topo do penhasco vissem abetos rodopiando. Gunter Wulff acertara na mosca.

— Como está Berlim agora? — perguntou o velho. Apoiou o fuzil no ombro, recebendo o peso com uma careta.

— Em caos — disse Wulff.

Nas semanas anteriores à visita, passara quase todo o tempo esquadrinhando os arquivos militares existentes de Bruckmann, entrevistando parceiros e oficiais da polícia, examinando quaisquer pistas. Weiss informara-lhe que o espião continuava em ação, uma ação irritante aos extremos. Quanto ao assassinato de Timkin Mueller, Wulff não avançara nada além do que já conseguira meses atrás.

— Com certeza, não no caos — disse o pai. — Não pode estar tão ruim assim.

Wulff disparou a Walther e perfurou o alvo.

— Os comunistas mataram um Schupo *Oberwachtmeister* chamado Kuhfeld neste verão. Emboscaram-no perto da Bülow Platz e do Q. G. de Liebknecht. O pobre sujeito cuidava de sua própria vida e foi baleado no escuro. Acredita-se que tenha sido vingança por uma prisão que ele fizera meses antes.

— Você prendeu algum suspeito?

— Ainda não. Weiss pôs a Stapo no caso. E depois outro Schupo chamado Zanhert foi assassinado perto do distrito 72 pelos comunistas. Era um *Hauptmeister*. Dois assassinatos de Schupo num único verão.

— Mataram um sargento e um suboficial? — perguntou Gunter Wulff. — E ninguém consegue detê-los?

— Os nazistas são piores — disse Wulff. — Provocam distúrbios, intimidam vendedores de jornais e marcham sem parar. Escolhem membros do KPD sozinhos na rua e os espancam até torná-los uma polpa ensangüentada. Atormentam os judeus de Alt Köln. Fazem batidas em bares comunistas e os deixam em chamas. Destroem bancas de jornal se os vendedores não vendem periódicos nazistas.

Wulff disparou mais uma vez a Walther. O tiro atravessou em cheio a mosca. Ele mesmo se surpreendeu com o fato de ter conseguido manter esse nível de perícia com tão poucos exercícios recentes.

— Leio o noticiário às vezes. — disse o pai. — É quase mais do que posso suportar. Mesmo na minha idade!

Wulff carregou e disparou a parabélum. Acertou um círculo externo, insatisfeito com o peso e o equilíbrio da pesada arma policial.

— Tenho uma coisa para você — disse Gunter Wulff repentinamente. — Fez-se um silêncio concreto. — Tenho uma coisa para você que é de grande importância, filho.

Wulff sentou-se na pedra. O sol atravessara mais uma vez um círculo de nuvens altas, derramando luz diáfana na superfície do mar, cristais de cor que sarapintavam a arrebentação.

— Mas pai... — disse Wulff.

Gunter Wulff tocou o ombro do filho, num gesto afetuoso. Envolveu de novo o Mauser e disparou um projétil voador.

— Recebi um dossiê secreto sobre Bruckmann. Você vai ficar surpreso ao ver como é extenso. Muitas páginas de notas, memorandos, observações, junto a velhas fotografias. O Reichswehr vem vigiando este sujeito faz muito tempo, embora lhe permitissem avançar desimpedido pelas fileiras policiais na teoria de que talvez pudesse ser útil algum dia, e que era relativamente inofensivo em seu posto atual. — Gunter Wulff fez uma pausa e olhou para o mar com as mãos sobre os olhos. — Mas a carreira dele está toda documentada.

— Não sei o que dizer.

— É tarde demais para dizer alguma coisa — retrucou Gunter Wulff. — Creio que o Estado-Maior da inteligência do Reichswehr leia todos os jornais de Berlim. Sabem que certas especulações lançam suspeitas sobre eles pelo assassinato de Bruckmann. Isso é a maneira de dizerem que não têm participação alguma nessas atividades. Qualquer participação que seja.

— Eu lancei as matérias — confessou Wulff. — Era minha intenção que o Reichswehr viesse diretamente a mim se desejasse negar seu envolvimento. É de conhecimento generalizado que sou o investigador-chefe no caso Bruckmann. Não vejo motivo algum para que entrassem em contato com você.

— Esta é a maneira deles de acertar as contas comigo pelos favores que prestei no passado — disse Gunter Wulff. — Depois disso, não me devem mais nada. E, por implicação, também não lhe devem nada.

— Fiz isso com a intenção de que me procurassem — disse Wulff, de repente envergonhado por ter envolvido o pai.

— Ah, mas eles confiam em mim — disse o velho. — Deduzo que você nunca tenha acreditado de fato que o exército estivesse envolvido.

— Nunca — disse Wulff.

— Esses documentos vieram com uma condição — explicou Gunter Wulff.

— Claro.

— O exército deseja que os documentos nunca saiam da ilha Poel. Dei minha palavra sobre isso aos antigos colegas. Assim, você entende por que o convidei para esta visita urgente e por que fingi minha pequena enfermidade.

— E falou em exercícios de tiro ao alvo — acrescentou Wulff.

— Esta parte era verdade.

— Já olhou o dossiê?

— Olhei a relação, Harry. Só para pôr em prática minha responsabilidade por todos os documentos. Preciso prestar contas ao exército de cada um e devolvê-los. Dei minha palavra de honra sobre isso, Harry.

— Não vou decepcioná-lo, pai.

Gunter Wulff riu, afetuosamente.

— Claro que não. E creio que o Reichswehr prefere até a polícia prussiana como aliada à SA.

— Porque a SA deseja tomar o lugar do exército como o braço militar da Alemanha.

— Sim, isso é bobagem da pior espécie — concordou Gunter Wulff.

— Quanto tempo tenho com o dossiê?

— Este fim de semana, impreterivelmente. Você tem a noite de hoje e todo o dia de amanhã. Depois, preciso devolvê-lo intacto. Não pode fazer cópias nem reproduzir fotografias. Vai depender de sua memória ou de suas próprias notas, mas nada textual. E mesmo essas notas não podem ser assinadas nem ter iniciais. — Gunter Wulff tornou a olhar o mar, e depois o filho. — E minha palavra é sua palavra.

— Como sempre — assentiu Wulff.

Wulff limpou a Walther com um pano untado de óleo, depois guardou-a no coldre. Recarregou a parabélum, esvaziando-a num alvo de papel com pouca sorte. Pai e filho ficaram sentados juntos ao sol por um longo tempo, falando dos velhos tempos. Voltaram a pé para o chalé e almoçaram carne de porco cozida com ervilhas frescas e tomaram duas cervejas holandesas que Gunter Wulff vinha guardando para uma ocasião especial.

▪ ▪ ▪

Dieter Rom entrou na tropa local onde Maikowski estivera bebendo *schnapps* durante uma hora, trago após trago de aguardente seguido de cerveja leve e clara. No limiar da porta, parou para ajustar os olhos à semi-escuridão, depois se encaminhou direto para a mesa de Maikowski nos fundos.

— Está atrasado — grunhiu Maikowski, fitando o copo.

Rom contemplou os mil e um Maikowskis irritantes, mal-humorados, a embriaguez atenuada, o latido de ordens oficiais de uma boca imunda de epítetos e obscenidades grosseiros. Ele próprio preferia as belas pilhérias das autoridades do partido, homens que podia manipular com humor e intelecto, os divertidos rebentos de seu sadismo excêntrico. Acreditava que a inflicção de dor sem ironia era um exercício vazio, uma prática que se ajustava apenas aos imbecilizados. A não ser que alguém se deixasse levar pela irônica satisfação da dor, qual seria sua utilidade na vida? Acreditava sinceramente que Maikowski era um homem que não via qualquer satisfação verdadeira na inflicção de dor, nem prazer ou estímulo intelectual.

— E você está bêbado — disse Rom.

— Não tanto quanto você vai ficar mais tarde, porra.

— Estamos perdendo tempo.

Maikowski olhou para ele, os olhos brilhantes de álcool.

— Desembuche então.

— Acabei de entregar cem marcos ao nosso espião — disse Rom. — Nós nos encontramos no barco de turismo do Spree. Vou mudar o lugar de encontro. Não há turistas em Berlim agora e o barco anda visivelmente vazio. Dois homens sentados juntos em um barco de turismo no verão. Que ridículo!

— Mude, então.

— Onde você sugeriria?

— Experimente o White Mouse na Franzosischenstrasse.

— Ah, é perfeito — disse Rom. — Um cabaré cheio de bichas saltitantes.

Maikowski tomou um pouco de cerveja e limpou a espuma dos lábios com a língua.

— Você não é uma bicha saltitante secreta, é?

Rom ignorou o insulto.

— Temos um problema com o espião.

— Sei disso.

— O *Berliner Zeitung* anda especulando que a morte de Bruckmann tenha sido de algum modo causada pela SA. Insinuou-se que nosso espião é o assassino e que nós, da SA, somos seu patrocinador. Agora estamos pagando cem marcos por semana ao sujeito que matou Bruckmann. Ele se tornou mais um risco do que um bem.

— E o que você sugere?

— Talvez vigiá-lo por algum tempo.

Maikowski acendeu um cigarro e fez sinal para um garçom parado em um canto da sala, de braços cruzados. O garçom serviu outro *schnapps*, que ele bebeu com óbvio prazer.

— Tem alguma outra sugestão? — perguntou Maikowski.

— Só uma observação — disse Rom. — Acho que nosso espião é um louco varrido.

— Estou chocado! — bramiu Maikowski. — Um assassino, um traidor, um aventureiro do Freikorps, e você vem me dizer que ele é um louco! Rom, você é um mestre de psicologia.

— Não me encha o saco — respondeu Rom.

— Vamos matar este nosso espião?

— Vamos lhe dar alguns meses — disse Rom. — Vou controlá-lo por enquanto, só que, mais cedo ou mais tarde, ele vai se tornar um risco total. Além disso, agora temos cada vez mais membros leais ao partido em cada delegacia policial de Berlim. Com o tempo, vamos controlar a força e não ter a menor necessidade desse nosso espião. O judeu Weiss já tem empregado membros do partido e nem sabe disso. Vamos enfiar a SA fundo no rabo dele.

— Oh, concordo plenamente. Então, vigie o faxineiro de perto. Talvez o ataque desse jornal à SA seja aos poucos esquecido. Há muitos assassinos políticos para distrair até a mais concentrada das atenções. Mesmo um porco como Kisch vai sumir mais cedo ou mais tarde.

— Mas esse tal Wulff...

— Sim, ele é um grande perigo.

— Já botou o dedo nesse espião.

— Talvez Wulff faça o trabalho sujo por nós.

▪ ▪ ▪

Os tons azul-claros do crepúsculo rodeavam Wulff. Ele ergueu os olhos de sua leitura — o dossiê Bruckmann — e lembrou-se do rosto da mãe. Ao longe, cachorros latiam. Houvera um enterro na igreja da aldeia e o nevoeiro de verão começara a encobrir o litoral.

Wulff lia sobre Bruckmann durante sua carreira nos campos de batalha da Bélgica, os terríveis ferimentos no rosto e no pescoço que lhe haviam alterado a aparência e custado um olho, ferimentos que o haviam transformado de soldado em espião. Dirigira campos de internamento para autoridades civis, burocratas, estrangeiros nacionalizados, prefeitos e políticos insignificantes. Mais tarde, comandara campos de prisioneiros de guerra, ainda organizando traidores e espiões que se humilhavam pela comida de seus captores alemães. Wulff encontrou os nomes de informantes organizados em células dirigidas por Bruckmann, seus colegas e capangas. Acompanhou os quadros do Freikorps de Bruckmann por campanhas após a guerra, causando distúrbios violentos pelo interior devastado, como um bando de aventureiros mercenários. Havia relatos de tortura, assassinato, crueldade, violências por diversão e em nome do nacionalismo alemão.

Na luz fraca, Wulff ergueu quatro fotografias bastante amareladas daqueles dias. Em uma, Bruckmann em pose frontal de corpo inteiro, tendo à direita um homem chamado Braun — Edgar Braun —, com o rosto obscurecido por outros rostos, um grosso gorro de malha puxado sobre um rosto beligerante, uma intrometida cabeça de cabelos ondulados, uma mancha de sol brilhante em um dos braços. E depois Edgar Braun some — saíra da visão em Freiburg, em fins de 1923, durante uma séria epidemia de gripe. Em cada foto, via-se Braun logo à direita de Bruckmann, uma espécie de figura de Judas.

Wulff largou os dossiês e acendeu um cigarro. Eram quase dez horas. No horizonte, via-se um fraco brilho, como se em algum lugar a floresta queimasse. Navios passavam no estreito. Ele os ouvia, o baixo ronco de seus motores, uma ocasional buzina de nevoeiro. Wulff verificara talvez uma dezena de parceiros de Bruckmann desde os seus primeiros dias, mas o paradeiro da maioria deles estava explicado, mortos ou alistados no exército, homens ocupando lugares de responsabilidade no judiciário ou na burocracia civil. Só faltava o de Edgar Braun.

Wulff largou o trabalho e cumprimentou o pai, que entrara na varanda. Wulff estivera examinando os arquivos por seis horas, um longo período sem interrupção.

— Alguma coisa disso é útil? — perguntou Gunter Wulff.

— É bastante completo.

— Não me surpreende. Eu estava no Estado-Maior da Inteligência. O Reichswehr passa um tempo considerável reunindo informação. Em alguns aspectos, é muito ridículo. Em outros, surpreende o que uma informaçãozinha pode fazer para a sensação de bem-estar da gente.

— Há um homem em particular — disse Wulff. — Não tenho motivo algum para me preocupar com ele, a não ser que parece ter desaparecido dos arquivos em 1923. A maioria dos outros associados de Bruckmann aparece aqui e ali em postos de autoridade. Ou estão mortos. Mas há nove anos esse tal Braun simplesmente desapareceu. Foi durante uma epidemia de gripe, portanto talvez tenha morrido.

— E os antecedentes?

— Ele é belga. Da aldeia de Juprelle, logo ao norte de Liège. Tenho o nome da mãe, mas não há menção alguma ao pai. É estranho, um belga envolver-se no movimento das milícias do Freikorps alemão. Parece que fazia a maioria do trabalho sujo de Bruckmann durante as insurreições de Ruhr, e particularmente em Munique, durante o levante soviético.

— É um fio muito tênue.

— Porém, é mais do que eu tinha antes.

— E já acabou?

— Só cheguei à metade dos relatórios.

— Vai retornar a Berlim amanhã à noite?

— Vou ficar acordado até tarde. Trabalhar o dia todo amanhã.

— Fique, por favor, Harry. Fique o quanto quiser.

— Preciso retornar — disse Wulff.

— Vai ser promovido?

— Ao cargo de Bruckmann? Estou sendo analisado.

— Estou orgulhoso de você, filho — disse Gunter Wulff.

— Eu sei que sim, pai.

— E como vai Johanna?

— Eu gostaria que a conhecesse.

— Talvez.

Andrew, o criado, pusera um disco de *music-hall* inglês arranhado e escutava-o em seu aposento no fundo da casa.

— Quero me casar com ela — disse Wulff.

Gunter Wulff sentou-se em uma cadeira de balanço. Olhou o nevoeiro lá fora.

— Você já a pediu em casamento?

— Pedi.

— E o que ela disse?

— Evita o assunto. Diz que seria loucura. Brinca que é um crime racial.

— Talvez ela tenha razão em evitar o assunto.

— Pai!

— Não se zangue — disse Gunter Wulff, em voz baixa. — Nós dois sabemos que não existe isso de crime racial. Mas afeta as pessoas. Entra em suas mentes de maneiras sutis. Orna a mesa toda vez que a gente se senta. Isso vai acabar com a sua carreira, e você ficaria infeliz, e ela seria a culpada. Você acabaria sofrendo de ressentimento.

Wulff esmagou o cigarro.

— Não quero falar disso — ele arrematou.

— Você está com raiva.

— Estou com raiva porque suas opiniões representam a da maioria.

Gunter Wulff levantou-se.

— É, talvez você tenha razão — disse.

Wulff ficou acordado até tarde, lendo junto à luz de lampiões de querosene. À meia-noite, encontrou uma nota escrita feita por uma toupeira do Freikorps na Inteligência. A especialidade de Edgar Braun era o garrote.

▪ ▪ ▪

Os jornais de domingo empilhavam-se no chão. Wulff estava de pijama. Johanna, com uma camisola de veludo, sentava-se de pés descalços na outra ponta do divã, enquanto ele fumava, relaxando dos dois dias debruçado sobre os dossiês de Bruckmann.

Ele abriu o *Frankfurter Zeitung*. BANCOS ALEMÃES FECHADOS, em letras pretas. O dinheiro estrangeiro escapava da Alemanha, as exportações haviam-se reduzido a um fio, o Banco Central emprestava suas reservas a crédito flutuante para necessidades como óleo de aquecimento, carvão e comida. Empréstimos a bancos provincianos eram inexistentes. O *Berliner Zeitung*: ORDENADO FECHAMENTO DE BANCOS. CAOS SILENCIOSO.

Wulff tomou um copo de leite. Tocou o joelho de Johanna com o pé. Os dois trocaram um sorriso.

— Minha clientela agora são apenas duas donas-de-casa judias — lamentou Johanna. — E como vai seu pai?

— Fizemos tiro ao alvo. Fomos caminhando até a praia e atiramos pela primeira vez em anos. Não é fácil para ele descer o penhasco. Está com 76 anos e tem problemas no quadril.

— Você falou de nós?

Wulff examinou as manchetes. Desastre, ruína, violência. Uma geração condenada. Em vez de responder, ele encolheu os ombros e deu um leve sorriso.

— Você vai ser promovido? — perguntou ela.

— Estou sendo considerado. A decisão final cabe ao adjunto do comissário do Departamento IV. Mas Weiss é influente, e acho que vem me recomendando.

— Tenho uma coisa maravilhosa para lhe dizer — sussurrou Johanna. — É uma surpresa.

— Estamos precisando de boas informações.

— Seu amigo Barlach está consciente.

Wulff sentou-se empertigado.

— Mas isto *é* maravilhoso.

— Uma enfermeira de plantão me telefonou. Você tinha dado este número, e ela deixou o recado comigo.

— Ela disse mais alguma coisa?

— Só que ele estava acordado e comendo — respondeu Johanna. — Eu sabia que você ficaria contente. Ele parece significar muito para você.

— Oh, sim — disse Wulff.

— Gosta dele, não?

Wulff assentiu com a cabeça.

— Case-se comigo, querida.

Johanna pareceu sobressaltar-se. Mordeu o lábio e uma lágrima brilhou no canto do olho direito.

— Oh, por favor, meu querido, agora não.

— Por que não agora?

— O país anda tão doentio. A gente não pode simplesmente ignorar isso, se pretende casar e ter filhos.

— A Alemanha se interpõe em nosso caminho? — perguntou Wulff.

— Eu sou judia, Harry. E você vem de uma família Schleswig aristocrata, conhecida por suas ligações com o exército. Ocupa um cargo na polícia que vem se tornando mais político a cada dia que passa. Se você se casar comigo, será como se suicidar.

— Atribua ao realismo. A vida sem você seria uma forma de suicídio.

Johanna sorriu, levemente.

— Querido, escute. Os bancos na Alemanha estão fechados. Segundo os jornais, houve neste ano trezentos assassinatos políticos até agora. As roupas no meu armário estão se desfazendo fio por fio porque o material é imitação e de qualidade inferior. Tomamos uma imitação de leite em pó e comemos queijo de péssima qualidade e não se encontra mais papel higiênico nas lojas. Minha tia me manda picles de sua fazenda e a gente se regozija. Judeus vêm sendo espancados nas ruas de Berlim. É esta a atmosfera em que quer fazer uma aposta arriscada de tudo?

Wulff ouvira isso antes, dezenas de vezes. Os prós e os contras o vinham deixando louco ultimamente.

— Na doença e na saúde. Na riqueza e na pobreza. Para o melhor e o pior. Acredito na força do amor humano.

Johanna deitou a cabeça em seu colo.

— Claro que sim. E eu o amo mais do que você é capaz de saber.

Wulff afagou-lhe os cabelos. Adorava aquela textura, os tons e a abundância.

— Poderíamos fugir. Abandonar o navio.

— E o que faríamos para ganhar dinheiro?

Wulff tinha seu salário e nada mais. O pai tinha o chalé de Poel e uma pequena pensão. O resto se fora na inflação ou fora esgotado pela longa doença da mãe.

— Você é tão prática — disse Wulff. — Posso trabalhar.

— E eu assumo o ferro de passar!

— Não estou brincando — retrucou Wulff.

— E para onde iríamos?

— França? Áustria?

— Os judeus são mais odiados nesses países do que na Alemanha.

Era verdade. Os dois sabiam que era verdade. A Europa tornara-se um poço profundo de ódio. Um esgoto. Wulff curvou-se e beijou-lhe o ouvido quando duas lágrimas rolaram por suas faces.

— Vamos falar de outra coisa, querido. Tem feito progresso na investigação de Bruckmann?

Wulff enxugou-lhe as lágrimas com um lenço.

— Sim, um pouco — respondeu.

Ele viveria na lua com Johanna se fosse possível. Andaria sem destino por suas crateras estéreis.

— Quase ia me esquecendo, querido! — Johanna disse de repente. Saiu da sala e voltou trazendo um pequeno pacote amarrado com barbante marrom. — Para você. O carteiro deixou aqui no sábado depois de sua partida para Poel. Achei estranho receber correspondência aqui, mas concluí que poderia ser de um amigo íntimo. Abra!

Wulff pegou o pacote, testando o peso, contemplando as surpresas. Sem endereço de remetente, só seu nome escrito em letras de forma à caneta. O carimbo do correio era do Centro de Berlim.

— Não é do meu pai — disse Wulff. — Puxou o barbante e desembrulhou duas camadas de papel pardo. Johanna curvou-se, em expectativa. Dentro do pacote, havia uma boneca de papel em cartolina lisa com fotografias de revistas de moda coladas. Wulff examinou o rosto — um sorriso de modelo, sinuoso, e colante vestido de noite, luvas longas até o cotovelo. O cabelo louro cortado rente às orelhas, no estilo moderno, um penteado que cobria em forma de cuia um rosto redondo com sobrancelhas arqueadas, os inconfundíveis fios de bigode de gato desenhados, a pequena boca pintada de rosa. Olhos contornados com delineador e maquilagem branca.

— Outra boneca — murmurou Wulff. — Você disse que chegou aqui no sábado, depois que eu parti?

Johanna perguntou:

— Que quer dizer isso?

Wulff pegou a boneca e examinou-a, contemplando seu silencioso depoimento.

— É uma mensagem — explicou. — Uma mensagem e um desafio.

— Mas querido...

Wulff tornou a embrulhar a boneca em papel de seda, cobriu-a com o papel pardo e amarrou de novo o pacote com o barbante.

— Receio estarmos atrasados demais.

— Atrasados demais, querido? De que é que você está falando?

Wulff sentiu frio.

— É uma mensagem, e depois um aviso me dizendo que houve outro assassinato. Talvez no sábado essa vítima ainda estivesse viva.

— Mas por que mandar a boneca para *cá*? — perguntou Johanna.

— Você viu a série de matérias de Kisch publicadas no *Zeitung*?

— Aquelas sobre o assassinato da Hirrenstrasse? Sim, vi, querido. Eu lhe disse que era um jogo perigoso.

— O assassino também as leu. Isto é a prova. Ele quer me desafiar diretamente. Quer que eu saiba que anda vigiando. Que conhece minha vida pessoal. De certo modo, é um correlativo de minhas investigações dele. O sujeito está me respondendo, Johanna. Sinto o cheiro dele.

— Imaginei que isso poderia acontecer — disse Johanna.

— Talvez ele ainda não tenha matado. Acho que eu deveria ir para o escritório.

— Mas é noite , é domingo. Você está exausto. É tarde demais para fazer alguma coisa, não?

Wulff sabia que ela tinha razão. Sempre era tarde demais.

— Tem razão. E, além disso, é com você que estou preocupado agora. Se ele sabe sobre mim e você, andou bisbilhotando o apartamento. Temos de tomar muito cuidado, querida.

— Estou com medo — disse Johanna.

Wulff compartilhava esse medo. Mas também sentia raiva. Odiava a idéia de ter posto Johanna tão perto de um assassino.

PARTE TRÊS

VERÃO-INVERNO DE 1931

"Quando alguém me fala em cultura, saco meu revólver."
— Hermann Göring

16

Ele passara a tarde de domingo espionando a judia e Harry Wulff, vendo-os passear a esmo pelo Tiergarten, dando de comer aos pombos e atirando amendoim a esquilos famintos. Mais tarde, fora a Mauerstrasse, em pesado tráfego noturno, onde as multidões se apinhavam, apesar da crise econômica. Na Jaegerstrasse, virara a leste, seguindo em direção ao El Dorado com o coração acelerado. Entrou no cabaré sem parar para tirar o sobretudo, sentou-se à mesa habitual e pegou o pesado telefone preto. Assustou-se momentaneamente com a idéia de deparar-se com Uli e seu rosto de gato. E então, graças a Deus, Uli estava ao telefone, acariciando-o com a suave e meticulosa cadência de sua voz de gata.

— Miau, miau — fez Uli.

Loos ergueu os olhos para ela, que sufocava seus sentidos com o vestido roxo colado no corpo como chuva de primavera.

— Uli — gaguejou ele, inglorioso. Sentiu-se com falta de ar, aturdido e correndo em torrentes de sangue à altura dos joelhos. — Tenho dinheiro, Uli — disse de forma estúpida.

Quando o garçom chegou, pediu champanhe e creme de menta para a mulher, e um conhaque de maçã para si. Daquela mesa de canto no cabaré lotado, onde se sentara noite após noite, via-a por inteiro, Uli em sua mesa no balcão bem defronte à pista de dança. Diante dele, a toalha de mesa xadrez preto-e-branco, os cinzeiros de cerâmica, a vela preta queimando no castiçal, tudo parecia ondular e distorcer-se. Minúsculas lâmpadas em forma de estrela no teto lançavam um fraco brilho em Uli. Pairava no ambiente uma nuvem granulosa de fumaça.

Loos observou o garçom servir-lhe o drinque oferecido. Uli sorriu e tocou a longa taça, os lábios cintilantes oferecendo-lhe um sorriso por seus dois marcos. Com a mão enluvada acariciava um seio, cobrindo-o cautelosamente em concha.

— Tenho dinheiro — gaguejou mais uma vez Loos, enrubescido agora com a proximidade de seu futuro. — Tenho dinheiro e quero levá-la para casa. Quero ir para casa com você, Uli.

— Tudo bem, meu queridinho — sussurrou Uli pelo telefone. — Mas depois, querido. Quando a noite terminar. Uli tem trabalho.

— Agora, agora — gritou Loos, petulante. — Já esperei muito. Tem sido uma espera longa demais.

Uli largou a taça sobre a mesa e ajustou as luvas. A pequena orquestra da casa parara de tocar, e os dançarinos retornavam para as suas mesas. Loos usava a máscara preta, entregue a ele pela recepcionista distraída. Uli cravou os olhos nele. Ele se sentiu equilibrado naquele brilho.

— Tenho cem marcos — disse calmamente. De repente, sentia-se no controle.

— Mas eu preciso trabalhar, meu querido — protestou Uli. — Volte mais tarde. Volte à meia-noite. Saio da boate um pouco mais cedo por você, meu Siegfried.

— Agora, agora — protestou ele mais uma vez.

Uli calou-se, olhando os dançarinos.

— Mas, querido, pode me dar mais 25 marcos para o garçom e o *barman*? Eles dependem de mim, de minhas gorjetas. Seria injusto deixá-los no meio da noite, a não ser que eu possa compensá-los. — Ela passou a língua nos lábios. — Você tem sido muito paciente, não, Siegfried? — Bebericou o champanhe e o creme de menta, torturando o momento com silêncio. — Deixe 25 marcos sobre a mesa. Vou avisar o garçom.

Loos contou a quantia em moedas de ouro e empilhou-a em plena vista na mesa, uma pilha de dinheiro apenas um pouco mais marrom-amarelada que seu conhaque de maçã. Uli levantou-se, observando-o contar os marcos, a admirar-lhe a simetria e o porte. Ele sentiu uma rajada de orgulho atiçar-lhe o corpo. Uli levantou-se e deixou cair uma estola de coelho. Havia remendos visíveis onde o pêlo caíra.

— Encontre-me lá fora na esquina da Mauerstrasse — disse Uli, desligando o telefone.

Loos deixou a mesa e abriu caminho por entre a multidão. Atirou a máscara para a recepcionista, depois fugiu para a noite, indo parar na Jaegerstrasse, sentindo o cheiro de escapamento da quente noite de verão. Passou por baixo da marquise do Teatro-Revista Mickey Mouse, anunciando mulheres nuas que saltitavam como roedores, rabo com rabo, o focinho de um rato no rabo de outro. À espera impaciente na esquina da Mauerstrasse, ele olhava as prostitutas desfilando sua melhor pose de verão.

Nesse momento, Uli tocou-lhe o ombro, e um raio de eletricidade varou-o de cima até embaixo. Uma brisa tépida eriçava a sua estola. De perto, Loos achou que ela parecia mais velha, a pele rachada sob as camadas de maquilagem branca. Rugas sulcavam-lhe a testa, vincos que o faziam lembrar-se de sua senhoria, a que o esperava nas noites de fim de semana, depois que ele havia percorrido as boates e os bares.

— Você é um rapagão bem grande — disse Uli.

Um grupo de marinheiros ria. O céu noturno parecia refletir néon.

— Você tem um lugar para nós? — perguntou Uli, desinteressada.

— É longe demais. Só um quarto.

— Eu tenho um apartamento — disse ela. — Mas também é longe. Mas podemos ir até lá, se você quiser.

— Por favor, vamos para o seu apartamento. — disse Loos, acalmando-se ao tocar discretamente o garrote no bolso do sobretudo. Uli passou o braço pelo dele, como convinha a amantes, Loos lançando uma olhada ao céu, na esperança de invocar o conforto de sua imensidão.

— Seu apartamento, sim — murmurou Loos. — Vamos para o seu apartamento. Eu pago o táxi.

Uli fez sinal para um táxi e os dois sentaram-se no banco dos passageiros, com Loos à esquerda, atrás do motorista. Enquanto avançavam pelo tráfego, ela pôs a mão na coxa dele e moveu-a sugestivamente para cima e para baixo, enquanto ele fechava os olhos. Ele abriu uma janela e respirou o ar da noite quando o motorista passou acelerando pela Potsdamer Bahnhof, contornando uma borda do parque Tiergarten, onde Loos naquela mesma tarde sentara-se observando o apartamento da judia e de seu amante policial. Seguindo paralelo aos trilhos da ferrovia, levou-os aos subúrbios de Charlottenburg. Os castanheiros derramavam flores brancas que caíam como neve no verão.

Ela tocou o sexo dele por cima da calça grossa. Ele se sentiu como se fosse despedaçar-se e desmoronar numa pilha inútil de gravetos. Ela beijou-lhe a orelha e ele sentiu o cheiro de seu hálito doce, de creme de menta.

— Quer que eu o prepare no táxi enquanto rodamos pela noite? — perguntou Uli.

— Por favor, depois — ele se viu respondendo.

— Você *é* tímido! — sussurrou ela. — Então vamos nos beijar — continuou, dando um suspiro de falso acanhamento. — Dê a Uli um beijo pela longa viagem até em casa.

Loos recebeu sua boca, os lábios atacando os dele como uma traça. Quando tornou a abrir os olhos, viu que haviam chegado aos cortiços de um bairro comunista chamado Little Wedding, com várias fileiras de casas e lojas de tijolo, tristes barezinhos com algumas mesas ainda do lado de fora. Então, o táxi diminuiu a velocidade e o motorista avançou devagar à procura do endereço que Uli lhe dera. Ela sussurrou uma frase que Loos não decifrou, desenhando-lhe o pênis com uma das mãos.

— Mal posso esperar por este pauzão. — disse com falsa sofreguidão.

Loos pagou três marcos ao chofer. Os dois seguiram a pé em fila indiana por um beco escuro e depois subiram um lance de escada de degraus de madeira, até um patamar de telhado estreito, onde Uli tateou na bolsa à procura das chaves, Loos dando as costas para um abrupto declive de três andares.

Percorrido um corredor, o apartamento tinha dois cômodos, um sofá-cama embutido na parede e um fogão de três bocas num canto. Ela dividira o aposento principal com um conjunto de cortina de banheiro. Loos foi informado de que podia lavar-se na pia, que tinha liberdade para ensaboar o corpo se quisesse. Por cem marcos de ouro, podia fazer o que quisesse... no limite do razoável.

Ele continuou de pé com seu ridículo chapéu e casaco, incapaz de tirar nenhum dos dois. Uli despiu-se da peruca barata, revelando cabelos à escovinha quase lisos. Na luz, ele notou falhas nos dentes dela e, no espelho, uma mancha de batom no rosto, ela beijara-lhe os lábios.

— Temos a noite toda, não? — perguntou Uli. — Talvez seja melhor você ficar à vontade. Gostaria de uma bebida, queridinho? Talvez precise de uma bebida para se soltar e se divertir. Ou o que você tem em mente?

Loos apenas assentia com a cabeça.

De repente e sem aviso, Uli tirou o vestido pela cabeça, deixando-o cair no chão. Enrolara tiras de pano sobre o órgão genital, amarrando as pontas em volta da cintura. Tinha pernas de ciclista, raspadas e bem musculosas. Virando-se, correu a mão pelo peito.

— Sou toda sua, querido — disse. — Vai querer me enrabar?

— Aquela bebida — disse Loos.

Uli virou-se, sorrindo com as mãos nos quadris. Loos olhou seu peito glabro, o sutiã barato, cheio de trapos. A cintura estreita de rapaz. Ele imaginou-se na capela da Igreja Católica em Juprelle, a congregação virada para vê-lo, sua mãe arrastando-o pela nave vestido em roupas de menina.

— Edgar — disse a Uli. — Meu nome é Edgar.

— Eu sou Vincent — disse Uli. — Esta é a sua primeira vez, não, Edgar? Dá para ver. Você está branco como um lençol. Mas não se preocupe. A gente vai devagar. Você vai ver. Isto é, a não ser que chegue lá depressa.

— A bebida, por favor — respondeu Loos.

Uli baixou o sofá-cama e afofou a colcha. O piso era rebuscadamente atapetado num desenho florido, gasto pelo tempo e fedendo a fezes de gato. Ela empilhara pratos num canto do pequeno compartimento da cozinha, uma confusão de saquinhos de chá, pão mofado e queijo verde. Uli dirigiu-se para o compartimento e abriu um armário acima. Loos retirou o garrote do bolso e deu-lhe uma laçada. Enquanto Uli lhe servia um *schnapps*, ele examinou seu traseiro infantil, as costas glabras e os ombros finos.

Implacavelmente, apertou-lhe o garrote no pescoço e arqueou-a para cima quando ela derrubou a garrafa de *schnapps*, que caiu ao chão. Um círculo de aguardente espalhou-se em volta dos pés deles quando Loos a suspendeu, segurando o garrote com as mãos. Ele ouviu um estalo, um pequeno balão de criança explodindo em sua garganta, quando, então, a soltou delicadamente. Ela caiu no chão de costas, olhando para cima com surpresa. A luta manchara um de seus finos bigodes. Loos dobrou o garrote e o pôs de volta no bolso, sentando-se pesadamente no sofá-cama. O coração batia acelerado e um vácuo horripilante enchia-lhe a cabeça.

▪ ▪ ▪

Wulff examinava as árvores de Wilmersdorf, castanheiros maciços com coroas revestidas de branco e fileiras de delicadas filigranas de tílias. Agora que a enfermeira abrira uma persiana da janela, o quarto foi inundado por uma ofuscante luz branca. Tudo cheirava a lençóis recém-lavados, forte sabão de lixívia e lírios. Barlach deitava-se sob uma manta azul de hospital, os olhos pestanejando a esmo. Feridas haviam se formado nos cantos da boca, e os braços estavam mais finos.

— Não fale — sussurrou Wulff.

— Preciso falar — disse Barlach.

— Tudo bem, então — disse Wulff. — Diga o que se lembra. Você fala e eu escuto.

— Lembro que fui ao cinema — disse Barlach. — Lembro que comprei um ingresso. Lembro que um velho recebeu meu ingresso. Lembro do cheiro de pipoca saltando.

— Você estava seguindo Bruckmann — disse Wulff. — Lembra-se que estava seguindo Bruckmann?

— Sim, acho que sim — disse Barlach.

Wulff afofou um travesseiro e apoiou a cabeça dele. O homem perdera no mínimo uns 15 quilos. — Havia uma fonte de mármore. Acho que bebi dela.

— Continue com calma — disse Wulff.

— Vejo luzes faiscando em meu rosto. Vejo uma coisa escura e depois um clarão repentino.

— Lembra-se de ter ido ao banheiro no mezanino?

— Banheiro?

— Não tem importância agora — disse Wulff em voz baixa.

Raios de sol palpitavam pelos castanheiros lá fora, os imensos guarda-sóis de Wilmersdorf. Paredes de pedra cinzentas ocultavam casas caindo aos pedaços, o silêncio burguês da suburbana Berlim. Wulff sabia que Bruckmann tinha um apartamento em Wilmersdorf, de três quartos na metade do segundo andar de um antigo solar, não muito distante do hospital. Embaixo, senhoras passeavam com seus pequenos cães pomerânios, e táxis escuros carregavam reflexos da luz do sol.

— Ainda não descobriu o assassino da Hirrenstrasse? — perguntou Barlach, despertando com um sobressalto Wulff de seu devaneio.

Wulff sorriu. Uma vez Schupo, sempre Schupo.

— O canalha me mandou outra boneca — queixou-se. — Na manhã do último sábado.

— Já é segunda-feira?

— Você estava mergulhado no sono.

— Ele está perto de você? Sabe onde mora?

— Ele sabe onde Johanna mora.

Barlach tossiu.

— Ele está perto de nós agora — disse Wulff. — Você ficará no hospital mais uma semana. Saia logo daqui e volte ao trabalho!

Barlach esboçou um fraco sorriso.

— Onde está Bruckmann?

— Morto — disse Wulff calmamente. — O homem que o golpeou na cabeça também matou Bruckmann. Isso aconteceu no banheiro do balcão do Cinema Capitol.

— Eu não me lembro — disse Barlach. — Minha cabeça dói.

— Pode ficar acordado um momento? — perguntou Wulff. Barlach fez que sim com a cabeça, mantendo os olhos fechados.

— A outra boneca parece um homem com rosto de mulher produzido para parecer um gato. Entende o que eu digo? Um rosto pintado com bigodes de gato e sobrancelhas arqueadas. Cabelo cortado reto com franja, luvas longas e um vestido de noite. Trata-se de uma pessoa elegante de uma maneira estranha.

— Estou escutando — disse Barlach.

— Acho que a boneca representa um dos atores travestis da Jaegerstrasse. Talvez uma prostituta ou corista. Vukoch ainda chefia o Jaegerstrasse Verein?

— Sim, fale com Paul Vukoch — disse Barlach. — O bando dele controla o Goldene Spinne na Jaegerstrasse. Acha que essa boneca representa alguém que trabalha na Jaegerstrasse?

— Durma um pouco, meu amigo — disse Wulff.

De repente, Barlach pareceu muito distante, atravessando oceanos. O sol lambia os limpos lençóis do hospital, despindo-os, raios pousando levemente no rosto do doente. Sua pele irradiava enfermidade.

— Meu terno novo está arruinado — resmungou Barlach.

— Você terá outro — disse-lhe Wulff.

▪ ▪ ▪

O apartamento de Bruckmann ficava na extremidade oeste de Wilmersdorf, perto de Kurfurstendamm e Halensee Bahnhof. Wulff dera ordens ao senhorio para manter o local intato e lacrara-o com fita especial da polícia. Dentro do simples apartamento de três quartos, não entrava muita luz do sol, as janelas davam para o norte, debruçadas sobre árvores e outros prédios de apartamentos. As paredes eram despidas de ornamentos, apenas algumas peças do mobiliário de tubos de aço de Bruckmann aqui e ali, um cinzeiro cheio de guimbas de charuto, algumas toalhas de banho, camisas, sapatos e garrafas de bebida alcoólica. Wulff sentou-se no meio de caixas semicheias, olhando para as etiquetas que ele próprio colara. CARTAS. EXTRATOS DE CONTAS. FOTOS. OBJETOS PESSOAIS.

Ele estava na penumbra, fumando um cigarro, enquanto uma forma se agitava dentro de sua cabeça. Alguém sonhava inteiramente desperto? Olhou uma das botas pretas de Bruckmann, com a sola enlameada. Ele empilhara alguns ternos em um canto da sala de visitas, junto com sobretudos, suéteres, calças e roupas íntimas. Em meio à barafunda, Wulff pensou mais uma vez em Johanna. O fim de semana inteiro vira-se passando de carro por seu apartamento a toda hora. Telefonava-lhe cinco, seis, até sete vezes por dia, só para ouvir sua voz.

— Não se preocupe comigo, Harry querido! — ela gorjeava, fingindo aborrecimento quando ele interrompia uma de suas sessões de sábado.

Com seu canivete, Wulff abriu uma caixa com a etiqueta FOTOS. Desenterrou uma pilha de fotografias amareladas. Algumas estavam mofadas, outras grudadas e inúteis, e várias bastante amareladas para que pudessem ser identificadas. Em uma, um grupo de uns dez homens se agachava junto a uma pilha de escombros. Wulff reconheceu Bruckmann, jovem, atarracado, semblante severo e violento, com um tapa-olho e uma boina preta. Atrás e logo à esquerda dele, via-se outro homem de perfil indistinto, mais alto e de ossos angulosos, ombros largos, orelhas de abano e uma longa capa de chuva que caía quase à altura dos tornozelos das botas de combate enlameadas. Wulff virou o outro lado da foto e leu uma lista de nomes escritos a lápis: *Kruger*, *Phaltz*, *Rieger*, *Stein*, depois um espaço em branco para o sujeito logo à esquerda de Bruckmann, um vulto de cabeça raspada e barbicha preta, no rosto um olhar de soslaio de lacônica crueldade, enquanto um arabesco de fumaça escapava do canto superior à direita da foto. Quem eram aqueles homens — perguntou-se Wulff —, aqueles homens ali parados na abissal desordem de guerra, com colinas cobertas de floresta no fundo próximo?

Wulff tornou a virar a foto e examinou o cruel rosto do homem de cabeça raspada. Indistinto demais para ser de alguma utilidade. Wulff lembrou do dia que passara na ilha de Poel, estudando o dossiê de Bruckmann. Era o mesmo homem! Cabelo mais comprido, então, sem barbicha, mas o mesmo homem! A coisa que obcecava Wulff agora ganhava significação, colorida de substância, uma explosão laranja de reconhecimento. *Edgar Braun*, o braço erguido acima do ombro de Bruckmann, o homem segurando alguma coisa enrolada em corda.

Um garrote?

17

Os cabarés e salões de dança da Jaegerstrasse estavam fechados, as ruas estranhamente vazias. Eram quase dez horas da manhã, e mais cedo Wulff passara de carro pelo apartamento de Johanna na Lennestrasse. Sem conseguir se conter, subira e interrompera uma de suas sessões só para ver o rosto dela.

Na esquina da Mauerstrasse, Wulff encontrou o Goldene Spinne, as portas duplas com vigias de vidro fosco, um giroscópio dourado gravado em relevo acima de cada maçaneta de metal dourado. Ele bateu algumas vezes, não teve resposta, e contornou pela rua lateral, onde viu uma entrada de cozinha. Dentro, viu dois lavadores de pratos e um cozinheiro preparando comida. Bateu uma vez na tela, perguntou por Vukoch, e foi conduzido por um corredor estreito até um grande aposento revestido de cortiça, que continha uma mesa redonda de madeira, um sofá encostado numa das paredes e algumas cadeiras de metal espalhadas. Um quadro-negro cheio de rabiscos indecifráveis pendia de uma das paredes, provavelmente resultados de corridas de carro e jogos de futebol. De outra parede, pendiam fotos de cavalos de corrida, jóqueis, lutadores de boxe, ciclistas e um ou dois esquiadores.

Vukoch estava à mesa de madeira, sentado com um sujeito baixo com cara de pugilista que Wulff reconheceu dos tablóides de esportes, um boxeador que outrora desfrutara de um breve reinado de popularidade em Berlim. Embora nunca houvesse visto Vukoch, teria sido quase impossível deixar de reconhecê-lo em uma multidão: homem alto, magro, usando um impecável terno azul-escuro com dupla fila de botões, camisa social branca, puída, colarinho aberto, anéis em cada dedo e uma tatuagem de aranha marrom-chocolate no pulso esquerdo. Vukoch largou a caneca de café e sorriu vagamente para Wulff, que se apresentara ao entrar. Wulff lembrava-se agora da boate, das notícias policiais que lera. Sua clientela era de "desportistas", pugilistas, jóqueis e jogadores. Houvera rumores de tráfico de cocaína, e o Departamento E mantivera o clube sob vigilância durante um verão na década de 1920.

— Então você é o famoso Wulff? — perguntou Vukoch amavelmente, estendendo a mão direita e oferecendo outro sorriso, este mais radiante. Wulff examinou a tatuagem de aranha, suas oito pernas abrindo-se em direção ao antebraço. Telefonara antes e disseram-lhe que aparecesse. Os policiais eram sempre bem-vindos ao Goldene Spinne.

Os dois homens trocaram um aperto de mão.

— Não vou tomar muito de seu tempo — disse Wulff.

— É sempre um prazer ajudar a Kripo — afirmou Vukoch.

Wulff continuou em pé, enquanto o boxeador pegava uma caneca de café semicheia, levantava-se e desaparecia atrás de uma cortina de contas. Wulff recusou uma oferta de verdadeiro café.

— Estou procurando alguém — disse.

— Pela última contagem, há 14 mil policiais em Berlim. Por que vir a mim?

— É alguém especial.

— Tudo bem, então.

— Alguém que pensei que você poderia conhecer.

— Talvez — disse Vukoch. — Depende.

Wulff levara a boneca no embrulho de papel pardo. Desembrulhou camada por camada de papel, revelando-a a Vukoch, que deu uma olhada longa e concentrada. Ficou debruçado sobre a imagem, caneca de café na mão, fascinado com a exatidão, as brilhantes cores do tablóide, a cabeça meio grande demais para o corpo, as pernas pequenas demais para o vestido.

— Reconhece a semelhança? — perguntou Wulff. — Provavelmente a personificação de um travesti.

— Sim, com certeza — disse Vukoch.

Wulff tornou a embrulhar a boneca. Reconhecia agora a aranha. Era uma espécie venenosa marrom e solitária.

— Que quer você comigo? — perguntou Vukoch.

— Reconhece o rosto?

— Permite-me perguntar do que se trata?

— Não é de drogas.

Vukoch encolheu os ombros, amável.

— Sem saber, não sirvo para ajudá-lo. Você pode imaginar minha posição. Se eu ajudá-lo sem saber o motivo, minha reputação ficará comprometida. As pessoas ouvem coisas. Logo, ninguém confia em mim.

— Posso lhe dizer o seguinte — tranqüilizou-o Wulff. — Esta pessoa não é procurada pela polícia. Não fez nada de errado e não está envolvida em qualquer crime ou conspiração.

Vukoch virou as costas das mãos e bateu na mesa com os anéis.

— Eu sou solidário, claro — disse.

— Ela corre perigo — explicou Wulff. — Eu só não sei quem ela é ou onde mora.

Vukoch coçou o queixo. Apontou uma caneca de café.

— É café de verdade — disse. — Quando foi a última vez que tomou um desses?

— Seis meses atrás — respondeu Wulff. — No Café Bauer.

— É mesmo? Tanto tempo assim?

— Estou com pressa — disse Wulff. — Falo a sério sobre esta pessoa correr perigo.

— Mas que porra! — Vukoch riu. — Acho que vou confiar em você. Ela se chama Uli. Eles se chamam de alguma coisa, todos. *Ela* se batizou como Uli. Todos eles têm um nome.

— Eles? — perguntou Wulff.

— Uli trabalha no El Dorado, na Matzstrasse, bem perto da Jaegerstrasse. É um tipo de lugar um tanto incomum.

— Incomum?

— Travestis. Não há jogo no El Dorado. Ou é só isso o que eles fazem. Depende de como a gente vê a coisa.

— E que faz Uli?

— Você é mesmo tão ingênuo assim? — riu Vukoch. — Esta é ótima! Que faz Uli!

— Talvez possa me dizer — pediu Wulff.

— Uli extorque bebida dos fregueses para a boate. Faz os otários comprarem conhaques de maçã de dois marcos. Depois vai para casa com quem paga mais. Eles têm uma bela aparência no escuro, se quer minha opinião.

— Ela é sempre um gato?

— Meu caro Kripo — disse Vukoch. — Há dezenas de damas-gato na Jaegerstrasse. E mais dezenas a seis quadras daqui. Mas a boneca que você me mostrou, eu diria que é Uli. Parece retratar seu estilo muito bem.

— Nenhuma dúvida a respeito?

— Sem a menor dúvida — disse Vukoch. — Agora tenho trabalho a fazer.

— Só mais alguns detalhes — pediu Wulff.

— Seja rápido. — Vukoch estalou um dedo, já tendo perdido o interesse.

— Quem dirige o El Dorado?

— Chama-se Spitzer — disse Vukoch. — Todo mundo o conhece.

— E abaixo dele?

— A Verein — disse Vukoch.

Por Verein, queria dizer as quadrilhas organizadas de Berlim, os homens que compravam e vendiam mulheres, drogas e armas, que controlavam antros de jogatina, serviam de intermediários para documentos de identidade falsos, dirigiam loterias e vendiam proteção. Havia uns dez Vereins em Berlim, cada um com uma fatia da torta do bairro. Tomavam café de verdade em tempos difíceis, brindavam com champanhe francês, moravam em apartamentos caros e dirigiam luxuosos carros de turismo Mercedes.

— Seria Uli um assalariado? — perguntou Wulff.

— Você só pode estar brincando — disse Vukoch, entediado. — Eles trabalham por bebida e comida. Encontram um cliente que os leva para casa. Do contrário, estariam vendendo o rabo nas ruas.

— Você sabe onde mora Uli?

Vukoch recusou a pergunta com um aceno de mão.

— Vá procurar Spitzer. Talvez ele saiba o que não sei. Eu apostaria que ele não sabe e nem está interessado em saber. Quem se importa com quem e onde dormem esses putos patéticos?

▪ ▪ ▪

O sol derramava-se sobre uma equipe de operários manuseando bate-estacas na construção da nova estação de metrô da Alexanderplatz. Wulff ficou observando a equipe trabalhar por algum tempo, homens suados a escavar buracos para uma linha de metrô que ligaria o centro de Berlim aos seus imensos subúrbios, uma conurbação de quatro milhões de habitantes. Flores de castanheiros caíam nas equipes de trabalho, cobrindo-as de branco. Krause comprara salada de batata, fatias de pepino e bandejas de salmão defumado. Weiss bebia água mineral em um copo de vidro lapidado.

— É muito gentil de sua parte — disse Wulff ao subchefe. — Não era com muita freqüência que ele comia salada de batata e pão de centeio recém-saído do forno. Provou uma mordida de pão com salmão e examinou os trabalhadores cobertos de flores de castanheiros. — Não tenho nenhuma notícia especial sobre seu espião — confessou. — Mas estou avançando aos poucos em meu caminho até ele. Fiz algumas descobertas no apartamento de Bruckmann. Há uma certa fotografia. É uma pequena pista, não mais do que isso.

Weiss sorriu, cansado.

— Entendo — disse. — Mas ao longo do ano, desde que começou nossa investigação, as dificuldades políticas se multiplicaram. Esta situação é muitíssimo diferente.

— Eu lhe garanto... — começou Wulff.

Weiss interrompeu-o com um gesto.

— Quero que assuma o cargo de *Oberkommissar* no Berlim Mitte. Quero que seja o inspetor-chefe.

Wulff virou-se de costas para a janela. Temera este momento.

— Tem certeza disso?

— Mais do que certeza — respondeu Weiss. — Quero que assuma o cargo.

— Eu assumirei o cargo — disse Wulff.

Encaminhou-se para Weiss e os dois apertaram as mãos, depois brindaram a ocasião com água mineral. Almoçaram juntos, com o prato no colo.

— Comece hoje, por que não? — acabou dizendo Weiss. — Você se muda para o antigo escritório de Bruckmann. Aproveite seus auxiliares ou limpe a casa, deixo isso a seu critério. Devo avisá-lo de que há simpatizantes nazistas espalhados por todo o Departamento IV.

— Eu sei quem são eles — respondeu Wulff.

— Faça toda a sua própria papelada — aconselhou-o Weiss. — Nomeie os detetives você mesmo e continue a prestar contas só a mim sobre esse espião. Há infiltrações em toda parte. Estamos afundando, Wulff. Preciso me concentrar em manter a Stapo acima da política. Assim que os nazistas se infiltrarem na Stapo, estamos liquidados.

— Eu gostaria de continuar no caso do assassinato da Hirrenstrasse — disse Wulff.

— Acho que não...

— Um travesti assassinado há quase um ano. Bem perto da Alexanderplatz.

— De praxe, seria atribuído a outra pessoa.

— Posso manter esse caso?

— Faça como quiser — disse Weiss. — Mas não quero que se sobrecarregue com muitas investigações individuais. Talvez apenas Bruckmann e essa coisa da Hirrenstrasse. Você é um administrador agora! Um homem que come pão de centeio fresco!

— Eu não gostaria... — disse Wulff, vacilante.

— Eu sei, meu amigo — interrompeu-o Weiss. — Você gostaria de continuar sendo um simples Kripo. Quantas vezes já ouvi essa melodia! — Weiss espetou uma fatia de pepino e comeu-a com gosto. Encaminhou-se até a janela e olhou uma revoada de enormes corvos que se instalara nos castanheiros. — Tem mais informações sobre o assassinato de Bruckmann? Saíram algumas matérias na imprensa.

— Eu preparei aquelas matérias — disse Wulff.

— Mas isso é muito inteligente. Tem um suspeito?

— Alguém chamado Edgar Braun. Se estiver vivo.

— Nunca ouvi falar de Edgar Braun — disse Weiss.

— Ele foi capanga de Bruckmann no Freikorps. Sua especialidade era o garrote.

— Uma descoberta surpreendente. Mas por que Braun? Que tem ele de especial?

— Eu já levantei e descartei a maioria dos parceiros e amigos conhecidos de Bruckmann, os poucos que ele tinha. Alguns estão mortos, outros foram designados para várias partes da Alemanha, e alguns conquistaram colocações respeitáveis. Ficaram gordos, ricos e arranjaram amantes em Koblenz. Braun é o único sem histórico.

— Como é esse Braun?

— A foto foi feita em 1923. Imagens parciais, um perfil. Mas é um homem grande, de orelhas enormes, cabeça raspada, uma barbichinha preta. Desconfio que seja muito diferente hoje.

— O que o leva a Braun? O garrote?

— Certos dossiês que li — disse Wulff.

Weiss virou-se de costas para a janela.

— Por que esse Braun mataria Bruckmann, seu antigo comparsa?

— Eu realmente não sei — confessou Wulff.

O ordenança Krause entrou na sala após uma batida na porta.

— Um recado por telefone para o *Kriminal Kommissar* — disse. — Pediram-me para transmiti-lo.

— Ele é um *Kriminal Oberkommissar* agora — disse Weiss.

— Ótimo, senhor — retrucou asperamente Krause. — A delegacia policial de Schloss Kaserne em Little Wedding comunica um assassinato.

— Agora, não — disse Weiss.

— Mas há uma instrução específica de *Herr Oberkommissar* Wulff — protestou Krause. — Ele pediu para ser informado.

— Qual é o recado? — perguntou Wulff.

Krause balançou a cabeça rigidamente.

— O capitão da delegacia pede para informar ao *Oberkommissar* que houve um assassinato sexual em seu distrito que envolve estrangulamento. O capitão foi instruído a comunicar a *Herr* Wulff qualquer episódio nesse sentido. Parece que o corpo acabou de ser encontrado.

— Por favor, perdoe-me — disse Wulff a Weiss. — Mas preciso ir logo.

— Mas você não terminou seu almoço! — disse Weiss. — E você é um administrador agora. Não devia se preocupar com assassinatos individuais!

— Diz respeito ao meu assassinato da Hirrenstrasse — disse Wulff.

— Ah, está bem, então.

Wulff saiu às pressas da sala.

▪ ▪ ▪

Sentado à sua mesa, Weiss olhou os pratos da refeição semicomida. Foi até a janela e esperou alguns minutos até ver Wulff saltando os degraus da Alexanderplatz, descendo dois de cada vez em direção à praça. Wulff atravessou-a numa corrida ligeira e depois entrou em seu pequeno Opel azul da polícia.

Weiss contornou a imensa mesa de mogno e sentou-se. Abriu seu diário e escreveu em letras grandes: EDGAR BRAUN, sublinhando as palavras duas vezes de vermelho forte. EMPENHAR A STAPO NA PROCURA DESTE HOMEM.

18

Um jovem *Unterwachtmeister* da Schupo fez uma sinistra continência a Wulff e disse:

— Em cima, *Herr Kriminal Kommissar*, primeira à direita no corredor.

Ele rodara por Little Wedding, um dos bairros de Berlim no subúrbio leste de Charlottenburg, uma região de classe média alta, mansões isoladas, casas semi-isoladas, trechos de parque ladeados por bulevares e lojas. Na extremidade leste, contudo, erguiam-se fileiras de casebres, Hinterhofs de fachadas cinzentas dominados pelo Partido Comunista e por seu sistema de lealdade demarcado por seções. De quase todas as janelas sem tela, pendiam bandeiras de foice e martelo pintadas em casa, com *slogans* antigovernamentais caiados em cada parede. Wulff retribuiu a continência do Schupo.

— Como é o local? — perguntou Wulff meio cansado.

No lado oposto da rua, uma mulher desfigurada, de cabelo grisalho embaraçado, debruçou-se pelo Hinterhof e bateu um tapete sujo com uma vassoura. Fios de poeira desprenderam-se do tapete, e Wulff ouviu crianças chorando.

— É um quartinho com alguém morto no chão — disse o Schupo. — Parece um estrangulamento, em minha opinião.

Disse a Wulff que atendera a um telefonema da mulher que representava o proprietário do prédio. Seu capitão na delegacia de Schloss Kaserne mandou-o isolar o local do crime e esperar Wulff.

— Tem uma cabine de telefone da polícia aqui perto na rua? — perguntou Wulff. Não tinha a menor pressa de ver o cadáver. Já vira muitos corpos.

O Schupo dobrou um braço em direção a um canto na curva da escada, indicando com um gesto "rua acima". Wulff foi andando até a cabine a uns cem metros dali e discou o número do apartamento de Levitt em Lichtenberg.

Quando Levitt atendeu, disse:

— Oh, por Deus, Wulff, eu estava dormindo.

Wulff reprimiu uma risada.

— Gostaria que você olhasse uma coisa comigo.

— Sou um médico-legista — disse Levitt. — Você vive me arrastando para a luz do dia. Isto é muito antinatural. Só vivo à noite, como os vampiros. — Fez uma pausa. — Conspiro com os mortos, e agora você quer que eu me junte aos vivos.

Wulff passou alguns minutos explicando sua necessidade imediata de um perito legista e sua desconfiança em relação aos detetives de Schloss Kaserne, a maioria dos quais passara para o nazismo. Levitt disse que chegaria em trinta minutos.

Wulff retornou à viela onde o Schupo esperava. Um lance de degraus de madeira levava a um patamar no segundo andar, uma abertura para um corredor escuro onde portas escondiam pequenos apartamentos. Ele subiu os degraus e enfiou a cabeça por uma porta aberta no primeiro à direita. Junto a um sofá-cama, jazia um corpo com o rosto voltado para cima, a perna fina e musculosa de homem branco delicadamente apoiada no tornozelo. Um restolho preto cobria a cabeça raspada. O rosto fora pintado para assemelhar-se a uma cara de gato, com bigodes, sobrancelhas arqueadas, a boca rosa de gato e tudo mais. O corpo estava nu, com exceção de um lençol amarrado firme entre as pernas e um sutiã barato cheio de trapos. Wulff atravessou o corredor de volta ao patamar e gritou para o Schupo embaixo.

— Você falou com a zeladora?

— Só para descobrir o nome. O cara morto é Vincent. Ela não ouviu nada.

▪ ▪ ▪

Levitt encontrou Wulff sozinho no quarto do morto, sentado em um sofá-cama com a cabeça menos de um metro acima da do cadáver. Para Levitt, o *Oberkommissar* parecia dominado por uma tristonha conversa com o próprio corpo, naquele transe semelhante à tentativa de telepatia de um médium.

— Wulff? — chamou Levitt, hesitante. — Wulff, você está bem?

O *Oberkommissar* recostou-se na cama e cruzou as pernas.

— O canalha deu um beijo nela antes de estrangulá-la — disse. Sorriu, ausente. — Sabe, eu podia ter evitado isso. Em parte, é minha culpa.

— Absurdo — respondeu Levitt bruscamente. — Você está tendo o que os freudianos chamam de transferência. — Foi até o sofá-cama e examinou com Wulff o cadáver. Era o corpo de um homem subnutrido, mas ainda bem formado de uns 26 anos, cabeça raspada e olhos pretos esbugalhados bem separados um do outro. Levitt observou o aposento, a servil insipidez. Deu um tapinha nas costas de Wulff. — Absurdo — repetiu, em voz baixa. — Como você poderia ser culpado por essa tragédia?

— Isto foi feito pelo assassino da Hirrenstrasse — disse Wulff. — Ele matou aleatoriamente no ano passado. Agora tomou gosto pela coisa. Gosta de matar. Está conseguindo aos poucos chegar a uma obra-prima. E quer que eu saiba.

Levitt vasculhou suas lembranças, tentando desalojar um cadáver das centenas que autopsiara. Acabou lembrando. Um travesti chamado Timkin Mueller, estrangulado num beco.

— Timkin Mueller — afirmou.

— Sim, Timkin Mueller. Estrangulado no último outono. Quase um ano atrás, logo depois da Alexanderplatz.

Levitt lembrou do corpo desnudo em uma mesa cirúrgica de metal. Lembrou que abriu o cadáver com uma incisão em Y, retirou os órgãos. Lembrou que conversou sobre um último beijo.

— Agora me lembro. Foi por isso que me chamou aqui?

— Por sua experiência e sua perícia — disse Wulff.

Levitt passara um tempo considerável em uma equipe de legistas, mas isso fora anos antes. Como judeu, logo seria forçado a aposentar-se.

— Mas você não é culpado — repreendeu Wulff. — Segundo me lembro, não havia nenhuma pista verdadeira da identidade do assassino. Aparentemente aleatório, não? Muito difícil de desvendar. Como você poderia ser culpado, meu caro Wulff?

— Veremos — disse Wulff. — Quero sua opinião sobre esta vítima. Você será minha equipe médico-legal preliminar.

Levitt pareceu entender o crescente isolamento de Wulff dos distritos policiais, que vinham caindo sob o domínio dos nazistas, sua associação atual com judeus e socialistas, tornando inimigas pessoas com as quais normalmente poderia contar. Levitt ajoelhou-se ao lado do cadáver e examinou os olhos e o pescoço dilacerado. Pôs um dedo na pele úmida.

— Mas acho que você se livrou deste, Wulff — disse. — Este aqui foi morto por um garrote, não estrangulado com as mãos. Pelo que me lembro, sua vítima da Hirrenstrasse foi estrangulada com as mãos.

— É o mesmo assassino — disse Wulff perplexo. — A Hirrenstrasse foi um impulso de momento. Ele emboscou este aqui e o matou com o instrumento preferido.

— Você não pode ter certeza, Wulff — disse Levitt.

Wulff ergueu os olhos para ele. Só contara a Johanna sobre as bonecas. E a Barlach, claro, mas este continuava no hospital esforçando-se simplesmente para andar.

— Tenho certeza, Levitt. Você vai ter de aceitar a minha palavra, mas tenho provas de que é o mesmo assassino.

Levitt percorreu o aposento com os olhos, absorvendo cada detalhe com a atenção de um relojoeiro. Havia uma garrafa de *schnapps* e um copo no chão. Alguns marcos de ouro espalhados em meio a tubos de loção e maquilagem.

— Sua vítima pegou alguém na rua? — meditou.

— Com a cara de gato? Pense, Levitt, pense!

— Claro! — gritou Levitt. — Que idiotice a minha. Ela trabalhava na Jaegerstrasse. O assassino pagou para voltar para casa com ela.

— Sim, claro — disse Wulff. — E lembre-se de que este é o segundo assassinato a garrote neste verão. Que acha dessa curiosidade?

— Você está se referindo a Bruckmann, claro — disse Levitt. Wulff continuava sentado no sofá-cama. — E acha que este assassino da Hirrenstrasse também matou Bruckmann? Qual seria a lógica nisso?

— Parece improvável — concordou Wulff. — Mas é uma pena. Eu talvez pudesse ter evitado esta morte trágica.

— Ora, Wulff, você não é Jeová.

— Não, Jeová, não — concordou Wulff. Exalou um profundo suspiro, às voltas com tudo aquilo. — Por favor, examine esta vítima com toda a atenção, sim? Diga-me, o que acha? Pode fazer isso esta noite?

— Para você... — Levitt encolheu os ombros.

— Sua opinião sobre a hora da morte?

Levitt tocou os pés do cadáver. O rigor já passara. As nádegas revelavam sinais de lividez. Levitt estava à beira de uma intuição. O sentimento que Wulff nutria por aquele cadáver era mais do que compaixão moral.

— A hora da morte — meditava Levitt.

— Apenas um bom palpite.

— Imagino vários dias, então — disse Levitt.

— Sábado à noite?

— Vou precisar de mais dados. Temperatura, conteúdo do estômago, sangue e lividez. Mas sábado é meu primeiro palpite.

Wulff levantou-se do sofá-cama.

— Obrigado, meu amigo — disse.

Levitt acompanhou-o até o corredor, onde Wulff acendeu um cigarro. No patamar, soprava uma baforada de brisa. Fora um verão morno na cidade. Os desempregados haviam tomado as ruas em rebanhos, dormindo em terrenos baldios e edifícios abandonados, criando abrigos de papelão nos acostamentos das rodovias. O crime aumentara nos lugares habituais, nas horas habituais. Nas Bahnhofs Scheunenviertel, Schleicher e Stettiner, nos distritos de Bülon Platz e Little Wedding, tinha-se medo de caminhar após anoitecer.

— Quero felicitá-lo por sua promoção, *Herr Oberkommissar* — disse Levitt, após ficarem calados por alguns momentos. — Presumo que vá comprar um novo automóvel.

— Gosto do meu Opel.

Uma parede de tijolos erguia-se defronte deles. Alguém pintara nela a foice e o martelo em branco.

— Posso saber de Johanna? — perguntou Levitt.

— Ela está bem. Obrigado por perguntar.

— É uma bela moça. Conheci o pai. Talvez você deva pensar na possibilidade de uma conversão! — brincou.

— Devo mesmo — riu Wulff.

— Ah, do que você sentiria falta se virasse judeu! Teria de desistir de sua apreciada carne de porco. Pense nas horas que desperdiçaria aprendendo o *mitzvot*, estudando o seco Torá. E, sim, Wulff, você pareceria muito ridículo de *kippa*! — Levitt aproximou-se de Wulff e ficou apenas a uma pequena distância de seu ombro direito para os dois poderem ver a rua embaixo. — E, sim — sussurrou —, teria de ser circuncidado! — Levitt riu consigo mesmo e fingiu cuspir. Pôs o braço no ombro de Wulff, os dois ali parados em silêncio numa estreita viela de tijolos onde se ouvia o barulho de crianças. — Você a ama, não, Wulff? — perguntou. — Sei que não é da minha conta, claro.

— Sim, eu a amo — disse Wulff.

— Então, danem-se — disse Levitt em voz alta. — Case-se com ela. Pensar que neste país se faz do amor um crime! Eles que se fodam! Que se fodam aqueles que fazem do amor um crime!

■ ■ ■

Loos trancou o galpão das caldeiras atrás de si com uma chave mestra, que abria qualquer armário de manutenção em cada andar do Q. G., depois seguiu varrendo por um longo corredor escuro até o escritório de Bernhard Weiss, comissário-chefe da Polícia Metropolitana de Berlim. Na porta externa do escritório, parou e tentou ouvir Krause. Fizera uma chave a partir de uma impressão em cera. Retirando-a do bolso, prestou mais uma vez atenção, concentrando-se em cada nuança de silêncio. De seis em seis meses, a segurança trocava as fechaduras, e Loos fazia uma nova cópia. Afinal, era chaveiro. Aprendera bem seu ofício. Uma brincadeira infantil, na verdade, quase fácil demais.

Durante anos, estudara as idas e vindas da segurança, dos quadros de oficiais da guarda do Reichswehr, os lugares onde paravam para fumar e comer sanduíches de presunto, quando jogavam dominós e conversavam, mijavam e defecavam, quando dormiam em serviço. Por mais um tempo, ele escutou na porta, então enfiou a chave na fechadura.

Dentro, Loos atravessou a ante-sala e usou outra chave para abrir uma segunda porta. Encaminhou-se rápido para uma imensa mesa de mogno diante de uma lareira de pedra. Por um momento, ergueu os olhos para o retrato do presidente Hindenburgo. Na mesa, uma agenda, um memorando e um diário combinados, um pesado volume gravado em relevo dourado com uma fechadura que se podia destrancar até dormindo. Loos abriu o livro no último tópico do dia e leu: EDGAR BRAUN, em vermelho forte. EMPENHAR A STAPO NA PROCURA DESTE HOMEM. As palavras sublinhadas duas vezes.

Loos fechou o livro, a testa molhada de suor. Deixou apressado os escritórios e trancou a porta externa, parando mais uma vez para escutar. Desceu para o andar inferior e atravessou um corredor do porão próximo ao necrotério, onde Levitt dissecava cadáveres. Faltava pouco para a meia-noite, e ele ouviu vozes no laboratório.

Nesse momento, Wulff saiu do necrotério vestido de terno cinza, com uma pilha de documentos debaixo do braço direito. Loos olhou para cima, contendo a surpresa, mas, mesmo assim, perplexo ao ver o detetive de polícia à meia-noite na Alexanderplatz. Loos seguiu varrendo pelo corredor, tentando ocultar o rosto. Na porta da sala das caldeiras, fez uma pausa e olhou para trás a tempo de ver Wulff observando-o, cabeça inclinada, como se de repente algum pensamento houvesse passado em sua mente.

Loos entrou na sala das caldeiras e fechou a porta com uma chave mestra. O recinto abarrotado, de teto baixo, estava úmido e quente.

— Ao diabo com você, Kripo — sussurrou consigo mesmo.

19

O calor de agosto trouxe uma seca a Berlim. Durante semanas, os céus permaneceram claros, e não se via nenhum sinal de chuva. Wulff trabalhara com seus investigadores socialistas, analistas de sangue e impressão digital, examinadores de registros e fotógrafos, todos da Delegacia Policial de Savigny, deixando-os livres para caçar pistas do assassinato de Vincent/ Uli. Os relatórios preliminares foram desestimulantes ao extremo. Nenhuma prova de sangue; nenhum cabelo, fibra, nem pistas de impressão digital; nem quaisquer indícios sobre a identidade do assassino, a não ser as pistas que só Wulff conhecia.

Ao cair de uma certa tarde, Wulff estacionou diante do El Dorado na Jaegerstrasse, na esquina da Matz. O odor rançoso de cerveja saía flutuando através da porta aberta. Dentro, ele contornou a dezena de mesas, atravessou uma pista de dança e então achou a porta para o escritório administrativo logo ao lado do palco. À luz do dia, o El Dorado era primorosamente desprezível. Wulff bateu à porta amolfadada. Uma voz grave, lá de dentro, mandou-o entrar.

Spitzer sentava-se a uma pequena escrivaninha diante de uma pilha de papéis. Era um homem grandalhão, moreno, de ombros quadrados. Vestia um caro paletó esporte de pele de camelo com cinto costurado, os cabelos castanhos cheios de brilhantina emitindo um brilho forte.

— Você é Wulff — afirmou, indiferente.

Como o de Vukoch, também esse escritório era decorado com fotografias de celebridades dos esportes, cinema e teatro, representando cômicos e malabaristas do *vaudeville*, pugilistas, atrizes e mímicos, além de líderes políticos e sindicais dos dois matizes, direita e esquerda. Sem janelas na sala, a luz vinha de duas luminárias de metal.

— Duas perguntas — disse Wulff bruscamente.

Spitzer continuou sentado e não estendeu a mão.

— Foi o que você disse ao telefone.

— Uma de suas garotas morreu.

— Uli, quer dizer? — grunhiu Spitzer.

— Soube que era uma pessoa lucrativa.

— A informação circula depressa.

— Que pode me dizer sobre ela? — perguntou Wulff.

— Nem uma palavra sequer — respondeu friamente Spitzer.

— Sabe o nome verdadeiro dela?

— Não me interessa qual era o nome verdadeiro dela. Ela dizia que se chamava Uli. Vinha e voltava para casa toda noite.

— Ela já trabalhava aqui há um ano?

Spitzer assentiu com a cabeça, pegou uma caneta-tinteiro e assinou o nome num cheque.

— O homem que a matou encontrou-se com ela aqui — disse Wulff. — Na certa, pagou-lhe alguns drinques e depois a levou para casa. Estrangulou-a com um garrote.

Spitzer largou a caneta.

— Você está me deixando arrasado — ironizou.

— Certo — disse Wulff. — Já me convenceu de que não dá a mínima. Estou impressionado.

Spitzer fez a caneta saltar da mesa de madeira ao bater nela.

— Ela trabalhou aqui um ano. Nunca me deu qualquer problema, mas não sei quem a matou. Sou sócio a curto prazo de todas as garotas. Elas usam minhas cadeiras para sentar os rabos.

— De quem foi a idéia das máscaras?

— Você não sai muito por aí, sai?

Wulff sorriu. A ironia era como escombros de guerra: fazia parte dos negócios.

— O assassino é um homem grande, forte. Ele na certa vem ao El Dorado há semanas, senão meses, e passou a fazer contato com Uli, deixando-a à vontade. Distribuía marcos de ouro por aí, o que o torna singular.

Spitzer bateu mais uma vez na caneta.

— Você deve ser louco para entrar em um lugar como este — disse. — Eu e o velho que varre o chão somos os únicos não-loucos.

— Já quase esgotei as perguntas, imagino — afirmou Wulff.

— Ultrapassaram o limite em seis ou sete.

— Então, você não se importaria se eu conversasse com o chefe dos garçons? — perguntou Wulff.

Spitzer piscou os olhos uma vez.

— Vá ver Rolfe. Ele provavelmente está perto da cozinha dobrando guardanapos e aguando o gim. Diga que eu permito que fale sem problemas.

— Está bem, obrigado — disse Wulff.

Virou-se e tocou na maçaneta da porta, um puxador de prata falsa esculpido em forma de cabeça de Satanás.

— Quebrou a porra do pescoço dela? — perguntou Spitzer.

— Garrote — disse Wulff, saindo.

Ouviu Spitzer dizer:

— Uli punha muito dinheiro aqui.

Wulff contornou o palco e encontrou as portas de vaivém da cozinha. Viu Rolfe empoleirado num caixote, diante de um conjunto de armários de metal, polindo copos e dobrando guardanapos em formas de flamingo. Era um homem pequeno, atarracado, vestindo um *smoking* esfarrapado. Wulff apresentou-se e viu-o ficar branco, quase morto de choque. Quando se recuperou, continuou cabisbaixo dobrando e polindo, na certa à espera de que o alto Kripo fosse um sonho ruim.

— Spitzer disse que você pode falar sem problemas de Uli — começou Wulff.

— Ouvi dizer que ela morreu — comentou Rolfe. Balançou os cabelos louros arenosos, revelando a Wulff suas cicatrizes de varíola. Wulff contou-lhe toda a história da morte de Uli, do começo ao fim. — Mas é terrível! — exclamou Rolfe.

— Você a conhecia?

Rolfe finalmente ergueu dois olhos arregalados. Wulff pegou um maço de cigarros e ofereceu-lhe um, que ele recusou com um sorriso triste.

— Eu conhecia Uli. Ela era muito legal para mim. Uma pessoa autêntica. Não era uma aberração. Ela me dava gorjetas da parte que ganhava. É mais do que fazem alguns deles.

Rolfe limpou um pequeno copo de aguardente e enxugou as mãos com uma toalha de linho.

— Você sabia o verdadeiro nome dela? — perguntou Wulff.

— Vincent Frommer — respondeu Rolfe.

— Sabe se ele tinha família? De onde veio?

— Isto é tudo o que sei sobre Uli — disse Rolfe. Por algum tempo, pareceu perdido em pensamentos. — Acho que sei quem a matou. Foi na noite de sábado, não foi?

— Sim. Você viu Uli no sábado à noite?

— Claro, servi seus drinques.

— Creme de menta e champanhe?

— A gente chama de Claudette Colbert. Como soube disso?

— Foi feita uma autópsia — explicou Wulff. — Mas como era o homem que veio aqui sábado à noite?

— Você já esteve aqui alguma noite? — perguntou Rolfe. — Claro que não — apressou-se a acrescentar. — Bem, é muito escuro. Há uma vela em cada mesa e algumas luminárias de luz fraca acima. Todo mundo põe uma máscara. Mas havia um homem que vinha todo sábado à noite, e já há mais ou menos dois meses. Talvez há mais tempo. Isso o tornou um freguês. Rolfe ergueu o corpo e começou a concentrar-se. — Esse homem usava um pesado sobretudo e um gorro de malha. Era grande e forte. A gente via pelas mãos. Nunca tirava o sobretudo nem o chapéu e usava máscara. Sentava-se curvado com o telefone junto ao ouvido, por isso era difícil vê-lo claramente. Pedia conhaque de maçã para ele e champanhe com creme de menta para Uli e pagava com marcos de ouro. A gente não vê muito mais desses, pelo que me lembro. Foi como pagou no último sábado à noite. Uli me deu parte de suas gorjetas.

— Você viu Uli sair?

— Ela partiu mais cedo. Logo depois das nove. Lembro porque ela sempre fica até meia-noite nas noites de sábado. Saiu por causa dos marcos de ouro. Foi esse homem quem fez isso a Uli?

— Acho que sim — disse Wulff. — Você notou mais alguma coisa nele? Algum hábito, tatuagem, marcas de nascença?

— Nada — disse Rolfe. — Estava escuro e ele usava um sobretudo, mesmo neste calor. As pessoas ficam acotoveladas e eu tenho de servir as bebidas.

— Lembra-se da mesa onde ele se sentou?

Rolfe levantou-se e indicou a mesa com o braço.

— Ninguém gosta daquela mesa porque não dá para ver todo o palco e as pessoas aglomeradas. Não dá para chegar à pista de dança. Imagino que era por isso que ele gostava de ficar ali. Esse homem queria se sentar num canto, não? Uli ficava no balcão, assim ele podia vê-la e era só o que lhe interessava. — Rolfe tornou a sentar-se e começou a dobrar guardanapos nervosamente. — Que canalha! — disse em voz baixa.

▪ ▪ ▪

A lancha dc passcio turístico vespertino do Spree deslizou com os motores desligados e parou no lado oposto da Ópera Cômica, junto ao cais da Friedrichstrasse. Da amurada da popa a estibordo, Rom via as flechas da Catedral Kaiser Wilhelm assomando acima dos castanheiros na Dorotheenstrasse, onde dezenas de táxis e bondes passavam em alta velocidade. Nuvens salpicavam o alto céu azul após semanas de serenidade. Com as altas temperaturas, os berlinenses afluíam ao Parque Luna para nadar ou ao Halensee para piqueniques às margens do lago. Os que podiam dar-se ao luxo iam de trem até Grunewald e almoçavam num jardim sombreado de uma cervejaria ao ar livre.

Rom viu Loos comprar um bilhete. Havia uns 15 turistas ingleses no barco, a maioria ouvindo uma palestra sobre a história da rainha Guilhermina sob a cabine de vidro da proa. Loos escalou apressado a prancha de embarque e foi para a popa. Tinha formas grosseiras, usando um ridículo sobretudo, apesar do calor.

O líder de tropa estava bebendo suco de maçã numa garrafa. Dirigiu-se para a amurada oposta e sentou-se perto de Loos, que olhava a água turva do rio, o dique de mármore além e, mais adiante, as cavernosas entranhas da Berlim oficial, os maciços edifícios clássicos de pedra, lojas de departamentos e galerias.

— Quer um pouco de suco de maçã? — perguntou Rom.

Loos debruçou-se sobre a amurada e cuspiu na água. Vendedores de flores rio acima haviam lançado seus gladíolos murchos do dia na água e as flores flutuavam em volta. Alguns haviam-se deteriorado na água estagnada, formando círculos no sol da tarde.

— Não quero porra nenhuma de suco de maçã — grunhiu Loos.

— Você parece irritado — disse Rom.

Formou-se um nó no músculo do pescoço de Loos. Rom viu o nó tremer.

— Sim, com certeza estou furioso — disse Loos, carrancudo.

— Talvez eu possa ajudá-lo — ofereceu Rom. — A SA ajuda quem ajuda a SA. Somos benevolentes além de seus sonhos mais ensandecidos.

Rom sorriu no íntimo, esmerando-se agora mesmo em sua mais ridícula fanfarrice.

Loos olhou-o pelo canto de um olho. Perguntou-se momentaneamente se estava sendo alvo de ironia e decidiu que não. Mas estava num jogo de esconde-esconde.

— A Stapo tem minha pista. E a porra daquele Wulff também.

— O novo *Oberkommissar*? Refere-se *àquele* Wulff?

— Ele ficou me olhando. Com um olhar feio.

— Só isso? — perguntou Rom, incrédulo. — Wulff ficou olhando para você com um olhar feio?

Os fatos do assassinato de Bruckmann pairavam entre eles como fumaça. Rom nunca mencionara isso a Loos, nem Maikowski tocara no assunto.

— Não me trate com condescendência, seu burocratazinho — grunhiu furioso Loos. O nó em seu pescoço ondulou. — Sei de outros fatos. Coisas que você não pode saber. — Olhou algumas crianças brincando de pegar na popa. Desviou os olhos para o céu azul. — Tenho outra informação — acrescentou em devaneio.

Convenientemente vago, pensou Rom consigo mesmo. Perguntava-se se deveria mencionar a palavra paranóia nos relatórios que fazia para o Estado-Maior da SA.

— Que outra informação é essa? — perguntou. — Tem alguma notícia especial para mim esta semana?

Várias semanas se haviam passado sem uma informação importante de Loos. Maikowski já vinha ficando ansioso com o desperdício de fundos da SA, a desnecessária ligação com esse indivíduo instável dentro do Q. G. da Alexanderplatz. Em alguns aspectos, Loos se tornara mais um risco que um bem.

Loos sugou os dentes.

— Não há nada para informar esta semana — disse.

Rom examinou a água suja, o lixo de gladíolos. O capitão da lancha aumentou a pressão dos motores a diesel, criando uma mistura de flores despedaçadas. Rom decidiu arriscar uma pergunta.

— Alguma notícia sobre a investigação de Bruckmann? Você tem alguma informação interna?

Loos contraiu os músculos do maxilar.

— Há um suspeito sem nome — mentiu.

— Um suspeito sem nome?

— Eu sei o sobrenome dele — acabou dizendo Loos. — Braun. É tudo muito vago.

— Vago em que sentido?

— Vai ser um beco sem saída.

— Desde que esse beco sem saída não leve à SA — disse Rom.

— Impossível — respondeu Loos, sem pensar.

— Nada é impossível — afirmou Rom.

Afastou-se da amurada, vendo os gladíolos deslizarem na esteira do barco.

— Meus cem marcos — disse Loos.

Rom virou-se e entregou a Loos cinco moedas de ouro de vinte marcos.

— Sua informação é inútil.

Loos disparou-lhe um olhar de ódio.

— Meu tempo na Alexanderplatz está quase esgotado. Quero outro posto na SA. Por serviços prestados.

— Que tipo de posto seria esse? — perguntou Rom, quase divertido com a chantagem canhestra.

— Um com uniforme — disse Loos.

— Vou falar com meu superior — disse Rom.

— Quer dizer *Herr* Maikowski? — perguntou Loos.

Rom bebeu um pouco de suco de maçã e jogou a garrafa no rio.

— Sim, Maikowski — respondeu. — Vou falar com ele.

Loos afastou-se da amurada e seguiu em frente. Sentou-se numa cadeira sob a cabine de vidro. Rom continuou na popa com as mãos nos bolsos, enquanto a lancha se aproximava da catedral e atracava pouco antes do Palácio Imperial. Rom viu Loos levantar-se e descer com dificuldade a prancha de desembarque, depois desaparecer na multidão da Burgstrasse.

— Ao inferno com isso — disse Rom em voz audível. — Como fui me envolver com esse monte de fezes de cachorro?

Sabia que fora loucura desde o início. Mas agora se tornara também perigoso o envolvimento com um psicopata, sem qualquer compensação mútua consistente. Depois de alguns minutos, seguiu adiante, atravessou a prancha de desembarque e foi ele mesmo engolido pela multidão do centro de Berlim.

▪ ▪ ▪

Wulff atravessou devagar os corredores silenciosos do hospital. Parou diante da porta do quarto de Barlach, receoso do que poderia ver lá dentro. Fora um dia movimentado, ele compilando relatórios dos legistas, mandando equipes para a rua conferir e reexaminar os depoimentos de testemunhas, tentando vislumbrar os cantos mais obscuros de seu caso. Sentia que avançava aos poucos para o monstro da Hirrenstrasse, sua sombria criatura. E, no meio de toda essa confusão, fora obrigado a cumprir seus deveres no Berlim Mitte, uma série de trabalhos chatos administrativos, discursos infindáveis para novos recrutas, revisão de relatórios de estagiários, remanejamento de equipes de investigadores de homicídio. Só vira Johanna duas vezes durante a semana.

Entrou timidamente no quarto. Barlach achava-se perto da parede oposta, de pijama hospitalar azul, andando devagar de um lado para outro, exercitando-se no andar que esquecera após dois meses de coma. Wulff ficou vendo em silêncio o colega, com o semblante implacável, obrigar-se a dar um passo doloroso após o outro, cada esforço confirmando uma determinação íntima. Bateu de leve no umbral quando Barlach se virou e esboçou um pálido sorriso.

— Já posso andar — anunciou Barlach orgulhosamente.

— Daqui a duas semanas, vai sair do hospital — disse Wulff. — Vai conseguir até marchar com fisioterapia intensiva. Será alimentado como um bezerro, depois atirado no mundo lá fora.

— Tornou-se um *Oberkommissar*, senhor?

— Escute, Barlach — disse Wulff. — No meu novo posto, tenho alguns privilégios. Posso nomear um certo número de Schupos para postos no Departamento IV. Se passarem nas provas, essas novas pessoas se tornam detetives. Pus seu nome na indicação para um desses postos, e você foi incluído na lista de examinados. As provas ocorrem todo ano em novembro. Enquanto se recupera, espero que estude. E que passe nos exames.

Barlach sentou-se calado, quase em choque.

— Você aprova esse curso? — perguntou Wulff.

— Sim... sim, claro — disse Barlach, orgulhoso.

— Está combinado, então — Wulff riu.

— Não vai se decepcionar — disse Barlach. — E tem alguma notícia do assassinato da Hirrenstrasse?

— Ele cometeu outro assassinato — disse Wulff. — Em Little Wedding. Estrangulou um travesti com um garrote.

— Bruckmann foi assassinado com um garrote.

— Exatamente — concordou Wulff —, e tenho um nome no assassinato de Bruckmann. O suspeito se chama Edgar Braun. É um ex-parceiro de Bruckmann no Freikorps. Por que mataria Bruckmann, não faço a mínima idéia...

— Mas quem é Braun?

— Não sei quem ele é. No momento, é apenas uma vaga imagem fotográfica. Não se tem uma pista dele desde Munique em 1923.

Contou a Barlach a pesquisa sobre Braun, sua paciente procura nos dossiês do Reichswehr e as fotos compiladas pelo próprio Bruckmann. Edgar Braun era um homem violento com a cabeça raspada e uma barbicha de aparência brutal.

Barlach caminhou até a cama e sentou-se. Pegou a bengala e apontou a parede.

— Durante três horas por dia, ando até aquela parede. Semana que vem, vão me permitir atravessar o corredor para fazer exercício. Quando tiver estabilidade, vou jogar fora esta bengala.

Barlach ergueu ligeiramente a mão esquerda atrofiada. Tentou mexer os dedos e não conseguiu.

— E isso? — perguntou a Wulff.

— Você será detetive, não relojoeiro.

— O médico diz que vai melhorar. É provável que eu possa voltar a dirigir.

Wulff encaminhou-se até Barlach e pôs-lhe a mão no ombro.

— Voltarei em breve para vê-lo.

Assim que saiu do quarto de hospital, parou. Ouvia o andar arrastado de Barlach. Na rua, as árvores apregoavam o alto verão em Wilmersdorf.

20

De sua janela, Eva viu em dupla visão uma flecha da Igreja de St. Michael, telhados revestidos de ladrilho, e um céu azul-faiança que tremeluzia furiosamente. Ela deitou-se numa espreguiçadeira e observou uma aranha trabalhar habilmente em um canto do teto. Depois de um longo intervalo, ergueu-se apoiada em um braço e examinou a colher enegrecida que usava para ferver a morfina, a mesa de madeira em que estava e uma ampola vazia. Levantou-se, lambeu a colher suja e assoou o nariz em uma ponta de colcha.

Comerciantes movimentavam-se ocupados na praça embaixo, expondo legumes e pão recém-assado, livros, utensílios de ferro, enquanto um peixeiro acompanhava sua carroça no esplêndido clima de verão. Como sempre, o velho latoeiro ambulante judeu cantava de boca fechada consigo mesmo. Desesperada, Eva acendeu um fósforo e manteve-o embaixo da colher até aparecer uma borbulha branca. Pegou uma agulha hipodérmica e tentou sugar o último fio de morfina, depois mergulhou a agulha no pescoço, pouco abaixo da orelha direita. Sentou-se de súbito, sorriu intimamente, e lambeu os lábios.

A porta de seu apartamento abriu-se e depois fechou-se. Maikowski olhava-a de cima, braços cruzados, um olhar cínico nada sutil no rosto.

— Eva, sua cadela idiota — disse, abanando a cabeça, consternado.

Ela ergueu-se mais uma vez apoiada em um braço. O sol escondera-se atrás de uma flecha, grandes braços ardentes de luz lustrando os telhados. Pondo dois pés descalços no chão, ela ergueu os olhos para Maikowski, franzindo o cenho, com um ar reprovador.

— A morfina será sua ruína, Eva — riu ele.

Eva reclinou-se e enxugou o nariz escorrendo. Tinha febre, e as crostas de ferida no pescoço recusavam-se a sarar. Quando se sentiu em condições, levantou-se, foi até a pia e borrifou água fria no rosto. Enumerou suas bênçãos como a mãe ensinara: um apartamento de dois quartos no bairro Schwabing de Munique, uma pequena mas seleta clientela de homens da SA, da polícia e alguns padres corruptos que lhe levavam vinho e hóstias sacramentais. Sem esses sádicos e masoquistas em sua vida, ela estaria na rua. Enxugou o rosto com a toalha.

— Isso vindo de você é muito engraçado — acabou dizendo a Maikowski.

Maikowski grunhiu e tirou a jaqueta de couro da SA, vestida em uma quente noite de verão como símbolo de uma coisa que ele julgava simbolizar, um movimento rumo à nova Alemanha. Também simbolizavam o movimento a camisa pardo-clara, a calça marrom-escura, uma abundância de cintos de couro cruzados no peito, um gorro de pala com alfinetes da suástica e a braçadeira vermelha. Sentou-se numa cadeira de madeira e Eva foi até ele, ajoelhou-se e começou a retirar-lhe as pesadas botas pretas.

— Tive um dia longo — disse Maikowski. — Relaxe-me, Eva. Você sabe como me relaxar, não é?

Ela examinou sua cabeça em forma de lágrima, os traços angulosos e olhos pretos retintos, os cabelos pretos ralos e puxados para trás em bico-de-viúva, a testa branca, pálida. Sentia vontade de cuspir na cara dele, mas, em vez disso, sorriu-lhe e disse:

— Sou seu garotinho hoje?

Maikowski fez que sim com a cabeça.

Ela levantou-se caminhou até o armário, despiu-se da combinação e do sutiã, abriu o fecho do sutiã e deixou-o cair no chão. Fechou mais uma vez os olhos, lamentando os seios flácidos e as pernas cheias de escaras e hematomas. Tirou do armário uma calça curta escolar, uma camisa azul de manga comprida, uma gravata de escola inglesa. Com o rosto voltado para a janela, arrematou seu traje de "menino inglês" com mãos trêmulas. Quando terminou, voltou à penteadeira, prendeu o cabelo liso em um coque e limpou o rosto, removendo o pouco de maquilagem que restava.

Maikowski tirara as roupas e estava nu, a não ser pelo par de meias brancas. Era pele e osso, uma repugnante cicatriz na barriga desaparecendo num pequeno tufo de pêlos púbicos. Eva virou-se e avançou devagar, com um ar de falsa timidez, abaixou-se e beliscou os mamilos dele, torceu-os e mordeu-lhe o joelho.

— Vou chamá-la de Robert — disse Maikowski.

Tinha os mamilos cor-de-rosa. Tocou um deles, pensativo.

— Sou seu pequeno Robert, então — disse Eva.

— Quantos anos você tem, Robert?

— Tenho apenas 13 — disse Eva.

Seus clientes com freqüência preferiam 13.

— Você é um bom menino? — perguntou-lhe Maikowski. — Ou é um menino mau?

— Sou um menino muito mau, na verdade — disse Eva, erguendo-se agora com as pernas montadas nas dele, mãos nos quadris.

— Então, você deve ser castigado — disse Maikowski.

Eva girou uma vez em círculo em cima dele. Ficou de quatro e empinou o traseiro, Maikowski pegou o chicote de couro de rinoceronte com a mão. O chicote era um artefato dos tempos idos, mas tornara-se peça obrigatória na cultura da SA quando Hitler passara a usar um, presente de uma de suas benfeitoras e admiradoras. O primeiro açoite atingiu Eva na nádega direita, uma suave mordida de traça. Depois Maikowski atingiu-a mais duas vezes, com mais força.

— Que delícia! — disse Eva.

Ele emitiu um ruído indecifrável.

Eva lançou um olhar para trás e viu-o nos estertores de prazer, revirando os olhos, lábios bem comprimidos. Exatamente como a morfina, concluiu Eva. E, nesse momento, com os olhos fechados, Maikowski atingiu-a com força nas costas, espalhando um calor de dor pelos ombros.

— E você é meu professor? — Eva conseguiu perguntar-lhe, apesar da intensidade cada vez maior da dor.

A morfina deixara-a um tanto impermeável a ele. Em sua real vida de fantasia, a vida que era mais real do que a realidade, ela flutuava pelos tetos azulejados de Munique de braços dados com seu amante.

— Você deve ser punido, Robert — ele conseguiu dizer.

— Oh, me puna, mestre — Eva riu, mal disfarçando o desprezo.

Uma fina película de suor cobria o corpo nu de Maikowski. O cheiro de sangue tomava o aposento. Em todas as paredes Eva pendurara reproduções baratas de arte francesa, algumas fauvistas e outras impressionistas. Dias antes, comprara um vaso de rosas híbridas no parque, e elas murchavam na mesa de madeira. Eva viu uma mancha de sangue em um dos ombros.

Sentiu a cabeça empurrada para a frente, Maikowski com a mão sob sua barriga para erguer o traseiro e açoitá-lo com o chicote. Eva viu as botas dele bem arrumadas debaixo da cama.

A urina morna de Maikowski escorreu-lhe pelo pescoço. Ela sentiu o cheiro de sua acidez nauseante. Empapou-lhe a blusa azul e umedeceu-lhe os pêlos da axila.

— Você vai ser bom, não, Robert? — perguntou Maikowski.

— Muito bom — ela disse.

— Você ama seu mestre, não, Robert?

— Muito, senhor.

Maikowski de repente estremeceu, como baleado. Eva deixou-se relaxar de bruços e ficou ali arfando como se houvesse sido regada com gasolina. Maikowski calçava uma das botas, cutucando-a com um dos dedões.

— Agora em mim — disse Maikowski, sem emoção.

Deitou-se no chão junto a ela, olho no olho. Eva levantou-se, tirou a calça curta e puxou a calcinha para baixo, montando nele.

As pernas tremeram quando ela se aliviou. Um jorro derramou-se de entre suas pernas, esparramando-se por Maikowski, que estava deitado de bruços. Quando ela terminou, vestiu a calcinha e sentou-se na cadeira de madeira, olhando fixamente seu cliente da SA, cuja respiração vinha em grandes arquejos entrecortados. Maikowski ficou ali deitado por muito tempo, nu, com exceção das meias brancas e botas pretas. Passados cinco minutos, levantou-se e encaminhou-se para a pia.

— Para uma prostituta, você é bastante especial — reconheceu, examinando o rosto no espelho.

— Obrigada — disse Eva, exausta. — Vai ficar muito tempo em Munique?

— Você não lê os jornais?

Eva disse que não. Nunca lia os jornais. Urinava nas pessoas e tomava morfina.

Maikowski riu.

— Dois policiais foram mortos em Berlim ontem.

— Isto é notícia? — perguntou Eva, distraída.

— Eva, por favor — disse Maikowski em um tom paternal —, não exagere o mal em Berlim. Secou os braços e o tórax, vestiu a camisa e a calça marrom-escura e abotoou a braguilha. — Sim, dois pobres capitães de polícia foram mortos a tiros perto da Bülow Platz. A polícia e os jornais acusam a SA, e a SA acusa os comunistas. Claro, nós sabemos a verdade, não, Eva?

— O comunistas são os responsáveis — disse Eva, entediada. — Então, você precisa partir para Berlim a fim de cuidar dos negócios.

Maikowski grunhiu, inchou o tórax e ajustou a braçadeira nazista vermelha no bíceps esquerdo.

— Há sempre negócios, Eva.

— E quando vai voltar?

— Outubro — disse Maikowski. — Você não deve esquecer que temos de planejar a grande marcha do golpe de Hitler em novembro. E, depois disso, a reunião do partido em Nuremberg. Pense nisso, Eva! Pense em sessenta mil pessoas marchando à luz de tochas! O estádio vai ficar lotado! — Amarrou as botas e voltou para o espelho, passando um pente pelos cabelos ralos. — Sim, assim está melhor — disse. — Muitíssimo melhor.

— Eu, na verdade, soube da morte de Bruckmann — disse Eva. — Era um pústula, se é que já houve um.

— Não fale mal dos mortos — riu Maikowski. — E eu achava que você não lia jornais.

— Eu disse que soube — respondeu Eva. — Caso não saiba, Bruckmann era outro dos meus clientes ilustres. — Começava a sentir o cheiro da urina de Maikowski, dela própria e do seu próprio sangue. Isso a estava deixando nauseada, ou então era a morfina. — Rom cuida de mim em Berlim. Achei que você soubesse disso.

— E ele contou a você sobre a morte de Bruckmann? A mim, não disse nada. Eu tenho amigos em Berlim. Seus amigos deveriam cuidar da própria vida.

— E o que aconteceu *exatamente* com Bruckmann? — perguntou Eva com falsa timidez. — Rom não me disse que ele iria morrer.

Maikowski ajustou o boné. Ficou ali diante do espelho aprumando-se como um símio.

— Tire Bruckmann da cabeça, minha cara Eva. Ele é um assunto perigoso.

Já quase escurecera agora. Moscas pousavam calmamente na tela da janela. Uma lambia as patas traseiras quando Eva olhou. Ela se lembrou da aranha.

Pensava consigo mesmo: que espécie de animais desprezíveis urinam uns nos outros por prazer?

— Estarei indo para Berlim a qualquer hora em breve? — perguntou em um momento de reflexão.

— Isso é com Rom — respondeu Maikowski. — As coisas estão chegando a um ponto crítico em Berlim. No que se refere a você, a situação política lá favorece a SA agora. A era de diversão e jogos está quase terminada.

— Você não vai me despedir — disse Eva.

— Eva, Eva! — Maikowski riu, batendo palmas. — Despedir você, minha cara! Nunca! — Deu tapinhas no queixo, firmando-o com uma espécie de encantamento tresloucado. — Putas como você são indispensáveis, Eva, não se esqueça disso! — Virou-se e olhou para ela, que observava a aranha tecer sua teia. — Mas, Eva, quero lhe dar um pequeno conselho. Quando a revolução chegar afinal à Alemanha, se eu fosse você, sairia deste buraco de merda comunista de Schwabing. Como diz Hitler: "Cabeças vão rolar."

— Hitler vai limpar a casa? — escarneceu Eva.

Maikowski franziu o cenho, detectando o sarcasmo. Umedeceu um dedo e alisou as sobrancelhas. Pegou a jaqueta de couro preto e dobrou-a sobre o braço livre.

— Sarcasmo é uma faca de dois gumes.

— Oh, Otto, não fique bravo comigo!

— Eu já pedi a você para não me chamar de Otto — disse Maikowski, enraivecido.

— Otto, Otto, Otto! — gritou Eva. Seu humor adquirira um aspecto estouvado, como muitas vezes fazia. — Você realmente não passa de um caipira com um uniforme elegante.

— Feche essa sua boca de prostituta — gritou Maikowski, ficando com o rosto bastante avermelhado.

Eva baixou os olhos, simulando vergonha.

— Oh, Otto, não fique tão nervoso assim. Não quer um copo de *schnapps* antes de ir embora? Só um copo, caro Otto!

Serviu-lhe a aguardente e Maikowski aceitou o copo calado, depois sorveu-o em um trago.

— Não tem meios para comprar nada melhor? — perguntou mal-humorado.

— Seja generoso comigo, Otto — disse Eva.

Maikowski retirou um envelope da jaqueta de couro e derramou o conteúdo na cama, dez ampolas de pó branco de morfina e algumas notas de marco. Recuperou quatro das ampolas e recolocou-as no bolso da jaqueta.

— Seu filho-da-puta — gritou Eva. — Você me prometeu dez ampolas e cinqüenta marcos!

Maikowski encaminhou-se até a porta e abriu-a. Parou radiante na entrada, satisfeito.

— Você não deveria me chamar de Otto — disse em voz baixa.

Da base da escada, ouviu-a gritar.

— Filho-da-puta! Monte de excremento e bosta de porco! Otário! Pervertido nazista!

Oh, Eva tinha alma; tinha, sim. Mas Maikowski podia virar-se sem ela, se precisasse.

▪ ▪ ▪

Wulff levantou-se cedo, pôs um bom terno azul e foi de táxi para o Berlim Mitte. Passou trinta minutos revendo relatórios, depois designou um detetive para um novo caso, espancamento e roubo ocorridos em Prenzlauer, provavelmente não-político. O Controle da Schupo informou-lhe que dois capitães da polícia haviam sido mortos a tiros durante a noite, os corpos encontrados próximo à sede do Partido Comunista. Ele assinou a inscrição especial para Barlach fazer as provas de detetive em novembro e examinou o arquivo de Theodor Loos que estivera compilando fazia um bom tempo. *Mãe: flamenga. Pai: alemão de boa família. Formado em escolas católicas e no ginásio local de Freiburg.* Loos tentou alistar-se no exército em 1918 e fora designado para uma unidade de treinamento, embora o armistício interviesse e ele fosse logo dispensado. Contraíra gripe em fins de 1923, depois seguira para Berlim, onde fora empregado pelo Ministério do Interior do Reich como técnico de caldeira e faxineiro. Mais tarde, arranjara um trabalho na Alexanderplatz. Não se casou. Morava só.

Outro beco sem saída para Wulff.

Saiu do escritório, desceu para uma sala de conferência revestida de madeira no andar inferior e viu que Weiss chegara cedo e sentara-se em uma das grandes cadeiras de carvalho espalhadas em volta da mesa. Krause esvaziava o conteúdo de uma caixa de papelão contendo arquivos, dossiês e fotografias. A mesa de conferência já se achava parcialmente coberta de documentos e relatórios, e Krause apressava-se para esvaziar o resto do material. Wulff apresentou suas desculpas. Olhou de relance o relógio de parede e viu que chegara dez minutos adiantado.

Sentou-se desabando na cadeira e sentindo-se de repente deprimido e irritado. O assassinato da Hirrenstrasse, Bruckmann, e agora aquele. Vinha sendo inundado por seus deveres administrativos e conseguira contratar apenas um adjunto digno de confiança. Foi tomado pela sensação de que seus esforços não resultavam em nada.

— E você? — perguntou Weiss, erguendo os olhos com um sorriso desamparado.

Limpou os óculos com um lenço e retornou-os ao nariz. Krause terminara seu trabalho e estava parado num canto, com os braços cruzados.

— Estou no meu limite com o espião, com a Hirrenstrasse e Bruckmann.

— O espião! — riu Weiss. Encarava Wulff, os olhos aumentados pelas lentes grossas. — Deixe-me dizer uma coisa a você em confiança, meu amigo Wulff. Acabei de mandar fazer uma lista revisada de delegacias da Schupo dominadas pelos nazistas. — Balançou a cabeça, como confirmando a si mesmo os resultados de um inventário mental. — Na última primavera, quando comecei a compilar esta lista, ela ficou quase vazia. Na época, apenas oito delegacias policiais estavam infestadas. Agora é final de verão. Esse número dobrou. Tenho alguns capitães confessando-se abertamente a favor da causa nazista. E não posso demiti-los, porque o Ministério do Interior persiste em chamar os nazistas de partido político legítimo. Até Hitler faz o jogo, proclamando sua aliança com a legalidade. Por isso, não posso despedir um funcionário público que defende a queda do próprio governo que o emprega. Que loucura!

— E o espião? — perguntou Wulff.

— O espião — disse Weiss, assobiando baixo. — A administração está agora cheia de vazamentos. Minha própria força da Stapo também tem seus problemas. Nosso espião se tornou um entre muitos deles. E agora os nazistas descaradamente mataram dois capitães da Schupo na rua. — Weiss bateu com o punho na mesa.

— Antes de nossa reunião começar, há mais uma coisa — disse Wulff. — Uma coisa que talvez ajude.

— E qual é?

— É sobre Edgar Braun. Quero continuar indo atrás dele.

— Ele não existe — disse Weiss. — O que quero dizer é que pus a Stapo à procura dele e meus homens não conseguem encontrar qualquer pista. Ninguém viu ou ouviu falar dele desde Munique em 1923.

— É um devoto do garrote.

— E isso o torna suspeito pelo assassinato de Bruckmann?

— Acho que sim.

— Você tem um palpite, então.

Wulff encolheu os ombros.

— Quero ir a Juprelle, próximo de Liège, na Bélgica. Braun nasceu e foi criado lá. Quero ver se alguém tem informações que nos poderiam levar a ele.

— Os pais dele estão mortos — disse Weiss. — Bem, presumimos que o pai esteja morto. O homem é desconhecido.

— Eu me ausentaria por, no máximo, dois dias — alegou Wulff.

— Diabos — exclamou Weiss. — E você precisa de uma requisição.

— Passagens e despesas de viagem.

Weiss riu e abanou a cabeça.

— Você é Kripo até a medula — disse. — Apesar de minhas tentativas de doutriná-lo na polícia política, você continua sendo um buldogue investigativo. Onde terei errado, Wulff?

— É a minha natureza — disse Wulff.

— Muito bem então — assentiu Weiss. — Faça sua viagem, que eu cuidarei do reembolso. — Weiss recostou-se na cadeira. — Mas, por favor, adie-a por duas semanas. Dê-me pelo menos esse tempo durante a nossa investigação do assassinato dos capitães Anlauf e Lencke.

— Sim, senhor, duas semanas — concordou Wulff.

Quantos mais morreriam em duas semanas?

▪ ▪ ▪

Tinham ido a Grosspielhaus ver uma nova peça de Brecht naquele domingo à tarde. Antes haviam nadado no Luna Park, espirrando água loucamente como crianças na enorme piscina pública, sozinhos em um canto sombrio onde estava quase frio e as crianças e os velhos não se aventuravam, os dois rindo como ladrões que tivessem roubado a roupa íntima do czar. Wulff mergulhara e, por baixo d'água, beijara a barriga de Johanna, correra a língua ao longo de suas lindas pernas, tocando os delicados pêlos que flutuavam entre elas, enquanto ela passava as mãos pelos cabelos molhados dele. Naquela tarde, Johanna vestira saia vermelha, blusa de seda branca de mangas curtas, colete rosa-claro bordado com pavões emplumados em brilhantes tons de ouro, verde e turquesa, e amarrara um lenço carmesim no pescoço. Wulff disse que ela parecia o pôr-do-sol, e falou a sério. Naquele dia, fizeram amor três vezes.

Após o jantar, no Romanishes Café, Wulff chamou uma charrete puxada a cavalo para o trajeto até o hotel de Adlon na Wilhelmstrasse, uma viagem de uns três quilômetros pelas tranqüilas ruas de domingo à noite.

O hotel estava cheio de comensais, berlinenses que tinham ido para o chá de fim de tarde e ficado para acolher a sinfonia e as multidões do teatro. Assim que entrou, Wulff avistou Erwin Kisch em um canto do longo balcão de mogno segurando um drinque. Kisch acenou para Johanna, depois trocou um aperto de mãos com Wulff.

— Então, como vão as coisas? — perguntou Kisch alegremente, dando em Johanna um grande abraço. Mascava um charuto apagado e disse-lhes que apenas começara a beber. — Vocês souberam que os nazistas quebraram todas as janelas do Katakombe Klub ontem à noite? Aparentemente, as peças satíricas antinazistas foram demais para as peles finas deles. É uma pena, também. O Katakombe era praticamente o último lugar em Berlim para fazer piadas à custa de Hitler!

Johanna beijou-o na face.

— Você é uma absoluta fonte de notícias — ela riu.

Wulff passou os olhos pela área do bar — papel de parede salpicado de dourado, mesas redondas, imaculadas toalhas de linho branco, cinzeiros de cristal e talheres dourados. Um comprido espelho atrás do balcão cintilava com a luz refletida. Atrás deles, uma entrada levava ao ornado salão de baile vizinho, e ouvia-se uma orquestra afinando os instrumentos para o animado entretenimento de valsas e divertimentos. Em pé, no saguão, estava Louis Adlon. Eles o saudaram com um aceno de cabeça.

— Fomos ver a última peça de Brecht — disse Johanna a Kisch.

Wulff pediu coquetéis de champanhe, o mais recente furor em Berlim. Em um canto a uma mesa, viu Kurt Daleuge, o supremo chefe do crescente movimento da SA em Berlim. Também reconheceu Dieter Rom e Otto Maikowski, os homens que dirigiam as operações do dia-a-dia da SA na cidade.

— Já soube da fofoca mais recente? — perguntou Johanna a Kisch. — Nosso amigo Goebbels vai se casar com uma senhora da sociedade. Parece que estão formalmente comprometidos.

— Este é diferente — interrompeu Kisch. — Os nazistas em geral engravidam as mulheres e depois as abandonam.

— Devem se casar na Igreja Católica — continuou Johanna. — Quem poderia imaginar isso! Esse bom nazista vai ajoelhar-se aos pés da Virgem Maria! Eu me sinto como se este país estivesse sendo estuprado.

— Totalmente previsível — disse subitamente Kisch, sorumbático. — Raspe a superfície de um bom nazista que você descobre um *petit-bourgeois* num terno de linho mal-ajambrado.

Johanna sorriu e tomou um gole de champanhe. Wulff sabia que ela abandonara sua tese escrita sobre Goebbels, considerando-o ao mesmo tempo deprimente e perigoso.

— *Herr* Goebbels se recusa a compartilhar seus sonhos comigo — disse. — Por isso, minha análise está obstruída.

— Posso lhe contar os sonhos dele — riu Kisch. — Ele vê uma longa fila de judeus enlameados saindo da Alemanha rumo ao leste. Vê comunistas famintos de cabeça raspada em prisões e trens correndo a todo vapor!

Johanna corou e segurou-se no braço direito de Wulff, como se achasse que iria desmaiar. Ele a amou terrivelmente nesse momento, com as faces cor-de-pêssego e os faiscantes olhos verdes.

— E quantas vezes nós simplesmente analisamos juntos *Herr* Goebbels? — ela perguntou a Kisch. Terminou o coquetel e passou o braço em volta da cintura de Wulff. — Aqui estamos nós sempre tentando teorizar didaticamente as relações dele com as mulheres — continuou. Fez uma pausa, ergueu os olhos para Wulff, fitando-o com recatado desejo. — Mas o verdadeiro enfoque de qualquer análise científica de Goebbels deve ser sua relação com Hitler, e não com as *socialites* que ele deseja. O *terror respeitoso* que ele tem de Hitler, a absoluta devoção que mostra ao homem, a deferência pelas idéias insanas dele e a cegueira de sua lealdade... realmente, isto, sim, é muito admirável psicologicamente. E sua disposição de servir! Hitler diz: "Fomos apunhalados nas costas pelos criminosos de Novembro! Somos traídos pelos judeus em serviços bancários e finanças! Somos os verdadeiros revolucionários da Alemanha!" Hitler diz essas coisas e Goebbels acredita!

Kisch grunhiu.

— Devemos deduzir disso que Hitler é uma figura paternal?

Os olhos de Johanna pareceram resplandecer.

— Vamos pensar um pouco. Aqui temos um movimento dominado por um único homem, um homem sem mulher, família ou filhos, cuja existência inteira está apartada de um lar ou família, e para quem a vida é peripatética, desarraigada, desorganizada. Aqui temos um movimento dominado por um homem que se distancia de todo contato e intimidade humanos, que vive aparentemente sem sexo ou amizade, que existe, como dizem os antropólogos, sem uma estrutura de parentesco. E como seus seguidores anseiam por seu amor! Como se agarram a tudo o que ele diz! Verdadeiramente notável.

— Então, Hitler é pai deles! — riu Kisch.

— Não exatamente — ponderou Johanna, aquecendo-se agora para a tarefa. — Ele é o pai ausente. O pai que intencionalmente nega seu amor, que dá um leve tapinha na cabeça do filho no Natal, que nunca escreve uma carta, que nunca dá um beijo.

— E fala, fala — disse Kisch.

— Meu caro Erwin querido — disse Johanna —, não notou como estes nazistas falam de seus problemas? Eles nada têm além de problemas a resolver! Têm o problema dos judeus! — Ela largou sua taça de champanhe, o rosto brilhando de petulância agora. — Têm o problema do burguês, o problema dos trabalhadores e do bolchevismo, o problema dos criminosos de Novembro, o nacionalismo, o socialismo e *lebensraum*. — Deu outro aperto em Wulff. — São os mais poderosos dos falantes. Hitler, às vezes, fala durante horas sem parar. Seus discursos são intermináveis. E, quando ele termina um discurso, retira-se para seu apartamento e continua a falar. Fala continuamente.

— Como eu já lhes disse antes — tomou a palavra Kisch —, esses nazistas aprenderam seus truques com Al Capone. Não passam de criminosos em ternos de empresários e uniformes elegantes.

Louis Adlon encaminhara-se até o balcão. Pôs a mão no ombro de Wulff e afastou-o alguns passos.

— Como vai você, Harry? — sussurrou. — E como vai seu pai, por favor?

— Estamos os dois bem — respondeu-lhe Wulff.

— Diga a seu pai que sinto saudades dele — continuou Adlon. — Sinto saudades dele e dos velhos tempos.

Wulff disse que transmitiria o recado. Adlon pareceu nervoso a Wulff, não era sua velha maneira de ser. Ajeitou a gravata-borboleta e acabou dizendo:

— A SA está aqui em peso esta noite.

— É, eu os vi num canto — respondeu Wulff.

— Pelo menos não é aquele porco do Göring — disse Adlon, em voz baixa. Encolheu os ombros, desamparado. — Disseram-me que Göring prefere restaurantes em que as porções sejam grandes.

Wulff riu baixinho. Virou-se e lançou uma rápida olhada para os homens da SA — Dieter Rom, alto, louro e esbelto em seu uniforme marrom bem talhado. Maikowski, baixinho e magro, com um perverso brilho nos olhos. Kurt Daleuge, enorme de gordo, com a cara vermelha de beberrão.

— O que eles estão fazendo aqui? — perguntou Wulff, tornando a voltar-se para Adlon.

Ouviu Kisch rindo de alguma coisa que dissera a si mesmo.

— Fazendo-se notar — respondeu Adlon. — São como cicatrizes de varíola. Não são a doença, mas a prova dela. Até agora, o Hotel Adlon tem evitado a doença e as cicatrizes.

Rom levantou-se da mesa, deixou o guardanapo de linho cair no chão e atravessou a sala em direção a Wulff. Seu uniforme era impecavelmente sob medida, passado e com vincos firmes e ângulos agudos, os acessórios de couro, cintos e botas bem engraxados. Johanna disse:

— A figura do pai...

Kisch riu e pediu mais coquetéis de champanhe. Do salão de baile, Wulff ouvia uma animada valsa. Rom avançou para eles, o sorriso altivo, os brilhantes dentes brancos faiscando, o cabelo cortado à navalha, sem um único fio fora do lugar. Cumprimentou Wulff com um movimento de cabeça.

— Creio que é o *Oberkommissar* Harry Wulff — disse, lançando sedutoramente uma olhada de lado a Kisch, que parara de falar.

—- A seu serviço — disse Wulff.

— E esse imbecil deve ser Kisch — disse Rom, de repente sacudindo a cabeça para o balcão.

Kisch saudou-o com sua taça de champanhe.

— Não conheço bem as formalidades — disse, e sorriu. — Devo dizer "*Heil* Hitler" ou apenas vomitar em suas botas pretas?

Rom esboçou um sorriso esquisito.

— Você anda escrevendo matérias falsas — disse a Kisch.

Wulff observava, esperando o pior.

— As matérias sobre Bruckmann, sim — retrucou Kisch. — Mas não são falsas.

— A SA não é responsável pela morte de Bruckmann — disse Rom, friamente.

— Não diga absurdos — disse-lhe Kisch. — Ouvem-se rumores há anos sobre Bruckmann, sobre sua afeição por menininhos e menininhas. Dizem até que gostava de morder as pessoas no pescoço! Imagine só! Bruckmann como um vampiro! Isso o poria na mesma categoria que o líder da SA, Ernst Röhm, não? — Kisch fez uma pausa teatral, deu um largo sorriso e lambeu os lábios.

— Chegará um dia — disse Rom.

— Por favor, *Herr* Rom, peço-lhe que retorne à sua mesa — disse Adlon, em voz baixa. — Esta não é a hora nem este é o lugar adequado para política.

Rom virou-se de novo para Wulff.

— Você é o investigador, não é?

Wulff fez que sim com a cabeça.

— Sabe — continuou Rom — que toda essa teoria sobre a morte de Bruckmann não passa da mais simples baba de *kike*, não?

— Baba de *kike*? — disse Wulff.

— Baba de *kike* — repetiu Rom. — A baba da boca de um judeu. Imunda e de borra.

Wulff sentiu uma contração na garganta.

— Eu ficaria grato se nos deixasse.

— Veja bem, Wulff — continuou Rom —, quero que saiba que a SA não guarda nenhum rancor contra a Kripo. Combatemos o mesmo mal, não? — Olhou para Johanna, que assistia à cena com horror mal disfarçado. — Mas cuidado com o velho ditado. Se você se deita com cães...

Wulff deu-lhe com força um tapa na cara, que o fez cambalear ligeiramente e depois recuperar o equilíbrio após derrubar uma taça vazia de champanhe com a mão direita. Tinha a face avermelhada onde Wulff o atingira.

— Cavalheiros, por favor! — gritou Adlon.

Rom esfregou o queixo.

— Não vou me esquecer disso — disse.

— É bom que não esqueça — respondeu-lhe Wulff. — E, no meu círculo, isto é um desafio à luta. Prefere a pistola ou o sabre?

Rom examinou a sala, o teto, a luz diáfana e as cores refletidas. O bar caíra em total silêncio, a não ser pelo som de um violino sendo afinado na outra sala.

— Eu lhe darei minha resposta em outra ocasião — disse Rom.

— Talvez prefira uma emboscada. Como Anlauf e Lencke.

— Minhas armas são paciência e organização — respondeu Rom, virando-se ligeiramente para dirigir a Johanna um aceno com a cabeça.

Wulff curvou-se em falsa deferência. Rom deu meia-volta e atravessou a sala devagar. Wulff viu os três homens da SA pagarem a conta e deixarem o hotel. Johanna tinha lágrimas nos olhos.

— Sinto muitíssimo, Harry — desculpou-se Louis Adlon. — Estas coisas me envergonham.

Wulff sentiu-se de repente frio, o sangue correndo como gelo. Por um breve momento, teria denunciado Deus pela chance de matar Dieter Rom.

21

Wulff estacionou seu Opel na área de táxi. Uma barricada fora erguida, bloqueando a rua adiante, uma pilha fortuita de mobília descartada, blocos de construção de concreto, pedras de calçamento e barris de cerveja vazios. Ao lado da barricada, estavam dois Schupo, fumando e conversando fiado, batendo de leve os cassetetes nas pernas das calças dos uniformes. Wulff contornou a barricada na calçada e mostrou-lhes sua identidade com a escrita em alemão gótico e a fotografia oficial.

— Quais são suas ordens? — indagou ao Schupo superior, um avantajado *Wachtmeister*. — Sargento? — perguntou de novo Wulff, desta vez mais alto.

— A ordem do dia, senhor — respondeu-lhe o sargento. — Não temos quaisquer ordens especiais.

Wulff cerrou os dentes de raiva.

Duas meninas judias correram pela rua bem à sua vista e dos dois Schupos, os cabelos escuros presos atrás com fitas brancas. Wulff deixou a barricada enojado e seguiu apressado pela rua. Uma fatia de lua pairava acima dos prédios de apartamentos e lojas, quase invisível na obscuridade do anoitecer. Agora, as lojas estavam fechadas, algumas vitrinas quebradas. Um cheiro acre exalava-se no ar e via-se fumaça subindo acima da sinagoga. Na Fasanenstrasse, os judeus de Berlim haviam construído seu mais belo templo com saída para a rua. Durante centenas de anos, os judeus da Europa não haviam ousado pôr as portas da frente de seus lugares de culto nas ruas, mas voltadas para vielas, um símbolo da proibição de seu culto religioso. Agora, ali bem defronte à rua, Wulff via a imensa Torá de pedra acima das portas ornadas, vidros despedaçados nos degraus, um velho de longa barba grisalha ajoelhado na sarjeta, o chapéu amassado perto. A fumaça era amarela, e a minúscula lasca de lua, cor de osso. Wulff sacou a parabélum.

Adiante na rua, um Opel conversível passou devagar, dois homens na frente, um grandalhão atrás, com um pé no banco do passageiro, levando um cassetete de nogueira. Quando o carro passou, o homem gritou epítetos e obscenidades vis para uma dúzia ou mais de judeus amedrontados nos degraus dianteiros da sinagoga. O Opel parou de repente e um homem no assento do passageiro atirou uma pedra.

Wulff viu uma equipe da Stapo perto, todos os homens em ternos escuros, Weiss no comando. Guardou a arma no coldre e saiu correndo pela rua. Seis da tropa portavam carabinas e Weiss, um pequeno revólver.

— Que vai fazer a respeito disso? — perguntou Wulff a Weiss quando chegou à posição da equipe.

Wulff esquecera o protocolo, a necessidade de respeito. Sentia-se estupidamente furioso, quase carrancudo.

— Ah — grunhiu, nunca viu um *pogrom* antes? — disse lentamente, a voz quase um rosnado. — Como foi que recebeu a notícia? — perguntou.

— Alguém da congregação telefonou para Johanna — disse Wulff. — Tínhamos estado em Halensee, acabávamos de voltar a Berlim.

— Você deveria ir para casa, Wulff — disse Weiss.

— Há quanto tempo isso vem acontecendo? — perguntou Wulff, ignorando a sugestão.

— Eles simplesmente acabaram com a cerimônia *Selichot* — respondeu Weiss. — Talvez uma centena de membros da SA tenham começado esse tumulto, embora nem todos usassem seus uniformes. A maioria estava de camisas pardas, mas não todos. Eles cronometraram a chegada para o final da cerimônia, cercaram a sinagoga e não deixaram a congregação sair. Alguns velhos foram espancados e algumas das mulheres ficaram loucas de medo. Também quebraram algumas janelas.

— Quem é aquele no Opel verde?

— Conde Wolf-Heinrich von Hellerdorf — disse Weiss.

— O nacionalista? — perguntou Wulff, tendo ouvido falar nesse conde estranhamente político, um excêntrico na periferia do movimento direitista.

— Um do *Volk* — disse Weiss. — É tão aberto sobre seu anti-semitismo pró-nazista que a Stapo deixou de investigar seu paradeiro. Imagino que se trate de sua surpresinha em conluio com a SA. Um *pogrom* no dia mais santo do ano.

— Incendiaram a sinagoga?

Weiss olhou no outro lado da rua o rabino e seu rebanho aconchegados nos degraus da sinagoga.

— A sinagoga não está em chamas — disse. — A Orpo já mandou cercá-la. Nas vielas, a SA acendeu fogueiras durante a cerimônia. Pneus e lixo, alguns pedaços de móveis e roupas. Após o serviço religioso, uns sessenta SA uniformizados bloquearam a entrada. As mulheres e as crianças estão lá dentro agora.

— Qual foi a resposta da Schupo? — perguntou Wulff. — Eu vi agora mesmo dois Schupo fumando e apreciando o espetáculo.

Weiss deu uma risada estridente. Wulff jamais o vira com uma aparência tão maníaca.

— As delegacias policiais centrais se bandearam em grande parte para o lado dos nazistas agora. Alguns são simplesmente indiferentes. Estamos esperando mais tropas da Orpo serem desembarcadas de um caminhão vindo do quartel. Quando eles chegarem, vamos avançar para cima dos SA e bater algumas cabeças até virarem polpa. O plano é cercá-los como eles cercaram a sinagoga.

— Quantos Stapo você tem aqui?

— Uns 25 até agora.

O Opel verde passou acelerado perto, o conde von Hellerdorf sentado empertigado no banco traseiro, batendo seu cassetete no revestimento de metal do carro, a gritar epítetos.

— Eu o quero fora das ruas — disse Wulff friamente.

— Vamos esperar os reforços da Orpo — disse Weiss. — Eles têm armas pesadas e veículos blindados. Melhor seria você ir para casa agora, Wulff. Não há mais nada a ser feito aqui. As entradas para a sinagoga estão protegidas, e ninguém vai incendiá-la. Algumas janelas foram quebradas, mas podem ser consertadas. Quando as coisas acalmarem, escoltarei a congregação para fora e os acompanharei em seu caminho. Cuidaremos dos SA em nosso próprio tempo.

A fumaça subia encaracolada, densa e preta agora. Wulff sentiu cheiro de bosta.

— Estão queimando estrume.

— São tripas e vísceras de porco — disse Weiss. — Eles trouxeram de caminhão dos açougues.

Wulff examinou a sinagoga na luz a declinar, os vidros quebrados, a imensa fachada de pedra.

— Deixe-me prender o conde — pediu. — Não temo fazer isso aqui e agora.

— Claro, você não teme. — E eu também não temo. Nenhum de meus homens tem medo de fazê-lo. Mas não se trata de uma questão de temor. Trata-se de uma questão de política prática agora, e nada mais. Sabe o que acontecerá se eu prender o conde? Imediatamente ele será liberado pelo magistrado sob fiança. Seu caso se tornará uma causa para a direita e ele será absolvido pelo judiciário. O conde se divertirá na prisão. Talvez até receba uma condecoração de herói do Stahlhelm. Weiss encolheu os ombros e desviou os olhos distraidamente.

— Minha única obrigação aqui é proteger a integridade da sinagoga até que tenha homens suficientes para cercar os SA. Esmagaremos algumas cabeças e os mandaremos embora.

Na outra extremidade da Fasanenstrasse, um veículo blindado da Orpo parou, despejando uma dúzia de homens fortemente armados de uniformes pardos. Wulff viu-os distribuindo-se em posições estratégicas.

— Vá para casa, Wulff — disse Weiss em voz baixa. — Você é um Kripo. Lembra?

— Não considero isto político — disse Wulff.

— Considera o que, então? — perguntou-lhe Weiss.

O Opel afastou-se a toda velocidade, dobrou a esquina e desapareceu. Alguns SA uniformizados começaram a dispersar-se para o crepúsculo que baixava, entrando em vielas e ruas laterais. Wulff viu Weiss e seus homens correrem para o outro lado da rua e juntarem-se a alguns outros Stapo nos degraus da sinagoga. Weiss envolveu-se em uma breve conversa com o rabino principal, acalmou as pessoas e começou a falar àquelas que ainda continuavam ali. Wulff deu meia-volta e caminhou as duas quadras de volta ao seu automóvel. Quando chegou à Lennestrasse, já quase escurecera e uma lua brilhante cintilava no Tiergarten.

▪ ▪ ▪

A orquestra de polca começou a tocar às sete horas em ponto. Maikowski sentou-se a uma mesa de ripas de cedro e faia do Chalé de Caça do Hotel Kaiserhof, onde a cabeça de um javali pendia acima do balcão, um espelho polido tinha penduradas numerosas canecas de cerveja e uma prateleira com antigos cachimbos de sepiolita expostos. Durante pelo menos dez minutos, as paredes ressoaram com música, acordeão, baixo, órgão e um estridente realejo, Maikowski desprezando cada momento daquela rusticidade não-prussiana. Riu desdenhosamente consigo mesmo e bebericou um pouco de Black Velvet, que aprendera a apreciar em uma excursão política secreta à Irlanda, uma das várias vezes em que saíra para fazer contato com grupos políticos da "outra Europa".

Maikowski pegou o cardápio escrito à mão e examinou-o, pensativo: filhotes de enguia de Elba, arenque defumado sobre uma camada de alface fresca, pé de porco caramelado com *chucrute*, baldes de ostras grelhadas, presunto da Vestfália, rosbife marinado, sopa de rabadai, uma travessa de legumes com beterraba, pepino e alho-poró. Para beber: vinho do Reno, cerveja e licor de cereja após o jantar. E, claro, haveria o discurso obrigatório de Goebbels, intitulado "Uma Alemanha sem Judeus".

Rom conversava com um grupo de oficiais subalternos do exército do outro lado do chalé. Maikowski sentiu um pouco de ciúmes dele nesse momento, do charme de seu queixo quadrado, do terno talhado à perfeição com as largas lapelas da moda, dos sapatos de acolchoamento alto, na certa importados da Itália, até das unhas polidas como os espelhos do bar do Hotel Kaiserhof. Rom encaminhou-se até a mesa e sentou-se, sem falar.

— Você viu o programa? — perguntou Maikowski. Apesar da avalanche de inveja, sentia-se de repente jovial, até sociável. As notícias do dia eram excelentes, e as perspectivas de um produtivo outono primoroso nazista completavam o quadro. Haviam realizado um bem-sucedido *pogrom*. — Vamos ser brindados com outro discurso de Goebbels.

— Uma Alemanha sem Judeus — disse Rom sarcasticamente. — Que imensa surpresa! O partido está distraindo as massas com essa burrice.

— Você soube do *pogrom*? — perguntou-lhe Maikowski. — Depois de hoje, vão se lembrar de nós na Fasanenstrasse. — Fez uma pausa, à espera de uma resposta que não veio. — Quer um drinque? — perguntou só para quebrar o silêncio, mal-humorado. — Não precisamos ficar completamente sóbrios para um discurso de Goebbels. É além da resistência humana.

Rom sorriu polidamente.

— Você esteve na Fasanenstrasse hoje? — perguntou Maikowski, depois que haviam pedido uma rodada de drinques, outro Black Velvet para si mesmo, cerveja para Rom.

Quando chegaram as bebidas, Maikowski passou o dedo em seu copo de cristal lapidado e contemplou a cabeça do javali, a língua rosa e os vagos olhos vítreos.

— Estive lá, mas não de uniforme — respondeu Rom.

Quais foram os estragos?

— Janelas quebradas, merda de porco queimando nas ruas secundárias. Arrebanhamos alguns dos *kikes* em volta como gado.

— E o conde?

— Ele fez o papel de agitador no pesadelo de alguém — disse Rom. — Rodou em seu carro esporte aberto acima e abaixo da rua gritando *slogans* e batendo o cassetete como em um tambor. Imagino que terá de repintar o carro. O asno ignorante acha que faz parte do movimento.

— Que pena! — disse Maikowski. — E a outra atividade?

— Montes de merda de porco em todas as portas — disse Rom. — Pneus queimados. Soube que a sinagoga ficou cheia de fumaça. Muito divertido, não concorda?

Maikowski rugiu, meio falsamente, julgou Rom.

— Uma idéia apetitosa — disse. — Foi você mesmo quem idealizou?

— Na verdade, sim.

— Mais alguma coisa?

— Meus homens bateram em alguns judeus do leste europeu — disse Rom. — Nada muito sério ainda. — Tomou um pouco de cerveja. — Cercamos a sinagoga e encurralamos os otários lá dentro.

— Espancar alguns velhos judeus! — Maikowski riu, uma fina linha de espuma de Black Velvet estendida como um bigode acima do lábio.

Rom nada disse a respeito, deixando a coisa ali como uma piada privada sobre Maikowski, que sempre desejara parecer acima de qualquer reprovação, perfeito nos modos e disfarces, embora se embriagasse até virar uma nojenta sujeira. Mesmo então, Rom detectava os primeiros sinais alcoólicos nele, os olhos ligeiramente desfocados e a fraseologia melosa, a testa úmida e as mãos nervosas.

— Pintamos suásticas no prédio — disse, ausente. Tinha o pensamento em outra parte.

— Oh, que excelente — disse Maikowski, pondo dois cotovelos na mesa de pranchas e curvando-se para a frente, Rom cônscio de que iria tornar-se íntimo de alguma coisa privada e deliciosa. — Seu espião não está soltando nada — disse. As palavras marcharam lentas pela mesa numa única fila.

— Estou ciente de sua inutilidade — disse Rom. — Ele acha que Wulff tem a pista dele. Isso se tornou sua idéia fixa.

— A SA paga a ele cem marcos por semana. Ele se tornou um espinho do nosso flanco. Espero que produza, ou nós nos livramos dele. — Maikowski deu um largo sorriso e bebeu mais Black Velvet. — Quando assassinou Bruckmann, ele se tornou ao mesmo tempo um risco.

— Se ousar, livre-se dele — disse Rom

— Se eu ousar? — exclamou Maikowski, recostando-se na cadeira com um desdenhoso olhar malicioso no rosto. — Podemos dispensá-lo se quisermos. Quem é ele, de qualquer modo? Mandei que fosse investigado pela segurança. Chama-se Loos. É de Lille e morou em Freiburg. É uma porra de faxineiro, em nome de Deus, tem um pai alemão e uma mãe flamenga. Além disso, não se sabe mais nada sobre ele. É tão vazio quanto o outro lado da lua.

— Ele é instável, em minha opinião — disse Rom. — Jamais suportaria ser desligado simplesmente assim. Poderia fazer alguma coisa prejudicial à SA.

Maikowski esvaziou seu Black Velvet. Limpou o bigode de espuma com um guardanapo da mesa.

— Você leu as matérias que Kisch está escrevendo sobre nós na imprensa burguesa e socialista? Ele é uma insurreição comunista de um homem só aqui mesmo em Berlim.

— Li — disse Rom

— Então, o que acontece se simplesmente deixarmos de pagar a seu espião?

Rom notou uma mudança no tom de Maikowski

— Poderíamos tentar — disse. — Mas haveria problemas. Talvez ele deva simplesmente ser assassinado.

— Ah, mas caro Rom — respondeu Maikowski. — Ele poderia simplesmente achar um novo canal.

— Ir ao exército com essas informações desprezíveis? — retrucou Maikowski.

Na verdade, Rom estava farto do espião, cansado de encontrá-lo em bares e boates de travestis, esperá-lo sozinho em algum antro escuro enquanto homens dançavam com homens, o espião contemplando em vítrea fascinação quando ele tentava arrancar informações com lisonja em meio ao fedor de cerveja e urina. Semana após semana, o espião dava-lhe inúteis petiscos, notícias que Rom duvidava que fossem até legítimas, muito menos úteis para a SA ou o partido.

— Ele teme Wulff — acabou dizendo. — Acha que Wulff sabe da existência dele, ou tem a pista. Se é verdade ou não, ele está com essa idéia fixa na cabeça. Quer entrar na SA e usar uniforme. Dá para acreditar nesse sujeito?

Maikowski e Rom compartilharam uma risada nervosa. Em 15 minutos, deveriam comparecer ao salão de baile Kaiserhof, no segundo andar, para um jantar e um discurso, uma comemoração do primeiro *pogrom* nazista oficial da Nova Era.

— E quanto a Wulff? — perguntou Maikowski. Conferiu rápido as horas no relógio de pulso, faltava pouco para as oito. Durante uma hora, estivera bebendo Black Velvet e sentia uma agradável falta de sensibilidade nas pontas dos dedos. — Em que ponto se acha Wulff na investigação do assassinato de Bruckmann? — perguntou.

— Ninguém sabe — disse Rom. — Wulff não é beberrão nem fofoqueiro. Nem é influenciado por dinheiro.

— Um homem honrado! — riu Maikowski.

— Um Schleswiger — disse Rom. — Um meio dinamarquês da porra.

— Ele bate com força para um dinamarquês — disse Maikowski, malévolo. — Vamos esquecer Wulff por ora. — Sorriu mais uma vez, mostrando a Rom os dentinhos de toupeira.

Rom resmungou alguma coisa em voz baixa, semi-abafada por uma nova onda de música de polca e a maré ascendente de conversa.

— Wulff vai ter o troco.

— Dizem que ele desafiou você para um duelo! — Maikowski sorriu de novo. — Isso aconteceu mesmo, Rom? Não consegui ouvir lá do outro lado do bar de Adlon.

— Não é importante — respondeu Rom.

— Você deveria lutar com ele, Rom! — rugiu Maikowski. — Já vejo a cena. Uma manhã nebulosa ao longo do Spree, na densa floresta ao norte de Berlim. Vocês encaram um ao outro a dez passos de distância, entre samambaias e azaléias. Então, o silêncio é quebrado por um disparo. Um segundo disparo! Um dos homens cai e vê-se sangue escuro no escuro chão da floresta!

— Feche a matraca.

— Ah, anime-se, Rom — riu Maikowski, agora se levantando e batendo de leve em um ombro de Rom. — Vamos ouvir Goebbels esta noite! Vamos comer enguia e arenque defumado! Quebramos todas as vidraças da sinagoga da Fasanenstrasse, pusemos os otários para correr como baratas. É uma noite para comemorar!

▪ ▪ ▪

Ela andara chorando. As velas na sala haviam-se consumido, e tudo cheirava a cera, maçãs adocicadas e fumaça de outono. Wulff levou-a até o divã e fez com que se deitasse. Contornou a sala fechando cortinas e desligando abajures de mesa. Encontrou uma sinfonia no rádio. Ajoelhou-se ao lado dela e disse:

— Já terminou, querida. Eles os rechaçaram da sinagoga e todo mundo foi para casa.

— Ouvi o noticiário — disse Johanna, com um braço sobre os olhos tentando conter as lágrimas. — Mas não há notícias. Não vão transmitir a verdade.

— Creio que não — concordou Wulff. — Mas não precisa mais se preocupar. Weiss estava lá com seus homens da Stapo, e tem um grande contingente da Orpo guardando a sinagoga esta noite. Os feridos estão sendo tratados. A Orpo escoltou a congregação até as suas casas. A fumaça era só de lixo e pneus. Não foi na própria sinagoga.

— Eles quebraram as janelas de vitrais, não foi? — ela perguntou a Wulff.

— Sim, eles quebraram as janelas. Não consegui ver tudo.

— A grande da fachada?

— Sim, receio que sim.

Wulff não conseguiu mentir. As mentiras eram agora inúteis.

— Que mais fizeram? — ela perguntou.

Parecia revoltada, esgotada.

— Derrubaram alguns velhos — disse Wulff. — O conde von Hellerdorf ficou circulando de um lado para o outro em seu Opel, gritando *slogans* operísticos. Martelando o cassetete no revestimento do carro. Uma coisa realmente infantil.

— Infantil — resmungou Johanna, carrancuda, segurando agora o braço de Wulff, os dedos róseos de tensão. — Que mais? Que mais fizeram?

— Atiraram pedras avulsas e do calçamento — disse Wulff. Ele comprometera-se com a verdade agora, unido a seus axiomas. — Pintaram suásticas no prédio.

Johanna sufocou mais lágrimas, então, de repente, começou a soluçar em prantos.

— Estes são os dias mais santos! — gritou.

— Por que você não toma um banho quente? — sugeriu Wulff. — Vou encher a banheira e esfregar suas costas. Talvez isso a faça sentir-se melhor. Passo a noite aqui com você, se quiser.

Johanna levantou-se e pôs os pés no chão, tirou os sapatos com um chute, e tocou a face dele.

— Todas as minhas belas teorias são sem sentido, não são, Harry? Não passam de *nonsense* intelectual judeu, conversa e mais conversa. As teorias não significam nada para essas pessoas. A razão é inútil, a conversa é vazia, toda a minha posição analítica idiota!

Wulff beijou-a carinhosamente na testa, com apenas um toque dos lábios.

— Não vamos pensar nisso agora — disse.

— Harry, Harry — ela começou, queixosa —, você não teoriza sobre estas pessoas, não é, querido? Sabe no íntimo que conversar sobre as motivações e os pensamentos ocultos delas é absurdo, não é? Você soube disso desde o princípio, não é, Harry? Você e Kisch. Você dois sabem que conversar é inútil, menos do que inútil.

— Isso vai passar — tranqüilizou-a Wulff. — A Alemanha não vai se deixar levar pelas mentiras deles. Há gente boa demais para deixar que isso aconteça. Há trabalhadores honestos demais, policiais honestos, gente simples demais.

— Erwin telefonou — disse Johanna. — Falou que a Schupo não fez nada para deter o *pogrom*. Disse que eles ficaram na rua fumando e nada fizeram enquanto a SA levava a cabo seu *pogrom*. É verdade, Harry? Eles não fizeram nada?

Harry examinou os olhos verdes dela, agora arregalados de decepção e anseio.

— As delegacias policiais centrais estão cheias de nazistas agora — respondeu. — E, além disso, não receberam ordens. Você sabe como são idiotas sem ordens.

— Você está se desculpando por eles, Harry?

— Não — disse Wulff. — Eles não fizeram nada.

— Você sabe, Harry — ela disse —, se pessoas o bastante não fizerem nada, tudo é possível.

Wulff foi ao banheiro e abriu as torneiras. Jogou sais de banho na água quente e acrescentou uma tampa cheia de óleo. Experimentou a temperatura da água, depois voltou para o divã onde Johanna se ocupava em soltar os cabelos. Ele ajoelhou-se a seu lado e tocou-lhe o rosto.

— *L'shanah tovah tikatevu* — disse.

— *L'shanah tovah tikatevu*, meu querido Harry — disse-lhe amorosamente Johanna. — E, a partir de hoje, chega de teorias, Harry. Não acredito mais em teorias.

22

Ele baldeou de um expresso de Aachen para o trem local, com destino a Liège e paradas ao longo do caminho. Por oito horas, Wulff seguira por um túnel de névoa e chuva constante, o campo monocromático, as sombrias colinas elefantinas e os vinhedos mergulhados em silêncio enfumaçado. Na travessia do Reno, as duas margens ergueram-se da água com uma rapidez que o emocionou e espantou, os pomares de maçã envoltos em névoa úmida e uns poucos fazendeiros solitários puxando água de poços ou cavalgando nas vaporosas distâncias. Em Aachen, a estação parecia uma aranha de aço solitária, os trilhos desertos, uma leve melancolia aos primeiros raios de sol da manhã.

Wulff fumava um cigarro. Observava os mineiros nas plataformas da estação com seus copos de cerveja às sete horas da manhã, a vida subterrânea cauterizada em cada rosto cansado. Começara sua viagem à meia-noite em Berlim. Agora, às oito da manhã, deixava Aachen numa trepidante carruagem local, comendo um sanduíche rançoso, enquanto os mineiros tomavam sua cerveja na plataforma. Quando terminou o sanduíche, percorreu o comprimento do trem belga procurando um vagão-salão, mas concluiu que não havia nenhum. Em Liège, fez mais uma baldeação, embarcando num trem local que parava em toda aldeia e centro comercial. Em quarenta minutos, chegou a Juprelle, aldeia de umas quinhentas almas incrustada em uma encosta íngreme. Havia uma fileira paralela de lojas, duas ruas de calçamento de pedras e uma área comum verde. No alto de uma colina, erguia-se a igreja católica, as pedras acinzentadas destacando-se num cenário também cinza.

Wulff tirou o saco dormir de sob o banco e subiu a colina numa leve cerração até a igreja. Pusera a capa de chuva preta, mas esquecera o guarda-chuva. Fazia muito frio naquela manhã escura como o pecado, a respiração a acompanhá-lo enquanto corvos crocitavam no ar perfumado de especiarias. Encontrou a cancela vazia, sem qualquer ornamentação, com uma fila de janelas acima da nave. Entrou na igreja e encontrou a sacristia também vazia.

Atrás de si, ouviu:

— Posso ajudá-lo, senhor?

Virou-se bruscamente e viu o padre, um franzino belga de batina preta encardida, uma juba de cabelos brancos desgrenhados e um rosto robusto avermelhado de bêbado.

— Fala alemão? — perguntou Wulff.

— Um pouco — veio a lenta resposta. — Sim, falo um pouco de alemão.

Wulff retornou à porta e ficou ao lado do padre, que batia na altura do seu esterno, não mais. O padre tinha sobrancelhas emaranhadas, um rosto de aparência desleixada, e exalava cheiro de meias não-lavadas. Wulff largou a maleta em um dos bancos de madeira rústica perto. No lado de fora, o nevoeiro úmido transformara-se em chuva miúda, e ele a ouvia tamborilar nas azaléias e avencas. Mostrou ao padre sua identidade da Kripo.

— Um policial alemão? — exclamou o padre, surpreso. — Você percorreu um longo caminho. Deve estar muito cansado.

— Sim, um longo caminho — concordou Wulff.

— Procura alguma coisa nesta pequena aldeia? — perguntou o padre. — Ninguém vem aqui.

— Houve um assassinato em Berlim.

Em flamengo, o padre disse:

— Sinto muito. — Wulff não entendeu. — Mas que tem isso a ver com Juprelle? — O padre notou o olhar de consternação de Wulff e repetiu a frase inteira em alemão. — Quer dizer, um assassinato em Berlim? — O padre ficou ali, as mãos abertas, uma pose suplicante.

— Preciso de informação sobre alguém nascido em Juprelle — disse Wulff.

— Alguém de minha paróquia?

Wulff assentiu com a cabeça.

— Acho que sim, padre.

O padre correu as mãos pelo matagal de cabelos brancos.

— Aceitaria um pouco de chá? — perguntou a Wulff. — Talvez um pouco de pão com manteiga?

Sem esperar resposta, o padre saiu, Wulff seguindo-o por um atalho de pedra até a chancelaria e o vicariato. A casa de um único andar era dividida em sala de estar, uma cozinha de teto baixo que cheirava a madeira e carvão úmidos, um pequeno escritório cheio de livros, uma coleção de selos e vários conjuntos de jogo de xadrez. O padre ocupou-se do chá.

— Meu alemão não é muito bom — disse, sentando-se finalmente, enquanto Wulff bebericava o chá quente.

— Preciso pegar o trem de volta a Liège — disse Wulff, como se isso explicasse sua expressão atormentada.

— Então, deve fazer suas perguntas — disse o padre.

— Estou aqui por causa de Edgar Braun — começou Wulff. — Creio que ele nasceu nesta aldeia.

O padre cerrou os olhos.

— Pobre alma — disse. — Edgar fez alguma coisa? Está encrencado? Foi para dizer isso que você veio até aqui?

— Não sei, padre — admitiu Wulff.

O padre levantou-se, reposicionando uma panela de estanho que recebia água de chuva de uma goteira no telhado. Sentou-se mais uma vez defronte a Wulff.

— Conheci Edgar e a mãe dele — disse.

— Chamou-o de pobre alma.

O padre franziu a testa.

— Não devemos atirar pedras.

— Não estou interessado em rumores — disse Wulff. — E não repito histórias feito criança. Meu negócio é oficial e muito importante. Vidas de pessoas estão em risco.

— Claro — suspirou o padre. — Achei que tinha dito qualquer coisa assim.

Wulff curvou-se sobre a mesa.

— Mas preciso saber alguma coisa sobre Edgar Braun. É possível que ele tenha assassinado um homem em Berlim. Um policial.

— Oh, Deus do céu — resmungou o padre, escorregando para o flamengo, o que Wulff julgou poder decifrar. — Isso é muito terrível se for verdade — ele continuou em alemão. — Mas, veja bem, Edgar não vive nesta aldeia já há muitos anos. Desde o início da Grande Guerra. Quando os alemães chegaram, levaram-no para um campo. E ele nunca retornou.

Por isso, você vê, sei muito pouco sobre Edgar. — O padre suspirou de novo e bebericou um pouco de chá. — Lamento dizer que os alemães levaram muitos para longe, e muitos, como Edgar, nunca retornaram.

— Devo desculpar-me — disse Wulff.

— Isso foi há muito tempo — disse o padre, cansado.

— Pode me falar dele quando criança? — perguntou Wulff, em voz baixa. — Antes de os alemães o levarem?

— Uma criança infelicíssima — disse o padre.

— Infeliz? — incitou Wulff, vendo que o padre mergulhava em um silêncio distraído. Conferiu mais uma vez as horas no relógio de pulso, um gesto proposital. Tinha três horas em Juprelle antes de o trem passar de volta a Liège, Aachen e Berlim. — Isto é realmente muito importante, padre — acrescentou.

— Sim, suponho que sim — disse o padre. — A mãe de Edgar era muito devota, à sua própria maneira. Mas receio que ela ouvia vozes que não existiam, do mesmo modo que você e eu falamos de coisas que existem. Estou certo de que eram muito reais para ela. Tanto pior. Ela se vestia como a Virgem Maria e aparecia na aldeia assim, embora eu tenha certeza de que não pensava em blasfêmia. Isso provocava grandes escândalos.

— E como Edgar reagia a isso?

— Ele se afastava, claro. Era mantido em casa. A mãe não o mandava para a escola, embora isso não fosse incomum na época. Muitas crianças eram incultas. A mãe fez uma pequena renda costurando e lavando roupa para fora. Mantinha uma vaca e algumas galinhas para ovos. Também cultivavam uma horta como todos na aldeia. — O padre desviou o olhar por um momento, recompondo-se. — A mãe de Edgar podia ser encontrada na aldeia de joelhos, arrastando-se pelas ruas, elevando a voz para os comuns em alguma forma de oração, invocando os santos e a Virgem. Rolava na grama e era ridicularizada pelos idiotas da taverna. Assim, você pode ver que era uma vida muitíssimo infeliz para o jovem Edgar.

— E o pai?

O padre encolheu os ombros, pesaroso.

— Não havia pai algum na família. Alguns acreditavam que ele fosse um coletor de maçãs itinerante. Outros, um mineiro de passagem para a região do Ruhr, na Alemanha, à procura de trabalho. Alguns diziam que era um soldado, e outros que era um latoeiro ambulante. — Aqui o padre encolheu de novo os ombros. — Há uma ligação súbita e uma garota engravida. O filho é uma infeliz vítima da circunstância.

— Qual era o nome da mãe?

— Margaret Marie.

— E tem certeza de que o pai é desconhecido?

— Nunca se soube quem era — disse o padre. — Em uma aldeia pequena como esta, sempre se sabe de fatos por mais insignificantes que sejam. É impossível levar uma vida privada.

— Braun teria mais ou menos 18 anos na eclosão da guerra — disse Wulff. — Sabe o que ele estava fazendo então?

— Meu caro senhor — começou o padre —, ele deixou Juprelle quando tinha 16 anos para ser aprendiz de um serralheiro em Liège. Na eclosão, retornou à aldeia a fim de ser protegido dos alemães.

Wulff tentava pensar em alguma coisa para dizer. A chuva pingava na panela de estanho. Teias de lodo haviam se formado nas paredes internas da casa do padre. Dificilmente estava mais quente dentro do que fora.

— E assim ele retornou e foi levado embora — continuou Wulff com um sorriso impotente. — Como eram suas faculdades mentais?

— Oh, ele era um rapaz habilidoso — respondeu o padre. — Um dia, eu mesmo me tranquei do lado de fora da sacristia, e ele chegou em um instante e abriu a porta. Realmente muito inteligente, pensei. Para um jovem que fora tão rudemente maltratado, era admirável nesse sentido.

— Tinha facilidade com fechaduras?

— Não era burro — disse o padre. — Será que fez essa coisa de que você fala?

Wulff não se deixava distrair pelo frio.

— Quisera eu poder perguntar-lhe — disse. — Há mais alguma coisa que poderia me contar sobre Edgar Braun? Sua vida na infância, seu crescimento, a maneira como era tratado? Ele alguma vez cometeu, digamos, atos de violência na aldeia?

— Oh, eu não saberia dizer.

Wulff agradeceu ao homem, que o convidou para um jogo de xadrez. Ele recusou, depois desceu a encosta em direção à aldeia. Encontrou uma fila de lojas, um abrigo quadrado usado para guardar o equipamento de combate ao fogo da aldeia e um único bar que acabou se revelando não muito mais do que uma barraca com um balcão e algumas mesas de ripas de madeira. Em um dos lados da parede havia um espelho sujo e algumas garrafas de vinho barato e Calvados, a bebida local. Naquela tristonha manhã de terça-feira, dois fregueses sentavam-se curvados sobre uma das mesas de ripas de madeira, fumando cachimbos de barro curtos e jogando uma partida de dominó. Wulff pediu conhaque a um garçom gordo de avental imundo que parecia haver acabado de tosquiar uma ovelha.

— Você fala alemão? — perguntou-lhe Wulff.

— Um pouco — respondeu friamente o homem. — Os alemães passam por aqui com demasiada freqüência.

Wulff riu educadamente, depois largou um marco de ouro no tampo do balcão. O garçom olhou fixo para a moeda com mal disfarçada incredulidade.

— Não tenho troco para isso.

— Não é necessário troco — disse Wulff. — Estou aqui para fazer perguntas sobre Marie Braun e seu filho Edgar.

O garçom resfolegou bruscamente. Limpou o musculoso braço no peito, pegou o marco e mordeu-o. Riu baixinho antes de pô-lo no bolso do colete.

— Henri! — gritou de repente. — A gente conhece Marie Braun?

Os dois camponeses ergueram os olhos de seus dominós e riram com grosseria.

— Você conheceu os dois? — perguntou Wulff.

— Eu conheci os dois — disse o garçom. — Aceita outro conhaque? — perguntou a Wulff, que não tocara no primeiro.

Falava alemão impreciso, entremeado de informalismos e gramática incorreta. Wulff terminou o primeiro conhaque em silêncio e largou um segundo marco de ouro na mesa. O homem tornou a encher o seu copo. Mordeu o segundo marco e enfiou-o no bolso do colete imundo.

— Loucos como ratos de igreja, os dois — acabou dizendo a Wulff. — Não eram loucos, Henri? — Loucos como ratos de igreja.

— Loucos como? — perguntou Wulff.

— Nunca vi nada igual — disse o garçom, entusiasmando-se com o assunto. — Marie... a porca suja. Ela passeava por toda a aldeia de manto azul, véu azul e dedilhando as contas do rosário, sempre rezando e girando os olhos como uma feiticeira, até que alguns de nós a arrastávamos de volta para o barraco que dividia com aquele imundo bastardinho dela ali embaixo perto do rio. Todo mundo caga naquele córrego que segue para onde Marie morava com seu bastardo. — O garçom animou-se, o rosto cintilando de prazer. — Ela falava com Deus, falava, sim, dizia que amava Deus e que Ele lhe respondia. Dá para imaginar isso? Encontrar a mulher ajoelhada, rastejando na lama e uivando a Deus por isso e aquilo. — Largou uma das mãos no balcão e alguns copos chocalharam atrás. — Não é isso mesmo, Henri?

Risadas desdentadas dos jogadores de dominó.

— Então, ela se fantasiava e rezava pelas ruas? Macacos me mordam se não era só isso.

— Macacos me mordam se não era só isso — disse o garçom. — Ela fazia suas próprias velas de sebo de carneiro e perambulava pela aldeia com uma acesa, arrastando o bastardinho atrás pelo cangote do pescocinho fedorento, o tempo todo piando sobre Deus e os santos. — Curvou-se sobre Wulff, como se compartilhasse um segredo, o rosto suado e gorduroso. — E com o rosto pintado de branco como a neve, era o próprio Espírito Santo. Ela se pintava com grandes lábios vermelhos e grandes sobrancelhas pretas, ela se pintava, sim. Era uma maníaca! Afirmava ouvir Jesus, Maria e José. Dá para imaginar alguém afirmando ouvir a voz de Jesus?

— E quanto a Edgar? — perguntou Wulff.

— Os porras de vocês alemães o levaram daqui, levaram, sim — disse o garçom, erguendo-se de novo com um sorriso radiante. — Já foi tarde, se quer a minha opinião.

Wulff tomou um gole do terrível conhaque. De muito longe, veio o fraco repique de trovão.

— Isso é tudo sobre Edgar? Os alemães o levaram?

O garçom curvou-se mais uma vez sobre o rosto de Wulff.

— Aquela Marie fantasiava o bastardinho dela e o obrigava a usar cabelos longos e cacheados. Fez o menino vestir roupas de menina até ele ser quase um rapaz. Também punha maquilagem na cara dele, como se fossem duas prostitutas. Grandes lábios vermelhos e uma cara branca, igual a ela. E lá se iam eles, Marie e o bastardinho, passeando pela aldeia vestidos como prostitutas, ele com um vestido de tafetá feito pela própria Marie. Envergonhado e enojado, se quer minha opinião.

— Você viu Edgar desde que os alemães o levaram?

— Ah! Ah! — riu o garçom. — Não o vi desde que o levaram embora. Foi para Liège como aprendiz, depois voltou para cá com o rabo entre as pernas, fugindo do exército de vocês. Bons ventos os levaram, os dois.

— E Marie morreu?

— Ela está lá em cima no cemitério, se não acredita em mim. Pode ir até lá e conversar com ela! Mesmo morta, na certa iria responder a você.

Wulff deixou o conhaque onde estava e desceu a encosta até a pequena estação ferroviária. Sentou-se sob um toldo de madeira e acendeu um cigarro, e ficou fumando enquanto a chuva desabava de céus insípidos.

Bom padre, pensou. Bom padre, que guardou o segredo de Marie. Bom padre, que se recusou a atirar uma pedra.

▪ ▪ ▪

Eva pegara uma mesa de canto no Café Dom, seu refúgio do perpétuo frio e umidade de fins de outono em Munique, uma lareira de carvão a aquecê-la e uma xícara de chá realimentada constantemente, o sachê usado repetidas vezes, até o garçom cansar-se de trazer-lhe água quente. Nessa noite, num generalizado nevoeiro e frio premente, vinha sendo servida por um jovem garçom louro chamado Hans.

— Você está uma merda — disse-lhe seu dissoluto amigo Kruger. — Uma absoluta cicatriz ambulante.

Eva esticou a língua para ele, depois apalpou o abscesso aberto na parte inferior do pescoço, logo abaixo da orelha, onde quebrara uma agulha.

— Que simpático de sua parte dizer isso — retrucou a Kruger, que acalentava um copinho cheio de aguardente, segurando-o com os dedos permanentemente afetados pelo frio.

— Você deveria cuidar melhor de si mesma — disse ele, com sincera preocupação.

Era um tipo de sujeito bronco, ossos finos, a cabeça redonda cercada por um prato de endiabrados cabelos louros. Vestia-se inteiramente de preto e usava uma boina. Por ora, ganhava a vida contrabandeando penicilina da Suíça, comprando-a no mercado negro e vendendo a clínicas nos Alpes tiroleses, que a serviam a pacientes ricos com um ligeiro acesso de tuberculose. Fora isso, mascateava cartões-postais pornográficos nas ruas de Munique, acoitando sardentos estudantes ingleses em períodos sabáticos de suas universidades infestadas de homossexuais, antros de ópio e cassinos.

— Um abscesso como esse é perigoso — disse a Eva.

Eva viu-o beber seu *schnapps*. Ele ingeria um profundo gole da bebida alcoólica, inalava-a uma ou duas vezes, revirava os olhos de prazer, mergulhava a ponta da língua no líquido e cuspia-o de volta no copo.

— Quebrado de novo? — disse ela, sarcástica.

Kruger sorriu, feliz, e deu de ombros, como a dizer: E não estão todos?

— Você é uma grande psicóloga, Eva — disse.

Em uma época anterior, Kruger a desejara. Naquele tempo, ela estudava dança e era escoltada a todo lado em Schwabing por um rapazola tirolês chamado Leonardo. Agora, tudo o que Kruger desejava era uma ampola de morfina e um lugar aconchegante para aquecer os pés fétidos.

— Exatamente de que tamanho é a sua fome, Kruger? — perguntou-lhe Eva com um olhar de séria preocupação.

Kruger estreitou os olhinhos azuis remelentos.

— Não devemos sentimentalizar a fome — disse. — É um assunto sério demais.

— Isto não é uma brincadeira — disse Eva, categórica.

Kruger contemplou-a como a uma velha e valiosa amiga, uma perfeita companheira filosófica, um contraste com a natureza brincalhona dele.

— Lamento não entrar mais em conversas sérias atualmente — queixou-se.

— Você está faminto e contraiu tuberculose — disse Eva cruelmente.

Lembrava-se do antigo Kruger — o que significava o jovem Kruger e a jovem Eva —, um rapaz impetuoso com um par de olhos azuis de anil e cabelos louros que resplandeciam como palha dourada de Rumpelstiltskin do conto de fadas. Fora um jovem ágil que apreciava pintura e música, além da companhia de atrizes de comédia musical.

— Você na certa tomaria a penicilina que contrabandeia se tivesse meios de pagar por ela, não? — perguntou Eva.

Kruger rechaçou-a com um aceno de mão. Queria beber *schnapps*, deixar o bar mais tarde e ir a algum lugar tranqüilo e não-competitivo, um verdadeiro antro da alma entorpecida de ópio.

— Por favor, Eva, quer parar de me encher o saco? — disse, sem nenhuma má intenção.

— Kruger, por favor — pediu ela. — Sei onde posso conseguir dois mil marcos para nós. — Seus olhos agora brilhavam. — Há um cesto de fazenda cheio de ampolas de morfina, presuntos da Vestfália do tamanho de barris de cerveja, baldes de ostras e enguias. Até rins e fígado de bezerro condimentados.

— Você, finalmente, pirou de vez — concluiu Kruger. Revirou os olhos de modo exagerado, tentando subtrair a seriedade do momento.

— Pense nisso! — quase gritou Eva. — Dois mil marcos.

Kruger não respondeu. Falar de dinheiro era quase tão terrível quanto falar de comida.

— Estou disposta a lhe oferecer a chance de uma anuidade, meu caro amigo — disse Eva, animada.

Kruger ficou ali sentado, meio assustado e meio divertido.

— Do que está falando? — perguntou estupidamente. Na verdade, adquirira um súbito interesse pela fantasia de confiança que Eva atribuía a si mesma.

— Um dos meus clientes tem dinheiro de verdade — disse ela.

— Não minta para mim, Eva — disse Kruger. — Você está se deitando mais uma vez com os cachorros.

— Este cachorro não me fode — disse Eva. — Gosta de mijar em mim e que eu mije nele. É muito influente e tem dinheiro para queimar. Se alguém soubesse...

— Muito divertido — disse Kruger.

— Um cliente rico — disse Eva. — Pense nas possibilidades! Um cliente rico que gosta de chuva dourada, de me riscar com seu chicote de couro de rinoceronte e de dor. Que acha dele?

— Um tipo de cara muito comum — disse Kruger, em voz baixa. — Se está pensando em chantagem, Eva, isso nunca vai dar certo. Primeiro, esses merdinhas são *todos* perversos, e a maioria deles não dá a mínima a que saibam que são escandalosos. E segundo, suas famílias estão habituadas a esse tipo de coisas. Quase já esperam isso. É um meio de as esposas e amantes os manterem no cabresto curto. São elas que os levam a seus pecadilhos.

— Não esse cliente rico — disse Eva. — É uma autoridade política.

Kruger empertigou-se na cadeira.

— Não me diga que é um padre. Esses merdas não têm dinheiro de verdade. E, além disso, têm a Igreja cuidando deles.

— Ele é *político* — sibilou Eva.

— Mesmo assim. Você nunca conseguiria fazer isso. É uma porra complicada e perigosa demais.

— Mas eu já vi fazerem — disse Eva. — Foi em Berlim. Fiz parte do esquema. Não pode deixar de dar certo.

— Pode, sim! — uivou Kruger, maravilhado.

— Escute, seu idiota. Esse cliente vem ao meu quarto sozinho. Não quer que ninguém saiba que me vê. Ele me traz dinheiro e morfina. Se viesse a público que gosta de chuva dourada, seria expulso de seu grupo. E ele é uma alta autoridade em Berlim, acredite em mim. Pode pagar e pagar. Sem fim, como deve ser.

— Estou escutando — disse Kruger.

— Ele vem ao meu quarto e toma um copo de *schnapps* — disse Eva. — Só para se aquecer. Da próxima vez que vier, imagine esse *schnapps* misturado com hidrato de cloral. Ele fica muito embriagado, depois meio nauseado, e então mal pode controlar as funções motoras, mas não perde a consciência. Fica maleável, Kruger! Tão maleável quanto massa de vidraceiro!

— Maleável, hem?

— Nós o fotografamos em posições comprometedoras. Enviamos a ele essas fotografias com um simples pedido de dois mil marcos. Ele nos paga o dinheiro.

— E quanto a mim?

— Mas que idiota, Kruger! — riu Eva. — Você é o meu fotógrafo, claro. Você irrompe no quarto como um charlatão de farsa francesa e faz uma emulsão dessa rica merda. — Ela tomou um pouco de chá morno e fez uma careta. Lá fora, as ruas se umedeciam de nevoeiro. A nua barreira de inverno encarava-os. — Admito — ela disse — que seja um esqueminha meio incoerente. Mas funciona. Eu já vi funcionar.

— E quem é esse seu rico cliente?

— SA de Berlim.

Kruger fingiu cuspir.

— Oh, merda — disse, meio triste. O rosto esvaziara-se como um balão de criança. — Simplesmente maravilhosa a SA. Por que não escolheu o próprio Satanás? Teria sido menos perigoso.

— Que importa a você? — perguntou Eva. — Ele nunca vai vê-lo, nunca vai saber quem você é, nem se lembrar de que esteve no quarto. Seu trabalho é conseguir o hidrato de cloral com seus amigos estudantes de medicina e uma câmera. A corda está no meu pescoço, não no seu.

Kruger pensou nessa linha de raciocínio e achou-a meio irresistível. Afinal, estava muito faminto e não podia comer nem seu orgulho nem seu medo.

— Bem... — conseguiu dizer.

— Vamos lá, Kruger — pediu Eva. — Podemos ir para a Grécia e apanhar sol.

— Quando? — perguntou Kruger simplesmente.

— O cliente vai estar em Munique no fim do mês para planejar a marcha da SA em homenagem ao *putsch* de Hitler. Ele vai chegar e depois me procurar. Sempre faz isso.

— Logo, então — disse Kruger, trepidante.

— Você consegue o hidrato de cloral e a câmera?

— Isso é o mais fácil — disse Kruger.

— Então faça isso. Quanto mais cedo, melhor. Estamos combinados?

Kruger lambeu os lábios rachados e tossiu baixinho uma vez. A febre era uma mensagem da bactéria em seu sangue, e ele entendeu bem o recado.

— Um puto da SA — disse, fitando a aguardente diante dele, a cor opalescente. A SA apavorava-o, causava-lhe pesadelos. Odiava-os por princípio, claro. — Estamos combinados, então. E o dinheiro?

— Somos sócios, não somos? Meio a meio.

— Acho que somos — disse Kruger.

Schnapps em xícara de chá, brindaram ao futuro.

▪ ▪ ▪

Wulff tirou o paletó e a calça encharcados. Na cozinha, preparou um sanduíche de queijo Gouda com pão rançoso e comeu-o rapidamente, sozinho na bancada. Foi até o banheiro e escovou os dentes, depois encaminhou-se nas pontas dos pés para o quarto, onde Johanna se deitava enroscada sob um enorme edredom de pena de ganso, as janelas escancaradas, o ar gelado do Tiergarten inundando-o.

— Oh, Harry — sussurrou ela. — Que bom que você está em casa.

— Vá dormir, querida.

Ela virou-se para vê-lo, o hálito cheirando a leite quente e mel.

— Foi uma longa e terrível viagem, não? — perguntou. — Encontrou seu Edgar Braun?

— Não sei quem encontrei — disse Wulff.

— Está me dizendo um enigma?

— Sim, um enigma.

Passava de uma hora. As ruas de Berlim haviam sido varridas por uma geada miúda.

— Que tipo de enigma? — perguntou Johanna.

— Encontrei alguém inesperado — disse Wulff. — Alguém que eu não estava procurando, mas que estava lá o tempo todo.

— Braun, quer dizer?

— Braun foi criado como bastardo em Juprelle. A mãe era uma esquizofrênica que imaginava falar com os santos e com Jesus.

— Que terrível para o menino — disse Johanna.

— Isso não é tudo — sussurrou Wulff. — Ela vestia Braun de menina com tafetá e mantinha os cabelos dele compridos. Passava pesada maquilagem no rosto dele, batom e lápis de sobrancelhas.

Johanna ergueu-se num braço.

— Harry — disse em voz baixa. — Você encontrou *de fato* o homem errado.

— Parece mais o assassino de Timkin Mueller do que o assassino de Bruckmann.

— Foi exatamente o que pensei — disse Wulff.

Johanna deitou-se de novo.

— Uma infância dessas teria causado uma terrível ambigüidade em relação ao sexo. Haveria raiva, um pai ausente e uma sexualidade ambivalente. E claramente um problema de identidade. Aí está o jogo entre heterossexualismo e homossexualismo. A forte animosidade contra a sufocação.

— Mas, se Edgar Braun matou os travestis, isso deixa Theodor Loos livre do aperto.

— E quem matou Bruckmann?

— É verdade — disse Wulff.

— Harry — disse Johanna. — O homem que lhe mandou as bonecas teve uma infância semelhante à de Edgar Braun.

— Imaginei que você fosse dizer isso. O elemento de faz-de-conta e fantasia. A base, o batom e todo o resto. A sufocação da mãe e a raiva pelo pai ausente. Tudo se encaixa. Mas não sei de qual quebra-cabeça faz parte.

— E Bruckmann? — perguntou Johanna.

Wulff fechou os olhos.

— Vamos deixar como está por esta noite — disse.

Ficou ouvindo a chuva e acabou caindo ele mesmo no sono antes de tornar a pensar a respeito.

23

Maikowski sentava-se na semi-escuridão granulosa de uma tarde de inverno, com o envelope pardo no colo. O envelope parecia ter um peso malévolo, o fecho torto, as impressões digitais dele próprio visíveis na aba. Pela quarta vez naquele dia, abriu o envelope e folheou nervosamente o conteúdo, esperando que, por alguma espécie de magia negra, adquirisse outra dimensão com uma sacudidela ou se alterasse por alquimia.

Olhou a primeira fotografia da série, um instantâneo pessimamente composto e mal focalizado, mas com toda certeza dele mesmo, os inconfundíveis dentes de toupeira e o olhar malicioso, os olhos estreitos perolados e a pele branca pastosa. Ele de quatro com a mulher em cima, cujo corpo inteiramente nu já recebera várias vergastadas do chicote de couro de rinoceronte que ele agora segurava estendido em uma das mãos, o açoite em pleno ar e a mulher a sorrir de óbvio prazer. Ele tinha os olhos injetados e babava, o olhar de frente para a câmera como um cachorro pavloviano. Também visíveis, uma fatia de tapete esgarçado, a borda de uma cama, algumas gravuras de arte francesa na parede. Ali, na semi-escuridão da Alexanderplatz no inverno, Maikowski tocou a brilhante superfície da primeira fotografia e voltou o pensamento para Munique, naquela noite tempestuosa em que visitara Eva pela última vez. Nada em absoluto lhe ocorria na lembrança da visita, apenas um fraco mas perfumado sussurro de si mesmo caindo num nauseado mergulho da consciência.

Encostou a testa no vidro frio da janela do passageiro e fitou do lado de fora a Alexanderplatz e seus bizarros castanheiros desnudos, alguns vagabundos e mendigos batendo os pés junto a fogueiras de tonéis que haviam acendido para se precaver do frio concentrado. O poderoso Gau Mercedes de 16 cilindros zumbia contente, o ciclo de combustão flexionando-se como uma jibóia cinzenta.

A segunda fotografia era mais bem composta e clara. E lá estava ele, mais uma vez, de cueca nos tornozelos, deitado de costas com uma mulher que era inconfundivelmente Eva acocorada acima de seu rosto, soltando um esguicho de urina em sua testa enquanto ele se esforçava para se endireitar. E o mesmo na terceira fotografia, Eva balançando acima dele e ele estendendo a mão em súplica para a câmera invisível, uma rara combinação de drama, comédia e horror. E a foto quatro: Maikowski inteiramente nu em uma cadeira. Alguém lhe pusera uma braçadeira vermelha da suástica na cabeça. E mais quatro fotos expressavam variações e co-variações do mesmo tema, Maikowski assim, Maikowski assado, a ênfase na humilhação, subjugação, submissão, poder para Eva que cavalgava, trotava, açoitava, mijava, fazia poses e batia.

Maikowski repôs as fotografias no envelope e examinou o carimbo do correio. Lá fora, um clarão de luz dominava a praça, a gigantesca placa de néon de Wertheim agora tremulando enquanto o sol se punha. Pela penumbra, viu Loos atravessando a passos decididos a praça sob os castanheiros, os ombros curvados para a frente, o homenzarrão envolto em sobretudo pesado e gorro de malha. Loos parou à visão da construção de um novo metrô e fez uma pausa ali como se houvesse esquecido o caminho, depois acenou com a cabeça na direção de Maikowski, encaminhou-se para o Mercedes e ocupou um lugar no banco de trás ao lado dele.

— Preciso ir logo para o trabalho — disse.

— Você sabe quem eu sou? — perguntou Maikowski.

Mais do que uma pergunta, era uma apresentação.

Loos desviou o olhar para a praça. Maikowski notou como o homem era enorme, as mãos nodosas e os cabelos escuros rebeldes sob o gorro. Que cheiro emanava dele? Repolho e fumaça? Mas todo mundo em Berlim cheirava assim.

— Todo mundo sabe quem é o senhor — acabou dizendo Loos. — Não é muito inteligente — continuou. — Encontrar-se assim na praça. Wulff tem a minha pista, eu lhe digo. E se alguém estiver vigiando?

— Cuidaremos disso — disse Maikowski.

— Tudo bem, então, que quer de mim? Não gosta de minha informação? — Loos interrompera sua operação algumas semanas antes, suspendendo as conferências no diário que Weiss mantinha. Tornara-se perigosa demais.

— Não me interesso mais por isso — respondeu Maikowski. — Você se revelou útil para o movimento. Agora, acho que um homem com seus...

como devo dizer?... talentos especiais... pode ser mais bem aproveitado pela SA. De qualquer modo, algo melhor do que bisbilhotar a atividade do judeu. Além disso, agora temos tantos informantes na polícia que isso mal tem importância. Estamos afundando em informações.

Loos fez um ruído de sucção, uma rápida inspiração.

— Entendo — foi só o que disse.

Maikowski deu um tapinha na divisória de vidro que separava o compartimento do motorista da parte de traseira. O macio e lustroso Mercedes afastou-se do meio-fio e pôs-se a rodar em círculos em volta da praça.

— Você me interessa imensamente — disse Maikowski.

— Como assim? — retrucou Loos.

— É um combatente da Alemanha, não é? — disse Maikowski com admiração. Para essa ocasião, pusera uniforme completo, jaqueta de couro sobre camisa e calça pardas, botas pretas, uma série de cintos e braçadeiras, um atavio completo de suásticas e alfinetes. Via seu reflexo na divisória de vidro, uma premonição de azul e verde. — Faz parte do movimento, não faz? Sabe como se encaixar na nova Alemanha, não?

— E isso me torna interessante?

— Oh, de fato, sim — respondeu Maikowski, sorrindo.

Deixaram a praça segundo o plano de Maikowski, combinado de antemão com o motorista, e passaram pela Prefeitura Vermelha, onde pelotões da Schupo patrulhavam. Desde o *pogrom* de setembro, houvera dezenas de mortes em Berlim, alguns comunistas na verdade fuzilados quando distribuíam de porta em porta seus ensebados folhetos e propaganda sem valor, um nazista morto a pedradas a caminho de casa após uma noite embriagada no bar local.

— Preciso ir para o trabalho — disse Loos.

— Você tem uma vocação superior — afirmou Maikowski.

Pela primeira vez, Loos o encarou, um olhar que causou arrepios até mesmo ao líder da SA local. Maikowski almoçara com Göring e Goebbels, e apertara a mão de Hitler uma vez, quando fora convidado a um chá na Casa Parda em Munique, onde haviam servido bolo e chá *oolong* a industriais e financistas da Alemanha. Mas nada se comparava à luz nos olhos de Loos, o sinistro vazio que tudo transfigurava. Era o olhar de sangue e ferro, uma espécie de fuga alemã.

— Tenho uma vocação superior — papagueou Loos, com sarcasmo.

— Você faz parte de nosso nascimento espiritual — insistiu Maikowski. — Uma renascença do destino alemão.

O Palácio Imperial assomava à esquerda. Ao fundo, silhuetas desfilavam como fantasmas. O Mercedes atravessou o rio Spree no sinal. Luzes amarelas brilhavam na ponte.

— Sou faxineiro — disse Loos. — Faço a manutenção do sistema de caldeiras na delegacia de polícia da Alexanderplatz. Varro os chãos e, quando solicitado, limpo janelas. Esvazio o lixo e encero móveis, substituo lâmpadas e faço reparos menores em luminárias e tomadas. Não sou requisitado para limpar os banheiros. Os faxineiros subalternos são obrigados a fazer essas tarefas. Ocupo um posto superior no quadro de pessoal da manutenção.

Maikowski examinou o rio escuro abaixo, uma nauseante sensação espalhando-se por seu corpo. Loos era como uma máquina que babava óleo e falava em ritmos laminados. Assombrava-o um pouco. Göring jogava e Goebbels admirava belas mulheres, dois atributos humanos. Hitler, claro, era outra história.

— A SA estudou seu serviço passado — disse Maikowski, não dissuadido. — É estranho que um homem como você tenha entrado no serviço de manutenção. Excelentes pais, boa educação.

— Acha estranho? — perguntou Loos, sem expressão.

— Fui informado de que você veio de Freiburg trabalhar no Ministério do Interior. Recebeu uma transferência para Alexanderplatz alguns anos atrás.

Loos pôs as mãos nos bolsos do sobretudo.

— Fiz isso pelo dinheiro — disse.

— Rom vem farejando seu passado como um cão de caça. Não há muita coisa lá, há?

— Correto.

— Não é o que você poderia pensar — disse Maikowski, tentando ser cuidadoso para não perder seu peixe. — Não estamos espionando você tanto quanto tentando convencer-nos de que seria um colega útil.

— É mesmo?

Maikowski recostou-se no assento felpudo do Mercedes. Ouviu o estalo de seus próprios arremates de couro.

— Preste atenção — disse com uma insinuação de raiva. — Você quer salvar a Alemanha? Quer sair daquela sala de caldeiras e deixar de varrer os malditos pisos enquanto seu país vai pelo ralo abaixo? Se quer um destino mais elevado, precisa agir. Só pela ação você pode alcançar seu próprio potencial. Do contrário, continua sendo um homem da manutenção de caldeiras.

— Quem são esses cães de caça? — perguntou Loos, visivelmente indiferente ao discurso de Maikowski.

Maikowski sentia raiva agora. Sorriu e bateu uma vez no vidro. O chofer fez uma longa volta na Oberwallstrasse para o sul.

— Você é um jovem de Freiburg — recomeçou Maikowski. — Um homem que tentou entrar no exército quando tinha apenas 17 anos e a guerra chegava ao fim. Acabou em Freiburg com pneumonia. E depois... *voilà*... você aparece no Ministério do Interior de Berlim. E permanece sob a tutela de Bruckmann. Extraordinário! Uma transformação tão repentina e completa!

— Tantos disparates — disse Loos.

— Junte-se a nós, Loos! — exortou Maikowski febrilmente. — Estou pronto a alistá-lo como sargento na tropa. Você vai usar um uniforme como o que estou usando e seus homens obedecerão a cada ordem sua. Troque esse sobretudo e esse gorro idiotas pelo uniforme de combatente da SA. Pense nisso, Loos! Usar o pardo do movimento e conduzir a Alemanha a uma coisa melhor que a merda em que se encontra agora. Limpar o corpo político dessas sanguessugas e desses vermes que se mascaram de banqueiros e financistas. Banhar-se na pureza ética da Alemanha, uma Alemanha erguida das cinzas, uma Alemanha livre dessa bosta parlamentar!

Loos resmungou baixinho. As ruas manchavam-se de vapor agora, uma fileira de prédios escuros atrás da outra. A lua cheia de inverno parecia uma pedra no céu.

— Por que eu? Por que agora?

Maikowski ergueu-se muito de leve.

— Posso chamá-lo de Camarada Theodor? — perguntou.

Loos não respondeu. Aproximavam-se da Jaegerstrasse.

— Ah, mas nós sabemos que você é um assassino, não? — disse Maikowski em voz baixa. — E os assassinos devem fazer o que lhes vem naturalmente, não devem? Pense na pantera na selva. Onde estaria sem matar? Esperaria você que a pantera não caçasse? Que seria dela sem caçar?

— Seria outra coisa — respondeu Loos, expressando um interesse mínimo nesse raciocínio.

— Exatamente, Camarada Theodor!

— Então me propõe que eu seja o que sou.

— E ainda mais — disse Maikowski, agora intrigado com aquele homem estranhamente robótico.

— Como me tornarei mais do que sou? — perguntou Loos.

— Alguns homens são apenas o que temem. Você deve se tornar o que ousa sonhar. Pense em incitar todos os seus desejos mais íntimos a transformar-se em realidade. Que espécie de homem ousa fazer isso?

— Besteira — disse Loos.

— Mas você precisa escutar, meu amigo — disse Maikowski, sentindo seu momento escapulir. — Há uma mulher em Munique que representa um perigo presente para o movimento. É uma inimiga do povo alemão, uma boêmia e prostituta, provavelmente comunista nas profundezas de seu sexo sujo de prostituta. Tem de ser eliminada, e a SA está disposta a pagar dois mil marcos ao homem que fizer o trabalho. Pense na oportunidade, Theodor!

Pareceu-lhe irônica, essa lépida oferta de dois mil marcos pela morte de Eva, exatamente a soma que ela lhe exigira pela supressão das fotos. Preocupava-o o fato de não saber quem batera as fotos, mas ele transmitiria um severo recado a quem quer que fosse.

— Quer que eu mate uma mulher em Munique? — perguntou Loos.

— Você vai gostar. Admita que vai gostar.

— E o meu trabalho?

Entraram na Jaegerstrasse, brilhantes fachadas de néon e espalhafatosas arcadas.

— Vai trabalhar para a Alemanha — disse Maikowski.

— Simplesmente sair da Alexanderplatz?

— Vamos lhe arranjar um novo apartamento, algum lugar em Kreuzberg, algum lugar próximo ao distrito 12.

— Um novo apartamento?

— Um novo apartamento e uma nova identidade, alguma coisa que convenha a seu *status* como sargento da SA. Com o novo salário, tenho certeza de que ficará bem confortável. — Maikowski esfregou as mãos. — Tenho os pormenores completos de seu alvo em Munique. No fim deste mês, haverá uma marcha pelas ruas da cidade em homenagem ao *putsch* de Hitler. Você viajará para lá nessa época e vários outros homens alistados na SA estarão presentes. Você vai mudar de identidade e tornar-se parte de uma grande massa de Camisas Pardas, partilhando as metas e ambições de milhares de outros como você. Num mar de uniformes, será apenas mais um. Um ponto. O momento é perfeito. — O motorista parou diante do Residenzkasino, outra das boates da Jaegerstrasse. — Agora vá e divirta-se, sargento Loos — disse Maikowski, entregando-lhe cem marcos em cédulas. — Você receberá documentos para estabelecer sua nova identidade, e será transferido para o novo apartamento esta semana.

Loos pôs a mão na porta.

— Quero um uniforme o mais rápido possível.

— Isto já está sendo providenciado. Seu nome será inscrito nas listas esta noite. Tomei a liberdade de pagar seus vencimentos seis meses adiantados. Você é um novo homem. Parabéns.

— E meus dois mil marcos? — perguntou Loos.

— Mas, *Herr* Loos. Vou lhe dar um pacote de informações sobre a mulher, junto com mil marcos. Vai receber um bilhete de trem e alojamento em Munique. Quando o trabalho for feito, receberá o resto. Simplesmente mate a prostituta e deixe a natureza seguir seu curso.

Maikowski viu Loos partir, arrastando-se pela Jaegerstrasse em direção ao Residenzkasino. Contornado em néon, tornara-se um aspecto mágico da própria rua. Antes fora criatura de Bruckmann, depois de Rom. Agora pertencia a Maikowski.

▪ ▪ ▪

Uma neve fina empoeirara a rua. Os dois sentaram-se a uma mesa junto à janela, Wulff ainda com a capa de chuva de couro preto, Barlach vestindo um novo terno de *tweed*. Um desanimado garçom trouxera-lhes sopa de batata salpicada com páprica.

— Ao novo assistente *Kriminal* — brindou Wulff alegremente, erguendo um cálice de xerez seco. Nessa tarde, o Hotel Adlon estava quase deserto. Garçons pairavam como corvos famintos em seus uniformes pretos. — Você deve ser parabenizado de todo coração.

— Eu lhe devo muito, senhor — ele respondeu.

— Falando nisso — disse Wulff. — Gostaria de saber se você tem investigado esse tal Loos.

Wulff andara atolado de trabalho. A força de detetives estava constantemente ocupada com crimes, até os assassinatos políticos, agora que haviam se tornado tão comuns. O judiciário prussiano estava julgando os nazistas acusados de assassinarem Anlauf e Lencke.

— É estranho — disse Barlach. — Mas Loos deixou o emprego na Alexanderplatz. Chequei com o supervisor quando voltei a trabalhar e me disseram apenas que ele simplesmente saiu e desapareceu. Não veio trabalhar sequer uma noite.

— Simplesmente largou um bom emprego?

Barlach repôs o cálice sobre a toalha de mesa adamascada.

— Deixou de trabalhar uma noite de sexta-feira. Não apresentou um pedido de demissão nem falou com ninguém do pessoal da supervisão.

— Mas você falou com eles?

— O chefe da manutenção chama-se Froeb. Ele me disse que não tinha trocado dez palavras com Loos durante os últimos seis meses. Loos chegava ao trabalho e ia para casa após oito horas no emprego. Fazia a manutenção das caldeiras e varria o chão. Não confraternizava com os colegas trabalhadores e não comparecia às reuniões do sindicato trabalhista. Recebia o salário e ficava na dele.

— É estranho largar um emprego num país com seis milhões de desempregados — disse Wulff.

— Foi o que pensei — concordou Barlach.

— Mas certamente não é ilegal nem criminoso.

A geada enchia os cantos das janelas. Acima dos comensais, candelabros pendiam como estalactites.

— Ele pode ter ido para casa em Freiburg — arriscou Barlach.

Wulff suspirou profundamente.

— Na verdade, não há motivo algum para achar que ele matou Timkin Mueller. Você o viu uma noite na Hirrenstrasse, e sabemos que ele toma o trem para Lichtenberg. Como centenas, senão milhares, de outros homens.

— Isso é verdade — concordou Barlach.

— Estou mais preocupado com Edgar Braun agora — concluiu Wulff. — Você investigou o apartamento em Lichtenberg onde Loos morava?

— Falei com a sua velha senhoria. Ela disse que ele se mudou um dia sem aviso. Não tinha muito o que levar. Algumas caixas de roupa. Um aposentado naval já se mudou para lá. Vasculhei o quarto, mas não encontrei quase nada.

Wulff sorriu.

— De qualquer modo, parabéns a você, Barlach. E parabéns por seu novo bebê e sua rápida recuperação.

— Estou em dívida com o senhor — disse Barlach.

— Está merecendo.

Terminaram a sopa de batata e a salada, mas recusaram a sobremesa. Wulff pagou a conta, e juntos atravessaram o formal salão de jantar até o saguão de piso de mármore, onde Barlach pegou o sobretudo e o chapéu. Ao passarem pela entrada para o bar, Wulff notou três homens, Daleuge, Rom e Maikowski, sentados a uma mesa nos fundos. Rom ergueu os olhos e pareceu encarar Wulff, depois acenou com a cabeça e sorriu cordialmente.

Lá fora, parara de nevar.

▪ ▪ ▪

Depois que Daleuge saiu, Rom disse:

— Que porra é essa que você anda fazendo, tornar Loos um sargento e dar-lhe um apartamento?

— Estou acima na hierarquia, Rom — respondeu Maikowski. — E, além disso, um homem como Loos tem suas utilidades. — Limpou a boca com um guardanapo de linho. — Aquele era Wulff?

Rom apunhalou uma cenoura em conserva com o garfo. Haviam comido *goulash*, discutido planos para a marcha em homenagem ao *putsch* de Hitler. Haveria cinqüenta ou sessenta mil homens da SA à luz de tochas, com bandeiras, garrafões de cerveja, rajadas de música patriótica, devoções à Nova Alemanha e, claro, discursos. Uma marcha ao longo da antiga trilha do *putsch* onde os heróis nazistas haviam caído quase uma década antes.

— Aquele *era* Wulff — disse Maikowski após algum tempo.

— Loos está louco varrido, você sabe — disse Rom, ignorando o comentário.

— Oh, louco varrido — concordou Maikowski.

— Os jornais esqueceram Bruckmann — disse Rom. — Mas o que Loos fez foi idiotice.

— Eu não poderia estar mais de acordo — respondeu Maikowski.

— Mas tornar Loos um sargento na SA... — insinuou Rom.

— Eu sou responsável por ele agora.

— Espero que saiba o que está fazendo.

Maikowski sorriu radiante.

— Não sei sempre?

PARTE QUATRO

1932

"Eu não sou alemão, nem europeu, nem sequer talvez um ser humano, mas um judeu."
— Arnold Schoenberg,
carta a Kandinsky, 1923

24

O convento fica em uma colina arborizada, voltada para o ponto onde um caudaloso rio se curvava na forma de uma ferradura. Do abrigo de um bar onde buscara refúgio de um aguaceiro, Wulff contemplou a construção, bebeu uma xícara de café com aveia e fumou um cigarro enquanto os sapatos secavam. Terminou o café, pegou o guarda-chuva e pagou a uma garçonete de expressão amarga, que lhe indicou uma passarela de madeira que cruzava o rio. Ele percorreu a custo os seiscentos metros e foi recebido no saguão do convento por uma jovem noviça de preto. Duas janelas de vitrais deixavam entrar uma luz cinzenta no topo da escada. Após dez minutos de espera, foi conduzido pela noviça ao andar mais alto, que consistia em dois corredores levando a cubículos onde viviam as freiras mais velhas. Wulff esperou diante de uma das portas, apoiando-se no parapeito de uma janela, onde viu a encosta mudar de cor, de cinza para pérola, e voltar mais uma vez de pérola para cinza. Momentos depois, a noviça levou-o ao interior de um dos cubículos, onde ele viu irmã Marta sentada sozinha numa cadeira de madeira de encosto duro defronte a uma escrivaninha de madeira.

— O senhor deve ser o policial de Berlim — disse-lhe a irmã Marta em voz grave.

Wulff mandara-lhe um telegrama de antemão e recebera permissão para falar com a irmã Marta, que dirigira a Clínica Freiburg durante o início da década de 1920 e cuidara dos doentes durante várias epidemias de *influenza*.

Wulff apresentou-se formalmente, fazendo uma mesura, depois exibiu a carteira de identidade, que ela mal olhou. A freira convidou-o a se sentar na cama, mas ele recusou.

— Lamento, mas não há mais nada em que possa se sentar aqui — disse irmã Marta.

— Serei breve, irmã — disse Wulff. — Não quero tomar seu tempo.

Wulff tomara o expresso da meia-noite de Berlim para Frankfurt, depois baldeara de trem após uma espera de quarenta minutos. O Expresso Freiburg chegara pouco depois das oito horas da manhã.

— O tempo é meu amigo — disse jovialmente irmã Marta. — Tenho todo o tempo do mundo — acrescentou. — Os gansos estão subindo para as montanhas agora. — Wulff ouvia-os grasnando. — Lamento que não tenha nada a lhe oferecer para comer ou beber — dizia a irmã. — Hoje é sexta-feira, e minha prática é jejuar até o jantar. Como um pouco após as preces noturnas. Perdoe-me.

— Está tudo bem, irmã — disse Wulff. — Vou voltar para Berlim esta tarde e estou meio apressado. Vim aqui para lhe perguntar sobre a clínica de *influenza* que a senhora dirigiu no início da década de 1920.

— A Madre Superiora me disse.

Ela abriu uma Bíblia e envolveu-a com as mãos.

— Eu gostaria de saber se a senhora se lembra de um garoto chamado Theodor Loos — disse Wulff, bruscamente. — Ele teria adoecido por volta dessa época do ano em 1923. Sei que já faz muito tempo, irmã.

— Foram muitos os doentes naquele ano — ela disse.

— A senhora era responsável pela enfermaria de atendimento grave?

— Sim, era.

— A Madre Superiora me disse que a senhora conhecia muito bem a clínica e todas as suas operações.

Irmã Marta fechou a Bíblia e olhou-o, parecendo relutante em continuar.

— Mas eu me lembro muito bem de Theodor Loos — disse.

Wulff sentiu um ímpeto de excitação. Seus nervos ficaram elétricos com a pista do louco.

— Pode me falar dele? — perguntou calmamente. — Como é sua lembrança de Loos em relação a todos os demais?

— Posso lhe perguntar uma coisa? — pediu irmã Marta.

Wulff assentiu com a cabeça.

— Sim, claro.

— Por que está atrás dele?

— Bem... — começou Wulff, hesitante. — Há um homem em Berlim com esse nome. Talvez seja Loos. Provavelmente é. Em sua inscrição para candidatar-se a um emprego e em outros documentos, ele diz que veio de Freiburg, que a mãe é flamenga e o pai alemão, e que foi educado em uma escola masculina católica aqui antes da guerra na cidade, e depois no ensino fundamental. Eu gostaria de saber se esse homem em Berlim é o Theodor Loos que adoeceu de gripe em novembro de 1923. Se ele foi tratado aqui nesta clínica.

— Parece que sim — disse irmã Marta. — Como ele é?

— É um homem muito alto, mãos enormes e cabelos pretos. Tem orelhas muito grandes e se desloca devagar.

— Morou algum tempo em Lille?

— Em Lille — confirmou Wulff.

— Talvez seja o mesmo menino — disse Irmã Marta. — Mas os cabelos dele eram muito mais claros. Tinha ossos muito finos, pelo que me lembro. Lembro-me bem dele porque foi da minha classe de matemática na escola.

— Ele estava na clínica? Que aconteceu com ele?

— Largou os estudos para ingressar no exército. Mas a guerra estava terminando, e ele foi dispensado. Freqüentou o instituto em Freiburg durante vários anos, depois foi contagiado pela gripe. A mãe tinha morrido, como o pai, pobre menino...

— Mas... — conseguiu dizer Wulff.

— Ele queria ser engenheiro civil — continuou a irmã Marta, não lhe dando chance de falar. — Que fez o coitado do menino em Berlim? — ela perguntou ao desnorteado Wulff. — E por que está fazendo perguntas sobre ele? Aconteceu alguma coisa com ele?

— Um policial foi assassinado — disse Wulff, consciente de ter contado uma meia verdade.

— Como isso se relaciona ao pobre Theodor?

— Irmã, por favor — pediu Wulff. — Pode me falar de Theodor Loos e sua estada na clínica?

— Isso vai ajudar Theodor? Ou fazer-lhe mal?

— Acho que vai ajudar.

Irmã Marta olhou para fora pela janela.

— Eu me lembro como se fosse ontem — disse. Do lado de fora da estreita janela com corrimão, uma encosta da montanha era varrida pela chuva. — Ocorreram milhares de casos de *influenza* após o período de inflação, quando as pessoas não tinham carvão para queimar. Nem havia muita comida. Theodor foi trazido para a clínica do instituto porque fora meu aluno na infância e tinha estudado na escola para meninos. Seu estado piorava de modo constante, a febre tornando-se perigosamente alta. Não tínhamos penicilina para lhe dar. Claro, era possível comprar medicamentos no mercado negro, mas a igreja não tinha dinheiro para essas coisas. Apesar de nossos esforços, lamento dizer que o estado de Theodor passou a ser bastante desesperador.

— Ele se recuperou? — perguntou Wulff, ainda desnorteado.

— Ele foi levado embora da clínica — disse irmã Marta, fixando os olhos acinzentados em Wulff. — Sim, simplesmente levado embora.

— Levado embora? — repetiu Wulff.

— Os Freikorps trabalhavam nessa área — continuou irmã Marta. — Tanto os Freikorps quanto os franceses chegavam e saíam da clínica, pedindo-nos que tratássemos de seus feridos e doentes, levando nossas drogas quando as tínhamos. Um dia, chegaram dois homens à clínica numa espécie de carro do Estado-Maior. Pararam numa pista diante do prédio e ficaram sentados no carro por um longo tempo. Mandei algumas freiras tentarem saber o que eles queriam. Mas os dois homens simplesmente entraram e pediram para ver Loos. Disseram-me que ele fora membro da companhia deles e queriam vê-lo. Achei impossível que Theodor Loos houvesse sido membro dos Freikorps, mas não podia dizer não àqueles homens. Eram muito ameaçadores e exigentes. E pareciam saber tudo sobre Theodor. Foram lá para cima e passaram um longo tempo com ele.

— Eles deram seus nomes?

— Não deram, nem isso lhes foi perguntado — respondeu irmã Marta. — De nada serviria. Eles não eram seres humanos no sentido comum do termo. Haviam se tornado alguma coisa além de humana. Não eram cristãos, nem maridos, nem pais. Não tinham o menor respeito. Nenhuma consideração.

— Que foi que fizeram?

— Uma jovem enfermeira cuidava do terceiro andar, onde Loos ocupava uma cama entre várias outras. Eles disseram a ela que tinham medicamentos para tratar dele e estavam aquartelados numa aldeia não muito longe daqui. Informaram que iriam levar Theodor embora, concordássemos ou não, e que iriam tratá-lo com penicilina. Um deles desceu para pegar uma padiola que haviam trazido. Eu os vi cruzarem a porta levando Theodor sob uma manta. Envolto na manta da cabeça aos pés. Não tive tempo de falar com Theodor. Nem um único adeus. Eles não deixaram que nos aproximássemos dele, e os dois portavam armas. Uma das enfermeiras quis medir a temperatura dele, mas eles ficaram furiosos e até a ameaçaram.

— E partiram levando Theodor no carro?

— Sim — respondeu irmã Marta. — E muito me alegra saber que ele está vivo e bem em Berlim. Eles devem tê-lo ajudado a se recuperar, mas fiquei surpresa que Theodor fosse um membro de sua companhia.

Wulff justapôs o jovem Loos às suas lembranças do faxineiro na Alexanderplatz.

— Sei que já se passou um longo tempo — disse ele. — Mas poderia descrever os dois homens que o levaram embora?

— Oh, isto é muito fácil — respondeu irmã Marta. — Um deles usava um tapa-olho. Era muito menor do que o outro e tinha uma cicatriz embaixo no lado esquerdo do rosto.

Bruckmann, Wulff reconheceu intimamente o que sempre soubera.

— E o outro homem? — perguntou.

Irmã Marta abanou o rosto.

— Estava todo agasalhado. Um sobretudo e um gorro de malha. Acho que tinha cabelo preto comprido, mas só isso. Óculos de aros de arame, acho. Parecia coberto de lama.

— Tinha uma barbicha?

A irmã levou a mão à face.

— Ora, sim, creio que sim. Como é que sabe?

Wulff curvou-se mais uma vez em um cumprimento.

— Obrigado por sua ajuda, irmã — disse.

— Precisa ir?

— Voltar a Berlim.

— Mas quem é o policial que foi morto? E que tem o jovem Theodor Loos a ver com isso?

— Theodor não está envolvido, eu lhe asseguro — disse Wulff, sorrindo amavelmente. — Dou minha palavra de honra como cavalheiro.

— Fico muito feliz em sabê-lo. E perdoe-me. Às sextas-feiras, passo o dia todo em meu quarto. Do contrário, eu o acompanharia até lá embaixo.

— Está tudo bem, Irmã.

— O senhor não é católico, é? — perguntou ela a Wulff.

Ele sorriu, pesaroso.

— Não, irmã, não sou — disse.

— Theodor era um bom católico — continuou ela. — Ele fez alguma coisa errada? Aconteceu alguma coisa com ele?

— Não, irmã — respondeu Wulff. — Ele não fez nada de errado. Era um bom homem, tenho certeza disso.

— Que ótimo — suspirou irmã Marta. — Ele era um menino tão bom! Não como alguns dos garotos. Alguns deles às vezes são monstruosos.

— Tenho certeza que sim — concordou Wulff.

— Alguns deles também crescem e se tornam monstros — disse irmã Marta. — Assim é o mundo. Como aqueles dois Freikorps.

— Creio que por isso são policiais — disse Wulff.

Irmã Marta sorriu, um sorriso doce, magnânimo.

— Por favor, diga a Theodor que a irmã Marta pensa nele. Que a irmã Marta reza por ele. Talvez ele se lembre de mim. Vou rezar por ele esta manhã, se o senhor acha que fará bem.

— Eu tenho certeza de que fará bem — Wulff ficou parado na porta, com a mão no trinco.

— Há muitos monstros no mundo, não há? — perguntou ela.

— Há alguns, sim.

— Vou rezar por eles também.

Wulff balançou a cabeça em assentimento, fechou os olhos e saiu para o silencioso corredor.

▪ ▪ ▪

Os castanheiros haviam perdido as folhas. Fingindo olhá-los com interesse, Maikowski ficou na janela, com braços cruzados. Abaixo dele, a deserta rua suburbana, alguns carros estacionados, uma tarde cinzenta entre o outono e o inverno. Maikowski ouvia atrás de si seu monstro alisando-se, a examinar-se no espelho e deixar impressões das patas. Para quebrar o gelo, pigarreou uma vez com uma curta tosse gutural. Após uma semana de procura, encontrara para o seu monstro um pequeno apartamento em Wilmersdorf, um solar dividido que outrora fora uma próspera mansão burguesa. Custaria a ele e à SA exatos quinhentos marcos por mês.

— E então — começou. — Qual a sensação de ser um sargento da SA?

O vidro da janela estava sujo. Ele via o reflexo de seu monstro no vidro enquanto este examinava a própria imagem no espelho. Eram uma fuga de três partes, Maikowski na janela cinzenta, o monstro na luz amarela encardida no espelho, no uniforme de camisa parda e calça marrom-escura, um labirinto de cintos de couro preto com fivelas de cobre, a braçadeira vermelha e o broche com a suástica no boné de pala.

— Sua nova identidade — disse. — Escolhi fazer de você Albert Huebner. De agora em diante, é Albert Huebner, sargento da tropa de assalto, Divisão de Berlim, Pelotão de Charlottenburg. Vai trabalhar exclusivamente para mim desta vez, e receber ordens apenas minhas, e de ninguém mais. Está entendendo, sargento Huebner?

Huebner olhou seu passaporte.

— Claro que estou — disse.

— E aqui estão as carteira de motorista, o cartão de identificação profissional e o de membro da SA. — Maikowski ofereceu-os a Huebner, que não fez qualquer movimento para pegá-los.

Maikowski acabou largando-os numa mesa de canto junto ao espelho. O apartamento ainda estava escassamente mobiliado, com um sofá vitoriano antigo, duas mesas de quina e uma única cadeira. Uma pequena cozinha nos fundos e em um dos lados um quarto de dormir, com uma cama sem colchão e uma cômoda com várias gavetas.

Huebner continuava a examinar-se no espelho. Correu um dedo por um dos cintos cruzados no peito.

— Albert Huebner — disse em voz baixa.

— É um bom nome alemão — disse Maikowski. — Nada parecido com Theodor Loos.

— Vai servir — disse Huebner.

O aniversário do *Putsch* da Cervejaria de Hitler em Munique seria comemorado dali a apenas dois dias. Maikowski comprara uma passagem de primeira classe de trem no nome de Huebner. Tirou-a da carteira e fez o homem pegá-la.

— Você parte amanhã de manhã para Munique — disse. — Está ciente de sua missão?

— Sim — respondeu Huebner.

— Mesmo assim — continuou Maikowski. — Quando chegar a Munique, vai alugar um quarto no Hotel Ludwigshof, perto da ponte do rio Isar. Após a marcha, vai ao Café Dom, perto da própria ponte. Eva pode ser encontrada lá em uma mesa junto a uma lareira de carvão. É loura e tem os atrativos de uma prostituta. Você vai vê-la imediatamente se ela estiver lá.

— Você já me disse tudo isso antes — retrucou Huebner numa voz estranhamente vazia de emoção.

— Por favor, atraia-a. Não é preciso muita coisa para atrair Eva, mas você precisa tentar. Inicie uma conversa com ela. Talvez ela lhe pergunte o que gostaria de fazer, e você vai lhe oferecer dividir morfina. Precisa dar a entender que tem morfina, e muita. Assim, ela vai se sentir irresistivelmente atraída por seus encantos. Eu lhe dei algumas ampolas. Imagino que as tenha.

— Claro que tenho — disse Huebner. — Acha por acaso que eu usaria esta morfina?

Maikowski encolheu os ombros, ocultando a raiva.

— Seu quarto no Ludwigshof fica nos fundos. Proponha levá-la para lá. Centenas de homens da SA já estarão registrados no hotel. Depois que terminar seu trabalho, leve-a pelos fundos e ponha-a lá fora no beco. Eva acabará sendo encontrada, depois que os ratos tiverem uma chance de trabalhar nela. Ninguém vai notar, na algazarra da festividade.

— Já terminou? — perguntou Huebner.

— Apenas tome cuidado — respondeu Maikowski.

— E o meu veículo?

Maikowski encaminhou-se até a janela.

— Ali embaixo — disse, gesticulando para o carro.

Huebner estava em pé atrás dele agora, pouco mais alto.

— Aquilo é um Renault russo — disse ele.

— Você esperava um Mercedes?

— Eu só não esperava um Renault russo.

— Estava à venda e era barato. Após estar a pé durante anos, achei que ficaria satisfeito.

— Uma coisa melhor — disse Huebner. — Eu esperava uma coisa melhor.

Houve uma pausa quando Maikowski o pressentiu olhando por cima de seu ombro.

— Que significa Eva para você? — perguntou Huebner. — Por que ela é tão importante que precisa ser morta? Não é judia. É puta.

— Seja razoável — replicou Maikowski.

— Você acha que sou idiota, não acha? — disse Huebner, dando meia-volta.

— Nem um pouco — respondeu Maikowski, de repente com frio no aposento não-aquecido. Pressentiu que seu monstro, fosse quem fosse, agora a examinar-se mais uma vez no espelho, era uma espécie de bomba-relógio. — Veja a situação sob minha perspectiva — continuou, brando. — Você foi feito oficial subalterno da SA de Berlim, Pelotão de Charlottenburg. Tem um apartamento em Wilmersdorf e dinheiro no bolso. Tem um veículo, embora um Renault russo. E nem faz três meses que varria chãos e espionava um otariozinho por cem marcos por semana. E o homem que cuidava de seus negócios o roubava. Sua ascensão no mundo foi espetacular. Não concorda?

Maikowski virou-se e viu Huebner ajustar o botão de cima na camisa parda.

— A porra do carro é *russo* — grunhiu Huebner.

— Oh, isso não importa agora — disse Maikowski jovialmente. — Você tem uma passagem de primeira classe para Munique amanhã de manhã. Vai se hospedar no quarto que reservei para você no Ludwigshof. Vai marchar na parada do *putsch*, partilhar o entusiasmo de milhares de outros jovens alemães. Vai encontrar-se com uma puta nada feia chamada Eva Vollheim, conhecida por todo mundo em Schwabing como viciada em morfina e prostituta. Ela lambe seu saco por uma ampola de morfina, se for isso que quiser que faça. Dizem que ela adora uniformes.

— E se eu for reconhecido?

— Quem reconheceria você?

— A polícia. Alguém no bar.

— Haverá sessenta mil SA em Munique semana que vem — disse Maikowski, calmo. — Sentia que recuperara algum ânimo. — Na outra semana, haverá mais de noventa mil SA em Nuremberg. O sul da Alemanha se encherá de homens marchando de uniforme. Será um mar deslumbrante de cor parda, no qual você não passará de uma gota de espuma. E quem nota uma gota de espuma no mar? — Cruzou os braços e olhou mais uma vez a rua embaixo, os castanheiros desnudos, prédios de apartamento cinzentos e calçadas vazias.

Huebner pegou um par de óculos de aros de arame e os pôs. Examinou-se de novo no espelho por um longo tempo, a recém-crescida barbicha e a cabeça raspada. Maikowski aguardou, não esperando nada em particular. Na presença de seu monstro, sentia uma iminência de desastre, uma abertura a distúrbios violentos que saturava o ar como metano. Relutantemente, admitiu para si mesmo que o medo era um conceito interessante e original.

— Vejo que arranjou um disfarce menor — disse Maikowski, sabendo que os óculos eram de vidro transparente.

Huebner virou a cabeça.

— Estou correndo um grande risco fazendo isto para você.

— Está sendo bem pago.

— Dois mil marcos e um carro russo.

— Quando a coisa for feita, retorne a Berlim. Vai receber a segunda parte do dinheiro.

Huebner estendeu um dedo indicador e tocou sua própria imagem na superfície do espelho. Maikowski sentiu-se ao mesmo tempo fascinado e repelido pelo gesto. Abotoou o paletó e encaminhou-se decidido para a porta. Já se fartara de seu monstro.

— O que Eva Vollheim fez a você, então? — perguntou Huebner.

— Sargento Huebner — disse Maikowski oficiosamente. — Eu já lhe disse que ela é uma puta comunista. — Percebeu uma palpitação involuntária na pálpebra. Abriu a porta e sentiu o cheiro do corredor úmido. — E na SA, recebem-se ordens e cumpre-se seu dever. Quer que eu contrate outro disposto a realizar essa missão?

Huebner contemplou-o.

— Sua mãe está viva? — perguntou.

Maikowski talvez houvesse empalidecido, se já não estivesse enervado por seu monstro.

— Por que quer saber?

— Ela está viva? Apenas responda.

— Numa aldeia na Pomerânia.

— Vá agora — disse Huebner.

Maikowski desceu correndo a escada e seguiu pelo quarteirão até onde deixara o chofer com o Gau Landauer. Assim que se instalou no banco traseiro, deu uma olhada na janela de segundo andar onde deixara Huebner. Viu-o olhando a rua embaixo por uma imagem dupla de reflexos, o rosto uma fatia de cores distorcidas na obscuridade de outono. Maikowski identificou um estranho, um outro, emanar-se de Huebner, atravessar o vidro, cair sobre ele próprio, uma espécie de corrente elétrica. Ordenou ao motorista que fosse para a taverna mais próxima.

▪ ▪ ▪

Rom seguia Maikowski num Mercedes tomado emprestado de um contador do partido local que fora a Munique para a marcha do *putsch*. Também pretendia ir a Munique, embora não o apaixonassem orgias etílicas, festivais de melodias da tropa de assalto, a camaradagem embriagada e o sentimentalismo romântico. Sentado ali no carro preto, viu Maikowski, um coronel da tropa, o segundo no comando da SA de Berlim, sair de um solar suburbano meio lúgubre que parecia haver sido dividido em vários apartamentos, como ocorrera com a maioria naquela parte da cidade. Maikowski parou no portão da frente, pareceu encolher os ombros, depois percorreu meio quarteirão e entrou no banco traseiro de seu grande carro turístico Landauer. Por algum motivo, Maikowski ficou ali sentado no banco traseiro por um longo tempo, até o carro afastar-se lentamente da calçada.

Naquele tristonho fim de tarde outonal, Bibi estivera se lamuriando com Rom já havia meia hora.

— Que coisa mais idiota, Dieter — disse, na voz esganiçada de menina. — Estou cheia, benzinho, simplesmente morta de chateação.

Rom gostava imensamente da nova amante. Valorizava sua ignorância, que a tornava tão transparente. E ela era deliciosamente inadaptada, incapaz de tomar muito sol ou vento do mar ou ingerir certos tipos de comida e bebida. E, claro, espetacularmente disposta na cama.

— Já vamos embora, querida — disse Rom, afagando-lhe o joelho e subindo a mão pelo vestido, onde ela a deixou descansar numa parte interna da coxa, logo abaixo da cinta-liga.

Rom dera a Bibi um grande frasco de verdadeiro perfume Chanel, pelo seu aniversário, e ela se encharcara com o presente. Nos limites do Mercedes, o aquecimento ligado, ele mal conseguia respirar com aquele cheiro forte.

— Estou com fome — gemeu Bibi, petulante.

Ele deu a partida no carro e afastou-se. Naquela hora do dia, os subúrbios ficavam desertos. Vigiara Maikowski por quase meia hora, e vira talvez apenas duas pessoas passarem na calçada. Agora que Theodor Loos fora assumido por Maikowski, Rom tinha mais tempo livre. Impressionava-o a que ponto Maikowski chegara para abrandar aquele espião digno de pena — aparentemente um apartamento em Wilmersdorf, um ridículo Renault russo e o posto de sargento na tropa de assalto 33, a unidade do próprio Rom. Haviam-se feito consideráveis gastos em documentação falsa para Loos, um passaporte, identificação profissional, até uma carteira de motorista.

Rom chegou à Kaiser Alle e rumou para o norte no tráfego leve do cair da tarde. O céu era cinza-metal de arma, e ele sentiu o pressagioso cheiro de neve no ar. Decidira mentalmente tornar-se coronel e substituir Maikowski.

Bibi aconchegou-se a ele logo abaixo do colarinho. Rom sentiu um rechonchudo seio no peito. Ela estava agasalhada num casaco de raposa.

— Que foi que a gente ficou fazendo lá? — perguntou ela, desinteressada.

— Espionando um coronel da SA — disse Rom.

— Não caçoe de mim — ralhou Bibi com ele. — Você sabe que detesto que caçoem de mim.

Rom sabia que era impossível zangar-se com ela. E podia dizer-lhe qualquer coisa plausível.

— Mas eu lhe disse a verdade — insistiu.

— Por favor, realmente, benzinho.

— É a verdade. Estou tramando derrubar meu oficial superior e substituí-lo na SA. Poderia significar muito para a minha carreira. Eu ganharia mais dinheiro, teria um automóvel maior. Talvez até mereça um imenso Landauer.

Bibi deu uma risadinha.

— Mas não conte a ninguém — continuou Rom. — Se contar a alguém, mando estrangulá-la.

Bibi riu e desviou o olhar, a mão na perna direita dele. Pintara as unhas de azul e usava batom azul.

Naquela noite, foram ao teatro, depois fizeram uma ceia tardia num bar afastado, perto da Jaegerstrasse. Na manhã seguinte, quando Rom conferiu a relação de inscritos na SA, descobriu que Maikowski alistara o sargento Albert Huebner como seu adjunto pessoal. Depois, antes do meio-dia, tomou um táxi para a Postdamer Bahnhof bem a tempo de pegar o trem para Munique.

25

Através do vapor na pista e da exaustão de diesel, o amanhecer era um filtro azul-esverdeado. No ar frio, a respiração de Wulff deixava uma trilha enquanto ele caminhava pela pista movimentada. Recuperou a bolsa de viagem de um carregador e, quando ergueu os olhos, viu Johanna correndo em sua direção no saguão da Potsdamer. Largou a mala, conseguiu dar dois passos até ela, que já o abraçava.

— Eu disse para você não se preocupar comigo — sussurrou-lhe quando ela o beijou.

— Não pude evitar, querido — disse ela, quase às lágrimas.

— Aconteceu alguma coisa? — perguntou ele .

Johanna cobria-o de beijos.

— Não, nada — conseguiu dizer.

Em toda a volta deles, carregadores apressavam-se com bagagens. Vários motoristas haviam saltado dos carros e fumavam ou contavam piadas. De braços dados, Wulff e Johanna atravessaram a pista e depois o saguão barroco onde homens tomavam cervejas em quiosques.

— Johanna, me conte — pediu Wulff no táxi que os levava para casa.

— Senti saudades de você, só isso.

— Só fiquei fora um dia e meio — riu Wulff, abraçando-a.

— Eu tive meus abalos — disse ela, antes que ele pudesse comentar. — Não é nada de especial. Li o jornal ontem e *Herr* Goebbels vai se casar com Magda Quandt na época do Natal. As fotos deles estavam na coluna social, e pareciam muito felizes e normais.

Amanhecia o domingo no centro de Berlim, as ruas vazias, longas linhas cinzentas de lojas e depósitos. Em uma esquina, um Schupo a postos sozinho.

— Por favor, deixe-me pôr você num trem para a Suíça — disse Wulff, um pedido que fizera centenas de vezes antes.

— Não vamos falar disso agora — disse Johanna, enxugando as lágrimas com um lenço. — Harry, querido, não sei se algum dia conseguirei ir e, caso fosse, se conseguiria ir sem você. Mas, por favor, não vamos falar disso agora.

— Está bem, querida. Como você quiser.

Abriu a janela. O ar lá fora cheirava à fuligem de grande cidade.

— O que você descobriu? — perguntou-lhe Johanna.

— É como pensei. O homem que conhecemos como Loos não é Loos. Bruckmann e Braun estavam nos Freikorps, foram a Freiburg e pegaram Loos, levaram-no embora de uma clínica. Eles o mataram e Braun assumiu a identidade de Loos. Braun vinha vivendo como Loos nos últimos nove anos. Braun, que era o faxineiro na Alexanderplatz.

Johanna emitiu um ruído baixo. Deitou a cabeça no ombro de Wulff e rodaram calados por vários quilômetros.

— E você acha que Braun matou Timkin Mueller? Que matou a pessoa que se denominava Uli? Que matou Bruckmann?

— Tem de ser. Não pode ser de outro modo.

— E onde está Braun agora?

— Não faço a mínima idéia — confessou Wulff.

Ele tomou o rosto dela nas mãos. Olhou-a, examinando seus olhos verdes.

— Ir para a Suíça já não é uma especulação — disse. — Acho que Braun é um homem muito perigoso. Acho que ele deseja me matar, e sem a menor dúvida tentará. Ele mandou uma de suas bonecas para o seu apartamento, e isto quer dizer que vigiou nós dois. Tornou-se parte de sua paixão. Quero que você vá para Zurique. Eu lhe mando dinheiro. Você tem amigos. Faça isso por nós dois.

Johanna fechou os olhos e afastou-se. Enxugou as últimas lágrimas.

— Não sou eu quem está em perigo — disse. — Já conversamos sobre isso antes.

— Mas você representa um obstáculo — disse Wulff. — Para chegar a mim, ele talvez tenha de chegar a você. Seja razoável, querida. Esta situação é muito perigosa, mesmo para circunstantes, se é o que você está tentando afirmar que é. Estou dedicando longas horas ao Berlim Mitte. E minhas horas vão ficar ainda mais longas com o passar do tempo.

— Só quero que a gente vá para casa — disse Johanna, enfiando-se num casaco de lã de carneiro fechado na frente por meia dúzia de botões grandes pretos. — Quero ir para casa e passar o domingo com você sem qualquer conversa sobre Edgar Braun. Depois, a gente decide o que fazer.

— Acho que seria ótimo — disse Wulff.

Via a cidade passar, as arrogantes superfícies de pedra. Perguntava-se onde, em seus quatro milhões, Braun encontrara esconderijo, onde na imensa disposição de prédios de apartamento, casas geminadas, vilas suburbanas e casas isoladas, o monstro construíra seu novo covil.

▪ ▪ ▪

Huebner saltara do trem na North Bahnhof de Munique. Deixara Berlim no meio da manhã em um dia sombrio, embora agora em Munique o céu estivesse azul-claro, com apenas uma geada branca de nuvens no distante horizonte montanhoso. Antes do amanhecer, dirigira seu imundo Renault russo até o apartamento da judia na Lennestrasse. Surpreendera-se ao vê-la sair vestindo um elegante casaco de lã de carneiro e fazer sinal para um táxi. Seguira-a até a Potsdamer Bahnhof e se aproximara dela dentro do saguão da estação de trem, onde pedira um copo de cerveja e esperara perto da Pista 55. Huebner ergueu os olhos — FRANKFURT. O trem chegara de Frankfurt. Ele pensara por um longo momento, vendo os trabalhadores próximos com fisionomias abjetas, a perguntar-se aonde Wulff poderia ter ido no fim de semana. Frankfurt? Ocorreu-lhe que ele poderia ter ido a Freiburg — afinal, os trens do leste para a França distribuíam-se todos de Frankfurt. Huebner fez um rápido cálculo mental. Imaginou Wulff partindo na noite de sexta-feira, chegando a Freiburg nas primeiras horas da manhã e retornando a Berlim ao amanhecer no domingo. Era mais do que possível. Quando o casal surgiu na entrada do túnel, ele abandonou o copo de cerveja e seguiu atrás deles por uma pista. Wulff usava capa de chuva de couro preto e levava uma maleta; a mulher agarrava-se a ele como se fosse um barco salva-vidas, os olhos cheios de lágrimas iminentes. Naquele momento, ele odiou Wulff mais do que odiara a mãe, mais do que odiara os moradores de Juprelle.

E agora em Munique, Albert Huebner, vestindo uniforme completo da SA, tomava um táxi para o Hotel Ludwigshof, perto da Ponte Ludwigstrasse, sobre o rio Isar. Haviam dado a ele um quarto nos fundos do terceiro andar, próximo a uma saída de escada para um beco, nada bom para os padrões normais. Simples, com um colchão cheio de grumos, cortinas sujas, parede de tijolos do outro lado de um poço estreito. Era, claro, o quarto perfeito. Huebner ficou ali deitado por um longo tempo, fitando o teto e pensando em Wulff, nos olhos azuis mortos do homem.

▪ ▪ ▪

Weiss sentava-se de braços cruzados, Wulff e Barlach defronte a ele no frio escritório da Alexanderplatz. Krause trouxera-lhes chá, que ninguém tocou.

— Hitler vai se candidatar a presidente — disse Weiss, a propósito de nada. — Sim, Hitler vai disputar — continuou a ruminar Weiss. — Imagino que Hindenburgo vá se opor a ele.

— Ele não pode vencer — disse Wulff. — Hitler não pode vencer.

Ficara acordado grande parte da noite pensando em Edgar Braun. Mais do que tudo, temia por Johanna.

Weiss pegou um diário encadernado de couro, destrancou-o com uma pequena chave e abriu-o.

— Só de pensar em Hitler, fico fisicamente doente — disse.

Barlach procurava alguma coisa para fazer com as mãos.

— Conheço a identidade do espião — disse repentinamente Wulff, aproveitando um momento de silêncio para dizer o que pensava. Quisera encontrar algum modo de abordar o assunto, um meio de suavizar o golpe. Mas não atinara com nada. — É uma história complicada, mas creio que é verdadeira.

— Mas que coisa mais interessante! — disse Weiss.

Ele vinha enfrentando quase um certo esquecimento político. Suas propostas para reduzir os nazistas haviam caído em ouvidos surdos no Ministério do Interior do Reich. Os centristas estavam ficando cada vez mais isolados. Haviam circulado rumores na Alexanderplatz de um golpe de Estado, uma sublevação do palácio em que Weiss seria demitido, talvez preso.

— Desculpe — acabou dizendo, dispersivo, a olhar seu diário. Via o diário, a nevasca de caligrafia em tinta. — Por favor, diga-me o que concluiu nessa questão. Faz tanto tempo!

Passara-se mais de um ano. Tempo demais, pela estimativa dele, para fazer muita diferença.

— O espião é um homem que chamava a si mesmo Theodor Loos — disse. — Foi com este nome que ele se empregou aqui na Alexanderplatz há seis anos, como homem da manutenção das caldeiras e faxineiro. Trabalhava lá embaixo e perambulava pelos corredores. Seu turno era da noite. Era uma pessoa muito capaz e inteligente, com especialização em serralharia.

— E como você descobriu isso?

— Meu relatório está sendo datilografado enquanto conversamos — disse Wulff.

Weiss fechou bruscamente o diário. Deu um suspiro e disse:

— Mas você está aqui agora e temos chá. Talvez não se importe de me contar em pessoa.

Wulff explicou o assassinato na Hirrenstrasse, sua ligação com Loos e suas viagens de trem vindo de Prenzlauer. Conduziu Weiss pelo assassinato de Uli, suas próprias viagens a Juprelle e Freiburg.

— Mas isso não torna Loos nosso espião — concluiu Weiss.

Wulff passou algum tempo discorrendo sobre Edgar Braun, seu passado e suas ligações com Eric Bruckmann.

— Portanto, aí está. Edgar Braun é um perito chaveiro. Recebeu a identidade de Loos de Bruckmann. Os assassinatos de Mueller e Uli nada tinham a ver com seu papel de espião. — Nada disse sobre as bonecas. Apresentou uma foto de Braun com Bruckmann. — Este é Braun — disse. — É um homem alto, avantajado, de cabelo preto e barbicha, embora nesta foto esteja com a cabeça raspada. Começou a passar informação a Bruckmann, que a vendia à SA e ao exército.

— E você tem prova disso? — perguntou Weiss.

— Sim, de quase tudo.

— E de que Braun também matou os dois travestis?

— Só provas circunstanciais.

— A Stapo tem procurado Edgar Braun — disse Weiss. — Não conseguiram descobri-lo.

— Braun agora é outra pessoa — disse Wulff. — Assumiu uma nova identidade, aposto. Mas sinto que ainda está em Berlim. E que tem um novo patrocinador.

— Patrocinador?

— De que outra maneira ele poderia existir agora? — perguntou Wulff. — Ele existiu por causa de Bruckmann durante muitos anos. E agora não tem nenhum cargo seguro na Alexanderplatz. Onde poderia ir sem patrocinador?

— Você quer dizer a SA ou o exército — disse Weiss.

— Não é o exército — disse Wulff. — Tenho certeza de que não é o exército.

— A SA então — disse Weiss.

— É uma conclusão lógica — concordou Wulff, que olhou para Barlach. — Diga ao comissário-chefe o que você descobriu naquele dia.

Barlach tossiu nervosamente, limpando a garganta.

— Segui Bruckmann no dia em que ele foi morto. Foi Loos ou, como sabemos agora, Edgar Braun.

Weiss empertigou-se na cadeira.

— Eles tiveram algum desentendimento? Mas por quê?

— Nós analisamos isso — disse Wulff, salvando Barlach, que parecia pálido. — Encontraram hidrato de cloral em sua corrente sangüínea. Em quantidades minúsculas, mas estava lá de qualquer modo.

— E que quer dizer isso?

— Também pensamos muito no assunto — disse Wulff, acenando com a cabeça para Barlach. — Segundo Levitt, não se tem conhecimento do uso desse componente na farmacologia comum. É simplesmente uma gota narcótica. Pode deixar a pessoa inconsciente em doses muito grandes e causar desorientação. Concluo que alguém a tenha administrado em Bruckmann antes de ele ser assassinado.

— E que tem isso a ver com Braun? — Weiss começou a polir os óculos.

— Sim, de fato, o quê? — refletiu Wulff. — Depois que Bruckmann foi morto, Loos continuou a trabalhar na Alexanderplatz por alguns meses.

Talvez continuasse a colher informação secreta. Concluo que ele tenha outro protetor, na certa alguém na SA diretamente. Talvez Bruckmann tenha sido chantageado. Por que mais abriria mão do controle de seu espião?

— E assim Loos achou que fora traído por Bruckmann — disse Barlach.

— Não sabemos exatamente por quê — acrescentou Wulff. — Mas achamos que foi e sabemos que agora ele desapareceu em Berlim. Está em algum lugar por aí.

— Mudou de aparência? — perguntou Weiss.

— É mais do que provável — disse Wulff.

— E o que você propõe fazer? — perguntou Weiss. — E como Loos conseguiu descobrir tanto sobre as operações da Stapo? Você investigou cada ângulo possível, pelo que entendi, e não há quaisquer notas, cópias de ordens nem memorandos roubados da equipe. Você passou mais de um ano nisso.

— Estou desenvolvendo uma teoria — explicou Wulff. — Mas, por ora, preciso ver seus arquivos da SA. Vamos começar a vasculhá-los para ver o que conseguimos descobrir sobre Rom e Maikowski. Se alguém sabe das operações da SA aqui em Berlim, são esses dois.

Weiss abriu mais uma vez o diário e pareceu imerso em pensamentos.

— Tudo isso é muito decepcionante. — Por um longo tempo, achamos que estávamos envolvidos na investigação de um leal capitão da polícia. Agora descobrimos que Bruckmann era um traidor. E foi assassinado por um homem que vinha roubando informação secreta da polícia bem debaixo dos nossos narizes.

— Pelo menos sabemos — disse Barlach, acanhado.

— Sim, é isso. Você dois fizeram um bom trabalho. — Weiss sorriu amavelmente e pôs-se a escrever no diário. Ergueu os olhos. — Minhas memórias, cavalheiros — disse, tristonho. — Talvez algum dia meus filhos as leiam e aprendam.

Os três se levantaram e despediram-se com um aperto de mão. Barlach seguiu Wulff pela ante-sala até o corredor. Wulff foi até a janela e acendeu um cigarro.

— Acho que sei como Loos fez — disse a Barlach.

— Mas como? — perguntou Barlach, surpreso.

— Weiss mantém um diário. Você o viu escrever os acontecimentos do dia. Imagino que Loos arrombava a porta e lia o diário. Ele não ouvia ordens nem arrombava cofres. Simplesmente lia a agenda diária do comissário-chefe.

— Não deveríamos mencionar isso a Weiss?

— Não importa mais agora, não?

— Talvez não — disse Barlach.

— Podemos esperar um pouco. Talvez depois que prendermos Braun.

— Como o encontramos?

— Uma pergunta melhor... quem é ele?

No fundo da alma, Wulff sabia que Braun viria atrás dele, surgiria das sombras onde morava. No fim do dia, seriam Braun e Wulff, como sabia Wulff que tinha de ser.

▪ ▪ ▪

Eva tirou com cuidado a agulha do pescoço. Do outro lado do aposento, Kruger estendia-se num sofá, com os olhos vidrados. Quando conseguiu, ela ergueu a cabeça e olhou pela janela de seu novo apartamento na Frauenstrasse, um ponto do qual via o avanço dos manifestantes de camisa parda comemorando o *putsch* malogrado de Hitler, longas filas de homens surgindo nas proximidades da Ponte Ludwigstrasse.

— Quantos desses filhos-da-puta existem? — perguntou Kruger languidamente. Consumira o finalzinho de morfina e lambia os lábios secos, em sutil antecipação da próxima necessidade. — Não imaginei que houvesse tantos imbecis assim em toda a Alemanha.

— Milhares e milhares e milhares — entoou Eva, gostando do som suave das palavras. — É o bastante para deixar a gente nauseada, mesmo agora.

— Acabou — disse Kruger, referindo-se à morfina. Com os dois mil marcos de Maikowski, haviam comprado a droga e alugado um novo apartamento para ela, que gastara o dinheiro rápido, comprando bom Sekt e salmão fresco, além de uma dúzia de ampolas de narcótico. — Eva, querida

— ele acrescentou, pesaroso —, você torrou o dinheiro e consumiu toda a morfina. Mas que vaca idiota!

— Já enviei pelo correio outro pedido a Maikowski — ela disse. — Vamos ter mais dois mil logo, logo, homenzinho.

— Homenzinho! — riu Kruger, malcriado. De repente, sentia-se leve como uma pluma, um prazer quente melhor do que o sexo. A gente podia expor as virtudes da morfina e jamais chegar perto de sua verdade. Examinou o teto, os candelabros moldados em gesso. Era a primeira vez em um ano que se lembrava de estar aquecido em novembro. — Você não vai se sentir tão festiva quando seu ganso parar de pôr os ovos de ouro.

— Meu ganso vai pôr — disse Eva. Apoiou o queixo no braço e ficou vendo a marcha. Jornais noticiavam vinte mil, embora os da direita dissessem sessenta. — Meu ganso tem muito a perder — continuou. — É o segundo no comando da SA de Berlim. Não vai querer arriscar isso.

— Quando você mandou o pedido? — perguntou Kruger. Lambeu mais uma vez os lábios. — Faz uma ou duas semanas, não?

Eva piscou os olhos, agora desejando um banho quente para curar-lhe as cãibras. Os Camisas Pardas pareciam numerosas aranhas, uma onda de aracnídeos. Na verdade, ela estava sem dinheiro, o aluguel vencido e o estoque de morfina afinal se acabara. Ela precisava desesperadamente de dinheiro e começava a preocupar-se com Maikowski. E se ele não mandasse os dois mil marcos? Ela o denunciaria, claro. Mas só isso não resolveria seu problema.

— Eva? — chamou Kruger, em voz baixa. Deitara a cabeça e começava a apagar, sentindo como se entrasse em um enorme útero. — Eva, você não tem nenhum dinheiro, não é verdade? Estamos sem dinheiro?

Eva examinou seu próprio reflexo sobre os Camisas Pardas.

— Vá dormir — disse.

— Corrija-me se eu estiver errado — continuou Kruger.

— Quer fazer o favor de fechar a matraca, Kruger?

— Adoro seu estilo, verdade. Sabe, só estava pensando. Talvez a gente devesse mudar para ópio.

— Por que isso, meu querido?

— A gente não precisa falar durante uma curtição de ópio. Porque sente aquela trágica beleza silenciosa.

— Você sempre foi um poeta — disse-lhe Eva.

— Sim, um poeta — repetiu Kruger, olhos fechados. — Mas você vai precisar encontrar outro ganso de ouro.

— Temos um pouco de hidrato de cloral e uma câmera — disse Eva. — É sempre possível, podemos descobrir outro trunfo em nossa mão.

— Falou bem.

Outra banda passava marchando embaixo.

— Que música de polca idiota — disse Krueger.

— Eles se vestem de pardo e marcham como escoteiros-mirins — disse Eva.

Caía a tarde e o céu ficara lilás. Ela se perguntava por quanto tempo ainda continuaria a marcha, quantos daqueles *playboys* fascistas seguiriam marchando ali. Desde a manhã cedo, haviam saído em enxames da estação ferroviária, tomado as ruas, tratado com brutalidade alguns judeus e socialistas, e até destruído uma redação de jornal. E o governo da cidade parecia satisfeito por recebê-los.

— Iguais a escoteiros-mirins, não acha? — perguntou.

— Vamos voltar para a rua — disse Kruger.

— Vamos ao Café Dom esta noite — ela disse, tentando imprimir um pouco de animação. Assim que Kruger entrava em melancolia, sabia que era difícil animá-lo. — Vamos encontrar um pombo e medicá-lo com hidrato de cloral. Você vai ver. Vamos nos dar outro ganso.

Apertou o nariz no vidro.

— Oh, veja — disse, alegre. — Tem um nazista tocando tuba. Acho que nunca vi nada mais idiota em toda a minha vida!

Kruger adormecera. Eva temia retornar à sua vida anterior. Mas era a única maneira de sobreviver.

26

Ele odiava multidões, e detestou as hordas de manifestantes e as bandas. E, apesar do novo uniforme e da nova identidade, Huebner viu-se revoltado com o espetáculo da marcha do *putsch*. Em meio aos enxames clamorosos, marchavam, tubas zurrando, as tropas de assaltos cantando suas músicas, louca aclamação quando se aproximaram da famosa Burgerbraukeller, depois cantos mais brandos ao transporem o rio para o outro lado da Ponte Ludwigstrasse, em seguida pelo Tal, atravessando a praça pavimentada de pedras da Marienplatz, para Odeonsplatz ao norte, onde se ouviram discursos, música e mais cantoria. Próximo ao fim da marcha, fora deixando-se ficar para trás e mal ouvira o que diziam os líderes do partido.

Huebner deixou a Odeonsplatz e foi de táxi para Schwabing, uma corrida de uns dez minutos. Ao cair da noite, encontrou o Café Dom em uma esquina perto da Kemmerstrasse, exatamente como o descrevera Maikowski. Com as janelas brilhantemente iluminadas, o lugar parecia lotado de jovens, boêmios, artistas e músicos. Ele usava seu uniforme, e viu apenas mais dois outros da SA presentes. Alguns homens da SA encontravam-se na rua diante do bar e outros ali perto, a maioria filtrando-se dos festejos. Houvera brigas isoladas, alguns pequenos distúrbios e as vitrinas de umas poucas lojas judias quebradas. Assim que cruzou a porta do bar, Huebner parou, notando a loura suja sentada a uma mesa no fundo com um sujeito nanico de boina preta.

Atravessou o bar e parou junto à mesa deles.

— Posso me sentar? — perguntou a Eva.

O uniforme lhe proporcionava uma sensação de poder e autoridade. Tornara-se sua nova pele.

— O você acha, Kruger? — perguntou Eva, e olhou sugestivamente o estranho, correndo um dedo imaginário pelo uniforme com a espalhafatosa série de cintos e fivelas, a braçadeira e os alfinetes exibindo a suástica vermelha. — Deixamos esse alemão sentar-se à nossa mesa?

— Com a sua licença — disse Huebner.

— Acho que deveríamos deixar esse SA sentar-se — disse Eva, piscando o olho para Kruger, que acalentava um pequeno *schnapps*, receoso de terminá-lo.

— Para mim, tanto faz — disse, mal-humorado.

Huebner pôs as mãos na mesa e deixou-as pousadas ali, dedos esticados. Eva sorriu para o estranho e começou a ver-se no apartamento dele, surrupiando-lhe notas de marcos da carteira. Um entusiasmo quente espalhou-se por todo o seu corpo, sinais de seu sexto sentido.

— Chamam-me de Eva — disse. — E eu gosto de beber um bom Sekt. Você parece um ilustre cidadão que poderia pagar um bom copo de Sekt para uma garota.

— Um copo de bom Sekt para a senhora — disse Huebner. Sua confiança aumentava. Fazia anos desde que estivera num bar iluminado, na presença de outros, anos desde que falara com um ser humano em confiança. — E um conhaque de maçã para mim — acrescentou.

— Eu vou buscar os drinques — disse Kruger, dispensando o garçom. — Preciso dar uma mijada, de qualquer modo.

Quando ficaram a sós, Eva disse:

— Você esteve na grande marcha, hem?

— Acabou há pouco.

— Marchando pela Alemanha, pelo *Führer*.

— Por uma vida melhor para todos nós — sibilou Huebner.

— Ah! Ah! — riu Eva. — Uma vida melhor! Vou beber a isto, sem dúvida. Uma vida melhor! — Restara uma pequena porção de Sekt em seu copo, e ela esvaziou-a, depois lambeu a borda, sorrindo para Huebner, que começava a ficar quente por dentro no pesado uniforme. Seu rosto pareceu ruborizar-se, e as pontas das orelhas ardiam. — E me diga, amigo, como é seu nome?

Huebner pensou por um momento.

— Harry Wulff — disse. — Meu nome é Harry Wulff.

— Wulff — Eva repetiu. Sentia a ausência da morfina, uma palpitação de ansiedade e desejo. A dor deixara-a irritável. — Um nome interessante — disse, para matar o tempo.

— Você acha? — perguntou Huebner.

— Mas me diga. Que vida melhor é essa de que você fala? Como é essa nova Alemanha?

— Limpa — disse Huebner.

— Que interessante — riu Eva. — Quem faz a limpeza?

Huebner agora sentia-se desorientado, incapaz de continuar. Tinha meios de expressar-se, mas não com palavras.

— Não vamos falar de política — disse.

— Deveríamos falar de dinheiro?

— Dinheiro nunca é maçante.

— Não se você o tem — riu Eva. — Adoro dinheiro, você não?

Huebner fez uma pausa, tentando pensar.

— Dinheiro é... — arquejou, surpreendendo Eva.

— Está tudo bem com você?

— Claro — respondeu Huebner. — Mas eu tenho dinheiro.

— É, achei que tinha. Sabia que algumas pessoas fazem qualquer coisa por dinheiro?

Eva curvou-se mais para perto de Huebner, revelando-lhe o abscesso no pescoço, a palidez avinagrada da pele, o hálito fétido de álcool. Huebner pensou nela como um cadáver apodrecendo de dentro para fora.

— É plausível — disse.

— Que maneira adorável de ver a coisa — ela disse, tocando a mão do homem.

— Alegra-me saber que aprova.

— Sou uma dessas pessoas — riu Eva, baixinho.

— Você não é uma dessas pessoas — Huebner viu-se dizendo.

— Ah, por que não? Por que não vai direto ao assunto?

— Vamos tomar um drinque — disse Huebner, de repente muito apavorado com a mulher aproximando-se dele, deitando-lhe no corpo o hálito de álcool.

— Você me acha bonita? — perguntou Eva. Irritava-lhe a simples transparência de seu trabalho, a fraude e a idiotice. Mesmo então, sentia o patente ridículo de seduzir aquele grandalhão sargento da SA com seus cintos e fivelas, maços de marcos. — Você me acha só um pouco bonita?

— Claro que sim — disse Huebner.

— Gosta de mim, então?

— Eu diria que sim.

— Fale-me de você enquanto esperamos nossas bebidas chegarem.

— Não há nada a dizer.

Huebner captou uma imagem de si mesmo nas janelas de vidro do bar. Rostos rodeavam-no, olhares de ponto de interrogação.

— De onde você vem? — perguntou Eva. — Seu sotaque não é alemão.

— Moro em Berlim.

— Você deve ter uma história de vida — arrulhou Eva. — Conte-nos a história de sua vida. É uma boa maneira de passarmos o tempo. Com a lentidão do *bartender* e a grande quantidade de pessoas no café, provavelmente teremos um bom tempo até que nossas bebidas cheguem.

— Não tenho uma história de vida — Huebner disse, furioso.

Eva, impaciente, pediu silêncio. Estava farta daquela vida. Talvez, pensou, devesse ir embora de Munique, partir de toda a Alemanha. Talvez devesse ir para a Grécia.

— Não faz mal, querido — disse com ternura a seu sargento.

Ele era mais imaturo que a maioria, um bebê. E ela tivera homens da SA às dezenas. Aquele era um banana.

▪ ▪ ▪

Ouviam Louis Armstrong enquanto chovia. Na outra ponta do divã, sentada defronte a Wulff, Johanna lia um jornal liberal.

— Goebbels vai se casar semana que vem — disse. Wulff olhava as janelas cheias de chuva, o céu de um cinza granulado fosco. — A cerimônia vai ser na Igreja de Santo Olavo.

— Estou muito feliz por eles — disse Wulff, com sarcasmo.

— Outra matéria diz que há trinta mil manifestantes camisas pardas nas ruas de Munique.

Naquele dia, Wulff passara horas examinando os arquivos da SA mantidos pela Stapo. Se Edgar Braun era um novo recruta, provavelmente não apareceria nos relatórios da inteligência com tanta rapidez, ou sob esse nome. Mesmo assim, era trabalho que precisava ser feito.

— Você vem comigo a Poel para o Natal? — perguntou.

— Seu pai aprovaria?

— Ele quer conhecê-la.

— Bem, a gente fala disso depois — disse Johanna, abrindo o jornal para esconder-se dele. — Houve tumultos em Munique, e *pogroms* também. Hitler discursou para a multidão.

— Quero que saia de Berlim agora — disse Wulff. — Pelo menos até acabar essa coisa com Edgar Braun.

— Eu já lhe disse, Harry, ele está interessado em você, não em mim.

— Mesmo assim. Ele vai matar de novo. Em algum lugar. Em algum momento.

— Isso é provavelmente verdade — disse Johanna.

— E eu vou publicar mais matérias sobre ele — Wulff disse.

— Gostaria que não o fizesse.

— Quero que ele venha a mim.

O disco terminou e começou a arranhar. Wulff levantou-se e ergueu a agulha. Ficou na janela olhando a rua embaixo e o Tiergarten, o parque abandonado, homens e mulheres dando corridinhas na chuva.

Johanna disse:

— Dizem que Goebbels e Magda Quandt vão morar num elegante apartamento em Stieglitz. Que Hitler vai ao casamento. Não será maravilhoso, Harry? Adolph Hitler como padrinho de um casamento na igreja? Já posso ver, mentalmente, a noiva e o noivo com Hitler entregando uma aliança a Goebbels. Vai ser o evento social da temporada de inverno, não, Harry? Você acha que vou receber um convite? Acha que Goebbels vai convidar uma médica judia para seu lindo casamento?

— Por favor, querida.

— Seu pai está bem? — perguntou Johanna.

Wulff soltou um suspiro e olhou mais uma vez o Tiergarten. Logo seria 1932, e as coisas estavam ficando piores. Piores e piores; piores a cada minuto.

— Papai está bem — disse.

— Muito me alegra — disse Johanna.

▪ ▪ ▪

Kruger encheu seu frasco barato com conhaque de maçã e acrescentou quatro gotas de hidrato de cloral de um conta-gotas de um vidro de remédio. Sacudiu a garrafa de conhaque de maçã, cheirou-a só para ter certeza e tampou o frasco. Recostando-se no balcão do bar com o frasco no bolso, sentiu uma repentina angústia causada pela morfina, uma espécie de anseio físico semelhante ao que temos quando descobrimos que alguém que a gente ama morreu. Tomou um gole de *schnapps*, retratou a lembrança da morfina numa nesga de nostalgia, e começou a ver o pobre sargento da SA como um Salvador. Que traria ele na carteira? Várias centenas de marcos, talvez? Eles o drogariam delicadamente e o deixariam adormecer, depois roubariam sua carteira e seu relógio, quem sabe alguns dos belos alfinetes com a suástica.

Kruger deixou o balcão, levando um copo de bom Sekt e o frasco. Ficou perto da mesa, onde podia ouvir parte da conversa entre Eva e o sargento.

— Não faz mal, querido — ela dizia, afagando a mão do sargento como se ele fosse uma criança. — Kruger admirou a ternura simulada de Eva, seu jeito de confortar a fera. E também havia a estrutura de seu imenso senso de luxúria, a lucidez com que levava ao que do contrário seria um jogo muito chato. — Você está sozinho, não, sozinho e buscando um pouco de companhia, numa fria noite na cidade grande?

— Sim, um pouco de companhia — disse o sargento.

— Onde vai passar a noite? — sussurrou Eva.

— Meu hotel — disse o sargento.

Ao contrário da maioria dos clientes de Eva, aquele não fingiu excitação, nem o menor interesse. Ela lembrou que mesmo Maikowski expressava um leve sorriso de cara de cavalo ou um desagradável tique no olho quando Eva encenava seus jogos. Mas aquele sargento era decididamente um rapaz bronco.

— É o Ludwigshof, perto da ponte — dizia ele.

— Eu preferiria ir lá sozinha — disse Eva. — É só uma questão de pudor.

— Mas você virá? — perguntou o sargento.

Kruger detectou drama. Talvez o sargento não fosse tão idiota. Talvez seus marcos estivessem enchendo seus bolsos.

— Não se preocupe, querido — disse Eva, dando-lhe um tapinha na mão. — Mas, realmente, você sabe que tipo de jogos vamos brincar?

O sargento pensou na pergunta. Kruger esperava pacientemente o momento certo para ministrar o hidrato de cloral. O copo de Sekt de Eva estava ficando vazio.

— Gosto de brincar com morfina — disse o sargento.

— Você é um garoto levado. Acho que vamos nos dar muito bem. Vou fazê-lo feliz, mais feliz do que já foi algum dia.

— Eu tenho morfina — repetiu o sargento.

Kruger sentou-se à mesa e despejou conhaque de maçã no copo do sargento. Eva tomou avidamente o Sekt, derramando um pouco. O sargento pegou o conhaque e esvaziou-o num único gole. Kruger fingia olhar para as suas luvas. Serviu outro copo de conhaque para o sargento. Huebner pegou o copo, levou-o aos lábios e bebeu.

— Em que quarto você está? — perguntou Eva.

— Não podemos ir juntos num táxi?

— Por favor, meu querido — protestou ela infantilmente. — Você não iria querer ser visto entrando em seu hotel comigo, não é mesmo? Registrou-se sozinho. Sua reputação vai ser arruinada. Eu simplesmente me junto a você.

O sargento examinou-a, os músculos do maxilar retesados. Eva começou a perguntar-se se estava destruindo sua chance. Kruger serviu ao sargento outro copo de conhaque.

— Beba e partiremos — disse Eva, animada.

Ofereceu ao cliente um sorriso travesso. Ele bebeu só a metade do conhaque.

Ela fez menção de levantar-se, depois sussurrou alguma coisa no ouvido do sargento, que se levantou rapidamente e saiu do bar.

— Dê-me o frasco — disse Eva a Kruger. — Ele está no quarto 315 no fundo do hotel. Parece perfeito, com uma saída para o beco.

— Conheço aquele buraco — disse Kruger.

— Você ouviu sobre a morfina? — perguntou-lhe Eva. — Este deve ser nosso dia de sorte. Vou dar uma bebida a ele quando chegar lá. Já deverá estar nauseado então e não vai nos causar muito problema. Pense só, Kruger! Esta noite! Dinheiro e morfina! É um lindo sonho, Kruger!

— Só tenha cuidado — advertiu Kruger.

— Ele é um bobão — disse Eva. — Está morto de medo.

— A mim, pareceu perigoso.

— Você é um alarmista.

Eva vestiu seu casaco de tecido. Assim que pegasse os marcos alemães do sargento, pretendia comprar um casaco de inverno decente. Seria de lã com botões de osso de baleia.

— Vamos de carro juntos. Você salta duas quadras antes e segue a pé.

— Tudo bem — disse Kruger, ansioso.

— Basta esperar diante da porta. Farei um sinal quando for a hora de você entrar. Quando ele chegar ao quarto, vai estar desorientado. Mais um drinque e esse bebê estará no berço.

— Eva, você é impressionante — disse Kruger.

▪ ▪ ▪

Bibi se esmerara em um ridículo vestido de bolinhas pretas e brancas, sapatos de dois tons e meias de seda verdadeira com costuras. Pusera ainda um chapéu em forma de xícara enfeitado com penas de pato. Rom decidira que, acima de tudo, ela lhe proporcionava um disfarce, um ponto de atração que desviava a atenção de si mesmo para os grandes seios de Bibi. Juntos, já estavam sentados no saguão do Hotel Ludwigshof fazia vinte minutos, Rom lendo um jornal, Bibi começando a lamuriar-se.

— Estou entediada, Dieter — disse ela.

Ele passara a manhã examinando os formulários de requisição da SA, e acabara descobrindo que uma reserva fora feita para o sargento Albert Huebner num hotel barato bem perto do rio, um endereço não muito agradável, onde centenas de outros oficiais subalternos da SA estavam hospedados. O saguão estava cheio deles, o bar apinhado, as ruas enxameadas. Rom achava tudo aquilo absurdo, um retrocesso ao ginásio ou pior aos acampamentos de verão onde adolescentes saracoteavam nus em suas cabanas e se apalpavam uns aos outros no escuro.

— Por que não compra uma barra de chocolate? — sugeriu.

— Não quero chocolate — gemeu Bibi. — Quero ir a algum lugar e fazer alguma coisa. Estou cansada de ficar sentada aqui. Que estamos fazendo, afinal?

Rom decidiu ali, então, lhe dizer a verdade, sabendo que entraria por um ouvido e sairia pelo outro. Esperavam Albert Huebner ou Otto Maikowski, embora pudesse ter lhe dito que esperava o segundo advento de Cristo, por toda a diferença que faria. Naquela tarde, durante a grande marcha, Rom avistara Huebner no final da procissão, mas ele fora engolido pelas multidões na Odeonsplatz e desaparecera totalmente de vista.

E então — que fazia Albert Huebner ali em Munique? Que truque estaria fazendo para Maikowski?

— Eu vou lhe oferecer uma truta esta noite — disse Rom a Bibi, à guisa de apaziguamento.

— Não quero ficar sentada numa taverna cheia dos seus amigos camisas pardas — disse Bibi. — Quero ir a algum lugar alegre.

— Nós vamos a algum lugar elegante e tranqüilo — disse ele.

Rom alugara um quarto no Hotel Odeon, uma suíte de primeira classe em um bom hotel, com rosas nos tampos de mesa de mármore e uma vista do Tal. Era caro, mas valia só pela privacidade. E Maikowski estava no andar debaixo, facilitando a tarefa de segui-lo a um encontro com Huebner no Ludwigshof. Mais tarde, porém, ele não contara com o fato de perder o sargento na multidão. Agora estava amarrado, à espera no saguão de um hotel de segunda classe, com Bibi reclamando sem parar.

Então, de repente, avistou Huebner, o sujeito levemente amarrotado e com os olhos injetados. Parado no limiar da entrada de vidro do saguão, cambaleava um pouco, como se houvesse bebido demais. Ele transpôs as portas de vidro, atravessou o piso de mármore e depois tomou um elevador perto de um vaso de folhas de palmeiras amarronzadas. Rom conferiu as horas no relógio de pulso e esperou. Cinco minutos depois, a tal prostituta de Schwabing, Eva, passou pelas portas de vidro, fez uma pausa para orientar-se e também tomou o elevador.

— Bibi, eu me sinto maravilhoso — disse Rom. Fez-lhe cócegas no ouvido, brincalhão.

Um curioso homem ananicado entrou no hotel usando um suéter de gola rulê, uma jaqueta de couro preto e uma boina preta. Não chegava a ter um metro e sessenta de altura e era quase careca, a não ser por uma franja de cabelo ficando grisalho. Contornou um canto pela mesa da recepção e subiu alguns degraus.

Bibi cutucou Rom.

— Será que vou chegar a conhecer Hitler? — perguntou.

Rom sentiu-se irritado. Todas adoravam Hitler, não? O nanico bastardinho e seus fastidiosos modos ascéticos. Seria apenas a aura de poder?

— Quanto a hoje, as chances são melhores — respondeu Rom.

— Estou tão ansiosa — dizia Bibi. — Mas por quanto mais tempo vamos ter de ficar sentados aqui?

— Quero lhe dizer uma coisa — disse Rom, agarrando-lhe o antebraço e apertando-o. Bibi retraiu-se, mas nada disse. — Vamos ficar sentados aqui por mais ou menos uns 15 minutos. Depois vou subir para um breve encontro. Quero que fique sentada aqui calada e não diga mais nada. E, quando eu sair, quero que não diga nada a ninguém. Se disser alguma coisa a alguém e eu descobrir, vou quebrar seu braço, Bibi, e depois pô-la num trem para Berlim. Portanto, Deus me ajude.

— Dieter?

— Feche a matraca, Bibi, por favor.

Ela fingiu um amuo. Rom já vira aquilo antes.

— Pelo menos me deixe pedir uma barra de chocolate depois que você se for — gemeu.

Rom entregou-lhe uma nota de um marco. Ela sorriu radiante e beijou-lhe a face.

27

Wulff dirigia o carro pela Kaiser Alle rumo a Schoenberg, ao sul, uma distância de cinco quilômetros. Passara a noite com Johanna no apartamento dela, na Lennestrasse, onde guardava conjuntos de ternos de trabalho. Encontrou um lugar para estacionar numa rua lateral, depois caminhou quatro quadras até uma fileira de apartamentos térreos, com portões de ferro forjado na fachada, pórticos e empenas espalhafatosamente pintados, grandes jardins de hidrângeas estéreis.

Kisch atendeu à porta com roupas de trabalho desalinhadas. Tinha os cabelos espetados para cima numa ponta e a camisa branca manchada de molho de espaguete com respingos em forma de estrela. Com a mão no batente, curvou-se para a frente, como se pudesse cair com a cara no chão. Recuou, cambaleando, quando Wulff empurrou a porta.

— Pelo amor de Deus, homem — resmungou Kisch. — Sabe que horas são?

— Deixe-me entrar, droga — disse Wulff.

— Você é um amigo muito irritante — queixou-se Kisch. — E estar acordado tão cedo o torna uma merda moral.

Wulff entrou rapidamente em uma nuvem do que só poderia ser fumaça de cigarro de Kisch. Um corredor estreito levava a um aposento maior, de solteiro, recheado ao acaso com um estranho sortimento de móveis não combinando entre si e, por sua vez, empilhados até em cima de livros e jornais, cinzeiros cheios e semicheios, garrafas de cerveja e revistas. Até os parapeitos da janela haviam sido entulhados de velharias inomináveis, pastas, uma coruja empalhada, um aquário de peixe dourado-vermelho que secara, um peixe seco no fundo. No meio da barafunda, duas poltronas, vários banquinhos, um sofá, um modelo de gesso calcinado do novo aeroporto de Tempelhof. Kisch saiu tropeçando em coisas ao entrar no apartamento atrás de Wulff, chutou o modelo do novo aeroporto e desabou numa pilha no sofá.

— Quer um *schnapps*? — perguntou Kisch.

— Tenho de ir ao Mitte em alguns minutos — disse Wulff. — Quero que acorde e fale comigo.

— E se tivesse uma jovem aqui? — perguntou Kisch. — Teria feito diferença para a sua mentalidade alemã?

— Mas jamais há mulheres com você, Kisch.

Kisch coçou o queixo.

— Peço licença para discordar.

— Preciso de sua ajuda de novo — disse Wulff.

— Harry, por favor — pediu Kisch. — Isso não pode esperar até amanhã? Acabei de entrar.

— Não, não pode esperar... — disse Wulff, imperioso. — Quero que você escreva uma série de matérias.

— Agora, escute aqui... — balbuciou Kisch. Levantou-se e foi até a minúscula cozinha. Wulff ouviu água correndo de uma torneira, o ruído do gargarejo de Kisch. Ele voltou para a sala com uma toalha e começou a esfregar o rosto e os braços. — Tudo bem — disse. — Acho que terei de ouvir. Do que se trata?

— Estou muito perto do nosso assassino da Hirrenstrasse — disse Wulff, categórico.

— Ah, sim. Seu monstro. Sua lúgubre criatura. Que diabo foi feito desse sujeito?

— É muito simples — disse Wulff. — Ele está solto em Berlim. Em algum lugar lá fora.

— Pois bem, então — disse Kisch, abanando a cabeça.

— Quero que você faça o esboço do caso.

— Ah, Harry — lamentou Kisch —, as pessoas perderam o interesse. O país está desmoronando. O público agora não se sente mais atraído por sua lúgubre criatura.

— Mas isso vai interessar seus leitores — insistiu Wulff. — Quero que você mesmo faça o esboço do caso. Quero que discuta esses assassinatos e destaque a dimensão política.

— Esses assassinatos não têm dimensão política, Harry — disse Kisch. — Uma triste criatura assassina um infeliz travesti. É pura bobagem. Pior do que bobagem. É pieguice.

— Não — disse Wulff, apenas. — Esses assassinatos traçam a história da Alemanha a partir do pós-guerra. Vou lhe dar uma informação que chocará e excitará seus leitores. Mais importante, porém, essa matéria é crítica para uma compreensão de nosso país.

— Se você está dizendo, Harry — disse Kisch, mais uma vez bocejando.

Wulff olhou-o fixo até ele parar de bocejar.

— Se pudesse escrever uma matéria sobre os Freikorps, o Reichswehr Negro e a SA, e associá-la à história pessoal de uma única criatura lúgubre que tem assassinado travestis bem aqui em Berlim, interessaria a você?

Kisch pareceu de repente alerta, como um peixe que descobrira um anzol na boca.

— Creio que sim — disse. Largara a toalha. — Mas Harry — continuou —, tem certeza de que deseja continuar insistindo nesse assunto agora? O Natal está se aproximando, assim como as eleições presidenciais. Dizem que Hitler vai se candidatar contra Hindenburgo.

— Agora — disse Wulff secamente. — No mais tardar, no primeiro dia do ano, creio. Mas imediatamente.

— Essas matérias, você pode comprovar?

— Mais do que nunca.

— Como assim?

— Posso ligar a SA ao assassinato de Bruckmann.

Kisch sentou-se ereto na cadeira, eletrificado. Correu a mão pelos cabelos indomáveis e sorriu.

— Mas que maravilha! Mas e quanto ao assassino da Hirrenstrasse? Achei que você disse que isso daria o perfil biográfico dele.

— É a mesma pessoa — disse Wulff. — E o plano é o seguinte: o homem que matou Bruckmann e Mueller trabalha para a SA. Conheço a identidade verdadeira dele, mas ele tem vivido como outra pessoa, embora aqui em Berlim. Quero que você escreva a história dele. Sua história é o lado sombrio da história alemã. Quero que me apresente nessas matérias. Dê meu endereço de casa, a localização do meu escritório. Vou lhe fornecer tudo de que precisa. As matérias serão sensacionais. Você ganhará prêmios, Kisch. Será coberto de glória socialista.

— Sua lúgubre criatura — disse Kisch, pensativo.

— Como quiser chamá-lo.

— Por que uma série de matérias? Por que não uma única exposição dos fatos?

Wulff calou-se.

— Ele precisa ser atraído e fisgado.

— Wulff, Wulff. Você fez esse jogo perigoso antes, e ele não foi atraído. Mas agora não é ainda mais perigoso que antes?

— Mas ele precisa ser atraído.

— Mas você acredita que ele seja idiota.

— Oh, idiota ele não é.

— Então, por que seria atraído agora?

— Porque perdeu a identidade — respondeu Wulff. — Corre perigo de tornar-se um ninguém.

— Ah... que quer dizer? — perguntou Kisch, atônito.

— Agora, a ameaça de denunciar nosso assassino também é a ameaça de destruir sua nova identidade. E, para me impedir de revelar sua nova identidade falsa, acho que ele vai me procurar. Não pode ser privado de seu segredo porque a verdade de sua vida é simplesmente terrível demais para suportar.

Kisch coçou mais uma vez o queixo.

— Você é uma porra de um louco. Vai se expor ao perigo, e eu junto com você, para não falar em Johanna. Por que não esperar e deixar que ele cometa um erro?

— Outros vão morrer — respondeu Wulff. — Já passamos por isso antes. E olhe à sua volta. Por toda a parte, os nazistas triunfam. Se as condições políticas mudarem, e vão mudar, nosso assassino vai se tornar um alemão comum.

Kisch esfregava as mãos tentando aquecê-las. Pela primeira vez, Wulff notou a baixa temperatura nos aposentos sem calefação, a aura de frio. Um gatinho preto entrou na sala e pôs-se a esfregar as costas afetuosamente em suas pernas.

— A história toda — disse. — Do começo ao fim.

— Capítulo por capítulo. A história começa em Freiburg e Liège, pequenas aldeias perto de lá. Termina em Berlim.

— Meus editores vão borrar as calças.

— Que se borrem — disse Wulff.

Kisch foi à cozinha e voltou com uma garrafa de *schnapps*.

— Acho que preciso de uma bebida.

— Um fascículo por mês? — perguntou Wulff.

— Não vai funcionar — disse Kisch, negando com um aceno de mão. Tirou a tampa da garrafa e bebeu. — O intervalo é longo demais. As pessoas vão perder o interesse, se se interessarem a princípio. Meus editores jamais autorizarão um fascículo uma vez por mês. As histórias deles precisam avançar. Mas o *Vorwärts* tem uma seção policial belamente ilustrada. Você poderia oferecer as ilustrações? As matérias são publicadas a cada duas semanas. Seria o lugar perfeito se houver exemplares suficientes.

— Há exemplares suficientes.

— Ah, mas como podemos saber?

— Eu lhe disse que a história começa durante a Guerra e continua durante todo o período da revolução. Envolve intriga policial, tortura política, assassinato, traição. Relaciona-se com a desintegração da própria Alemanha. E você pergunta se há exemplares suficientes!

— Oh, tudo bem — disse Kisch. — Aceito sua palavra.

Kisch encontrou dois copos e serviu um pouco de *schnapps* em cada. Wulff aceitou um dos copos e bebeu um brinde mínimo com o amigo. Sentia-se distante do álcool, desligado de seus vapores. Kisch enxugou a boca com a manga suja da camisa.

— A porra do pescoço é seu — disse ele secamente.

▪ ▪ ▪

Quando Eva e Kruger chegaram à esquina da Marienplatz, já era quase crepúsculo. Pombos empoleiravam-se nas estátuas e as placas de néon resplandeciam.

— Estou com um pressentimento ruim em relação a isso, Eva — disse Kruger.

— Você e seus pressentimentos! — ela riu, batendo de leve no ombro dele.

Abriu a porta do táxi e lançou um último olhar a Kruger. O céu ainda estava claro e frio, e já se viam as estrelas de inverno acima das distantes montanhas. Kruger entregou-lhe o frasco de conhaque adicionado com hidrato de cloral e esboçou um pálido sorriso de estímulo.

— Vou andando para o hotel — disse, ao saltar do carro.

Eva pôs o frasco em um bolso do casaco. Depois que comprasse um belo casaco com o dinheiro que roubaria de seu sargento, e quando chegassem os dois mil marcos de Maikowski, iria para a Grécia.

Viu-o afastar-se caminhando a custo e depois pagou o motorista do táxi, que parara diante do hotel. Ela entrou, localizou o elevador e subiu até o terceiro andar. No saguão, surpreendeu-se, jamais vira tantos SA em um só lugar antes. Estaria a mente armando-lhe ciladas? O mundo inundava-se de camisas pardas.

Eva bateu de leve na porta do 315, logo no fim do corredor e junto a uma janela com cortinas de renda sujas. Bateu mais uma vez um pouco mais alto e chamou pelo nome do sargento. Quando a porta se abriu, não se surpreendeu ao vê-lo ali parado com a gravata desfeita, os olhos injetados e mal focados, uma insalubre lividez esverdeada na tez. Como ele nada disse, ela entrou, esquivando-se dele, e fechou delicadamente a porta.

— Então, você veio — disse o sargento. Lambeu os lábios e examinou o quarto, embora milhares de imagens se houvessem reunido em sua retina. — Então, você veio — repetiu, entorpecido.

— Claro que vim — disse Eva, animada.

Tirou o casaco e atirou-o no braço de uma poltrona perto. Era um quarto simples, com um colchão obviamente encaroçado em uma cama dupla, algumas gravuras de montanhas da Bavária na parede.

—Achou que eu perderia uma noite com você? — perguntou Eva, com falso recato. — Espero que possamos tomar um drinque juntos. Peguei emprestado com meu amigo um frasco de conhaque de maçã. Tenho certeza de que ele não se importaria se você tomasse um pouquinho, querido.

O sargento cambaleou levemente para trás, caindo na cama. Eva encontrou um copo na mesa-de-cabeceira, abriu o frasco e serviu uma dose.

— Precisa de um drinque, querido. Por que não bebe um pouco?

— Não preciso de um drinque — disse o sargento.

Eva sentou-se junto a ele. Sentiu seu grande vigor, a força do corpo. Levou o copo de conhaque aos lábios dele. O sargento abriu a boca e deu um gole.

— Detesto abordar esse assunto — disse Eva. — Mas precisamos falar de dinheiro. Acho uma boa idéia cuidarmos logo disso para podermos nos divertir sem preocupação. Não acha uma boa idéia?

— Eu tenho dinheiro — disse o sargento.

Eva levantou-se, caminhou até a penteadeira e ficou observando-se no espelho. Atrás, via também o sargento, sentado na cama, fitando as mãos. Parecia prestes a desabar, mal conseguindo suportar o peso da própria cabeça. Nesse momento, levantou-se tropegamente e aproximou-se dela por detrás. Eva decidiu permitir-lhe um único beijo, só um, antes de fazê-lo beber um segundo conhaque e pôr mãos à obra. Quando o sargento se postou atrás, ela percebeu seu corpo nu e a revoltante força, uma sensação de como ele era grande em comparação com ela.

O copo de conhaque caiu-lhe aos pés. Ela viu uma poça de licor espalhando-se embaixo e, quando tornou a erguer a cabeça, uma corda circundava-lhe a garganta e apertava-a, enquanto seu corpo era içado do chão em um grande crescendo de força. A respiração esguichou da boca de Eva em uma grande onda bíblica.

— Oh, meu Deus! — ela gritou debilmente.

O esforço de tentar respirar causava-lhe enormes dores. Estrelas vermelhas inundavam-lhe a consciência. Abrindo brevemente os olhos, viu-se a si e ao sargento no espelho, os dois de olhos injetados e colhidos em um torpor de descrença, o imenso rosto dele pouco acima de seu ombro direito a espremê-la, fazendo um punho com a corda que lhe cortava o ombro.

Eva conseguiu erguer uma das mãos e arranhar a face do sargento, enterrando-lhe as unhas profundamente. Ele se retorceu, tentando apertar a corda. Eva gritou, sufocou-se e recuperou a respiração. Depois, impeliu-se com os pés para trás da penteadeira, lançando os dois a rolar em espiral pelo chão. Algo atingiu agudamente o braço de Eva. Uma onda de vômito esparramou-se em sua face. De repente, conseguiu respirar e fechou os olhos, rolando ligeiramente para o lado, e deparou-se com uma terrível e dilacerante dor no ombro e cotovelo esquerdos, um pulso elétrico quase insuportável.

— Kruger, Kruger! — conseguiu gritar. — Oh, meu Deus, Kruger!

Logo à direita, o sargento mexia-se. Soltou um grunhido animal.

— Oh, meu Deus, Kruger, venha me ajudar! — gritou mais uma vez Eva.

Via sangue em sua blusa e no tapete esgarçado, uma pétala de sangue agregando-se embaixo da orelha direita. Sentia o cheiro de sua acidez férrea, e quando baixou os olhos no corpete da blusa um círculo de sangue formara-se onde a corda beijara-lhe a pele.

▪ ▪ ▪

Rom deixou Bibi no saguão do hotel e tomou o elevador até o terceiro andar. Saiu, inalou o aroma enfurnado, empoeirado, do corredor, e avistou um homem quase anão ao longe, boquiaberto, numa pose de filme de terror. Rom deu uma olhada na outra ponta do corredor e não viu nada além de uma passagem mal iluminada, portas, tapete esfiapado, um beco sem saída a uns 15 metros de distância. Correu para o homem ananicado, que se pôs a recuar em direção à saída. Rom deteve-o com um olhar severo. Ajudou o fato de estar usando o uniforme completo de oficial e de ser muito mais alto do que o sujeito.

— Que está acontecendo aqui? — exigiu saber Rom. — Fale logo.

— Houve um acidente — respondeu Kruger, com as mãos postadas como pássaros trêmulos. Parecia exangue como um cadáver. — Aconteceu uma coisa terrível.

— Envolve por acaso Eva Vollheim? — perguntou Rom. Encostou o ouvido na porta do 315 e escutou. Julgou ouvir uma respiração ofegante e um fraco choro. — Ande rápido, conte o que aconteceu.

— Por favor, por favor, cale-se — implorou Kruger. — Sim, aconteceu alguma coisa com Eva. Como a conhece?

Rom testou a maçaneta, girou-a e abriu a porta. Viu Eva e Theodor Loos no chão ao pé da cama, Loos recostado com um olhar vidrado no rosto, Eva perto a fitar o teto, gemendo. Tinha os cabelos cobertos de sangue sem brilho, e Rom viu ainda um terrível corte aberto em seu braço esquerdo. Agarrou Kruger pela gola do casaco e puxou-o para dentro do quarto, depois fechou a porta. Loos olhava-o com olhos vazios, explodidos por raios de sol. Ele empurrou Kruger contra a porta, virou a chave e pôs um dedo nos lábios para indicar-lhe que ficasse calado. Deu dois passos adiante no quarto, ajoelhou-se ao lado de Eva, tomando cuidado para não manchar a calça do uniforme.

— Eva, sua puta idiota — disse Rom. — Em que foi se envolver?

Ela o olhou. Tinha a pele cinzenta e um círculo de sangue rodeava-lhe o pescoço, a começar da clavícula. Rom viu um nó de osso projetando-se de seu braço esquerdo, logo acima do cotovelo. Virando a cabeça, examinou o pescoço coberto de sangue, depois ergueu uma mecha empapada de cabelo e descobriu um imenso hematoma de fratura bem acima da orelha esquerda. Então... ela tombara para trás, batera a cabeça na armação da cama e quebrara o braço na queda. Rom deu outra olhada em Loos.

— Eva, depressa — disse. — Se puder falar, diga o que fez aqui.

— Ajude-me, Rom — ela gaguejou.

— Você quebrou gravemente o braço, querida — disse Rom, sorrindo.

— Dói, Rom. — Ela tentou mexer os dedos da mão, mas encontrou-os imóveis. O pensamento da morte não a comovia, mas o de ficar paralisada causava-lhe um terrível pavor. Sentia a pele úmida e pegajosa e a cabeça muito leve. — Rom, por favor — disse.

Ele indicou Loos com o polegar.

— Sabe quem é esse aí? — perguntou em um sussurro. Loos respirava pesadamente agora, tentando mexer-se. — Diga, Eva, sabe para quem trabalha seu companheiro de folguedos?

— É só mais um cliente embriagado — disse Eva, furiosa.

— Você foi enganada, Eva.

— Eu não estou entendendo — ela resmungou, agora sentindo uma dormência espalhar-se por todo o lado do corpo. Até os lábios ficaram dormentes. Talvez morrer fosse assim.

— Você francamente não sabe — riu Rom.

— Cale a boca, seu escroto — disse Eva, furiosa. — Quer me dar alguma ajuda, seu escroto nazista?!

Rom calou-a.

— Eva, por favor — disse Rom. — Esse sujeito trabalha para Maikowski. Você sabia que esse cara pertence a Maikowski? Isso a surpreende?

Ela tentou levantar-se. Rom pôs um dedo em seu peito e manteve-a deitada.

— Ajude-me a sair daqui, em nome de Deus — disse Eva.

— Ela tem de ir para o hospital — implorou Kruger, baixinho.

— Cale a boca — disse-lhe Rom, disparando-lhe um rápido olhar irado. — Agora, Eva — continuou —, vai ter de me dizer o que estava fazendo aqui, ou haverá conseqüências. Está me ouvindo, Eva? Conseqüências.

— Ai, merda — disse Eva.

— Aquelas feras da SA no saguão vão cair de pau em cima de você, Eva. Você sabe que vão.

— Está bem — concordou Eva.

— E ande rápido. Este cheiro está me nauseando.

— Eu ia roubar o dinheiro dele — ela disse. — Roubar o dinheiro e o relógio.

— Oh, Eva! — disse Rom. — Você drogou esse cara com hidrato de cloral, não foi? Aprendeu o truque comigo! Que extraordinário! Mas, se estiver aqui quando ele acordar, ele vai estrangulá-la, Eva. Isso já não ficou claro para você? Mesmo no estado em que está?

Ela fez que sim com a cabeça, sentindo pena de si na mesma hora. O braço parara de sangrar, mas só a visão daquele pedaço de osso protuberante acima do cotovelo, suas elegantes estruturas, as extremidades nervosas azuis e a malha de tutano cinza-arroxeada, tudo isso a faria desfalecer.

— Então, Maikowski o mandou para me matar — concluiu Eva.

— Agora estamos chegando a algum lugar — disse Rom. — Eva, se me disser toda a verdade, vou tirá-la daqui e levá-la a um hospital. Vou mandar que cuidem de você. Mas precisa agir rápido, ou sua chance desaparecerá.

— Conte a ele, Eva — disse Kruger, ofegante.

— Ele está certo — exortou-a Rom.

— Sim, sim — arquejou Eva. Rom ergueu-lhe a cabeça. Ela contraiu-se de dor e sentou-se reta por um momento, antes de conseguir falar. — Eu também droguei Maikowski — confessou. — Batemos fotografias. Iguais às de Bruckmann. Esta é toda a história. É realmente muito simples, seu escroto.

— E onde estão as fotografias? — perguntou Rom.

— Mostre uma a ele — disse ela a Kruger.

Ele tirou uma fotografia do bolso da jaqueta. Entregou-a a Rom, que a examinou com um sorriso. Um documento fora de foco, Maikowski nu de quatro, fitando a câmera em completa descrença, Eva acocorada em cima dele como uma harpia desdenhosa, com o rosto mascarado.

— Oh, mas é maravilhosa — exclamou Rom. — Eva, você é um gênio da comédia.

— Agora, por favor, me ajude.

— Só para ter certeza — continuou Rom. — Quanto Maikowski lhe pagou?

— Dois mil — disse Kruger. — Mas agora temos de levá-la ao hospital. — Não está vendo a gravidade do ferimento dela?

— Ah, é grave mesmo. Prestem atenção, vocês dois. — Loos havia levantado um braço. — Vou lhes dar cinco mil marcos pelas fotografias e pelos negativos. Vou levar Eva ao hospital e providenciar para que seja tratada pelos médicos. E, quando tudo terminar, quero que os dois esqueçam que isto até mesmo aconteceu e saiam de Munique. Se não o fizerem, vão ser assassinados. Maikowski vai matá-los, e eu lhe digo onde vocês estão e como fazer o trabalho.

— Mas Rom — começou Eva.

Ele pôs um braço embaixo do ombro direito dela e ajudou-a a levantar-se com o auxílio de Kruger. Ficaram os três acima de Loos, que os olhava sem expressão. Um borbulhado jato de vômito pendia-lhe do lábio inferior. Eva cuspiu nele e gemeu.

— Este é seu dia de sorte — disse Rom. — Vamos sair até o beco. Vou telefonar do saguão e tomaremos um táxi para o hospital. Mas quero essas fotografias.

— Eu as tenho — disse Kruger.

— Quando eu as receber, darei a cada um de vocês cinco mil marcos.

Rom conduziu Eva pela cintura, Kruger abrindo a porta. Os três saíram cambaleando e transpondo o corpo de bruços de Theodor Loos. Eva empalidecera do choque. Mesmo Rom, que tinha um estômago de ferro, sentia-se nauseado com a visão do osso projetando-se da pele.

28

Liam os jornais de domingo no apartamento de Johanna. Agora, mais do que nunca, Wulff passava a noite com ela. No fundo da mente, sabia que estava sujeitando-a ao perigo, mas não podia evitar. Haviam visitado a ilha de Poel durante o Natal, apenas ele e ela, passando as lânguidas tardes nevadas a jogar dominó com o pai dele. Tinham jantares à luz de velas e faziam passeios noturnos pelos campos glaciais com corvos a revoarem. Assim que retornou a Berlim, Wulff trabalhou como um cão.

— Hitler está em Berlim — disse Johanna, erguendo os olhos do *Beobachter* de domingo. — Visitando Goebbels em seu elegante apartamento de Stieglitz e fazendo alguns seletos discursos para industriais e alguns fiéis do Partido.

Wulff ouvia um disco de Charlie Christian, um lânguido solo cigano de violão que ressoava enquanto caía a neve lá fora. Tomava uma imitação de café e roçava um dedão do pé no cafetã de Johanna. Ela abrira as janelas para os dois verem a neve, imensas levas brancas caindo no parque Tiergarten, cobrindo as árvores desnudas. Ele ouviu-a dizer:

— Houve uma enorme festa ontem à noite. Goebbels e a esposa estrela de cinema, Göring e a namorada sueca. O jornal descreve como um "esplendoroso caso". — Johanna sorriu. Depois amassou o jornal, enojada. — Não fomos convidados, Harry. Isso o entristece?

Wulff ria sozinho. Por algum motivo, sentia-se momentaneamente contente.

— Rumores persistentes no jornal dizem que Hitler vai disputar a presidência — disse. — E, não, eu não faria questão de ir a essa festa. — Usava um suéter de tricô volumoso e calça velha de flanela. Haviam feito amor à tarde.

— Com certeza, ele será derrotado — disse Johanna.

A sós, haviam perdido a noção da hora. Wulff olhou para o relógio e viu que era quase meia-noite. Tinha de estar no Berlim Mitte cedo para reuniões sobre o assassinato de dois comunistas pelos nazistas. E durante semanas estivera ocupado compondo uma série de matérias sobre o caso Edgar Braun, enquanto, ao mesmo tempo, tentava sem sucesso encontrar o sujeito.

— Meu pai caiu de amores por você — disse.

— Fico muito feliz — disse Johanna. Durante o fim de semana, ela cozinhara para eles e ouvira as histórias de guerra do velho. — Ele é realmente um amor sob aquela armadura de couro e ferro.

— Ele não é prussiano, entende? — riu Wulff. — Cutucava-a com o dedão do pé.

— Não, não é prussiano — concordou Johanna.

A campainha da portaria tocou. Wulff interrompeu o disco e apertou um botão para escutar.

— Wulff, sei que você está aí! — disse uma voz. — Johanna, me deixe ver Wulff! — Era Kisch. Wulff encolheu os ombros para Johanna e apertou o botão que destravava a tranca embaixo. Abriu a porta do apartamento e esperou. Em instantes, Kisch chegou saltando pelo corredor em um suéter de lã cor-de-ocre, um grande cachecol em volta do pescoço, um chapéu de estilo russo puxado sobre as orelhas. As dobras da calça grudadas de neve e as maçãs do rosto vermelhas de aguardente e frio. Passou voando por Wulff até a sala e ficou em pé, bufando de raiva, batendo com força os pés no chão enquanto a neve derretida salpicava o tapete.

— É quase meia-noite — disse Wulff.

— Olá, bela mulher — disse Kisch a Johanna.

— Erwin — ela respondeu. — Você tem senso dramático, preciso admitir. Sorriu-lhe, acenando para oferecer-lhe uma cadeira. Kisch esperou um pouco, depois desabou numa cadeira perto da lareira de carvão.

— Quer uma bebida? — perguntou-lhe Wulff.

— Agora não, obrigado — disse Kisch. — Preciso falar com você, Harry. É meio particular.

— Então, fale — disse Wulff. — Não tenho segredos.

— Sobre as matérias? — disse Kisch, surpreso.

— Contei a Johanna do nosso plano. Ela não aprova.

— Francamente, nem eu — disse Kisch, rindo. Tirou um jornal de debaixo do suéter e o desenrolou. — Esta é a edição de amanhã de manhã do *Vorwärts*. Achei que você gostaria de vê-lo antes de chegar às ruas.

Wulff pegou o jornal. Em negrito, a manchete dizia: HITLER DISPUTA CANDIDATURA COM HINDENBURGO. Em tipos pequenos, abaixo: Nazistas ameaçam controle.

— Isto não é surpresa, Erwin — disse Wulff.

Kisch parecia febril, o rosto manchado.

— Espere até ler a matéria.

Johanna pegou o jornal de Wulff e começou a ler.

— Ele vai perder — disse Wulff.

— Hitler vai perder? E se não perder? — Kisch sacudiu o resto de neve das botas e sentou-se, aquecendo as mãos. — Sabem o que Hitler nos prometeu? Cabeças vão rolar. Sim, cabeças vão rolar, Wulff. E essas cabeças são de pessoas como eu.

— Ele vai perder — reiterou Wulff.

— Essas cabeças são de pessoas como você, também — Kisch disse a Wulff. — E de pessoas como Johanna. — Johanna baixou o jornal. — Lamento, Johanna — ele continuou. — Eu não deveria ser tão rude. Minha boca idiota às vezes representa uma desvantagem.

Ela sorriu gentilmente.

— Não, Erwin — disse —, você está absolutamente certo. Será a sua cabeça, e também a minha. Acabei abandonando minha teoria tola. Não há questão alguma sobre quais cabeças vão rolar.

— Por que as pessoas não acreditam nisso? — perguntou Kisch a si mesmo.

Johanna cruzara as pernas, embalando nelas o jornal.

— As pessoas anseiam por acreditar no melhor — disse. — É um truísmo. Apesar de tudo o que dizem os nazistas, as pessoas acreditam que a vida vai melhorar. Acreditam do fundo do coração que os nazistas vão melhorar o país. É só isso que contemplam quando gritam por Hitler. São boas pessoas, todas elas.

Kisch abanou a cabeça.

— *Você* é uma boa pessoa — disse. — Mas tem ilusões sobre os alemães.

— Eu acho que não — insistiu Johanna. Ergueu o jornal e continuou a ler.

Wulff estivera ouvindo. Kisch captou o olhar dele com o seu.

— As eleições presidenciais são em março — disse-lhe. — Eu discuti sua série de matérias com meus editores no *Vorwärts*. Eles não vão dedicar tal espaço a um assassinato antes das eleições.

— Pelo amor de Deus — exclamou Wulff. — Vidas correm risco. O monstro pode matar outra pessoa inocente. Você não consegue fazê-los mudar de idéia?

— Eles estão dedicando o jornal à derrota de Hitler — disse Kisch. — Todo suplemento de domingo será preenchido com matérias de eleição, matérias sobre a violência dos camisas pardas, o programa nazista. Precisam convencer a esquerda socialista a votar em Hindenburgo e não perder tempo com candidatos menores. Pode imaginar um socialista votando em Hindenburgo?

Wulff curvou-se para a frente, com a voz abafada.

— Venho procurando Edgar Braun há um mês e meio. Quase todo meu tempo livre é gasto nessa busca. Barlach e eu trabalhamos horas extras. E há outros assassinatos, minhas tarefas administrativas, tumultos políticos, tudo isso ocupa meu tempo. Talvez haja 25 oficiais em quem confio no meu próprio comando a esta altura. Se eu não agarrar logo Edgar Braun, ele vai desaparecer na horda nazista. E matará de novo. Estou convencido disso, Erwin.

Kisch soltou um suspiro.

— Entendo, Harry. Acredite em mim, entendo. E passei dias tentando convencer meus editores. Mas eles consideram seu problema com esse assassino menor quando comparado aos problemas enfrentados pela Alemanha. Implorei em seu nome por espaço, mas não terei nenhum nesse momento. Lamento, Harry, mas você tem de aceitar que eu fiz tudo que pude. Vai ter de esperar até depois das eleições de março. Não concordo com a sua necessidade, mas defendi seu caso como defenderia o melhor advogado. E perdi, Harry.

Wulff recostou-se. Johanna pôs o jornal de volta colo.

— A situação é séria — disse ela. — Talvez Erwin tenha razão, Harry. Você deveria ler essas matérias.

— Que dizem, querida? — perguntou-lhe Harry.

— Hitler vai voar a cada estado da Alemanha — disse Johanna. — Visitará todas as principais cidades, falará a milhões de pessoas, gastará centenas de milhares de dólares. Goebbels vai dirigir a campanha e inundar a rádio de mensagens. Hitler jura vencer e está arriscando todo o seu partido ao fazê-lo.

— Isso é verdade, Kisch? — perguntou Wulff.

— Lamento que sim.

— Seu serviço de informação é tão bom assim?

— Isso não é nenhum segredo particular, Harry — disse Kisch.

Wulff teve de desviar o olhar. Sua decepção cauterizava como dor física. Kisch levantou-se e envolveu o pescoço com o cachecol verde.

— Publicaremos em março — disse ele. — Todas as suas matérias. Toda a série. Será primavera então, e Hitler será derrotado, e depois talvez surja algum curso racional para o país. Estes são tempos críticos, Harry. Precisamos pensar no bem coletivo.

— Você pode pedir de novo? — perguntou Harry.

— Não, Harry — respondeu Kisch. — Acontece que eu concordo com meus editores. Foi só em respeito a você que discuti com eles como o fiz. Seu assassino da Hirrenstrasse pode esperar. Primeiro Hitler precisa ser derrotado. Quando ele perder, desaparecerá da cena. Então, você pode travar sua batalha.

—Tudo bem — disse Wulff.

Trocaram apertos de mão e Kisch atravessou a porta para o corredor.

— Hitler vai perder, não vai, Harry? — perguntou Johanna. — Ele vai perder e desaparecer da cena, não vai?

—Ele vai perder — disse Wulff.

▪ ▪ ▪

Rom parou seu Mercedes a seis quadras do Hotel Fischerhof em Alt Köln. As ruas estavam molhadas de neve derretida, as pedras do calçamento escorregadias e cintilantes com a luz refletida. Rom preferira não usar o uniforme para o encontro com Maikowski. Escolhera vestir um terno preto-carvão com um traspassado com dupla fileira de botões e colete combinando, gravata vermelha, cravo vermelho na lapela esquerda e broche da suástica na outra. Como fazia muito frio, pusera um sobretudo de lã com gola de pele de castor. O sobretudo, que acabara de comprar, era caro demais para seu salário de capitão, mas comprara assim mesmo. Apesar da natureza puramente especulativa de seu plano, sentia-se bem calçado, expansivo, quase super-humano em sua presciência. Na SA era do conhecimento generalizado que de algum modo Maikowski empregara uma pessoa "deslocada" como seu ajudante, que desaparecera após a manifestação de Nuremberg. Também se criara algum constrangimento em relação à promoção que concedera a esse misterioso sargento. Mas, mesmo assim, Maikowski continuava sendo um coronel, ainda dirigia um imenso carro turístico Landauer, ainda dava ordens.

Rom abriu a porta para o Fischerhof. Ao ver Maikowski sentado em um canto do bar, ele ergueu a mão jovial em saudação.

— Ah, Rom — disse Maikowski, animado.

Rom parara por um momento e deixara sua sombra cair sobre Maikowski. Que gesto maravilhoso — permitir que sua sombra caísse na cara de cavalo do sujeito, o olho com tique nervoso. Rom perguntou-se se a sombra havia causado um estremecimento em Maikowski, se este conhecia as lendas a respeito de vampiros, que os vampiros não produzem imagem no espelho, nem sombra. Nesse contexto, pensou em Edgar Braun, agora morando em um conjugado barato de um só cômodo na Kreuzberg, perto de Tempelhof. Que existência terrível! Como ser enterrado! Rom mal podia esperar para contar a Braun — Huebner — seu plano de libertá-lo à custa de Wulff.

— Boa-noite — disse. Sentou-se defronte a Maikowski, que vestia o melhor uniforme da SA e tomava um Black Velvet. Quando chegou um garçom, pediu cerveja.

— Estou com um pouco de pressa — disse.

— Isto não vai levar muito tempo — respondeu Maikowski. — Só quero pedir a sua ajuda em uma coisa.

— Fico mais do que feliz — Rom riu.

O garçom trouxe a cerveja e ele bebeu um pouco. Sentiu uma pontada de desejo sexual. Durante semanas, estivera em busca de uma amante conveniente para pôr no lugar da insubstituível Bibi, que fugira com um suposto conde húngaro. Localizara uma ou duas atrizes, uma corista promissora da Jaegerstrasse, e uma secretária do partido na sede de Gau.

— Você se lembra daquela prostituta de Schwabing? — perguntou Maikowski inocentemente.

— Deixe-me ver... — respondeu Rom, em voz baixa. Coçou o queixo em falsa perplexidade.

— Como era o nome dela? — irritou-se Maikowski. — Aquela que você usou com Bruckmann? Não consigo me lembrar do nome dela.

— Sim, qual era o nome dela? — perguntou-se Rom, franzindo os lábios a expressar profundo pensamento. Temia por seu próprio excesso de atuação.

— Ah, era Eva! — exclamou Maikowski. — Sim, Eva.

— Pobre Eva — resmungou Rom, como se guardasse algum segredo profundo a respeito da vida dela. — Que tem Eva?

— Você a tem visto, Rom? — perguntou Maikowski. — Sabe onde ela está?

Rom esboçou um sorriso.

— Meu caro Maikowski, que tem você na manga? Se eu não o conhecesse melhor, pensaria que sente um enorme desejo por aquela cadelinha. E eu que achava que você era uma espécie de asceta.

Rom detectou um leve tique no olho de Maikowski.

— Essa é a Eva que você usou com Bruckmann, não? — perguntou Maikowski com impaciência. Desviou o olhar, fingindo desinteresse. Estivera procurando Eva e Albert Huebner, mas não conseguira achá-los. E agora recebera outro pedido de dois mil marcos da prostituta. A tensão vinha deixando-o acordado à noite e lhe roubara o desejo por moças vestidas de meninos. — Preciso dos serviços dela — continuou Maikowski, rindo, arrogante. — Claro, não para mim mesmo, mas para alguém no partido. Se souber onde ela está, ordeno-lhe que me diga.

Rom bebeu mais um pouco de cerveja.

— Você deseja usar Eva para fins políticos de novo?

— Não use de evasivas comigo, Rom — exigiu Maikowski. — Acho que me entendeu perfeitamente. A prostituta vai servir ao partido. Será bem paga. Portanto, se souber onde ela está, por favor me diga. É uma ordem.

Rom tomou um longo gole de cerveja e pensou mais uma vez em Bibi. Embora ela fosse descartável como um par de meias para ele, sentia falta do seu sexo.

— Diga-me — falou após um momento —, você quer fotografar outro cliente insuspeito como fotografou Bruckmann?

— Você dirigiu aquela operação — disse Maikowski, impaciente.

— Sob as suas ordens.

— Não tergiverse comigo, capitão — disse Maikowski, furioso.

Bebeu seu Black Velvet e encarou Rom diretamente.

— As fotografias são instrumentos excelentes — disse Rom. — Ora, eu gostaria de mostrar-lhe uma fotografia que chegou recentemente a mim. Considere-a parte de minha coleção particular de erotismo. Pornografia, se preferir. Imagine em cartões de Natal.

— Não estou interessado em pornografia — respondeu, irritado, Maikowski. — Você perdeu o juízo, Rom?

Rom enfiou a mão no bolso do paletó e retirou uma única fotografia. A de Maikowski deitado de costas, nu, exceto por um par de meias brancas. Eva acocorada em cima dele despejando-lhe um jato de urina no peito. Rom deslizou a fotografia pela mesa até as pontas dos dedos de Maikowski.

— Trata-se de uma imagem admirável — disse secamente.

Maikowski piscou os olhos uma vez, depois fechou-os. Quando os abriu, tinha o rosto branco de palidez. Rom notou um segundo tique no olho esquerdo.

— Que é isso, capitão? — perguntou Maikowski, vacilante.

— Não é óbvio?

— Exijo que me diga como isto chegou à sua posse.

— Absurdo — disse Rom, irritado.

— Como? Que está fazendo, Rom?

— Estou chantageando você — respondeu Rom de estalo.

— Chantageando-me? — repetiu ele.

— Tenho dezenas mais destas. Nenhuma pior, mas algumas muito ruins. Quer vê-las?

— Não — respondeu Maikowski. — O que você quer?

— Quero que renuncie do efetivo da SA imediatamente. Quero que escreva uma longa carta de demissão alegando sua má saúde e afirmando que acredita que eu poderia ocupar melhor o posto. Precisa insistir com Daleuge para que eu ocupe seu lugar. Precisa insistir para que eu fique com seu apartamento, seu Landauer, seu salário e seu orçamento para viagens. Seu Estado-Maior — disse Rom em voz baixa, sorrindo intencionalmente para Maikowski, que parecia haver sofrido um colapso. — E, se você recusar, estas fotografias serão distribuídas a todos os jornais adequados, aos líderes do Partido e à SA em Berlim e Munique. Pode imaginar o escândalo. Mas, claro, se você renunciar e me promover ao seu cargo, salvará sua dignidade. Do contrário, será destruído totalmente e nada terá. Saia discretamente, Maikowski. Saia discretamente.

— Você fez um acordo com a prostituta — disse Maikowski.

Rom deu de ombros.

— Você está escondendo Huebner, não está?

Rom deu de ombros mais uma vez.

— Você viu Eva, não?

— Eva é minha amiga, Otto — disse Rom. — Eva me entende e me admira. É a você que ela despreza, no mínimo porque planejou mandar matá-la. Claro que ela o traiu, Otto. Você está liquidado.

Maikowski nada disse.

— Você tem cinco segundos para decidir — disse Rom.

Maikowski ergueu a mão.

— Que opção eu tenho?

— Diga, Otto.

— Eu me rendo.

— Ah, aí está um bom rapaz — riu Rom. — Mas, antes de sairmos, você precisa me dizer uma coisa. Que prazer existe em ser mijado por uma mulher?

▪ ▪ ▪

Às quatro horas da tarde, Huebner contara 17 decolagens e 31 aterrissagens em Tempelhof, um número modesto pelos padrões normais. Seu cabelo crescia, e ele raspara a barbicha. Na transição, o rosto perdera toda a individualidade. Ele fazia suas refeições num bar operário mais adiante na rua, tomava banho uma vez por semana de água fria sob um chuveiro gotejante no minúsculo compartimento salpicado de lodo no fim do corredor, sentava-se junto à janela e via aviões chegarem e partirem.

Ao entrar no conjugado, Rom interrompeu-o em meio a pensamentos. Huebner passou a mão pelo rosto, mas não se mexeu.

— Contando aviões de novo, hem? — perguntou-lhe Rom.

Era um aposento único, sem cozinha nem banheiro. Mais do que qualquer outra coisa, parecia-se com uma cela.

— Trinta e uma aterrissagens hoje — disse Huebner.

— Vamos tirá-lo daqui muito em breve — disse Rom, encorajador.

Huebner virou a cabeça para olhá-lo. Usava o uniforme o dia inteiro, todos os dias. Era ao mesmo tempo seu fetiche e seu totem, um símbolo de tudo desligado de seu universo.

— Já estou aqui há dois meses — disse.

— Não exagere — riu Rom. — Faz um mês e meio.

— Quero sair daqui.

— Sua hora está chegando — disse Rom, acalmando-o. Sentou-se em uma cadeira de madeira. Quando instalara Huebner naquele minúsculo conjugado, não havia penteadeira nem espelho. Huebner insistira em que fossem comprados, portanto Rom comprara as duas coisas em um bazar de coisas usadas nos subúrbios. — Não tivemos muito tempo para conversar desde Munique — continuou Rom. — Não acha que é hora de termos uma longa conversa?

— Por que não? — disse Huebner. — Mas por que estou aqui? Quero sair deste lugar.

— Eu já lhe disse — insistiu Rom, paciente. — A polícia está à sua procura em Berlim. *Herr* Wulff está de guarda atrás de você em toda parte. E primeiro é necessário cuidar de Maikowski. E, depois de Maikowski, Wulff. Afinal, foi Maikowski, com seus erros crassos, que o pôs em apuros, não?

— Traga-o aqui, então — disse Huebner.

— Como Bruckmann? — perguntou Rom.

Huebner desviou a atenção para a janela, o cinza vítreo de luz indistinta. Ao longe, uma série de pistas de concreto, uma torre de tijolos cônica encimada por vidro, prédios de tijolos, dois hangares cavernosos. Ele memorizara cada estrutura no campo de estruturas. Percorrera as vizinhanças à procura de revistas, nada encontrando. Não tinha mais cosméticos nem uma peruca.

— É, é — sussurrou para a janela. — Por que não como Bruckmann?

— Mas, na verdade — disse Rom —, você vai adorar saber que Maikowski é carta fora do baralho. Já cuidei dele. Não ficou satisfeito?

— Sim — disse Huebner laconicamente.

— Maikowski vai apresentar seu desligamento da SA. E voltar para a vida civil. — Rom fez uma pausa, examinando o quarto, as paredes mortas, descaracterizadas, o tapete esfiapado. Maravilhava-o que alguém se sentasse a uma janela e visse aviões dia após dia.

— Eu estou na lista da SA? — perguntou Huebner.

— Garantido — respondeu Rom. — Você vai voltar ao serviço ativo no futuro próximo.

— Serviço ativo?

Rom soltou um longo suspiro para enfatizar sua afirmação seguinte.

— Deixe-me perguntar-lhe uma coisa. Quando falei com Eva sobre o encontro de vocês, ela disse que você se apresentou como Harry Wulff. Achei este detalhe muito fascinante. Você se incomodaria de me explicar por que fez isso?

Huebner cruzou os braços.

— É importante?

— Talvez não — disse Rom. — E talvez sim.

— Wulff fez algumas matérias serem publicadas na imprensa — disse Huebner. — Elas me ofendem.

— Sim, com certeza — disse Rom, em voz baixa.

Lembrou-se das matérias do caso Bruckmann. Alguma coisa sobre uma sombria criatura.

— Elas me ofendem — repetiu Huebner.

Rom viu um halo de respiração no vidro da janela. Huebner respirando e sentado imóvel na luz fria cinzenta.

— Quero explicar uma coisa — continuou Rom. — Espero que escute atentamente. O serviço secreto da SA tem certeza de que você está sendo investigado por suspeita de assassinato. Nossas fontes dizem que você foi identificado como o espião já na Alexanderplatz. Espero que isto lhe interesse. Espero que isto lhe explique por que eu tenho escondido você neste conjugado em Kreuzberg. É para o seu próprio proveito.

— E você?

Rom sorriu, experiente.

— Claro. Vamos tirar proveito mutuamente um do outro. Assim é que funciona o mundo.

— Sim, dessa forma é que funciona o mundo — disse Huebner, secamente, de costas para Rom.

Um avião de passageiros bimotor pousou deslizando na pista. Huebner acompanhou-o com o olhar.

— Voltemos a Harry Wulff — disse Rom. — Você não me disse por que escolheu o nome dele em Munique.

— Ele me investiga — disse Huebner. — Quer acabar com a minha vida.

— Gostaria de vê-lo morto? — perguntou Rom, batendo palmas para fazer efeito, e cheirou o cravo na lapela. — Trate esta pergunta como teórica, se quiser.

— Que sugere você? — disse Huebner, o uniforme imundo, cheio de amarrotados por ele dormir vestido.

— Sugiro que o matemos — disse Rom, lembrando-se do tapa que levara de Wulff no Hotel Adlon. — Sugiro que nos rendamos às nossas necessidades nessa questão.

Huebner virou-se e sorriu.

— Quero sair deste lugar.

— Você quer Wulff morto. Eu quero Wulff morto. Você só estará seguro com ele morto.

— E depois que Wulff morrer?

— Você se torna adjunto de um coronel na SA.

— Quer dizer você?

— Claro que sou eu.

— E como fazemos isso?

— Você o garroteia.

— Ele é um policial — disse Huebner. — Vive cercado por seus detetives.

— Ele vive com uma judia na Lennestrasse. Mate-o em seu ninho de amor.

— Você pensou na coisa toda?

— Você tem experiência com fechaduras?

— Sim.

— E com disfarces?

— Sim.

Rom levantou-se e dirigiu-se para a porta.

— Sem dúvida, pode cuidar de uma fechadura simples em um portão de frente.

— Posso fazer uma impressão em cera — disse Huebner.

— Claro que pode. Mas não podemos apressar este projeto. Hitler vai candidatar-se a presidente. É importante que esta operação para matar Wulff espere até depois da eleição. Nada é mais importante do que a eleição de Hitler, e eu tenho muitos deveres em relação a ela. Goebbels vai dirigir a seção de propaganda do Partido e figuras de destaque da SA em marchas e manifestações. Estou ocupado demais para pensar em Wulff antes da eleição. Mas, após a eleição, nós vamos matar esse detetive amante de *kikes*.

Huebner expirou profundamente. Via áreas de neve antiga nos terrenos do aeroporto de Tempelhof, poças onde a neve se derretera durante o dia.

— Preciso ter meu automóvel — insistiu.

— Eu já lhe disse. Você não pode ser visto em público.

— Preciso de revistas — disse Huebner.

— Revistas — irritou-se Rom. — Lixo e besteira.

— Traga meu carro.

Rom encolheu os ombros. Não valia uma discussão.

— Você precisa prometer não deixar os arredores de Tempelhof.

— Vou comprar revistas no aeroporto — disse Huebner. — Há bancas lá dentro.

— Mas não saia da área. Wulff procura você por toda parte. Logo, logo, ele estará morto e os nazistas vão controlar a polícia de Berlim. A essa altura, meu caro Huebner, tudo lhe será permitido.

— Está muito bem.

— Ótimo, então — disse Rom, animador.

— Mais uma coisa.

— Sim, qual?

— Meu nome é Edgar Braun.

— Devo chamá-lo assim?

— Sim.

Rom encaminhou-se de volta à janela e bateu nas costas de Braun em demonstração de solidariedade. Saiu apressado do conjugado e foi para a rua, entrando no Mercedes. No bolso do paletó, levava uma carta de demissão de Maikowski e uma segunda carta dirigida a Dalcuge, recomendando-o para coronel da SA de Berlim. Ao afastar-se no carro, avistou Braun na janela, seu reflexo manchando-se no vidro sujo.

29

Um rabisco cinza de chuva estendia-se pelos monumentos pretos de fuligem. Abril era tido como um mês de chuva em Berlim, dias de obscuridade constante, pontuada por céus repentinamente claros, folhas úmidas pelo chão no mau tempo. Caminhando ao ar livre um dia durante o almoço, Wulff viu alguns brotos de hidrângeas, até mesmo pinceladas de verde nos castanheiros. Hitler recebera trinta por cento dos votos, e Hindenburgo era mais uma vez presidente, o soldado de oitenta anos, quase exausto, prescrevendo a morte da Alemanha em pequenas doses.

Barlach terminara seu café-da-manhã.

— Vou buscar os primeiros relatórios do serviço de informação — disse a Wulff.

Reuniam-se no escritório de quina de Wulff no Berlim Mitte, Wulff sentado em um peitoril.

— Podemos reexaminá-los mais tarde — disse. As ruas embaixo enxameavam-se de carros pretos, pessoas carregando guarda-chuvas pretos. O mundo era um circo preto, e o cabeça, um homenzinho moreno, com um bigodinho de Charles Chaplin. — Você tomou café-da-manhã? Podíamos pedir alguma coisa.

— Minha mulher preparou meu mingau — disse Barlach, afastando-se para pegar a correspondência interdepartamental do dia.

Assim que ficou sozinho, Wulff realizou um inventário mental. O Departamento IV não conseguira desvendar os últimos assassinatos políticos. Edgar Braun continuava à solta. Hitler perdera a eleição, mas jurara lutar até tornar-se chanceler. Dia após dia, Bernhard Weiss perdia o controle da Stapo, e o governo socialista da Prússia desmoronava sob a pressão nazista. Circulavam rumores pelos ministérios de que haveria um golpe de Estado contra a Prússia liderado pelo imprestável aristocrata von Papen — que tinha a atenção do presidente e era apoiado pelo Exército. Se isso acontecesse, Wulff na certa seria *persona non grata* em seu próprio departamento.

Barlach bateu de leve à porta, abriu-a devagar e entrou com uma resma de documentos atados por uma fita vermelha. Na frente, um selo oficial: ALTAMENTE CONFIDENCIAL.

— Dizem que Hitler exige a chancelaria — comentou Barlach.

— Os nazistas não têm mais dinheiro — disse Wulff, ainda empoleirado na borda da escrivaninha. A chuva continuava caindo. — Ele desgastou o Partido nesse esforço eleitoral fútil.

— Goebbels afirma o contrário.

— Eles vivem num paraíso de tolos.

Barlach deu de ombros e pôs os documentos nas mãos de Wulff, um monte de palavras densamente datilografadas. Wulff revisava as informações toda manhã, à procura de notícias de Edgar Braun.

— Oh, por falar nisso — disse Barlach —, o *Oberwachtmeister Kraft* na mesa da recepção diz que tem uma senhora que quer vê-lo. Diz que é urgente e muito importante. Não disse do que se trata.

— Não tenho tempo para uma senhora — disse Wulff. — Indique-lhe o sargento para fazer uma queixa.

— O primeiro-sargento já tentou essa alternativa — disse Barlach. — Ela é insistente e não vai embora.

— Ninguém sabe do que se trata?

— Ele não sabe. Ela diz que é uma questão de vida ou morte.

Wulff sentou-se atrás da mesa. Não tinha tempo para uma mulher misteriosa. Tudo era uma questão de vida ou morte em Berlim. Não sabiam as pessoas disso?

— Alguma coisa sobre Braun esta manhã? — perguntou, folheando alguns documentos.

— Nada óbvio. A Stapo mais uma vez não tem nada.

— O maldito desapareceu — disse Wulff, furioso. — Que anda fazendo ele?

— Ele vai tentar matar de novo. Talvez falhe e nós o agarremos.

Barlach dirigiu-se para a porta.

— Que devo dizer ao sargento? — perguntou a Wulff. — Preciso dizer-lhe alguma coisa. Está sendo atormentado há trinta minutos. Ela não vai desistir.

— Conduza-a para fora do escritório — disse Wulff. — Ela pode fazer uma queixa por escrito ao primeiro-sargento ou ir embora.

Barlach assentiu com a cabeça, abotoou o paletó e deixou-o a sós. Wulff sentou-se por um momento e viu a chuva riscar as janelas, pensou em Johanna, depois no pai sozinho na ilha de Poel com uma gripe terrível. Barlach bateu de novo, abriu a porta e entrou.

— Talvez você deva ver esta mulher — sugeriu, baixinho.

— Que quer dizer? — perguntou Wulff.

Barlach aproximou-se da mesa enquanto ele baixava os olhos para os relatórios.

— Eu falei com ela — ele explicou. — Ela só disse uma coisa a mim: Erik Bruckmann.

Wulff ergueu os olhos para Barlach.

— Mande-a subir — disse. — Conduza-a até aqui e, por favor, deixe-nos a sós, sim?

Barlach deixou a sala. Poucos minutos depois, ouviu-se uma leve batida. Quando a porta abriu-se, Wulff viu uma mulher emoldurada no vão. De altura mediana, usava um longo casaco de lã azul-marinho, fechado na frente por grandes botões de osso de baleia. Tinha os cabelos cortados no estilo curto de menino. Os olhos azul-acinzentados realçavam os cabelos louros, e ela depilara as sobrancelhas. A magreza do rosto e a tez abaçanada davam-lhe uma aparência assombrada. Em alguns lugares a pele era desfigurada por manchas que haviam se tornado azul-escuras. A manga esquerda do casaco estava vazia, dando a Wulff a impressão de que o braço esquerdo fora machucado. Parada no vão da porta, ela o captou com um olhar penetrante. No braço bom, trazia um guarda-chuva preto. Wulff levantou-se, fez uma leve reverência, contornou a mesa e ofereceu-lhe uma cadeira, que ela aceitou. Quando lhe ofereceu café, recusou educadamente.

— Meu nome é Wulff. Harry Wulff. Creio que queria me ver.

— Eu sou Evaline Vollheim — disse ela.

Wulff assentiu imperceptivelmente com a cabeça. O nome nada significava para ele. A mulher parecia haver perdido muito peso nas últimas semanas ou meses.

— Já nos conhecemos? — perguntou Wulff.

— O senhor não me conhece — disse ela.

— Mas queria me ver especificamente?

— Eu li uma matéria sobre o senhor no *Vorwärts*.

Wulff franziu os lábios. A primeira matéria patrocinada por Kisch fora publicada apenas uma semana antes no suplemento socialista de domingo. Descrevera os fatos de uma série de assassinatos ocorrendo em Berlim, que projetava a história alemã na figura de uma lúgubre criatura. Para tristeza de Wulff, a matéria fora intitulada ASSASSINO ROBÔ NAZISTA — UM CONTO SOBRE A MORALIDADE ALEMÃ. Wulff queixara-se com Kisch do sensacionalismo de tablóide de tudo aquilo, mas ele respondera que não era responsável pelo título.

— Em que posso lhe ser útil? — perguntou.

— Conheci Erik Bruckmann quando estava vivo.

A mulher continuava sem expressão. Wulff tentou defini-la mas não conseguiu. Fez-se um longo silêncio durante o qual ele sentiu algo inescrutável no centro daquela estranha mulher.

— Bruckmann foi assassinado a garrote no Cinema Capitol em Berlim — disse, ganhando tempo.

— Eu sei quem fez isso e por que fez — disse a mulher em tom frio, implacável.

As palavras chocaram tanto Wulff quanto se ele houvesse tocado um fio elétrico.

— Entendo — disse calmamente.

— O homem que matou Bruckmann disse chamar-se Harry Wulff.

Wulff deu um leve sorriso.

— Eu lhe garanto que não matei Erik Bruckmann.

— Não importa — disse a mulher. — O homem que matou Bruckmann também tentou me matar. Foi ele quem me disse que se chamava Harry Wulff. Claro, quando li a matéria no *Vorwärts*, percebi que não era seu nome verdadeiro. Eu soube então que precisava falar com o senhor.

— Talvez a senhora deva explicar — disse Wulff.

A mulher mordeu o lábio superior. Olhou para fora pela janela chuvosa e ficou pensativa por um longo tempo. Ouvia-se o ruído do tráfego. Wulff percebeu lágrimas no canto de cada olho. Sentiu pena dela por motivos desconhecidos.

— Já fui prostituta — ela disse. — Trabalhava nas ruas de Munique. Também fui viciada em morfina. Não sou mais nem uma coisa, nem outra agora. Às vezes, eu era solicitada pela SA a vir a Berlim para servir a clientes especiais. Eram políticos ou escrivãos do partido. Às vezes, servia a Erik Bruckmann. Algum tempo depois, tive certeza de que a SA estava chantageando Bruckmann.

— E quem providenciava isso? Como era feito?

— Providenciaram para que drogassem Bruckmann com hidrato de cloral. Bateram algumas fotografias dele em um quarto do Hotel Fischerhof, no bairro antigo. Eu não tinha a mínima idéia de que Bruckmann estava sendo chantageado. Só sei que isso estava acontecendo.

— E quem a pôs em contato com Bruckmann?

— Um homem chamado Dieter Rom.

A mulher secou as lágrimas com um lencinho. Apesar das lágrimas, ela continuava sem expressão.

— Tem certeza disso?

— Sim. Eu vi Dieter. Eu trabalhava para ele. É o homem que drogou Erik Bruckmann. Não sei o nome do homem que o matou. Disseram nos jornais que usaram um garrote. O homem que tentou me matar também usou um garrote.

— A senhora viu esse homem?

— Sim, no Hotel Ludwigshof, em Munique, logo após a marcha do *Putsch*.

— Pode descrever esse homem?

— Ele era um homem alto. Alto como o senhor. Tinha a cabeça raspada, uma barbicha e óculos de aros de arame. Naquela noite, usava o uniforme de sargento da SA.

— E por que tentaria matá-la?

— Eu estava chantageando Otto Maikowski.

Wulff soltou um suspiro.

— Hidrato de cloral e fotografias?

— Eu aprendi com Dieter Rom.

— Por que me procurou agora?

— Eu quase fui morta.

— Só isso? Talvez seja perigoso para a senhora. Eu poderia até lhe pedir para depor.

— Mas não vai — disse a mulher. — E, além disso, sabe que eu não deporia.

Eva Vollheim sentava-se impecavelmente, o guarda-chuva preto equilibrado na cadeira.

— Como conheceu esse homem que tentou matá-la?

— Eu estava em um bar em Munique. Ele sentou-se à minha mesa. Eu não sabia então, mas sei agora, que não foi por acaso. Estava à minha procura. Naquela época eu era viciada. Quando ele se apresentou, disse que se chamava Harry Wulff. Eu não tinha motivo algum para duvidar dele. Para mim, era apenas mais um dos milhares de homens da SA em Munique passando aquele fim de semana. O senhor sabe o nome verdadeiro dele?

— Ele se chama Edgar Braun — respondeu Wulff.

— Espero que não tente me reter — disse a mulher.

— Não se fará nenhuma tentativa para retê-la.

— Bom, então — disse Eva Vollheim. — Eu preciso ir agora. Já lhe disse tudo o que sei. É perigoso para mim ficar em Berlim.

— Poderia me dar mais um minuto?

— Um minuto, posso lhe dar. Preciso pegar um trem.

— Como escapou da morte planejada?

— Foi Dieter Rom quem me salvou. Tenho certeza de que o assassino foi mandado por Maikowski. Puseram um pouco de hidrato de cloral no conhaque de maçã dele.

— Ele tomou conhaque de maçã?

— Sim, conhaque de maçã.

Wulff pensou em Uli, a preferência de seu assassino por conhaque de maçã.

— Continue — pediu.

— Nós lutamos — disse a mulher. — Eu tombei para trás e quebrei o braço. Quando recuperei os sentidos, Dieter Rom estava próximo a mim, sussurrando em meu ouvido. Rom me ajudou a chegar a um hospital e me deu algum dinheiro. Sou muito grata a ele.

— Sabe por que ele fez isso?

— Claro — ela disse.

— Poderia me contar?

— Havia certas fotografias de Maikowski. Eu as tinha batido. — Ela pegou um lenço e assoou o nariz escorrendo. — Todo mundo em Berlim está resfriado — comentou. — Eu dei a Rom as fotografias de Maikowski. Ele me avisou para não dizer nada; caso contrário, mandaria me matar.

— Entendo — disse Wulff. — Que vai fazer agora?

— Vou visitar minha mãe. Não a vejo há anos. E depois, se tiver sorte, vou visitar a Grécia.

— Eu lhe desejo essa sorte — disse Wulff, levantando-se.

— O senhor não vai tentar me reter?

— Eu lhe agradeço. Por que tentaria retê-la?

— Porque o senhor é um Kripo.

— Isto não tem mais importância alguma.

A mulher levantou-se. Wulff contornou a mesa e ficou em pé ao lado dela.

— Ele será capturado, de um jeito ou de outro — disse Wulff.

Olhou a mulher, pensando que ela poderia ter sido bonita se tivesse tido um pouco de chance. Os dois dirigiram-se para a porta.

— Eu não sou mais prostituta — disse ela.

— Espero que aproveite a Grécia — disse Wulff, sorrindo.

— A Alemanha virou um asilo de loucos, o senhor sabe.

— Assim me disseram.

Ele abriu a porta e viu Eva Vollheim atravessar o corredor vazio. Barlach, em pé do lado de fora, ergueu os olhos, depois entrou no escritório. Wulff fechou a porta.

— Era importante? — perguntou Barlach.

— Dieter Rom agora está patrocinando Braun. — Postou-se ao lado da janela a olhar a chuvosa Berlim. — Se seguirmos Dieter Rom, ele vai acabar nos levando a Braun.

— Eu farei o trabalho — disse Barlach. — O senhor acredita que Rom esteja escondendo Braun? E, se realmente estiver, por que faz isso?

— Ele vai acabar encontrando uma tarefa para Braun. — Wulff virou-se de frente para Barlach. — Rom vinha chantageando Maikowski. A mulher foi envolvida.

— Bem, isso explica a demissão de Maikowski da SA. Estivemos nos perguntando sobre o fato. E explica a boa sorte e o progresso de Rom.

Wulff deu de ombros.

— Paciência é a arma dele — disse Wulff. — Ele me disse isso uma vez.

▪ ▪ ▪

Braun estacionou o Renault russo e seguiu a pé um quarteirão até o bar operário que freqüentava havia mais de dois meses. Para variar, era uma tarde sem chuva, e um sopro de primavera emanava do ar. Braun viu-se detestando as estações em si mesmas, sua previsibilidade, a forma como se tornavam um tema de conversa. No bar, viu rostos nas janelas, uma dezena de pessoas debruçadas sobre canecas fumegantes de café com aveia, Rom nos fundos sentado a sós num reservado. Braun captou um vislumbre de si mesmo refletido na janela suja, um sujeito bem barbeado em um novo sobretudo. Ficara quase toda a noite fora, rondando a Jaegerstrasse, estritamente contra as ordens de Rom. Passara de carro pelo apartamento da Lennestrasse, tomado por um impulso de estacionar, depois correra até a ladeira e fizera uma impressão da fechadura da porta externa. Fora uma brincadeira de criança mandar fazer a chave.

Braun entrou no café e pendurou o sobretudo em um cabide perto do reservado. Quando se sentou, Rom disse:

— Já estou esperando há meia hora.

— Estou aqui, não? — perguntou Braun com arrogância.

Apesar de ter passado 24 horas acordado, permanecia lúcido. Sentia-se como se equilibrasse numa alta corda bamba sem rede alguma.

— Sente-se, então — disse Rom, usando roupas civis. Braun reparara no Landauer estacionado defronte ao bar, uma mulher no banco traseiro do longo automóvel preto que fora antes de Maikowski. Começara mais uma vez a chuviscar. — Você tem saído de seu apartamento, não?

— E daí? — retrucou Braun. — A eleição terminou. Você disse que, quando terminasse a eleição, nós iríamos matar Wulff.

— Mantenha a voz baixa — exigiu Rom.

Braun pediu café a uma garçonete desgrenhada. Fazia frio no bar, o chão estava imundo. Ele comia ali todo dia. Via muitas vezes baratas e traças. Se olhasse com bastante atenção, estavam em toda parte.

— Você leu a matéria no *Vorwärts*? — Braun perguntou a Rom.

— Claro que li — respondeu Rom. Pedira café, mas ficou óbvio para Braun que ele não o tocara.

— Wulff revelou minha identidade — disse Braun. — E por isso precisamos eliminá-lo. Ele vai me ligar à SA.

— Claro que sim — disse Rom. — Talvez você deva fazer uma chave para o apartamento dele.

— Ele passa a maior parte do tempo com a judia — disse Braun. Sorriu e pegou um envelope de papel do bolso interno do paletó. Retirou uma única chave do envelope e deslizou-a pela mesa. — Esta é a chave da portaria do apartamento da judia.

— Achei que iríamos matá-lo no apartamento dele — disse Rom.

— Ele quase nunca fica lá.

— Você o tem vigiado, então?

— Claro — disse Braun. — Você me toma por algum idiota? Um assassino nazista robô? — Braun provou o café fraco. — Não deve cometer o mesmo erro que Maikowski e Bruckmann.

Rom apalpou a chave e enfiou-a habilmente no bolso do próprio paletó. Pensou em sua amante impaciente e nas baratas que vira arrastando-se pelas fendas do chão do bar.

— Não seja ridículo.

— Precisamos matar Wulff.

— Você precisa ser paciente — disse Rom.

— Trata-se de um duplo suicídio — disse Braun, irritado.

— Hindenburgo baniu a SA e a SS. Você não lê os jornais? Vão ocorrer enormes tumultos. Já estão no estágio de planejamento. Estou ocupado demais no momento para matar Wulff. Mas, daqui a um ou dois meses, o governo prussiano estará liquidado. Portanto, quando matarmos Wulff, ninguém mais terá interesse o bastante para investigar. Não seria uma boa piada?

— E quanto às matérias?

— São publicadas de 15 em 15 dias. Temos tempo.

— Você fala livremente de tempo — queixou-se Braun. — Eu estou cheio daquele apartamento, cheio de morar em Tempelhof, cheio daquela porra de buraco de um só cômodo.

— Você deveria ser mais agradecido — disse Rom.

— E você fala igual a Maikowski.

— Nós não devemos discutir. Queremos a mesma coisa.

Braun riu sinistramente.

— Venho seguindo Wulff e sua amante já há semanas. Ela fica sozinha no apartamento, recebe alguns pacientes. Wulff trabalha durante longos dias. Chega toda noite e raras vezes vai ao seu apartamento. Quando vai, é para pegar a correspondência. Eles são pombos de barro.

— Wulff talvez o surpreenda — avisou Rom.

— Ele é que será surpreendido.

Rom calçou um par de luvas de pelica que comprara em um feriado em Viena. Adorava a Áustria. Seu nazismo era muito mais refinado do que a versão alemã.

— Não devemos mais nos encontrar a partir de hoje — disse. — Há uma cabine telefônica a um quarteirão daqui. Toda noite, às oito, ligue para o meu apartamento. Você tem o número. Pode continuar a vigiar Wulff e sua amante desde que não corra riscos. Mas, acima de tudo, não podemos nos ver. Use o telefone. Quando eu der o sinal, nós nos encontramos no apartamento da mulher, e você entrará e esperará Wulff no corredor.

— E meu dinheiro?

— Você vai receber um pacote por um mensageiro amanhã às dez da manhã. — Rom deixou um marco na mesa. — Não seja idiota, Braun. Eu tenho o controle das coisas. Vamos matar Wulff, mas faremos isso no momento oportuno. Vou escolher a noite certa. Você não ficará decepcionado. Mas, se esperarmos um ou dois meses, nossas chances de sucesso serão muito maiores. A polícia vai estar sob o controle da SA. Tente ser paciente.

Braun nada disse. Lançou um olhar furioso a Rom quando ele se levantou, saiu do bar e entrou no Landauer. Uma secretária do Partido Nazista aguardava-o no banco traseiro, de saia preta de lã, blusa branca e uma estola de castor que Rom comprara em um peleteiro em Viena. Rom passou o braço em volta de seu ombro, tomou-lhe o cabelo preto com a mão em concha e beijou sua orelha.

— Você prometeu dez minutos — disse Monika, carrancuda.

Sua silhueta era igual à de uma ampulheta, as pernas tão flexíveis e musculosas como as de uma esquiadora. De fato, Rom achava-a parecida com a campeã olímpica Sonja Henie. Apesar de sua beleza, apesar da clara exuberância da pele, dos seios atrevidos e do gracioso traseiro, Monika tinha desvantagens. Era uma dedicada nazista. Rom julgava impróprio, quase imperdoável, uma mulher ter ideologia. Mas, por ora, decidira ignorar essas considerações em favor de longos almoços na cama no Hotel Adlon, onde comia ostras no umbigo dela.

— Preciso ir trabalhar — ela disse, irritada, com impaciência.

Rom cobriu-lhe a delicada boca com um beijo. Monika tinha os lábios frios, e ele adorava sondar-lhe a relutância. Quando terminou de beijá-la, ela ocupou-se com a maquilagem e o batom, enquanto ele instruía o chofer a deixar *Fraulein* Tietz na sede do Partido, na Hedemanstrasse, perto do Reichstag. Deu uma olhada pela janela e viu Braun surgir do bar, com um sobretudo num braço. Ocorreu-lhe que poderia matar dois coelhos com uma só cajadada, Wulff e Braun num pacote, amarrados com um belo laço.

▪ ▪ ▪

Após semanas de busca, Braun encontrou a cabeça perfeita em um suplemento de moda no periódico *Tagebuch*. Era um homem desfilando com roupa de natação, cujos claros traços arianos, cabelos louros e estrutura óssea de nítidos contornos talhados a cinzel lembravam muito Wulff. À luz forte da penteadeira, Braun colou com todo o cuidado o rosto em um corpo de cartolina que fizera — um homem vistosamente elegante de *smoking* com faixa vermelha, sapatos pretos brilhantemente engraxados e gravata-borboleta preta. Braun embrulhou o boneco em lenço de papel, vestiu-se com terno e gravata, e encaminhou-se para o seu Renault russo parado lá fora. Dirigiu-o até o centro de Berlim. Após dar duas voltas no quarteirão, encontrou um estacionamento a alguns metros da Lennestrasse, saltou e seguiu a pé.

Sentou-se em um banco no parque durante duas horas, sozinho, a não ser pelos pombos e algumas pessoas idosas. Vigiou o apartamento, levantou-se e atravessou o parque, deu uma volta no quarteirão e escolheu outro assento a uma certa distância do primeiro. Logo depois das sete horas da noite, comprou uma barra de chocolate em um quiosque, depois refez a volta no quarteirão e retornou para um banco ainda mais distante. Durante meses, seguira esta e outras rotinas, viu Wulff e a mulher entrarem e saírem, e observou os demais moradores. Começara a juntar rostos e nomes com as rotinas e fazia uma lista das pessoas que moravam no edifício, suas características pessoais e profissionais, os horários, os hábitos, os amigos e visitantes. Sentava-se e esperava, via um morador pegar a correspondência, depois atravessava a passos largos casualmente a rua e inspecionava os nomes nas caixas do correio. *Herr* Mueller, *Herr* Rohr. Um homem magro, reumático e desajeitado, que se vestia de preto e branco e se chamava Diehl, um casal de velhos com o improvável sobrenome Schopenhauer. Naquela noite, pouco antes das oito, viu *Frau* Krull chegar em casa, pegar a pouca correspondência e subir a coxear. Braun sentia-se como se a conhecesse — uma corpulenta viúva de guerra que se vestia de preto e cinza, pesados sobretudos e xales, um chapéu preto de flanela apertado, que ela puxava até embaixo do rosto. Morava no terceiro andar, logo adiante no mesmo corredor da judia de Wulff.

Braun seguiu de carro até a Jaegerstrasse, onde comprou um ingresso para o Residenzkasino e encontrou uma mesa nos fundos. Pediu conhaque de maçã a um garçom vestido de branco, depois ergueu um pesado telefone preto na mesa e pôs-se a conversar com uma mulher misteriosa, de voz sedosa e enfumaçada. Disse chamar-se Kitty, por causa de algumas características estilizadas — sobrancelhas pretas elegantemente arqueadas, olhos contornados com delineador, lábios berrantes cor-de-rosa e fios de bigode em cada face. Ela bebia bom Sekt, o que não surpreendeu Braun, porque era o vinho mais caro da lista. Ele não pagou em marco de ouro.

Quando refazia sua carreira em pensamento, acreditava que pagar em ouro fora seu único erro.

▪ ▪ ▪

Já passava da meia-noite quando Wulff retornou à Lennestrasse. Parou na sala de estar para tirar o sobretudo e servir-se de um copo de água mineral na cozinha, depois foi para o quarto e encontrou Johanna sentada na cama lendo um jornal.

— Distúrbios por toda parte — disse Wulff, enojado.

— Ouvi qualquer coisa no rádio — disse Johanna.

Largou o jornal. Wulff achou-a com a aparência cansada.

— A SA está levantando fogueiras em todo o centro de Berlim — continuou Wulff. — Weiss pôs a Stapo nas ruas e a Orpo está isolando as ruas com cordões.

— Meus pacientes não vieram hoje — disse Johanna.

Wulff sentou-se na beira da cama e retirou sua pistola 9mm "08".

— Aconteceu uma coisa hoje — disse Wulff.

— Eu sei. Sei dos distúrbios e que os nazistas ocuparam a cidade.

— Não é só isso — ele disse em voz baixa. Ela ergueu os joelhos e segurou-os. Seu rosto revelava um temor expectante, uma quase-emoção. — Uma mulher foi me procurar hoje — continuou Wulff. — Uma mulher meio corajosa. Foi atacada e quase assassinada em Munique. O homem que a atacou usou um garrote.

— Braun?

— Ela sobreviveu, mas foi Braun. Tenho certeza disso. Dieter Rom o está patrocinando em Berlim.

— Oh, Harry. É Braun. Em Berlim.

— Sim — disse Wulff, desatando o nó da gravata. Tirou o paletó do terno e suspirou.

— Você vai encontrá-lo, não vai, Harry?

— Barlach está seguindo Rom. Ele nos levará a Braun mais cedo ou mais tarde.

— Sim, claro que levará, querido.

— É uma questão de paciência.

— Fico tão feliz — disse Johanna.

Wulff encaminhou-se para as janelas francesas e abriu as cortinas. No Tiergarten, árvores imensas, castanheiros e tílias plumosas exibiam uma profusão de verde.

— Agora, quero que você vá para a Suíça — ele disse. — Até que esta coisa com Braun e Rom seja resolvida. Você faria isso por mim, Johanna?

— Quero ficar com você — respondeu Johanna.

— Seja razoável, querida.

— Eu não vou, Harry.

Wulff voltou para a cama e sentou-se ao lado dela. Tocou-lhe o cabelo com carinho e beijou-lhe a face.

— Vou deixar esta arma no aparador do vestíbulo, junto à porta. Amanhã de manhã, vou ensinar-lhe a dispará-la. Precisa usar a arma se tiver de se defender. Precisa me prometer que vai usá-la se surgir necessidade. Eu não posso trabalhar sabendo que você está em perigo.

— Harry, não estou em perigo. É você quem está.

Ele pensou um instante.

— Não quero minimizar esses perigos, claro. O homem que atacou a mulher em Munique usou meu nome. Disse que se chamava Harry Wulff.

— Oh, meu Deus — sussurrou Johanna.

— Esses homens são capazes de qualquer coisa.

— Estou protegida por fechadura e chave, Harry.

— Braun é hábil com fechadura e chave. Não abra a porta a ninguém que não conheça. Ouviu, querida?

— Eu detesto armas, Harry. Deixam-me fisicamente doente. Você sabe disso.

— Prometa-me — pediu-lhe Wulff.

— Está bem, Harry, prometo — ela disse, altiva.

Wulff deitou-se a seus pés. Lembrou-se que não comera desde o meio-dia, e então apenas um prato de presunto seco de um dia num pão de centeio e um único picles. Mas, por algum motivo, não sentia fome. Pensou em Barlach, seguindo cada passo de Rom. Onde estaria Wulff sem Barlach, agora que as simpatias de todo homem eram suspeitas?

30

O centro de Berlim estava um caos. As unidades da Polícia e da Orpo, cercadas. Durante semanas, houvera distúrbios e *pogroms* esporádicos, comandados por unidades da SA e SS juntas. Quadros de oficiais nazistas perambulavam à vontade, ateando fogueiras de barricada, espancando socialistas e comunistas, gritando a exigência de que Hitler fosse feito chanceler. Em todo esse tempo, Wulff e Barlach haviam trabalhado sem parar à procura de Braun.

Agora, os dois estavam no escritório dele, revendo os primeiros relatórios do serviço secreto, criando uma relação pessoal de empregados administrativos leais aos nazistas. Naqueles dias, todas as delegacias de polícia haviam passado para a direita. Era de manhã cedo, um dia encoberto. A caminho do trabalho, Wulff sentira cheiro de fumaça. Quando ouviram uma batida à porta, Barlach abriu-a. Viram um primeiro-sargento adjunto parado de cenho franzido.

— Houve um golpe — ele disse. — Na noite passada.

— Um golpe? — perguntou Wulff, surpreso.

Haviam circulado rumores sobre um golpe durante semanas. Agora que era realidade, ele não acreditava.

— Sim, senhor, um golpe — repetiu o sargento.

— Você sabe dos detalhes?

— Chegaram por telégrafo — disse o sargento. — Von Papen tornou-se chanceler presidencial. Autoridades do Ministério do Interior do Reich levaram Weiss e Grzenski presos. Achei que deveriam saber — concluiu o sargento, hirto.

— Sim, obrigado, sargento — respondeu Wulff.

Barlach sentou-se. O sargento fechou a porta. Wulff olhou pela janela o belo dia de verão lá fora, sem uma nuvem no céu. Levantara-se cedo, deixando Johanna adormecida antes do amanhecer. Mal dormia mais de quatro horas por noite. Os pacientes dela vinham sumindo, um por um, assustados pelas inevitáveis notícias políticas, os distúrbios, as ameaças de *pogroms* e espancamentos. Um grupo de bandidos dominara o centro de Berlim, imbecis de uniforme pardo que portavam cassetetes pretos e ateavam fogueiras como crianças. Parado em pé junto à janela, Wulff fazia alguns cálculos mentais. A quem deveria telefonar? Que poderia fazer para ajudar Weiss? Em meio aos pensamentos, seu telefone tocou. Quando o pegou, ouviu a voz de Louis Adlon.

— Wulff? É você, Wulff? — disse Adlon, ofegante.

Wulff tranqüilizou-o de que era ele.

— Houve um golpe — disse Adlon.

— Acabei de saber.

— Prenderam Weiss durante a noite — continuou Adlon. — Ele ficou em alguma forma de prisão domiciliar. Mas já o soltaram. Achei que você deveria saber.

— Sim, alegro-me que tenha telefonado. Eu estava agora mesmo pensando em Weiss. No que fazer.

— Harry, não há nada a fazer. É o começo do fim. Nós sabíamos que iria chegar, não?

— Quem vai substituir Weiss e Grzenski?

— Os coronéis Poten e Heimannsberg — respondeu Adlon. — Weiss me disse. Ele está sentado aqui em meu escritório.

— São títeres corruptos — disse Wulff.

— Claro que são, Harry — confirmou Adlon com uma leve risada. — Você esperava alguma coisa diferente?

— Weiss está com você?

— Sentado bem aqui. Está ótimo. E você? Está tudo bem com Johanna?

— Ela está no apartamento. Eu ia ligar para ela.

— Ligue, Harry — disse Adlon. — Ela é uma excelente moça.

— É só isso? — perguntou Wulff.

Pressentia outra ordem do dia, alguma coisa que Adlon desejava dizer que não fora dita.

— Esta linha é segura, Harry?

— Imagino que sim — respondeu Wulff.

— Então, preciso dizer-lhe uma coisa altamente confidencial. Estou fazendo arranjos para Weiss e a família partirem para Viena esta noite. Correm perigo aqui. Estou cuidando da questão dos documentos, transferências bancárias, a venda de bens pessoais e imóveis. Acho que você entende a urgência dessas atividades. Weiss gostaria de vê-lo antes de partir. Você poderia vir ao meu escritório aqui no Adlon?

— Vou já para aí — disse Wulff.

— Ótimo, Harry. Achei que você poderia querer.

Adlon desligou, e Wulff sentou-se imerso em pensamentos. Barlach manuseava a informação da manhã. Um misterioso silêncio invadira as ruas.

Barlach fez uma careta e ergueu os olhos.

— Não há mais governo prussiano — disse. — As autoridades eleitas foram destituídas de seus cargos pelo Reich. Que quer dizer isso? Para quem trabalhamos agora? — Barlach largou o documento em uma pilha. — E quem são Poten e Heimannsberg?

— Figuras de proa — respondeu Wulff. — Quando não há governo legal, trabalhamos para o homem mais forte.

Barlach juntou-se a Wulff na janela. Os dois olharam as ruas vazias embaixo.

— Eu tenho de ir — disse Barlach. — Preciso pegar a pista de Rom antes que ele saia do apartamento.

— Você tem sido inestimável para mim — disse-lhe Wulff. — Quero agradecer-lhe.

— É o fim? — perguntou Barlach.

— Estamos bem perto — respondeu Wulff.

— Que devemos fazer?

— Continuar mais um dia. Amanhã de manhã, vamos nos reunir aqui, avaliar as informações, decidir o que fazer. Seu trabalho é muito seguro, eu acho.

— E quanto a você?

— Eu sou outra história — respondeu Wulff.

— Talvez hoje seja o dia — disse Barlach. — O dia que Rom se encontra com Braun.

Virou-se e saiu rápido do escritório.

Wulff passou alguns minutos assinando autorizações e organizando sua mesa. Designou uma equipe de detetives para um assassinato nos subúrbios, não associado a política. Saiu do prédio, chamou um táxi e rodou dez minutos pela Unter den Linden até o hotel. Nas ruas, Wulff viu pelotões da Orpo bloqueando o acesso às rodovias do centro de Berlim, homens de uniforme amontoados em volta de veículos blindados, restos de vidros quebrados e fogueiras. Um pensamento varou-lhe a mente: O que estava impedindo Braun?

Pagou ao motorista de táxi e entrou no saguão deserto. Em um mezanino entre dois andares nos fundos, Louis Adlon mantinha um elegante escritório administrativo. Wulff subiu um lance de escada atapetada e bateu de leve à porta. Adlon abriu-a e ele viu Bernhard Weiss sentado em uma cadeira, com as pernas cruzadas. Wulff aproximou-se e apertou-lhe a mão calorosamente.

— Fui demitido, preso e confinado durante a noite — disse Weiss com um leve sorriso irônico.

— Sinto muito — foi só o que Wulff pensou em dizer. Pareceu lamentavelmente impróprio.

— Pedi a Louis que o chamasse. Quero lhe dizer algumas coisas antes de ir.

— Então, vai deixar Berlim?

— É necessário, por minha família. — Weiss tirou os óculos e começou a poli-los com o lenço. Wulff vira aquele gesto centenas de vezes. Weiss vestia-se como sempre, um terno marrom de caimento justo, sapatos marrons envernizados, uma gravata amarela curiosamente destoante. — Você precisa guardar isso como um segredo. Estou partindo esta noite com minha família de Berlim. Não queria ir embora sem lhe dizer o quanto sua amizade e seu apoio significaram para o departamento e para mim mesmo. Por favor, não pense em mim como um covarde, não estou fugindo de uma luta. Mas tenho mulher e filhos, e eles são muito importantes para mim, do mesmo modo que sempre foi a luta. Consegue entender isso? Espero que sim. Outros precisam resistir. Talvez você mesmo vá resistir, embora eu não o culpe se não o fizer. Nossa parceria deixou-me orgulhoso do Departamento Metropolitano de Berlim.

— O sentimento é mútuo, eu lhe garanto — disse Wulff, balançando a cabeça em deferência. — Desejo-lhe boa viagem.

— Talvez Deus faça os trens correrem no horário.

Wulff virou-se para Adlon.

— Louis, que conseguiu saber?

— Será governo por decreto — respondeu Adlon.

— E a polícia?

— Não há mais polícia independente em Berlim. A polícia agora é uma força política dirigida por ordem de quem controla o governo do Reich.

— E se Hitler se tornar chanceler?

— Você conhece a resposta a essa pergunta tanto quanto eu — disse Adlon, tristonho. — Mas, Harry, este é outro motivo por eu tê-lo chamado aqui. Posso ajudá-lo a sair de Berlim, Harry. A confusão é muito grande agora. Você e Johanna têm uma chance de partir sem averiguação. Talvez seja sua última chance. Falará com Johanna? Você sabe como eu penso nos dois.

Wulff agradeceu a Adlon.

— Vou falar com Johanna esta noite. A gente telefona amanhã. Há tempo suficiente?

— Amanhã, sem falta — disse Adlon. — E, a propósito, tem falado com seu pai?

— Acabei de receber uma carta. Pegou uma gripe de verão. Fora isso, está bem.

— Mande-lhe minhas saudações — disse Adlon.

Weiss levantou-se e ajeitou a gravata-borboleta.

— Preciso ir para casa agora — disse. — Minha família está preocupada. Desejo-lhe o melhor, *Herr Kriminal Oberkommissar.*

Adlon e Wulff ficaram sentados juntos depois que Weiss se fora.

— Homem corajoso — disse Adlon. — Nunca lhe deram uma chance, Harry. Como judeu, era detestado e indigno de confiança, para começar. Todos aqueles com quem trabalhava de perto o desprezavam secretamente. Todos, menos você, Harry.

— Não lhe fiz muito bem — disse Wulff.

— Você foi leal. Isso é muito.

— Mas ele perdeu, afinal.

— Todos nós perdemos.

▪ ▪ ▪

Rom foi acordado pela persistente campainha do telefone. Parecia tocar dentro de um denso nevoeiro invisível. Ele abriu os olhos e conferiu as horas no relógio ao lado da cama. A seu lado, Monika ressonava como um gato, a boca semiaberta, deitada de costas sob lençóis de seda, uma perna exposta. Rom tateou à procura do telefone e atendeu.

— São sete da manhã — grunhiu para o telefone. Monika mexeu-se, tossindo uma vez.

— É Braun — disse uma voz.

Ele instruíra Braun a ligar às oito em ponto toda noite. E o sujeito obedecera? Claro que não. Às vezes ligava e às vezes não. Às vezes, telefonava às oito horas, outras mais tarde, embora Rom tivesse de admitir, nunca ligara de manhã cedo. Rom retirou alguns fios de cabelo da testa. Com os nazistas tão próximos da vitória em Berlim, talvez fosse de fato a hora de liquidar aquele monstro.

— Telefone-me à noite, droga — grunhiu Rom.

— Não, esta noite, não — disse Braun. — Esta noite nós vamos matar Wulff.

— Eu disse para me ligar à noite — exigiu Rom. Monika mexeu-se mais uma vez, fungou e rolou para o lado. A linha de seu quadril deixava um contorno sob o lençol. — Às oito. Ligue-me à noite.

— Eu vou matar Wulff esta noite — disse Braun. — Com ou sem você. Já terá escurecido por volta das seis e meia, sete horas. É preciso ser feito então. E precisa ser feito esta noite. Eu não vou esperar mais. Estou cheio deste apartamento tristonho e de sua demora.

— Não seja idiota — disse Rom.

Fez-se silêncio. Rom temeu que Braun desligasse o telefone. Se isso ocorresse, teria de ir de carro até o apartamento perto de Tempelhof e falar com o louco arruaceiro. Que aborrecimento ele se tornara, como dissera Maikowski. Em vez de matar Wulff, Rom decidira que seria muito mais fácil esperar alguns meses, mandar prender o sujeito e enfiá-lo no porão do Ministério do Interior, onde poderia visitá-lo. Com o aroma de vitória política no ar, os nazistas iriam logo controlar todo ministério. Que alegria seria confrontar Wulff, vê-lo em grilhões e talvez pôr a bota em seu rosto.

Rom espremeu os olhos para abri-los e pensou.

— Está bem, Braun — disse, relutante. — Vá para o apartamento da Lennestrasse às sete em ponto. Eu estarei do outro lado da rua no Tiergarten, vigiando. Dou-lhe cobertura, se alguma coisa sair errada. Mas não quero que nada saia errado.

— Nada vai sair errado — disse Braun. — Eu entro com a minha chave. Tem uma viúva chamada Krull que mora no prédio. Vou estar vestido como ela. Entro no prédio e espero Wulff. A judia me fará companhia.

Rom desligou o telefone. Monika fez outro barulho e virou-se de novo, puxando as cobertas até o pescoço. Rom abriu uma gaveta da mesinha-de-cabeceira ao lado da cama e inspecionou a pistola 9mm "08" regulamentar da polícia que guardava ali. Fechou a gaveta, estendeu a mão e tocou o ombro de Monika. Ergueu o lençol e pôs a mão em sua barriga nua.

— Você nunca tem o bastante? — disse Monika, irritada.

Rom retirou a mão e deixou cair o lençol. Depois dessa noite, encontraria uma nova amante, alguém mais parecida com Bibi. Fartara-se de mulheres com ideologia, idéias brilhantes e empregos em horário integral na sede do Partido. Milhares de mulheres no mundo abririam as pernas por dinheiro. Como Edgar Braun e Harry Wulff, Monika tornara-se um espinho para Rom.

▪ ▪ ▪

Johanna soltou um suspiro e começou a fechar a porta.

— Boa-noite, *Frau* Bierbaum — disse alegremente.

— Obrigada, doutora — respondeu *Frau* Bierbaum.

Johanna continuou encostada na porta, olhos fechados, a respiração vindo em arrancos constrangidos. Ouvia *Frau* Bierbaum caminhar a custo pelo corredor com seus pesados passos. Johanna encaminhou-se para a cozinha e preparou uma xícara de chá. Retirou o poncho peruano bordado e os sapatos, depois se sentou à mesa da cozinha, fitando o trabalho de cerâmica do piso, enquanto o chá esfriava. Então, houvera um golpe de Estado na Prússia! O governo estava nas mãos de um tolo aristocrata de cartola e de seu general de exército empunhando um florete! Alguém poderia imaginar coisa mais absurda?

Terminou o chá, depois foi até o quarto, abriu as cortinas, destrancou uma das janelas francesas e também a abriu. Deixou a suave luz de verão em frente impregnar-lhe os sentidos, luz que tremeluzia nas árvores de verão lá fora, nos imensos castanheiros do Tiergarten, luz que caía e mergulhava pelas folhas como cardumes de peixe. Por um longo tempo, resistiu à intensa vontade de ligar para Wulff em seu escritório, mas acabou vencida.

— Lamento, querido — disse, relutante.

Explicou-lhe que sentia de verdade, que era um bebê chorão e uma criança abandonada. Que o amava e o desejava, que seus sentimentos eram resultado de transferência e falta de amor-próprio.

— Não seja tola — riu Wulff.

— Sei que você está ocupado — disse ela.

— Sim, sim — disse Wulff. — Houve um golpe. Weiss foi demitido, e estou tentando descobrir para quem trabalho. Já viu coisa mais idiota? Weiss passou a noite em prisão domiciliar ontem, mas foi solto. Vai para Viena com a família.

— Fico feliz por ele — disse Johanna. — Sei como você sente por seu trabalho.

Parou de falar e constatou que tremia fisicamente.

— Está tudo bem com você, querida? — perguntou Wulff.

— São os tumultos e o golpe. Abalam meu sistema nervoso.

Ouvia as árvores cantando no parque.

— Eu vou dizer isso só mais uma vez — começou Wulff, com a voz severa. — Quero que pense a respeito. Adlon disse que tem meios de fazer pessoas cruzarem a fronteira com seus documentos e dinheiro. Pode cuidar da venda de seus bens pessoais e propriedades. Ele quer que você pense nessa oferta. Mas, querida, você pode chegar a Zurique em uma semana, talvez menos se trabalharmos nisso. Precisa pensar seriamente a respeito. Tive notícias de Kisch. Ele já está em Viena. Circula o rumor de que Levitt também vai perder o emprego. Já liguei para ele sobre a proposta de partir.

Johanna ouvia Harry respirar no telefone.

— Mas e você, Harry? — perguntou-lhe ela.

— Não chore, querida, por favor — disse Wulff, antecipando-se.

Conheciam um ao outro. Haviam trocado de peles.

Johanna acalmou-se. Do outro lado de tantos quilômetros de fio, o amante conseguia predizer o seu estado de espírito. Ela retirou uma mecha de cabelo que caíra na testa.

— Não vou chorar, Harry — disse, insegura. — Quando você virá para casa?

— Preciso trabalhar até tarde mais uma vez — ele respondeu. — É inevitável. Estou desvendando pendências antigas. E tenho de ver algumas pessoas.

— Você tem trabalhado até tarde há meses — disse Johanna, não querendo se queixar, mas sem conseguir.

Decidira mentalmente que não iria chorar. Era a última coisa que podia fazer por Harry.

— Não vai demorar muito, querida — ele disse, tranqüilizando-a. — Por volta das sete, oito horas.

— Não antes? — ela disse, quase infantilmente.

— Durma umas duas horas. Quando eu chegar em casa, saímos para jantar fora.

— E os tumultos?

— São só no centro de Berlim. Você sabe disso. Vamos ao hotel de Adlon e jantamos no restaurante. Podemos tentar dançar. E beber um bom Sekt.

— Enquanto Roma se incendeia.

Arrependeu-se do que disse assim que as palavras saíram. Decepcionada, solitária, não pôde evitar de ser petulante.

— Eu amo você — disse-lhe Wulff afetuosamente.

— Oh, Harry, claro que sim — murmurou ela.

E despediu-se. Tirou as roupas, foi ao banheiro e encheu a banheira de água. Por quase uma hora, ficou sentada na banheira lendo um jornal, queimando uma vela em uma das bordas de porcelana. Esforçava-se por ouvir leões no zoológico distante, mas não ouviu nenhum. Detectava apenas o fraco ruído do tráfego, as árvores sibilantes no parque. Uma ou duas vezes caía no sono e logo acordava. Por fim, enxugou-se com uma toalha, entrou no quarto e deitou-se na cama.

Algum tempo depois, a campainha da porta a acordou. Ela vestiu o roupão, atravessou correndo a sala de visitas até o vestíbulo. Por um momento, pensou em abrir a gaveta do aparador junto à mão direita, mas acabou desistindo da idéia. Tinha mais medo de armas que de qualquer outra coisa. Na porta, olhou pelo olho-mágico e viu *Frau* Krull do lado de fora, a avantajada mulher de ombros caídos usando um sobretudo escuro e chapéu mal encaixado, batom borrado, fios de cabelo grisalho caindo em volta dos ombros.

Johanna soltou a corrente da porta e abriu uma fenda.

— *Frau* Krull? — perguntou. — Algum problema?

— Eu ia sair...

— Como? — disse Johanna, ainda semi-adormecida.

— Fiquei trancada do lado de fora — disse *Frau* Krull em voz baixa.

Fazia sentido aquilo?

Johanna espreitou pela abertura. *Frau* Krull ocupava quase todo o espaço em sua visão. Johanna sentiu que o corredor estava vazio. Escuro ali fora, tão atemporal quanto um túnel.

Ela sentiu cheiro de conhaque de maçã e teve tempo de resmungar consigo mesma:

— Oh, meu Deus.

Quando a corrente da porta rebentou, uma farpa de madeira atingiu-lhe a testa.

▪ ▪ ▪

Barlach sempre variava sua rotina. Aquilo a tornava menos que uma rotina, ou ele estava apenas enganando a si mesmo.

Ocorreu-lhe a idéia de que Rom sabia que ele o estava vigiando, que os últimos dois ou três meses haviam sido uma charada nada sutil, com o próprio Barlach no centro de uma piada de mau gosto. Agora, sentado no Opel da polícia a apenas cinqüenta metros do apartamento de Rom em Stieglitz, sentia um repentino desgaste de sua tarefa, que lhe parecia surreal.

Em sua mente, viu uma cena que já vira antes dezenas de vezes: logo após as oito da noite, Rom saía para o Landauer estacionado em uma garagem logo adiante na rua. Partia rumo ao centro de Berlim e pegava a atual amante. Os dois passavam a noite em restaurantes caros, boates, bares, cantando músicas. Barlach mantinha uma distância prudente. Seguia Rom de volta ao apartamento em Stieglitz, e mais uma noite findaria de costume. Nesta noite, Barlach surpreendeu-se ao vê-lo deixar o apartamento bem antes das sete horas. Foi andando até a garagem e procurou o Landauer. E mais uma surpresa. Ele mesmo saiu dirigindo o carro. Sem chofer.

Ficar ali sentado no Opel deixara Barlach suado e desconfortável. "Está meio adiantado esta noite, *Herr* Rom", disse a si mesmo.

Dirigiram-se para oeste, depois para o sul, e novamente para oeste, em tráfego leve. Embora fosse crepúsculo, era fácil seguir o Landauer, um imenso carro preto com grandes faróis traseiros vermelhos.

Na Lennestrasse, o Landauer diminuiu a velocidade, Barlach uma quadra atrás. Seguiu Rom em volta do quarteirão duas vezes, o Landauer parando uma vez em uma zona de ônibus, depois seguindo em frente. Na terceira volta, Rom encontrou um lugar para estacionar a duas quadras de distância, saltou do Landauer, voltou a pé um quarteirão e achou um banco no Tiergarten, bem defronte ao apartamento de Johanna.

Barlach estacionou o pequeno Opel. Baixou a janela e olhou para Rom, que lia um jornal à pouca luz. Estava escuro demais para ler, não? De onde se achava sentado, Barlach via o alpendre do edifício de Johanna, uma fileira de hortênsias roxas em frente, um portão de ferro. Rom estava diretamente defronte do prédio, uns vinte metros dentro dos limites do parque, enlanguescido calmamente em um banco do parque cercado por uma cerca de arame a proteger algumas flores. Barlach abriu o livro de anotações e escreveu suas observações, a data, a hora, Rom sentado em um banco do parque defronte ao apartamento de Johanna.

Às sete horas, Barlach notou que uma velha de cabelos brancos e chapéu mal ajeitado subira ao alpendre. Ela parou, remexeu na bolsa à procura de uma chave, depois abriu a porta da frente e desapareceu. Às oito horas, Wulff chegou de táxi. Barlach tocou a parabélum de oito tiros no banco ao lado. O metal aqueceu-se com seu toque.

Enquanto Barlach vigiava, Wulff entrou no apartamento.

31

Wulff concentrou-se e fez-se a pergunta: Poderia ter agido diferente? Poderia ter antecipado seu futuro, os distúrbios, o golpe de Estado, a proximidade do caos? O sombrio corredor estendia-se adiante, e ele sofria a falta de Johanna, as manhãs que haviam passado juntos agora como tantas pedras tumulares. Subiu os três lances de degraus atapetados, parou no patamar para pegar a chave e arrastou os pés até a porta. Prestou atenção diante da porta por algum tempo, perguntando-se se ela ouvira seu conselho e fora dormir. Girou a chave na fechadura, abriu a porta e começou a fechá-la, quando notou uma lasca de madeira partida do umbral logo acima da corrente. Mal chegou a dar meia-volta quando sentiu uma corda em volta do pescoço e viu-se içado e quase sem os pés no chão por um ímpeto de energia de alguém atrás.

Wulff relaxou, deixando-se ser erguido e arqueado para trás. Sua mente disparava loucamente, mas ele resistiu ao impulso quase inevitável de agarrar-se ao cânhamo da corda, resistiu à premente vontade de respirar, chutar os pés e gritar; fora treinado e sabia que todas essas coisas só intensificariam o drama da morte.

Tocou as pontas dos pés no chão. A respiração de Braun fedia a conhaque de maçã, o corpo, a suor. Wulff ouviu um leve grunhido pouco abaixo da orelha direita. Arqueou-se contra Braun, ergueu os braços, tocou a parte posterior da cabeça do sujeito, encontrou as cavidades oculares com os polegares e empurrou-as com força para baixo. Com toda a força que lhe restara, curvou-se para trás e enfiou os polegares nos olhos de Braun.

Ouviu um grito baixo. A porta do apartamento continuou aberta, e ele viu o corredor, uma lâmpada brilhando fracamente em uma luminária e uma fatia de papel de parede. Sentiu Braun recuar, tentando evitar o esforço do próprio Wulff, os polegares que ele enfiava em seus olhos. Alguma coisa pegajosa grudou-lhe nos dedos. Braun sacudiu a cabeça, e Wulff perdeu o ponto de apoio. A corda afrouxou-se momentaneamente e Wulff agarrou uma preciosa respiração, envolveu os dedos mais uma vez na cabeça de Braun, encontrou os olhos e meteu os polegares com toda a força que pôde reunir nas cavidades oculares.

Braun arremeteu o corpo de novo para trás, a corda deslizando para a clavícula de Wulff. No tempo que Wulff teve para endireitar-se, Braun recuperara o equilíbrio e lançara-lhe o laço no pescoço, erguendo-o um ou dois centímetros do chão. Wulff mais uma vez relaxou, dando espaço a seus músculos. Braun respirava pesadamente, exalando odores de conhaque de maçã em seu rosto, enquanto ele tateava de novo à procura das cavidades oculares, pondo um polegar em cada. Wulff enterrou profundamente cada polegar quando Braun gritou e caiu para trás.

Wulff caiu de joelhos, arquejando. Em um momento de pânico, estendeu a mão para a gaveta no aparador em busca da arma, enquanto Braun lhe chutava a barriga, derrubando-o de lado contra uma parede do corredor. Wulff tentou levantar-se, mas tropeçou, derrubando o aparador no chão, a pistola apenas um pouco fora de alcance. Tinha a visão turva, o coração martelando. Notou uma mancha de sangue em sua própria gravata, Braun de quatro procurando às cegas a corda que Wulff sentiu de novo ao redor do pescoço em um puxão canhestro contra o peso de seu próprio corpo. Wulff espetou um dedo no olho de Braun e encontrou o alvo.

Braun soltou um grito de dor, tombou de costas na parede. Wulff, de quatro, avançou a toda, encontrou a "08" da polícia e conseguiu empunhá-la segura na mão direita. Dois metros no máximo o separavam da abjeta criatura, o homem vestido de mulher, chapéu troncho e pesado sobretudo de lã, peruca grisalha, batom um tanto ridículo e sombra mal aplicada. A sombra estava manchada onde ele lhe arrancara os olhos. Wulff ergueu a pistola, manteve-a apontada por um momento e pensou em Johanna antes de apertar o gatilho.

Uma enorme ferida cor-de-rosa surgiu na garganta de Braun, pouco acima do pomo-de-adão. Ele pareceu ofegar e relaxar, depois desabou contra a parede, o sangue escorrendo pelo peito. Wulff recuperou o fôlego, largou a arma e ergueu-se mais uma vez de quatro. No chão ao lado da criatura, via-se um boneco idêntico ao próprio Harry Wulff.

Nesse momento, ele sentiu alguém no vão da porta atrás dele.

— Tenho uma arma apontada para a sua cabeça — Wulff ouviu alguém dizer. Virou-se e viu Rom.

A pistola continuava no tapete. Na mão direita de Rom, uma pistola "08" de uso da polícia.

— Você matou sua nêmese — disse Rom. — Poupou-me o trabalho.

Wulff achava difícil respirar. Tinha a visão turva. Percepções de Rom apunhalavam-no sob dezenas de ângulos. Tossiu duas vezes, tentando desalojar o que o sufocava. A frente da camisa estava coberta de sangue.

— O que você fez? — conseguiu dizer, erguendo os olhos para Rom.

— Não temos muito tempo — disse Rom. — Pessoas no prédio de apartamentos devem com certeza ter ouvido o disparo. Vão espreitar pelas portas.

Wulff tornou a pensar em Johanna, com a mente tomada pelo pânico.

— Não faça mal a Johanna — disse.

— A judia, quer dizer? — riu baixinho Rom. — Jamais me passaria pela cabeça.

— O que você quer, então? — perguntou Wulff.

— Lembra-se do Adlon? — perguntou Rom. — Eu queria apenas este momento como uma recompensa.

— Você andou escondendo Braun — disse Wulff.

Olhou para o monstro, tentando recuperar o fôlego, a perguntar-se se haveria a mais remota possibilidade de tentar pegar a arma que deixara cair e dar um tiro em Rom antes que ele pudesse reagir. O corpo de Braun interpunha-se entre Wulff e a arma, a própria arma virada com o punho para o outro lado. Não era provável.

— Braun não significa nada — disse Rom. — Ele foi um meio para um fim, como você pode ver.

— Então, por que usá-lo? — perguntou Wulff, ganhando tempo.

— Ele é bastante insano.

— Ao contrário de você.

— Muito ao contrário de mim — disse Rom, maravilhado. — A teoria policial aceita... a do livro de registros... será que você e Braun atiraram um no outro durante uma luta? Braun o atacou, mas você lutou e conseguiu desvencilhar-se e atirou nele com a "08" no chão. Não antes, porém, de

Braun também conseguir baleá-lo com a própria arma. Além disso, quase não importa com que rigor sejam averiguados os fatos, porque a polícia já está parcialmente sob nosso controle.

— Alguém terá ouvido tiros espaçados — ponderou Wulff.

Rom deu uma olhada no corredor, ainda deserto. Abanando a cabeça voltou de novo o olhar para Wulff.

— Não vão aparecer pessoas para depor — disse. — Garanto que este caso será logo encerrado.

— É comigo, então?

— Claro que é com você. — Rom recuou um passo para o corredor atrás e deixou a mão livre apoiada na maçaneta da porta. Prestava intensa atenção, virando-se para o silêncio ainda não quebrado. Mais uma vez, desviou os olhos para Wulff.

—Você teve sua chance, Wulff. Poderia ter-se juntado a nós. Foi um tolo por não ter ficado do nosso lado. Muitas vezes me perguntei o que fazia lá com os macacos, os *kikes* e os vermes socialistas. É um homem inteligente e um alemão. A onda do futuro surgia à sua frente e você deixou-a inundá-lo, afogá-lo. Sinto pena de você, Wulff. Sinto sinceramente pena de você.

Ergueu a pistola e mirou-a em Wulff.

Em uma paródia de câmera lenta, a cabeça de Rom explodiu numa tempestade de osso, sangue e tecido. Wulff ouviu o disparo do tiro, um único estampido, um único eco e depois um silêncio que palpitou em direção ao nada. Conseguiu enfiar uma perna debaixo do corpo em um esforço para se levantar. A meio caminho, equilibrado com as costas na parede, viu o rosto de Barlach no vão da porta.

— *Herr Oberkommissar* — disse Barlach. — Rom ia matá-lo.

— Barlach! — grunhiu Wulff. — Pode levantar-me? — Sentia-se tonto e nauseado. — Temos de encontrar Johanna.

Barlach guardou a pistola no coldre e ajudou Wulff a se erguer deslizando pela parede e a ficar em pé. Wulff ficou equilibrado ali, acima de uma poça de sangue espalhada a escorrer da cabeça de Braun. A criatura jazia de costas, o chapéu troncho inclinado para um lado revelando um rosto cruel, distorcido. O sangue alastrava-se pelo corredor, Braun e Rom juntos na morte. Wulff percebeu que o zumbido dentro de sua mente era o estampido da bala pretendida de Rom.

▪ ▪ ▪

Encontraram Johanna em um armário do quarto. Braun cobrira-a com um edredom de pena de ganso após amarrar-lhe as mãos e os pés, enchendo-lhe a boca com lenços e amarrando-os. Wulff sentou-se com ela na cama, Barlach numa cadeira junto às janelas francesas abertas. A luz de verão entrava no quarto, um suave brilho azul que se refletia nas cortinas de rendas. Wulff constatou que estava coberto de sangue. Barlach continuava segurando a arma de Rom como se fosse um crucifixo. Johanna não chorara. Wulff pôs os braços em volta de seus ombros. Ouviam outras vozes no corredor lá fora.

— Ele machucou você, querida? — Wulff perguntou a Johanna. Com as mãos sujas, não podia tocar o rosto dela.

— Ele me bateu com um cassetete — disse Johanna, com a voz distante. — Não me lembro bem de quando acordei dentro do armário sentindo medo. Foi terrível, Harry. Mas não tão terrível quanto para você.

Barlach estava sentado na cadeira, com as costas curvadas, o rosto pálido de choque. Olhou para Wulff como se fosse desfalecer.

— Braun está morto — disse Wulff.

— Harry? — perguntou Johanna, erguendo o rosto para ele.

— Eu atirei nele — disse Wulff. — Rom queria se livrar ao mesmo tempo de Braun e de mim. E, assim, Rom mandou-o aqui e teria me baleado também se não fosse por Barlach.

— Eu vigiei Rom durante uma hora — disse Barlach ao chão. — Quando ele entrou neste apartamento, tive de segui-lo. Não tinha chave, então quebrei a janela da porta e abri-a por dentro. Não sabia o que mais fazer.

— Nós lhe devemos a vida — disse Wulff.

Sentiu no rosto a pele fria de Johanna. Encontrou um suéter e estendeu-o em volta dos ombros dela.

— Que faremos agora? — perguntou Barlach.

— Quero que você chame a equipe legista do distrito da Savigny Platz. É a única equipe confiável que resta em Berlim. E vou telefonar para Levitt e ver se ele pode dar uma passada aqui. Com a equipe de Savigny e Levitt trabalhando no caso, conseguiremos controlar a investigação. Se Poten e Heimannsberg interferirem, será tarde demais.

Barlach saiu do quarto, Johanna pôs a cabeça no ombro de Wulff e fingiu olhar as árvores no parque. Uma lua amarela surgira. Os castanheiros captavam a sua luz.

— Você precisa partir para Zurique — sussurrou-lhe Wulff.

— Você irá, Harry? Você irá comigo?

— Não agora. Talvez mais tarde. Sim, com certeza irei mais tarde.

— Não fique aqui, Wulff — disse Johanna. — Que bem lhe faria ficar aqui agora?

— Você vai ficar segura em Zurique — disse Wulff. — Isso me dará espaço para pensar claramente. — Beijou-a carinhosamente. — Você vai para Zurique daqui a alguns dias. Vai ver Louis Adlon amanhã de manhã e fazer os arranjos?

— Sim, Harry, vou.

— Você vai ficar bem e segura. Terá amigos profissionais e poderá começar uma nova clínica.

— Será adorável, Harry.

— A gente trocará cartas diariamente.

— E você vai depois? Irá comigo?

— Vamos ver Louis Adlon amanhã de manhã. Podemos decidir sobre nós dois depois.

Wulff ouvia Barlach no cômodo contíguo falando ao telefone, pedindo uma equipe legista do distrito da Savigny Platz. Seis bons detetives e técnicos, nenhum nazista entre eles. Talvez fossem os últimos policiais em quem Harry Wulff poderia confiar em Berlim.

— Eu amo você, Harry — disse Johanna.

— Claro que sim — disse-lhe Wulff.

Olhou as mãos manchadas de sangue e piscou os olhos uma vez. Quando os abriu, o sangue continuava.

EPÍLOGO

FEVEREIRO DE 1933

Wulff sentava-se na varanda do chalé, usando o pesado casaco de campanha do pai. Chegara a Poel na noite anterior, tomando o trem Expresso Noturno da Alemanha do Norte. Em Berlim, ele e Barlach haviam assistido à horrível parada com tochas comemorando a nomeação de Hitler para a chancelaria. Hitler, Göring e Goebbels em uma varanda de terceiro andar do Hotel Kaiserhof, com a multidão a aclamá-los ensandecida, erguendo as mãos na saudação "*Heil*" quando passavam marchando os batalhões da SA e os pelotões da SS. No dia seguinte, Wulff fechou as portas de seu apartamento.

Fazia silêncio e frio. Wulff percebeu que o pai saíra pela porta e parara logo atrás dele. A geada da manhã estendia-se pelas urzes, e uma fila de corvos partia dos abetos na borda da aldeia, transportados num vento gélido.

— Então, Hitler é chanceler — disse Gunter Wulff.

— Hindenburgo nomeou-o dois dias atrás.

— E que vai acontecer?

Wulff pensou. Kisch entrara na clandestinidade em Viena, perseguido por pelotões de fuzilamento nazistas. Levitt fora obrigado a aposentar-se semanas antes e vivia da pensão. Wulff soubera que Freud estava doente, recusando-se a deixar a Áustria, apesar da situação anti-semita. Ele recebera um telefonema de Adlon, informando-o de que Weiss e a família haviam desembarcado na Inglaterra e iriam mudar-se para Londres. Grzenski fora para Nova York fazer conferências.

— Eles vão acabar vindo atrás de mim — disse Wulff.

Gunter Wulff grunhiu e avançou para os degraus da varanda onde Harry estava sentado. Sentiu o toque da mão do pai no ombro. Um sino de igreja tocava na aldeia.

— Então, você precisa partir — disse Gunter Wulff.

— Eles virão atrás de você, também — disse Wulff ao pai.

Gunter Wulff riu.

— Não ousariam. Sou um herói da Grande Guerra da Alemanha.

Sentou-se no degrau da varanda ao lado do filho.

— Sabe que eles virão atrás de você — repetiu Wulff.

— E se vierem? — Gunter Wulff esfregou as mãos para aquecê-las. — Sou um velho.

— Não posso deixá-lo, pai.

— Mas você precisa.

— Eu também sou alemão.

A estrada para o chalé era uma única pista de terra correndo entre campos de urzes cercados por duas sebes espessas. Estavam a quilômetros da aldeia.

Gunter Wulff apontou a estrada.

— Há um claro campo de fogo daqui até a estrada. Sou um bom atirador, Harry, um atirador danado de bom. Se vierem atrás de mim, eu levarei uma dúzia comigo.

— Você acha que poderia liquidar uma dúzia?

Gunter Wulff riu de novo.

— Mas você precisa ir para Zurique e não se preocupar comigo.

— Virá comigo, então?

— Jamais — disse Gunter Wulff. — Eu moro aqui agora e sou velho. Mas você é jovem, Harry.

— Lamento ter lhe causado isso, pai.

— Eu não me associo a covardes.

Os dois ficaram ali juntos em silêncio, apreciando a manhã.

— Quem virá, Harry? Você sabe?

— A SS, provavelmente — disse Wulff ao pai. — Você acha que poderia liquidar uma dúzia?

— Se vierem tantos!

— Poderíamos matar uma dúzia cada, então.

— Sim, uma dúzia cada. Mas eles não iriam mandar tantos, iriam, Harry? Talvez mandem meia dúzia. Eu os liquido todos. Daria uma manchete e tanta nos jornais de Berlim.

— Com nós dois aqui, eles talvez mandem um pelotão — riu Wulff.

— Mas você realmente precisa juntar-se a Johanna, Harry.

Wulff olhou para o pai, o rosto do velho empalidecido pela idade.

— Vou preparar um desjejum para nós — disse Wulff. Os criados haviam fugido fazia tempos. Wulff se levantou, ajudando também o pai a levantar-se. Contemplou o mar, obscurecido pelo nevoeiro. — Se eles vierem à noite, não poderemos matar uma dúzia cada — disse.

— Eles viriam à noite?

— Acho que viriam à noite.

— Sim, claro — grunhiu Gunter Wulff. — Poderiam vir à noite. Não deixarei que me tirem de minha cama. Não ficaria bem.

— Não podemos deixar isso acontecer — concordou Wulff. — Agora, vou preparar ovos frescos.

Por algum tempo, ficaram observando as revoadas de corvos em debandada da floresta à procura de alimento. E depois Harry Wulff preparou para os dois um bom desjejum alemão.

Este livro foi composto na tipologia Garamond, em corpo 12/16,
impresso em papel off-white 80g/m² no Sistema Cameron da
Divisão Gráfica da Distribuidora Record.